黨爭，國破方休

（中）

鄭森

朱和之 著

目錄

第拾壹回

尋母

澎湃一聲巨響，烏船船首重重下擊，幾乎鑽入水中。右側一道巨浪隨即如長牆傾倒般嘩喇拍在船身上。

鄭森立在尾樓甲板上，雙手緊緊抓著欄杆，狂風挾著雨勢，打得他臉上冰冷刺痛、渾身濕透。雨水又混著海浪潑進嘴裡，苦鹹不已。天地間一片幽暗，海水像是活了似的山丘般大塊起伏著。

船首一名舟夫驚叫：「鷁首裂了！」鄭森透過風雨依稀看見船首的鷁鳥飾木從當中裂開，他知道這鷁首乃是全船表徵，有所缺損甚是不祥。

「帆落好綁穩要緊，這時候顧得甚麼鷁首！」鄭森身旁的族兄鄭明駼大聲嘶吼道：「把甲板上沒用的東西都丟進海裡去，免得待會浪大起來，把你們這幫水鬼給撞出去當真水鬼了！」

鄭森心想，這樣的浪還算不上大？真不知大浪有多駭人。

「森舍快進艙去吧！」鄭明駼吼道。

鄭森抓起身邊一個桶子往外丟，一邊吼道：「不打緊，我在這多少使得上力……」他為了騰出手抓桶子而放開欄杆，船身陡然顛簸，腳下一虛，瞬時像要被騰空拋出。這時臂上一緊，一股大力將他拉回，是鄭明駼抓住了。

鄭明駼道：「你進……拜……媽祖！」

鄭森一時聽不清，喊道：「啊？」

鄭明駼湊著他耳邊吼道：「進尾艙去……拜拜媽祖！博個筊！」

鄭森一楞，他是儒生，不語怪力亂神，更向來不拜神明，這時竟不知該說甚麼是好。

「蝴蝶！」一名舟夫忽然驚叫，眾人看時，果有千百隻黑色的蝴蝶繞著船隻在風中翻舞。鄭森心道，大海當中、風雨之下，哪裡來的蝴蝶，莫非是幻影？舟夫們揮手驅趕，反而招來更多。有人喊道：「這是妖物，快燒金紙！」旋即有人進艙取了金紙出來，但雨驟風強根本無法燒祝，那人只好將金紙高高向上一拋，紙錢瞬時疾飛四散，盡數讓漆黑的天地收了去，而蝴蝶依舊盤桓如故。

一隻蝴蝶飛到鄭森面前，他心裡微感不祥，但依然伸指觸之，果是真真切切的一隻蝴蝶不錯。還未及多想，副舵工自後梢奔來，對鄭森和鄭明駼喊道：「舵牙折了！」鄭明駼喊道：「幹恁娘，折了就換，有甚麼囉嗦！」那舟夫道：「連折三支了！這鬼浪裡頭硬要操舵是不成的！」

舟人們幾乎絕望之際，紛紛喚道：「婆啊！婆啊！」左近舟人也對鄭森二人哀告道：「頭家，去求求媽祖婆保庇吧！」

鄭明駼拉著鄭森下樓進到尾艙，對著小神龕裡供奉的船頭媽跪下，鄭森稍一遲疑，聽得艙裡艙外舟子們疊聲呼喊媽祖法號，人人帶著殷切的眼光望著他，心道：鄭森雖不信鬼神之事，今日為安眾人，權且向這媽祖一跪。於是跪下。

身邊鄭明駼早已持筊祝禱道：「媽祖婆啊，弟子鄭明駼和同船一眾在此遭風，請媽祖婆保庇合船人貨平安，未知可否，請婆恩示！」說完擲筊，卻連得三個笑杯，神意不置可否。四周舟子們面面相覷，鄭明駼看著鄭森道：「我雖是這隻船的頭家，其實一官叔才是整船貨物真正的東主，森舍此行做他的代表，應該由你來擲筊。」

鄭森環顧眾人，慎重地接過筊杯，心中默禱：「合船皆生靈也，神安鎮東海，受舟人血食，神其祐之！」禱罷鬆手擲筊，船身卻在這時猛然向左一斜，筊杯自艙板上彈開老遠，一枚落下為陰，一枚也是陰面朝上打向牆邊，眼看合起來是個怒杯，眾人心裡都是一驚。那筊杯一角卻硬生生卡在艙板縫上，豎直而立，竟成一個立杯。眾人從沒見過這等事，一時都驚呆了。鄭明騄旋即喊道：「神跡！媽祖婆顯靈！全船有救了！」舟子們如夢初醒，紛紛興奮地高喊：「立杯！全船有救！」

這時船身猛地一振，接著左右傾搖不已，更有海水潑進尾艙裡來。一個舟子衝進來道：「頭家，船快沉啦……」鄭明騄道：「把不必要的東西和重的船貨都丟掉！」那舟子驚恐地道：「水浸得太快，這下怕來不及了……」鄭明騄喊道：「船還沒沉呢，快去！」

鄭森衝到艙門口一看，心下大駭，甲板上海水流淌，幾乎已將船身淹沒。一名老舟夫喊道：「只有划水仙，請水仙尊王解救了。」鄭明騄遂喊道：「都進艙來，大家划水仙！」

舟子們紛紛進艙，一手持筷，一手握匙，口中齊作鉦鼓之聲，划龍舟似地在空中虛划。也有舟子拿了一副筷子和湯匙遞給鄭森，鄭森接過，頗感不可思議，在此性命懸於一線之際，眾人無計可施，更不做任何努力，卻只為此虛妄之舉，叫人啞然。

他聽得一道道巨浪直擊在尾艙板壁外，船身嘎吱作響危危欲散，心中驚駭不定。幽暗的尾艙裡人人不辨容貌，但無不聲嘶力竭、同氣齊心地划著水仙。此景令鄭森深為震動，心中暗道固然死生有命，此際著實該與同船的舟子們同心共濟，於是也用力揮動雙臂、大聲呼喊著划了起來。

才划幾下，便覺艙外似有亮光。他站得離艙口近，看得分明，只見三根桅杆尖上各衝起一道青白色的火光，幽幽曖曖，卻是黑暗中的三盞明燈[1]。

鄭森對眾人大喊：「快看！」鄭明騄激動地喊道：「是聖火，媽祖婆來救咱們了！」舟子們也都又哭又笑地喊道：「婆啊，婆啊！妳來救咱了，婆啊！」

鄭森細細凝視火光，青白色的毫光一絲不爽。觀之良久，眼中再不見風雨巨浪，只覺無比寧定。此情此景，若非親見，實不能信其為真。

●

鄭森在臥艙深沉一眠，醒來時只見斗室幽微，不辨辰光。起身推開艙板上的小窗格，霎時一片白光螫眼。鄭森想起昨日和衣倒臥在榻上就睡著了，衣物浸過海水，變得腥臭不堪，遂匆匆換過一套衣服。

出門來到甲板上，舟子們早已渾若無事地各在其位忙碌著。鄭森爬上尾樓甲板，歉疚地道聲遲，鄭明騄正自雙手抱胸張望遠方，見他來了，下頷一揚，算是招呼了。鄭森舉目四望，不由暗暗讚嘆，只見長空一碧，清透如洗，而海面湛藍平靜，不起波瀾，彷彿亙古如此。

鄭森道：「好一片光景。昨日的大風浪竟似虛幻一般。」

鄭明騄道：「海路行得多了，大風浪總會碰上幾回。只是森舍運氣不好，頭一回出海就給遇上了。」

---

1 此為「聖艾爾摩之火」，乃雷雨中因強大的電位差產生的尖端放電現象。

「總歸是平安無事，也算得上一番經歷。」

「許多舟人遇過這樣的風浪之後都不敢再出海了呢，甚至還有人大浪中不死，等風平浪靜了反而發狂投海。」鄭明騄輕描淡寫地說著，語氣一轉又道：「森舍此番願往海外，倒是難得。你與田川叔母分別也有十多年了吧，日子過得真快。一官叔交代過了，咱們在長崎奉行那裡運動多時，有消息來說時機差不多了，此番務必把叔母從平戶接回來。」

鄭森道：「如此多勞明騄哥費心了。」

鄭明騄一擺手道：「那有甚麼，別放心上。你那包要緊東西，沒給海水浸壞了吧？」

鄭森聞言，忙從懷中取出一個油布包，裡頭是鄭芝龍要他呈進給日本官府的書信和一張畫像。海上風大，鄭森不敢驟然抖開，背轉身子逆著風掀起略微濕濘的布包一角，見到畫像上父親的容貌安好，這才放心。

鄭明騄湊過來看見畫像，嘖嘖讚道：「這一官叔畫得好威武，不愧是威震東南海疆的大元帥模樣，那日本將軍幕府的官兒們見了，還不嚇得趕緊讓田川叔母歸返中國？」

「這樣果真妥當嗎？」鄭森看著圖畫上鄭芝龍全身戎裝，駕統無數艨艟巨艦，旌旗飛揚、軍容壯盛，一副勢燄薰天的模樣，不免有些反感，忍不住問道，「咱們要日本幕府在法外破格行個方便，卻擺出這麼耀武揚威的態勢，會不會反而惹惱了人家？」

「你不曉得倭人的習性，」鄭明騄彷彿忘了鄭森的日本血統，率直地說道，「他們吃硬不吃軟，看你有骨氣，先敬你三分。要是低聲下氣地哀求，反而瞧不起你；他們又好面子，大元帥親自寫信來要人，才顯得光彩。」

鄭森聽得「倭人」二字，心下不快，又對鄭明駿所言不甚以為然，遂道：「雖則如此，在書信上不卑不亢、懇切告之，寫明阿爹潮漳鎮總兵官的身分儘也夠了。」

鄭明駿笑道：「森舍別犯疑了，你爹和日本人打交道二十多年，還能不了解？倒是你，事隔多年回到日本，必然感觸良深吧——你今年也二十一了，是該出來闖闖，好幫一官叔挑擔子。」

鄭森點點頭不再言語，他不願多談此事。自幼他便因出身海外而受盡族中長輩與兄弟們的輕賤，這也是他立定主意必得在科舉正途上圖個功名的緣由。鄭明駿過去也同樣常拿這個開他玩笑，以是鄭森和他並不親近。昨日風雨中見鄭明駿面不改色指揮若定，才對他有所改觀。但他話中不時提及「回到日本」等事，依然令鄭森不知何以為應。

鄭森上年到南京謀退左良玉大軍，雖然順利完成使命，然而父親鄭芝龍欲與馬士英、阮大鋮等人訂盟，鄭森卻私下向侯方域報信，並助他逃離南京，差點因此壞了盟約大計。事後鄭森回到安海，鄭芝龍對他與復社文友過從一事頗為不滿，認為他們只是一干憤世嫉俗的酸丁，就曉得搗亂，因此命鄭森在家讀書。一來鄭森也盤算著，欲在國事上有所施展，終究還是得先考取功名在身，因此著實發憤苦讀了一段時間。

然而大半年間，北方局勢大變。崇禎十六年九月，督師孫傳庭率領十萬大軍在河南汝州與李自成決戰，結果大敗虧輸，戰死四萬，損失騾馬軍資無數。十月李自成破潼關、入西安，孫傳庭戰死，這支被稱為「朝廷最後一副家當」的精兵良將喪失殆盡，整個西北和湖廣、四川一部盡為闖軍所有。隔年元旦李自成稱帝，國號大順，並隨即領兵東向，北京局勢岌岌可危。

鄭森雖然閉門苦讀，畢竟偶然斷斷續續聽到這些消息，心中不能無憂。鄭芝龍看在眼裡，不欲他心思活動，遂以「長崎奉行打點好了，去將你母親接回安海」為由，派他隨船前往長崎。鄭森從未出過遠洋，更無意於商賈之道，但一聽得「母親」二字，霎時胸中熱血翻騰，慨然無辭。

二月廿六日，南風還弱，船隻便即自安海離港。經臺灣雞籠山、彭家山、釣魚嶼、赤崁嶼，又經八重山、琉球、奄美，而在三月十八日抵達日本九州薩摩，再往西就是長崎所在的肥前。沒想到就在這一日遭遇風浪，幸而得免。

鳥船繞過長崎半島最南端的一座岬崖「野母崎」後，就算是進了長崎地界。隔日行抵三瀨沖，這是一處礁石密布的險灘，外來船隻，雖老舟師也不敢貿然航行。早有長崎方面的哨船在此等候，登船察看，並且派出十二艘「挽船」，拋上攬索相繫，將鳥船拖曳進入長崎港。

那長崎港位在深入陸地的一道海灣之中，與安海港略相彷彿。只見環山擁一水，端的是利於避風靠泊的良港。山水交界處，一片灰黑色的屋瓦相連，距離雖遠，已能看出長崎不愧好一座大市鎮。

挽船拖曳著鳥船更往港灣盡處駛去，一處突出的海岸呈現流麗的弧形，洵非天然之物。島上屋舍井然，多為二層黑瓦樓房，而有一根高聳的旗杆，掛著和蘭三色旗。鳥船通過其側面時，鄭森才發現這竟是一座緊緊傍著岸邊的小島，且作工整的扇形，因問道：「這座島怎地如此古怪？」

鄭明騄見怪不怪地道：「森舍今日長見識了吧？我說你早該出來外洋看看。此乃『出島』，係人力所築。日本人怕夷人上岸傳教，又依然想和他們貿易，索性在海中築了這麼座扇面形狀的孤島，只以一座虹橋與陸地相連，把入港的夷人都給關在島上，好生看管著。」

鄭森道：「這日本人也真大費周章，竟不惜工本築此孤島，只為將夷人嚴加拘束。在陸上蓋座深溝高壘的石牆不成嗎？都說日本安樂太平，但如此輕驅民力，只怕難以久長。」

「你道這是奉行強使伕役所築嗎？」鄭明騄笑道：「這可是二十五位長崎豪商，人人心甘情願籌資所築。」

「喔？卻是為何？」

「當年幕府幾度嚴令禁教，據說幕府內有一派意見打算徹底禁絕與夷人貿易。長崎的豪商們深恐就此斷了生路，慨然集資自力築成此島，以此陳情，幕府才網開一面，允許夷人續來。最初專給佛郎機人居住，一年後驅逐佛郎機人永不許其登岸，才把和蘭人移到此處。眾豪商中，我也認識幾位，當年他們可是傾盡家財成就此事，把一族榮枯都給賭上了，其魄力真叫人佩服。」

鄭森點點頭，嘆道：「苟利之所在，鬼神皆可驅使也。」

鄭明騄卻道：「商人逐利，底下不知多少人跟著全活。你別瞧這長崎鎮好生興旺，若不是有這座島，一旦給封了港，不止商人倒楣，全鎮的人都得餓肚子。乃至於從長崎到博多、大坂、江戶之間的船工、苦力、腳夫，更都失了生計。遠的不說，和蘭人自平戶移到長崎來以後，平戶封港，市面說蕭條就蕭條，客棧酒館、教坊遊里一夕之間關得乾乾淨淨。川內浦的唐人也一哄而散，像個鬼鎮似地。」

鄭森聽他說起自己出生的故鄉近況，竟是如此不堪，不由得心中一緊。他正想再多問下去，鳥船已在道榮濱沖傍著另外三艘中國船隻停妥，舟子們頓時蜂蟻般忙乎起來，解纜拋繩、下碇繫留。

待準備停當，長崎奉行所的唐通事、宿町使和船番等人上船查察。鄭森和鄭明騄親在舷邊接待。幾名日本雜役上船後，一人顫顫巍巍地從舷邊爬上來。鄭森居高臨下看得分明，只見那人髮色花雜，從前額至頭頂心剃得精光，又從腦後一絲不苟地梳了一個向前折的髮髻。鄭森想起外婆田川家的叔公和不少日本長輩都做此髮式，一時猛然憶起從前許多事來。

「唉呀，這可不是清河太兵衛大人嗎？」鄭明騄驚喜地喚道。那人抬頭一看，也喜道：「お久し振りだな（久違啦）！」鄭森在旁邊聽了這麼一句尋常的日語問候，不知怎麼胸口似讓甚麼東西撞了一下。

鄭明騄小心地把清河太兵衛攙扶上船，道：「清河大人還親自出海查察呀，這等苦差事該讓小輩們做去。」清河太兵衛用生硬的明朝官話道：「吾雖老，尚能飯也。倒是明爺，許久未曾來我日本矣。」鄭明騄道：「可不是，老一官讓我多往臺灣去，我成天說的都是嘰哩咕嚕的和蘭話，日本話本來就懂得少，現在更不會說了。」清河太兵衛道：「明爺客氣。老一官可好？」

鄭明騄道：「託福，託福。」他指著鄭森道：「給清河大人引見，這位是老一官的大公子森舍。」

清河太兵衛喜道：「莫怪尊顏如此威儀，原來是老一官的公子。森爺您好。」鄭森忙道：「不敢當此稱呼，老大人稱我名字就可以了。」清河太兵衛溫然道：「您們福建人稱少爺為『舍』，我也稱您森舍好了。」

清河太兵衛打量著鄭森，道：「森舍莫非係老一官在平戶所生之子？」鄭森點頭道：「正是晚生。」清河太兵衛笑道：「喔呵呵，果真是您。當年老一官要接您到大明國，費盡心思，在下也曾稍盡棉薄之力。唉呀，一眨眼十幾年過去啦，您也長成這麼一表堂堂了。」他用日語問道：「您尚能言日語否？」鄭森其實聽得懂的，微一遲疑卻道：「您說甚麼呢？」清河太兵衛用官話道：「森舍不記得日語了嗎？」鄭森搖頭道：「晚生自幼歸返中國，並不懂得日語。」

鄭森沒想到才一到港便遇上一位和自己淵源甚深的人物，頓時大感親切，遂道：「晚生十四年前離開平戶，從此未曾再與母親相見。此次前來，便是來將母親接出，好讓一家團聚。」末了又殷切地道，「至盼老大人牽成。」

清河太兵衛面露猶疑之色，不溫不涼地道：「森舍思母心切，著實教人同情。何況是老一官交代的事，吾等敢不盡心？不過正如您們唐人常說，『事緩則圓』，森舍不要心急。」

鄭森忙問：「莫非事情有變？請老大人明示！」

清河太兵衛卻不答話，而是看向鄭明騄：「明爺是老朋友，我給提個醒，今次上岸不比往時自在，萬般事項都得照幕府的規矩來才成。」

鄭明騄笑道：「清河大人跟我打甚麼官腔，有甚麼事情儘管交代下來就是。」

清河太兵衛眼神飛快地往身後的差役們一閃，一臉嚴肅地道：「明爺切莫等閒視之、輕慢自誤。」

鄭明騄知他有些話礙著眾多雜役之面不好明說，遂也慎重地道：「我自理會得。」

清河太兵衛點點頭，示意手下開始例行的查察。首先進行「踏繪」，召集全船舟人來到頂艙甲板，日本役人取出五塊銅牌，在地上排成一列。鄭森看那銅牌上雕有圖案，其中一塊雕繪著一名婦人，另一塊則是同樣裝束的婦人抱著一個孩了，還有一塊則是一名男子雙手橫張，垂頭屈身，被釘在一個十字形的木柱上。五塊銅牌都被磨得十分光亮，圖案則都略有些模糊不清了。

鄭森在父親房裡見過類似之物，知道是天主教的神繪，浮雕著天主耶酥和天主母[2]之圖，只不知此時放在地上的作用，因問道：「這是在做甚麼？」鄭明騄道：「幕府將軍禁天主教，為免我中國舟師有信教者混入，人人都須踩踏天主和天主母圖，以示並非教徒。」

「阿爹也曾受洗入教，」鄭森疑惑道，「那麼阿爹從前來日本，也都得踩這天主母之圖？」

「這規矩是近年定下的，一官叔大約不曾遇上過。」鄭明騄哼哼一笑：「不過照一官叔的性子，只要有生理做，別說是天主母，哪怕天王老子還是媽祖婆他都敢踩吶！」說罷領頭大踏步上前，刻意每片銅牌都用力踩過。

鄭森雖不信天主教，多少覺得如此踐踏海外諸番之神明甚為不恭，但又勢所必行，落腳時遂輕巧地避開畫像上的頭臉。不料此舉卻遭日本差役喝叱，命他重新狠狠踩過。

待全船所有舟人「踏繪」已畢，日本官差們原本嚴肅的神情都放鬆下來，滿意地開始接下來的工作。接著都是例行之事，雙方駕輕就熟，進行得十分俐落。日本差役檢查特許入港的信牌，管船的遞繳「人名帳」以及「積荷帳」，也就是貨物清單，日本差役則一一核對確實。另外管船還遞交「風說書」，也就是中國及海外情事的報文。蓋日本禁海後，不許國人出洋，海外情事只能依賴唐人與和蘭商人提供，對此十分重視，每有外船到港，必隨即派飛腳將風說書專送到江戶上呈幕府。

文書查核完了，便開始卸貨。烏船左右早已停滿許多小駁船，將烏船上的貨物一撥一撥運到岸上的貨棧，該處另有檢使加以清點封印。如此光是卸貨就忙了整整三天，待所有貨物卸載一空，烏船上所有人便須盡數下船，將空船交由日方看管戒備，以防有天主教徒藏匿在船上偷渡而入，或者從事走私。當然中國商人並非省油的燈，自有辦法夾帶私貨登岸。

待所有船貨卸載已畢，鄭森、鄭明駿和管船的到尾艙拜謝船頭媽庇祐，將媽祖請上神轎，放下駁船，船員們也陸續跟著下駁船登岸。眾人沿街敲鑼打鼓，恍若媽祖出巡，長崎町民們紛紛駐足觀看，好不熱鬧。最後抵達北邊山坡上的福濟寺。

這福濟寺係由泉州和漳州華商護持興建，故而又稱「泉漳寺」。另外福州華商建有崇福寺，江浙華商則建有興福寺，各擁山頭，亦作為商人會所。

福濟寺規模不大，只是幾座庵堂。鄭森等一行迎著船頭媽到福濟寺，見三門前已有許多先到港的泉州商人和水手等候相迎，一時雙方指認招呼，好不熱鬧。

鄭森在人群中乍見一個極熟的面孔，那人下巴長而突出，即閩人所謂「戽斗」，一對眼皮十分沉重，好似隨時都要打起盹來的模樣，然而和人一說上話，又顯得極俐落。此人乃是鄭森的堂兄鄭泰，是理財上一把好手。鄭明駿道：「一官叔把走日本的大船頭也派來啦，看來接回伯母之事志在必得。」他和鄭泰極熟的，隨即上前喚著鄭泰的字道：「呦，祚爺，你到得可早。」

鄭泰道：「我走長崎就像是在走自家灶腳，水路熟透的，拿我跟你只走南邊的比？」鄭森也過來招呼：「阿泰哥。」鄭泰見了，乜斜著眼沒好氣地道：「原來森舍也來了，怪道一官叔非要我趕著開春第一撥船來日本，怕是要給森舍作照應——森舍這是回家嘛，有甚麼好擔心。」不等

---

2 耶穌和天主母：即耶穌和聖母瑪利亞。

鄭森答話，又道：「別杵在這，先給媽祖婆安座才是正經。」

眾人旋即入寺，共同請媽祖安座已畢，便一同前往附近的「旅籠」，亦即客棧歇宿。接下來船貨的清點、日本商人看貨、長崎會所議價整船購入、會所對日本各地商人拍賣、出貨、購買日本貨物裝船等事，必須費時數月，其間眾人都得在此生活。

才到旅籠林立的街上，舟人們便炸鍋般喧譁起來，紛紛如鳥出籠、獸歸山，呼朋引伴準備各自飲酒狎妓去也。街上更早已擠滿了酒店生兒和當地稱為「丸山遊女」的各色歌妓土娼，熱情地上前攬客，乃至有彼此相熟的，在街上就公然勾肩攬腰了起來。蓋舟人們經歷海上九死一生，兜裡又有錢，自要好好縱樂一番。

這時街頭馬蹄聲響，伴隨著官腔官調的喝叱。路上人們競相閃避，一面咒罵道：「嘿，險些撞著恁爸！」「這是咧衝啥！」

三匹馬到街心猛然停住，眾人看時，馬上是宿町使和清河太兵衛，還有一名戎裝武士。二人身後，一隊兵丁跟著奔來。鄭泰看見武士和士兵身上的紋樣，詫道：「杏葉家紋，是肥前佐賀藩的藩兵。他們平日只管碼頭警備，特為看管和蘭人的，怎地來此，不知出了甚麼事故？」

只見宿町使氣勢洶洶地下鞍，目光銳利地環視眾人，取出一份官樣文書，語氣嚴厲地誦念起來。清河太兵衛以官話逐條複誦，內容不外乎不得傳布天主教、不得滋事、不得任意外出，即便登船修繕，也須有日人同行戒備……云云。

宿町使念完規戒，武士便指揮兵士驅趕遊女和酒生兒，也命一眾舟師都進旅籠去。舟師們群起大譁，都道：「往時都許咱們作樂的，怎地這回卻不行了。」「咱又沒做歹，為何派兵給咱嚇驚？」「恁爸佇在船頂整個月了，現在是安怎？要把我們關在客棧幾個月嗎？」

帶隊武士見舟師們不肯聽命，上前推了一個舟師一把。那舟師是在海上討生活慣了的，雖不懂武藝，但下盤極穩，武士這一推竟推他不倒。舟師趺步間不經意揮手打在武士身上，激得武士大怒，右手往腰間刀柄上一按，就要拔刀出鞘。鄭森眼尖，一個跨步上前按住武士右手，武士一時竟拔不得刀，漲得滿臉通紅。

這時鄭森感覺身後一股大力推來，閃身避過，卻見動手的是鄭泰，遲疑間已被鄭泰重重一把推在牆上，撞得背脊生疼。鄭泰對鄭森和那舟師罵道：「放肆，這是人家的地面，怎可如此撒野！」

那武士已拔刀在手，高聲斥罵。宿町使知道鄭森的身分，怕出了事不好收拾，遂上前喝退武士。鄭明騄也趕緊上前交涉，道舟師們涉海辛苦，以往到港也都能守規矩，不知這次有何不妥？宿町使並未解釋理由，只是在清河太兵衛低聲商議下讓步道：可以前往遊里和酒館，但不可在街上逗留，更禁止離開宿町，鬧事者必嚴懲不貸。宿町使說罷揚長而去，清河太兵衛欲言又止，向鄭森等人一點頭也去了，而那武士指揮士兵在長街兩頭布崗，不讓眾人出入。

眾人雖覺奇怪，但只要能去遊里或酒館，也就不管這許多，霎時又是哄然一片，自去逐酒尋歡，放浪縱樂。

鄭森背上兀自疼痛，鄭泰經過他前面時，冷冷地道：「日本國法最尊武士，常人稍有衝撞，武士都可立斬不論的。沒的逞甚麼能！」說罷頭也不回地去了。

隔日長崎奉行召見，鄭森與鄭泰、鄭明駼在士兵監視下前往位在本博多町的奉行所。長崎奉行是德川幕府派駐當地代行管領之職，例設兩名，輪流在江戶和長崎任職，除了主管海外貿易，也奉命嚴禁天主教，並監視九州一帶的諸侯動靜。

鄭森等三人進了奉行所，行禮如儀地謁見了奉行馬場利重，不尋常的是，幕府派駐長崎的「目付」，也就是監察官也在場。眾人簡單地寒暄一番、呈上禮物之後，鄭森接著呈上鄭芝龍的畫像和書信，提出將田川氏接往中國的請求。

馬場利重接過畫像，淡淡笑道：「一官將軍好威武！」他瞥了目付一眼，道：「我國國法，不准國人出海，一官的請求礙難准允。」目付卻道：「一官與我國貿易多年，向來十分恭順，奉行大人也不須如此峻拒。不妨暫且收下書信畫像，待適當的時機再為他上呈幕府如何？」馬場利重聞言，這才將書信收下，但不再言語，鄭森三人只好當即退出。

陪同謁見的清河太兵衛將三人送到大門口，道：「奉行大人近日公務繁多，這次無法如恆例在晚間設宴招待貴客。大人囑我向各位謝罪，並由拙者在舍下敬備菲席，為各位接風。務請各位貴客賞光。」

三人連聲稱是，行禮而去，依然由士兵監送。鄭明駼不解地道：「究竟發生甚麼事，這樣死死看著我們，奉行也不設宴接待。以往在奉行所裡不便談的事情，都可在宴席上解決。何況這次森舍帶了一官叔的重禮來，反倒如此怠慢？」

鄭泰一貫陰沉地道：「我早幾日到港，也沒吃到接風宴，本以為是要等你們來齊了一道吃的，不想卻還是吃了閉門羹。」

鄭明騄道：「莫非他今年不想進『御調物』了？」鄭森沒聽清，問道：「甚麼是御調物？」

鄭明騄道：「這是奉行獨有的利頭，可儘先挑選貨物購入，尚且不經長崎會所抽水。一轉手賣給大坂或者京城商人，其利數倍。往時咱們會先和奉行私下商量好，有些品目在帳上寫得平凡無奇，其實是特別為他準備的上等貨色。譬如京綾　般都是以整疋計，上好的咱們就寫『四十二疋有四』，掛個零頭，他看貨帳時就心裡有數了。」

鄭泰道：「馬場那傢伙不會不理我們的。奉行的年例只有一千石，可為了謀這個位子，他得花三千兩在幕府裡運動。不靠這些御調物和咱們送的禮物，他怎麼扳本？我是聽說，近來和蘭人那頭有事，幕府對長崎看管正緊，許是因此不敢造次。猜測無益，總是到晚上就知道了。」

晚間三人依約前往清河太兵衛家中，在客間疊蓆上入宴，眾人盤坐而食。席上只有另一名老通事潁川藤左衛門相陪——他其實是福建龍溪人，本名陳道隆，在長崎商販多年，因於日本娶妻生子，索性長居下來擔任通事，並以陳氏堂號「潁川」為姓。

眾人宴飲笑鬧，言不及意。待酒過三巡，鄭明騄試探地問道：「長崎的幾位老朋友，高島四郎兵衛、伊予屋半三郎等，最近可好？」清河太兵衛道：「高島、伊予屋幾位與明爺相熟的都安好，只有末次宗德近來多病，讓兒子襲名繼承當主了。」

鄭泰卻無耐性，直率地道：「清河大人，咱們就別繞彎子了，鎮上究竟有甚麼事，戒備成這樣子。你今日不叫本地商面上的朋友作陪，專叫老陳來，該是要和咱們好好談談吧。」鄭泰仍稱潁川藤左衛門為「老陳」，好攀帶同鄉交情。

清河太兵衛微微一笑：「祚爺毋須多憂，唐人無事。」潁川藤左衛門道：「祚爺說得不錯，今日的確是專請三位來細為分說的。」他收起笑容，嚴肅地道，「咱們老同鄉，特為私下跟你講明白。此次貴船入港，須得格外注意規矩。舊時奉行睜一隻眼閉一隻眼，眼前卻得公事公辦。尤其是『拔荷』——偷漏走私等情事，今年內絕不可行。」

「以往商量好，『拔荷』給大坂商人多少，京城和其他地方多少，都有定規的嘛。」鄭明騄疊聲埋怨，「奉行大人的御調物，價格貼本，我們也從沒給少過。兩邊一賺一賠，通扯打平……這下子讓我們都按規矩來，實在太難辦了。」其實鄭明騄知道抗拒或者抱怨皆是徒勞，他是商人本色，意在討價還價，「要不，照往例，多的貨讓咱們『捐』給福濟寺？」

「『捐』給福濟寺，靠和尚們事後幫你們銷貨，也得抽三成水，利頭少了不說，還得下一趟來才能盤帳。實話告訴你，就算是三福寺那邊，眼下奉行大人也得看管著。」潁川藤左衛門身子向前微傾，「不是奉行大人不近人情，大家同船合命，給你們行方便也就是給他自己行方便。這次實在是幕府直接有令下來，不能不收斂一陣子。待風頭過了，大人定有補報。」

鄭森忙關心地問道：「晚生此來，是為了將家母自平戶接迎回國。行前家父囑咐，奉行大人對此已然允諾，萬請奉行大人依約而行。」

「此事恐怕要令森舍失望了。」清河太兵衛歉然道：「我日本國法，嚴禁國人出海。奉行大人本來念在老一官對長崎貿易盡心勞苦，確實打算向幕府進言，許令堂往明國與一家團聚。然而眼下這情勢，也只能緩一緩了。」

鄭森急道：「晚生自七歲上與母親分離，一別已十四年，無日不曾泣血思念……萬請奉行大人格外施恩，成全我一家宿願。咱們絕不會給奉行大人添麻煩的。」

清河太兵衛道：「奉行大人非不肯成人之美，要在平時，自無話說。此番卻是幕府直頒令諭，除了長崎一地，鄰近的佐賀藩、福岡藩也都在領內嚴加捕緝，倘有拿獲拔荷走私，乃至擅入的外人，都必有重懲。此實非奉行大人可一力承擔者。」

「至少，讓晚生前往平戶見母親一面吧，」鄭森難掩激動，「若遭捕拿，鄭森甘受幕府責罰！」

「不是這一說，」鄭泰插話道，「咱們要是在外藩領地上給捕拿住了，長崎奉行少不得一樁失察之罪，這咱們可擔待不起。」

鄭森心知鄭泰所言在理，心緒卻不能平息，暗想：萬里遠來，母親已在咫尺，總要想個法子往平戶一行。

鄭明騄見鄭森猶有不平之意，怕他不知顧忌弄僵了席面，調轉話頭問道：「奉行大人此舉必有苦衷。幕府究竟為了甚麼大事下此嚴令？」

清河太兵衛道：「這都要怪阿蘭陀人太輕慢了。」

他所說的「阿蘭陀人」即是和蘭人。原來在上年，和蘭一艘單桅快艇布雷斯肯號前往日本附近尋找傳說中的海盜藏金之島，遭風漂著日本東北陸奧地方的盛岡藩，盛岡藩府得知消息後十分緊張，深恐在禁海嚴令頒布未久之際有佛郎機人潛入宣教，遂趁該船再次入港購買糧食、召喚遊女尋歡時將船長以下十名船員盡數捕拿，押解江戶。

為此，和蘭駐長崎的商館長，趁著每年例行前往江戶拜謁將軍的機會，力言和蘭絕無派遣宣教師到日本的意圖，更無在日本奪取領土的野心，幕府才釋放這十名船員。

本來事件至此而止，然而和蘭商館長卻於再次謁見將軍時取出初代將軍德川家康頒予的朱印狀（官許執照），陳言當初德川家康允諾和蘭人到日本任何港口貿易，今日幕府不應以此指責和蘭不是。此舉令幕府頗為忿懣，認為將軍五度頒令禁教、禁海，早已是十分明白之事。讓和蘭人留駐長崎出島、不追究在盛岡登岸已是格外優容，和蘭人竟有此得寸進尺的表示，因此下令明年不許和蘭商館長前往江戶拜謁，長崎一切行事從嚴。

日本雖未禁絕貿易，但示警之意甚明，果然令和蘭在咬留巴的總督大為緊張，隨即派出使節前來致意，此為後話。當時幕府命長崎奉行謹肅從事之令剛剛頒下不久，奉行自然不敢輕忽。

「真是冤枉，和蘭人犯事，與我大明商人何干？」鄭明騄不平地道，「倘若紅毛不肯就範，莫非咱們也得跟著賠進去不成？」

「明爺稍安勿躁，」潁川藤左衛門道，「想來幕府之意，在申明禁教、禁海之令絕非兒戲。這一節不唯讓和蘭人與唐人知曉，也要讓日本臣民觀見其威信。」

鄭森道：「晚生見長崎屋宇櫛比鱗次，果然好一座熱鬧市鎮。豪商尚且不惜鉅資築成出島，著實不可思議。本地商人企渴貿易，怕不下於唐人與和蘭人，禁令固行得一時，時日久了，日本商人也生受不起。」

「豈止商人生受不起，」鄭泰緩緩道，「且不說奉行大人依賴貿易甚多，幕府其實也仰賴長崎會所解稅。真要雷厲風行，只怕三敗俱傷。」

「諸位切莫輕慢幕府之決意，」清河太兵衛道，「七年前島原之亂，三萬餘名切支丹——唐人的說法是天主教徒——奉教叛逆，幕府派重臣以十二萬大軍費時二年方才平定。以三萬之眾而敢負嵎頑抗，戰至最後一人，天主教之力著實可畏。幕府絕不能容此教星火復燃。」

「只有佛郎機人才執著於傳教，和蘭人滿腦袋裡都是錢，要他們為宣教而拋下白花花的銀子，那是殺頭也不幹。」鄭明騄道，「天主教中也分有許多宗門，和蘭人所奉者與佛郎機人不同，不重宣教，幕府實在不須如此小題大作。」

清河太兵衛見三人態度如此，話鋒一轉道：「祚爺、明爺，有位平戶人團十郎，您們應該認得。」鄭泰和鄭明騄相視一眼，並未答話，但顯然默認了。清河太兵衛道：「此人精於砲術，近來在平戶和長崎到處收買武器、招募浪人，很不安分。」

他故意不再往下說，看看二人反應。鄭明騄嘿嘿一笑道：「團十郎是我們的人不錯。購買武器、盔甲之事，本來也是奉行大人默許的嘛。貴國現在是太平盛世，用不著這些東西，我們中國忙著剿虜、討賊，正好買了去，也免得貴國心懷不軌之人看著心癢癢。只不知那團十郎是否哪裡做得孟浪了？」

清河太兵衛道：「要在平時也還罷了，眼下那就孟浪了，倘若讓人告發他意圖謀反，奉行大人可難做。諸位放心，奉行大人並未為難於他，只是請他在一個安靜的地方小住一段時日，待風頭過了再放他出來。總之，眼前這一陣子，務請諸位擔待。」潁川藤左衛門也道：「在這節骨眼上，倘若橫生枝節，恐怕對唐人貿易也有不利。今日私下知會諸位此事，也是為諸位長遠打算。」

鄭泰看了看鄭明騄，點頭道：「既是如此，咱們自當謹遵奉行之命。」

往後數日，鄭泰等人果真約束眾舟師收斂舉止，更無與日本商人私相聯絡之舉。眾人整日裡只在宿町的遊里縱酒尋歡、聽歌觀舞。

鄭森對此只覺苦不堪言，他與一干商人族親話不投機，陪席歌妓又都庸俗不堪，眾人都在慾界仙都裡自在快活，鄭森卻如遭大刑、如坐針氈，對眾人宴席間談論的商賈之道、彼此炫耀的人脈之廣，乃至競相吹噓的齷齪淫俗之語，都大為反感。

鄭森不想在遊里廝混，只能把自己關在旅籠樓上的房裡讀書，然而卻又一個字也讀不下去。眼望窗外，觸目所及之物在在提醒他身處日本、與母親只有一水之隔。櫛比鱗次的屋宇後方可見海灣一角，四周都是山丘，彷彿在一座谷底。而宿町房舍一道道黑瓦屋頂，竟像一座囚牢，叫他恨不得能插翅而飛。

他心裡無時不想著潛往平戶，奈何人地生疏兩眼漆黑，竟是毫無辦法。幾番和鄭泰、鄭明騄商量求告，只換來鄭泰一番斥責，罵他不該為私情而不顧貿易大局。

這日，鄭泰和鄭明騄招他去福濟寺燒香，鄭森本不願往，鄭明騄隨即暗示也會有平戶來的商人前往參拜，鄭森眼睛一亮，更不打話起身就走。

三人到了寺裡，焚香禮拜已畢，便在寺後一座小庵房中喝茶。

才一坐下，鄭森便即問道：「平戶商人是來和咱們接頭的吧。」

鄭明騄道：「不錯。日本禁海之後，平戶大為蕭條，當地中國人有的早已落地生根，一直希望能重開貿易。這幾年咱們還是暗中供貨給他們，往來不絕的。田川叔母那邊，也都是透過這些人通消息。每次來人不同，總要見了面才知道。」

正說著，門外傳來僧人的聲音道：「施主請在裡邊用茶。」鄭明騄道：「來啦！」

鄭森忙轉頭看時，來人雖然未曾見過，卻大有一種奇異的熟悉之感。細看之下，那人無論身形面貌，竟與鄭森一般模樣。鄭森一彈而起，吃驚地張望，若非對方穿著和服衣飾、留著剃光頭頂心、髮髻向前的「銀杏髷」，幾乎便如照鏡一般。而那人見了鄭森，也自驚訝不已。

鄭泰嘿嘿一笑，道：「小左！沒有想到，今日卻是你來，可真是無巧不成書了。」

鄭森詫道：「你是小左？」那人一愣，繼而喜道：「福松大哥！」兩人四臂緊緊互握，驚喜不定。

這人竟是鄭森的親弟弟田川七左衛門，幼年時小名次郎左。他比鄭森小四歲，一直留在平戶，因為過繼給母親的娘家，故而以田川為姓。

「你們兩人還真是相像，」鄭泰道：「要是換過衣服，怕還分辨不出來呢。」

鄭明騄看鄭森兄弟倆胸中似有千言萬語的模樣，遂道：「你們十多年未見，總有許多話要說吧，我看這會兒也沒有心思議論正事，不如先讓你們好好聊聊。」說罷，便拉著鄭泰自去了。

兄弟倆興奮地看著對方，鄭森道：「母親大人可好？」七左衛門慎重地道：「母親大人安好；父親大人可好？」鄭森點點頭，道：「父親一切都好；我離開平戶時你才兩歲，還不會說話呢，如今已是堂堂七尺之軀，真叫人快慰。」七左衛門道：「阿兄才真是氣宇軒昂，甚且十五歲就考中秀才，令弟弟感到無上光榮。阿兄向來好嗎？」鄭森應道：「好，好……」

這時寺中僧人托著盤子進來，給七左衛門送上一杯茶。鄭森二人遂在疊蓆上坐下。僧人退去後，小庵中倏然安靜下來，只聽得窗外鳥鳴啁啾。這庵子十分簡陋，徒然四壁。除了疊蓆上的小茶盤中幾杯熱茶兀自冒著白煙，室內更無擺設。

初見面的興奮之情迅速退去，兄弟二人盤膝對坐，胸中雖有千言萬語，一時卻竟不知該如何開口。

鄭森仔細看著弟弟充滿朝氣的模樣，外貌與父親有幾分神似，但也看得出來他天真率直，與父親的城府深沉大相逕庭。十多年來，鄭森常與母親通信，七左衛門讀書識字後也常有尺牘往返，不時說些平戶川內浦村子裡的事情，諸如家裡的母狗生了一窩小狗、鄭森兒時手植的竹柏樹已經和屋子一般高了、小左開始讀《論語》、今日習劍時被同伴打傷了嘴角云云……眼前之人與自己一母同胞，自己也知道他許多事，彷彿至親。然而當面見著，才意會到自己其實並不真的識得對方。

鄭森看著弟弟，恍如夢境。對方彷彿是另一個自己，穿著日本服色，十六年來伴著母親在平戶生活、成長。過著原本自己應該過的日子。

一陣沉默之後，鄭森輕輕一嘆，道：「你我手足至親，多年不見卻如此生分了。小左啊，我真羨慕你，能夠承歡於母親大人膝下。而我，對川內浦的一草一木仿如歷歷在目，母親的樣貌卻絲毫記不起來了。」

七左衛門聽他這麼一說，略微消解了拘謹，道：「阿兄與母親無論眉宇神態都十分相像的，就連你適才端茶凝視杯中的樣子，也和母親一模一樣。」

「端茶的樣子？」鄭森猛然想起兒時在自宅「喜相院」的許多事來。母親總是嚴格要求他的儀態，連喝茶也有規矩。母親時常端著茶若有所思，自己在一旁也看得出神，想是不知不覺學上了。

鄭森道：「我無日不思念你們……可現在記得的都是些瑣事了。有一次我吃飯吃了一半，貪玩跑了出去，回過頭來要再吃時，卻見碗裡爬著一隻黑漆漆的大蜚蠊[3]，登時傷心得哭了。阿娘也不生氣，只是數落我說：『看看，不好好吃飯，現在沒得吃了吧？』」*

七左衛門興味盎然地聽著，道：「喔？那時我也在一旁嗎？」鄭森笑道，「在呀，你剛會走路，還不知道怕蜚蠊，看牠停在地上不動，舉起腳就踩。結果那隻大蜚蠊忽然滿屋子亂飛，把你嚇得哇哇大哭。」七左衛門也笑道：「阿兄記性真好，六歲以前的事情我一件也記不得呢，就是對阿兄，也只隱隱約約有個印象，沒法記得這麼清楚。」

鄭森倏地黯然道：「沒過多久，父親接我往中國的船就到了。臨行時，阿娘還拉著我說，往後吃飯她不在我身旁看著，我得自個兒規規矩矩吃完，別再貪玩讓蜚蠊給吃去了。我到中國之後，總記著阿娘說的話。無論逢年過節，或者街上耍什麼熱鬧把戲，沒有一餐飯是未吃完就擱下筷子的。」

3 蜚蠊：即蟑螂。

他低頭回想當日情景，一會兒續道：「我還記得阿娘常常帶著我們兩人到千里濱旁的丸山小崖頂眺望大海和對岸的九州島，看出港入港的船。如今想來，阿娘自是在等待阿爹歸來吧。」

七左衛門道：「我聽外公說過，阿兄前去明國的那天，阿娘也在小崖頂上張望好久，船影兒老早沒了，阿娘還不願意下來。」

鄭森聞言道：「是嗎？我從不知道此事。」說罷流下兩行淚來。

七左衛門道：「阿娘總叨念著阿兄長、阿兄短的。我雖不記得與阿兄相處的情景，卻總覺得阿兄就在身邊呢。」

鄭森忽地抓著七左衛門肩頭，道：「小左，這世上，怕只有你最明白阿兄對阿娘的思念。這次我本是來將阿娘接回中國去的，不料事情有變，但無論如何我想到平戶見阿娘一面，你一定要幫我！」七左衛門聞言沉吟：「這……」鄭森不待他答話，道：「這世上與我一母同胞的兄弟只有你一個了，看在這分上，幫阿兄一次吧。」

七左衛門看著鄭森殷切的眼神，深受感動，重重地點頭道：「好，我來想辦法。」鄭森欣喜之極，連聲道：「太好了，太好了。你真是我的好兄弟。」

這時鄭泰二人從門外進來，高聲道：「兄弟倆說完了沒有？往後日子還長呢，回頭談談正經事吧。」

鄭森連忙暗暗拭去淚痕，朗聲道：「不錯，來日方長，咱們談正經事要緊。」

四人重新坐好，鄭明騄再次看看庵外無人，對七左衛門低聲道：「團十郎被奉行拿住了，你可知道？」七左衛門點點頭道：「我到長崎時方才得知。」鄭明騄道：「聽說奉行並未為難於他，想來只是要我們別輕舉妄動，並未打算抄沒我們收購的武器和盔甲——你可知東西藏在哪裡？」

七左衛門道：「就在這興福寺後山的一處洞中。」鄭明騄嘿嘿一笑道：「一官叔交代的事豈能延誤，咱們還是得趁這趟船把東西運回去。日本官府叫咱們別運，難道就真不運了？只是東西藏在這恐怕不太妥當。船要離港時從寺裡搬運過去也太惹眼，有沒有甚麼相熟的商人可以幫忙收藏一段時間？」

七左衛門道：「這批兵器和鐵砲的數量還不少，要藏得實了恐怕不容易。」鄭泰也搖頭道：「那些個商人們甚麼生理都敢作，唯獨牽扯上刀兵之器，要給查獲了可是會沾上陰謀反亂之罪，他們不敢擔干係的。」鄭明騄道：「那該如何是好？還有甚麼地方可以藏的？」

鄭森忽道：「兵器要不惹眼，莫如放在兵營武庫裡……」

鄭泰壓下眉頭道：「異想天開，哪裡可行！」七左衛門卻喜道：「阿兄這個辦法好，福岡藩在藏屋附近有個兵營，上上下下我們都很熟。若能跟管武庫的說通了，這些兵器往裡頭一放，再自然也不過。」

鄭明騄看著鄭泰道：「祚爺，這聽著像是個辦法。兵營既在倉棧旁，到了回程出港時搬運上船也方便。你說能成嗎？」

鄭泰兩眼擠成一線，心裡不願附和鄭森的主意，但一時別無計較，遂道：「福岡藩的駐兵我們確實打點過的，那就讓小左去說說看。」他對七左衛門道：「話風緊著些，先找武庫的管事談，別一下往上找了太大的官兒。」他說話時看也不看鄭森一眼，只顧看著另外二人，續道：

「團十郎招募來的浪人，現下何處？」

「精於銃術、砲術和劍法的浪人，共招募到十六名，眼下都在平戶川內浦。」七左衛門道，「起初日子都還過得去，但時日久了，也有人開始不耐煩，鎮日裡嚷嚷著要飲酒、看戲、叫女人。」

鄭泰點點頭道：「兵器的事也還罷了，真運不出去，堆著也不至於就爛掉。這票浪人，在平戶待久了卻怕要出亂子。」

「不錯，浪人們非趁這趟送回安海不可。」鄭明騄道，「小左回去布置一下，待船要回程前，讓他們分批混進長崎來，跟我們兩艘船回去！」

●

數日後一個夜晚，七左衛門悄悄來到鄭森歇宿的旅籠。他取出一套日本商人的衣物，請鄭森換上。鄭森知道，自己一身儒服網巾的裝扮是走不出宿町的，何況潛入平戶？於是放手讓七左衛門為他更衣。

七左衛門準備的衣衫十分合身，待他幫鄭森將頭髮在頂上紮成一束「總髮」的樣式，鄭森徹頭徹尾看來就像是一個日本商人。

「阿兄這樣子，誰都瞞得過。」七左衛門讚嘆道，「若阿兄還能說幾句日語，那就天衣無縫了。」

鄭森默然，他實是能說日語的，但去了中國後屢被族中兄弟輕侮，就不肯再說一句。此番到日本，處處聽見這兒時聽慣了的語言，常感激動難抑，卻始終裝作不懂。即便在至親的弟弟面前，他幾度想用日語和他交談，話到口邊卻終究還是硬生生地忍住。

七左衛門見他黯然不語，還道鄭森為此憂心，遂開朗地道：「不打緊，一路上不會有人盤問的，真有事，我來應對就好了。」

鄭森點點頭，隨著七左衛門離開旅籠，中國船員們酒酣之際，誰也沒有發覺。七左衛門顯是經常潛伏出入慣了，在黑暗中足不停步地穿梭於暗巷間，很快離開了宿町，循著港邊山腳下的小徑繞行，穿過一個山谷之後，在一個小漁港下岸登船。

深夜中無法行船，七左衛門要鄭森先睡一會兒。鄭森雖走了大半夜的路，卻沒有絲毫睡意。他看著七左衛門，想問的事情很多，良久卻道：「小左，你的官話說得真好。」

七左衛門道：「從小，阿娘就說我們總有一天會去中國，因此要我好好跟外公學講官話，我要偷懶，阿娘就罵我說將來去了中國卻不會說官話，是會被人瞧不起的。」鄭森笑道：「外公的官話也不頂好，一口閩南腔可重得很。」七左衛門道：「莫要緊，反正我們轉去也是到泉州安海。」

鄭森道：「也對。等你們回到安海，我們一家就總算是團圓了。我盼這一天，已盼了十四年。」

七左衛門卻道：「這次阿娘前去中國，我並不打算同行。」

鄭森詫道：「卻是為何？」

七左衛門道：「我上年定親了，大約在今年裡就會成婚。」鄭森道：「這是大喜事，真是恭喜。可怎地你信裡都沒提過。」七左衛門道：「阿娘一直反對此事。她說咱們就快到中國去了，到時候又不能帶著人家一道走，沒的……耽誤人家。」其實田川松原本說的是「沒的造孽」，但七左衛門想到這話像是在罵父親似地，於是臨到嘴邊改了口。

鄭森道：「所以弟妹是位日本姑娘囉，你一定很喜歡她吧？」七左衛門道：「我們是青梅竹馬，一塊長大的。我前兩年就該結親了，卻一直因為要去中國之事拖延著，姑娘家裡無法再等，要我下個決心。我左思右想，還是決定留下來。」

鄭森道：「這確是一件難事，然而果真不能把弟妹也接來中國嗎？」

「如此則須令她與家人分別了。再者，外婆田川家無嗣，我決心留下之後，已入繼承襲家督之位，現為平戶藩士，更不可能離開日本。」七左衛門默然半晌，接著道：「同阿兄講實在話，我並不想去中國，那裡對我來說並非故里。我在平戶出生、成人，親戚師友都在這裡。反過來說，中國那兒只有阿爹和阿兄在，然而我從懂事以後，就不曾見過阿爹一面。這幾年他叫我在平戶幫忙給阿泰哥接頭，也常給我寫信，可說起來他更像是個教我做生理的長輩。」

鄭森道：「你的處境我明白，要你到人生地不熟的中國去，是難為了。然而你若不去，阿娘豈不寂寞？」

七左衛門道：「我想不會的。她在安海有你呢。」鄭森道：「小左這話就不對了，十多年來，都是你陪在阿娘身旁，我可遠不及你和她親近。」七左衛門道：「從小，阿娘就整天叨念著阿兄，我是好是歹，彷彿都無所謂的。」

鄭森道：「小左何出此言？阿娘是因為每天都能見著你，自然毋須思念。」他長嘆一口氣道，「那天我頭一次看到你，真覺得你是另一個我，留在平戶，過著我無緣承歡於阿娘膝下的日子。而我，在中國受盡族中長輩和兄弟們輕賤，說我是倭人、夷種，一有機會就合起來欺負我。可我這次來到日本，我才敢說，我並非日本人。無論穿著舉止、持心道德，我裡裡外外都和這兒的人不一樣。」

七左衛門道：「如此說來，我兄弟倆雖然遠隔萬里，卻是同病相憐。川內浦唐人多，也還罷了，要離了村子，人們都指指點點，說我們是唐蠻，不讓孩子跟我們一起玩。我若不是跟中國商人交談，平日裡斷不肯讓人知道自己會說唐話的。」他也嘆了口氣道，「阿兄說我是另外一個你，實情卻非如此。阿兄沒有親見，不曉得這些年阿娘的一片心思只在阿兄身上。到今天，阿娘每過千里濱，都還會指著海灘上那塊黝黑的石頭，說那就是她生下你的地方，又說那日紅光滿天大有異象，可見阿兄必非常人。每有阿兄的消息，或者有信來，都能讓她高興大半個月。」

鄭森含淚道：「孩兒福松不孝，竟讓母親如此掛懷。我定要將母親接在身邊，日夜服侍，以補報她如海深恩。」

「你我雖是一母同胞，終究有所不同。」七左衛門道：「阿兄是阿爹尚在平戶定居、與阿娘新婚燕爾之時所生。而我出生時，阿爹卻早已離開日本，成就事業於海上，許久才來平戶一次。在阿娘心裡，我是不能與阿兄相提並論的。」

「阿爹也是不得已。當年他離開平戶時，不過是一介唐通事，誰知才三、五年工夫就成了東南海上之主。而後受朝廷招安，從游擊、參將一路升到如今的總兵官，也僅十來年。阿爹當了官，不便時常往來日本，誰知幕府又關了平戶港，不許外人出入，阿爹即便有心，也無法再來探望你們。」鄭森長長一吁，道，「這只能說是造化弄人。就說這一回，本已和奉行議定將阿娘接出，誰知到了此間，事情卻又生變。」

「和蘭人之事不會拖延太久。阿娘遲早會到中國去的。」七左衛門忽然正襟危坐，肅容道，「阿兄是秀才，將來也要進朝廷做大官的，往後我們兄弟不知還能不能見得著面？趁此機會拜託阿兄，阿娘往後要託你好好照顧了。」說罷雙手握拳，分別摁在膝蓋外緣，深深鞠躬。

鄭森連忙挺身作揖，回了一禮，道：「倘若小左不來中國，我自當加倍體貼侍奉母親。但無論如何，小左都毋須怨望阿爹和阿娘，他們有他們的難處。這十餘年多虧有你孝順阿娘，我敢說阿娘一定記在心裡的。」鄭森難得促狹地道，「說不準，待阿娘到中國和我相處一陣，便會立時想起你的種種好處來呢。」

七左衛門聞言一笑，道：「我並不怨阿爹、阿娘，只怨這造化硬生生將我們一家拆散。今日親見阿兄神采，知道阿娘在中國有所依靠，可以放心。她在你身邊，定然時時歡喜得緊的——時候不早，阿兄累了大半夜，多少睡一會兒吧。」

鄭森點頭，和七左衛門各自側身睡下。身子雖然疲憊，卻思潮洶湧難以入睡。不知過了多久，朦朧間忽聽得鳥鳴一片，睜眼時，天已亮了。

小船沿著九州島西岸航行，小心避開長崎奉行所設在幾座山頂的瞭望番所，向北前往平戶島。

這一日，平戶島已然在望。鄭森望著只有一衣帶水的平戶島，心中激盪。眼前就是魂牽夢縈的故鄉，看起來如此熟悉又如此陌生。

小船在九州沿岸一座小島的隱密處暫泊，旋即有人上船。那人一見了並肩而立的鄭森和七左衛門，登時吃了一驚，道：「這位是？與七左衛門長得好相像啊……」七左衛門道：「仙兵衛，你別多問。這幾日有甚麼不尋常的動靜沒有？」那仙兵衛盯著鄭森看了一會兒，說道：「我就是來通報你的，免得你帶了唐人闖進村子裡去——昨天夜裡幾個浪人悶得慌，喝醉酒後為了爭一個遊女鬧起來，爭執間一人失手被殺，結果驚動藩兵前來搜查。」

七左衛門道：「那你怎麼處置？」仙兵衛道：「我先把浪人們移到黑島去，屍首也運到另一座荒島上埋好。可是有兩個遊女來不及移動，讓藩兵給拿住了。」七左衛門道：「這可不好，她們該不會供出甚麼來吧？」仙兵衛道：「我從頭到尾沒讓她們知道身分，可她們接待外地浪人、目睹命案是明擺著的事，藩兵這會兒正在挨家挨戶搜查，鬧得不可開交。」

「嗯……」七左衛門沉吟一會兒，道：「我們要上岸一趟，你看我們從寶龜上岸，從後山繞回去如何？」仙兵衛道：「這位客人是……日本人？」七左衛門一楞，道：「不，他是唐人。」仙兵衛道：「怪不得，我就覺得有些不像。若是帶著唐人，眼前就別上岸了。不僅藩兵正在搜查，藩裡也嚴令全村，若有外人闖入須得即刻通報。咱們川內浦就這麼點大，有生面孔立時都會被認出來的。」

七左衛門道：「以我們和村長的交情，他不至於出賣我們吧。」仙兵衛道：「這次幕府警戒和蘭人是來真的，左近福岡藩、佐賀藩都看管得緊，連咱們平戶藩也一樣。藩裡加緊瞭望海面，有船隻出入都上前盤查。這般態勢，恐怕不是村長能夠擔待。」七左衛門聽了，只好點點頭。

鄭森在一旁聽著，心下冰涼。七左衛門用官話向鄭森稍加解釋，鄭森不解地道：「怎麼這裡防範得竟似比長崎還嚴密？」七左衛門道：「平戶唐人多，私下常和中國往來，這是誰都知道的。現在有事，幕府自然睜大眼盯著。平戶藩一直想重開貿易，一點差錯也犯不得，是以對幕府的命令特別恭順。」

「如此我們便不能上岸了嗎？」鄭森盡量冷靜地道。

七左衛門想了想，道：「咱們先在這裡等等，看夜裡或是明天有沒有機會。」

於是鄭森等人就地靜候。入夜之後，仙兵衛潛回平戶島上，但不必等到他回報，鄭森便已看到平戶島岸邊許多地方點起篝火，不時還有人影走動巡邏。

天快亮時仙兵衛再次前來，說道：「你還是先送這位客人離開吧，藩裡徵調了船隻，天亮以後要在附近島上搜查。我也得去黑島安排一下，免得浪人們輕舉妄動被發現了。那群浪人原本就嫌悶，躲在荒島上日子更難捱，我看要能送出去就盡量加緊著些。」

七左衛門點點頭，對鄭森說明原委，道：「阿兄今日還是先回長崎去，待過些時平靜些了再來。」鄭森凝望平戶島，咬著牙道：「萬里間關到此，故鄉就在眼前，卻不能登島拜見母親一面，真叫人不甘心。」七左衛門道：「距離唐船回程還有好幾個月，藩兵不會在川內浦駐守太久的，阿兄何必急於一時，冒此風險？」

鄭森道：「我私自離開長崎，明駿哥和阿泰哥定然不悅，下次怕難再來了。」他堅定地要求道，「小左，你們『拔荷』、偷渡之事做得慣的，神不知鬼不覺地登島絕非難事，求你成全阿兄吧。」

七左衛門難為地道：「登島是不難，但要回家見阿娘就不容易了。」鄭森鍥而不捨地道：「那麼可否將阿娘接到小島上來？」七左衛門道：「眼下這態勢，有甚麼風吹草動都太惹眼了。要讓藩兵攔住，必定懷疑她一個婦道人家登船出海做甚麼？」他正色道，「阿兄得考慮自己的身分，倘若你被捕拿押送江戶，一查之下發現是一官之子，事情可就難以收拾了。到時後不僅阿爹難為，阿娘也定然十分憂心的。」

這番話驚醒了鄭森，此刻絕不可躁動，但壓抑多年的情感在心中洶湧起伏，叫人難以把持。他握拳在艙板上重重一擊：「真叫人悔恨無已！」

七左衛門安慰他道：「阿兄莫急，快則一、兩個月，我再安排你來一趟。至不濟，等和蘭人向幕府謝罪了，阿娘還是可以照原本議定的回中國去，那也不會太久的。」

鄭森思潮萬千，明白今日要想上岸是太強求了，但無論如何不願就此離去。於是嘆道：「你帶我到可以望見川內浦和千里濱的地方，讓我看一眼故鄉吧。」

七左衛門看看外頭天色，點點頭道：「那麼就去看一眼，天色大亮之前我們必得離開。」說罷吩咐船夫解纜，盡量沿著九州島沿岸航行。仙兵衛也自去了。

川內浦是稍向陸地折入的一座小海灣，灣口矗立著一座名為「丸山」的岬崖，雖只有數丈來高，但已足為碼頭提供避風的屏障。也因此，從海上並不能看見鄭森的老家喜相院。

鄭森在此出生，到七歲離開為止，雖然川內浦的每個角落都無比熟悉，但也不曾自九州這一岸眺望自家風景。他默然望著川內浦在微曦中朦朧的影子，以及丸山腳下平直延伸的千里濱海灘，景物似真似幻，記憶時續時斷，良久才察覺晨風清冷，浸人肌膚。

七左衛門看看辰光，實在是非走不可了，於是上前輕聲道：「阿兄，走吧。」

鄭森「嗯」地一聲，依然楞楞張望著，只見對岸景物漸次明亮，千里濱海灘上浪花拍擊處，露出一塊錐尖而黝黑的大石頭。這正是當年母親在雨中獨自分娩，生下自己的所在。

鄭森看得分明，大石旁俏立著一名青年女子，雖然相隔遙遠不見眉目，其身影卻無比熟悉。鄭森不由低呼：「阿娘！」定睛細看時，海灘上卻畢竟只有一塊孤伶伶的石頭而已。

小船已然開動，遠處景物緩緩移動了起來。鄭森跪俯在艙板上，額頭觸地淚流滿面，心中默道：阿娘，孩兒福松給您請安。

良久，鄭森才起身。他拭乾淚痕，對七左衛門道：「別告訴阿娘我來過這裡，莫讓她掛心！」

●

小船啟航不久，船夫便驚呼：「後頭有艘官船，像是盯上我們了。」七左衛門取出千里鏡一看，道：「不是平戶藩的船，這是佐賀藩的。」他問船夫：「擺脫得掉嗎？」船夫道：「今日風不甚大，帆速慢，他們划槳卻多，不好擺脫。」七左衛門道：「既然如此，那就當作沒事一般照常前進，倘若真過來盤查，讓我來應付。」

沒過多久，官船果然追了上來，登上小船查看。領頭的官差看著鄭森二人，問道：「你們是甚麼人？要去哪裡？」

七左衛門取出一封文件，展開來遞給官差，說道：「在下是平戶藩士田川七左衛門，要到長崎商賣，這是我的朱印狀，請您過目。」

官差看看朱印狀，隨即遞還給七左衛門。他看了看鄭森，問道：「你，報上名來。」七左衛門搶著道：「這位是家兄，我們一起商賣的。」官差盯著鄭森，道：「喂！你是啞巴嗎，自己不會說話？」七左衛門陪笑道：「家兄微染風邪，嗓子啞了，不便說話。大人您看我們如此相像，乃是兄弟無疑。」說罷對著鄭森眨眨眼，又偷偷用手比比喉嚨，要他裝做嗓子啞掉的樣子。

鄭森卻不發一語，只是呆望著平戶島的方向。那官差益發疑心，道：「本藩奉幕府嚴令，查緝往來船隻，不許唐人與南蠻人混入，違者捕拿。你，快快報上名來！」

七左衛門額頭見汗，力持鎮靜地道：「家兄風邪甚重，怕是頭腦有些暈了。」

官差向後一招，叫藩兵上前。他看著鄭森，厲聲道：「你，究竟是什麼人？」

鄭森看著官差，雙目清澈如泓，用著濃重的北九州腔日語，一字一句端正地道：「我是平戶人，家住在川內浦喜相院。我的名字是田川福松！」

第拾貳回

憂時

鄭森回到長崎，果然被鄭泰和鄭明騄痛斥一頓，說在此非常之時，長崎奉行所緊盯著唐人的一舉一動，而以他的身分卻如此行險，置大局於不顧，輕率孟浪莫此為甚。遂派了人日夜貼身看著他，不許他再離開宿町，也不能再與七左衛門相見。

鄭森早知會有如此結果，毫不折辯，逕自窩在旅籠裡，少與他人往來，往往鎮日不發一語。書也不怎麼讀了，只看著窗外風吹樹動、風止樹靜，偶有飛鳥成對啁啾，松鼠母子踏枝來去。彷彿光陰暫駐，萬物不復再有遷化，直至地老天荒。

如此百無聊賴，不覺春去夏來，時序已入五月。長崎奉行一如往例特許唐人在端午節「扒龍」，亦即舉行龍舟競渡。眾人早悶得荒了，無不興致勃勃地忙著製舟、演練。而鄭森依然只在旅籠樓上冷眼觀望。

端午前一日，眾人又在宿町街心擺上龍舟，煞有介事地擊鼓號令，「旱划」演式。無論是精壯悍勇的船夫，還是不苟言笑的鄭泰等船頭，人人神情認真、划得滿頭大汗。這等情景鄭森早看得乏了，只覺鼓聲砰砰然一聲一聲不停地敲著，甚是攪擾心神。正自煩亂不堪之際，鼓聲卻忽然歇止，透出蟬鳴風聲一片幽靜。不一會兒，街上人們倏地炸鍋般嗡嗡傳言起來，像是出了甚麼大事。

鄭森正自躺著，忽然一句話清清楚楚地傳進耳朵：「闖王攻入北京，崇禎爺龍馭賓天！」一時如遭雷殛地跳起身來衝到街上，逢人就問。消息是剛入港的泉州船帶來的，說李自成當年元旦在山西即位稱帝，國號大順，旋即兵發北京，一路勢如破竹。三月十九日京城陷落，皇上殉國，太子及諸皇子下落不明，其餘詳情一蓋不知。

嗣後數旬之間，到港船隻陸續傳來消息，情勢才逐漸明朗。崇禎皇帝乃是於城破之際在煤山上吊，太子出奔不知去向。南京遲至四月十五才得凶訊，南京兵部尚書史可法本已誓師北上勤王，至此也只能作罷。

李自成入京後，旋即領兵往山海關，但為清兵所敗，還走山西。五月二日，清兵進京。而由於太子下落不明，南京諸臣在五月三日擁立福王監國，又在十九日奉之即皇帝位，是為弘光皇帝。起初以史可法為內閣首輔，但沒過多久便將他遣往揚州督師，改以高弘圖為首輔。

鄭森在日本斷斷續續聽聞這些天翻地覆的大消息，即便萬里遠隔，依然感到驚心動魄。方時日本正是德川幕府初期，天下大定，國中祥和寧靜。長崎一地雖苦多雨，也算得上風光明媚。隨著中國船隻而來的凶問噩耗，上岸之後總是在中國人間流傳一陣，又如輕煙般消逝在風中。鄭森每望著窗外清朗和暢的風景，疑心這些消息是否當真？

他想起鄭芝龍、馬士英一干將領，以及錢謙益、黃宗羲等江南文士都早預見了北京終將不守，朝廷必遷而南來，乃至擘劃著南京新局之事。如今事情真的發生了，還是令人大感震動。

鄭森心中焦慮，時時想返回泉州，然而商船入港後就被拖上岸修繕，貨物交易也需時間，尤其海船須得候風而行，春夏之際長吹南風，船隻無法逆風出航。鄭森再急，也只能苦苦等候。

好容易等到九月中北風起，貨物銀兩也都交割齊了，鄭明騄的鳥船揚帆返航，待回到泉州安海已是十月。

安海鎮平日本就十分熱鬧，這時更顯繁忙，不只貨物商旅頻繁來去，不時也有水師、陸師和銃砲武具搬運出入，乃至於大江南北、海外諸國的信使密探，都在這兒往來不絕，平添著一股山雨欲來的氣氛。

然而鄭森發覺除了消息靈通之外，他在家中與在長崎竟無多大分別。父親被南京新朝廷封為南安伯、福建總鎮，整日裡忙於軍務，經常好一段時間不見蹤影。偶然現身，也只吩咐鄭森待在家裡好好讀書，好應付新皇帝即位後必有的恩科鄉試。鄭森空自憂心國事，卻苦無半分可著力處。鄭芝龍畢竟知子甚深，說朝廷正在用人之際，待鄭森考得功名在身，何愁不能一展身手，眼前暫且稍安勿躁。鄭森這才按下性子留在家中。

很快地，一年將盡，鄭府上下又開始忙著準備過年。鄭森的摯友馮澄世家裡也有一樁喜訊：他的長子即將滿月了。鄭森遂和妻子董友帶著剛滿周歲的兒子鄭錦前去賀喜。

馮澄世聽說鄭森來訪，笑嘻嘻地迎出門來，道：「我正要送油飯過去呢，怎麼好意思讓你們自己來跑一趟？」鄭森笑道：「你跟我鬧甚麼生分？你送油飯來我又看不到囝仔，當然要自己來一趟。」

馮澄世領著鄭森夫婦直入內室，他的妻子桂兒抱著囝仔相見。馮澄世從桂兒手上抱過囝仔，桂兒嗔道：「小心托著脖頸，都滿月了還不會抱孩子。」鄭森見馮澄世心滿意足地看著囝仔，忍不住道：「讓我也抱抱。」馮澄世遂又把囝仔交給鄭森。這時換成董友嗔道：「欸欸，就說要小心托著脖頸……阿森更不成話，自家孩子都周歲了還不會抱囝仔。」鄭森歉然道：「總是出門太久，抱得不熟……」

鄭森把囝仔和鄭錦靠在一起，囝仔在襁褓中，眉頭皺成一團，黑漆漆的眼睛半睜著似看非看。鄭錦也在母親懷中，尚不能言語行走，但好奇地看著囝仔，忽然一陣燦笑，逗得大人們也都樂了。

鄭森道：「囝仔雖才滿月，身形卻比尋常嬰兒大得多，將來必是個魁梧大漢。」桂兒笑道：「這個不孝子，我生他時可吃盡了苦頭。」馮澄世不無得意地道：「錦舍出生時可沒這般大吧？」鄭森笑道：「錦舍正好缺個侍衛，有這粗大的囝仔剛好！」馮澄世不甘示弱地道：「誰給誰做侍衛還不知道呢？」

鄭森道：「囝仔合了甚麼名？」馮澄世道：「小名『希兒』，學名還沒想呢。」桂兒道：「森舍學問好，不如請你幫他取個名字。」鄭森看看馮澄世，見他也是一臉期盼，遂想了想，道：「希兒，希兒，父母希望你鵬程九霄。這時叫，也正須有擎天國士出來扶危平亂、輔翼中興。易云：『王三錫命，懷萬邦也』，我看就叫『錫範』如何？」

馮澄世登時叫好，道：「馮錫範，馮錫範！好響亮的名字，不愧是阿森，片刻間就想出來了。」桂兒則道：「森舍給希兒的志向好大！我本來只盼他好好長大，平平安安的就行了……不過這名兒真好。」

四人和樂融融，笑談了一回。囝仔忽然臉色古怪，放聲哭了起來，兩個女眷立時說他必是尿濕了，忙進裡間換尿布去。

鄭森和馮澄世則不免三兩句話又講到時局上頭。馮澄世忽問鄭森：「你見到曾汝雲沒有？」

「曾兒？他來安海？」

「你果然不知道，否則怎會如此悠哉。」馮澄世道。「他到安海來談生理，也捎來南京的一些大消息。」

鄭森見他難得一本正經，忙問道：「有甚麼大新聞？」

馮澄世沉重地道：「有一件你必然最為關心：黃宗羲、侯方域、陳貞慧和周鑣等一干復社文友，都在南京被逮入獄了。」

鄭森大驚，忙追問詳情。原來馬士英入閣之後，果然重用阮大鋮，在朝野反對聲浪不斷中，極不尋常地避過九卿廷議會推，而由弘光帝越過內閣直接下旨，命阮大鋮為添註兵部侍郎[1]、巡閱江防。

阮大鋮雖只當上侍郎，但人人都知他背後是馬士英，權勢氣燄不下兵部尚書，乃至於內閣大學士們也須假以顏色。阮大鋮得勢後，便著手報復曾以「逆案」攻擊他的復社文士，尤其是〈留都防亂公揭〉上列名的一百四十人，將其一一羅織罪名逮捕下獄。

黃宗羲乃是公揭上領銜的人物，知道阮大鋮恨己入骨，然而為了國家興亡，慨然在弘光即位之後進京上萬言書指陳時政。只是他沒料到阮大鋮得勢得這麼快，甚且方掌權柄便肆無忌憚地報復宿敵，因而遭到捕拿。而侯方域等人也陸續在各地被捕。去年鄭森在媚香樓相往還的復社文友們，只有吳應箕倖免。

馮澄世說了事情梗概，又差人請曾汝雲來講個詳細。鄭森十分關心文友們的安危，生怕他們草草被定了罪，就此遇害。曾汝雲說，阮大鋮確實恨不得殺盡公揭中人，倒是馬士英不願在南京朝廷新建之際掀起大獄，因而留著這幫名士的性命。只是朝局一夕數變，誰也說不準阮大鋮甚麼時候會發動。

鄭森沉吟半晌，說道：「曾兄幾時回南京？我和你一道去。」

曾汝雲還未答話，馮澄世搶著道：「去年你向侯方域報信之事，一官叔甚不諒解，還說我們跟這幫文人走得太近沒有好處，不許我們再有往來。你這一去，又要惹他生氣了。」

鄭森道：「阿世你好無義氣，社友有難，豈可袖手？」

馮澄世道：「我豈是無義之人，若能救社友，自然水裡水裡去，火裡火裡去。但你此去能做甚麼？」

鄭森道：「此刻還沒有計較，總是到了南京再隨機應變。錢恩師與馬、阮交情不惡，或許請他疏通。又或者仿效當年左良玉救邱磊，重金以贖……」他說到這裡心念一動，「此番我去日本，阿爹幫我安排帶了私分，著實有好些銀兩進項。我本來對此並無興趣，這下倒正好拿來通通鬼神，救社友們一救。」他對曾汝雲道：「曾兄船上還有位子容得下我吧？」

曾汝雲道：「說哪兒話，森舍願坐我的船，那是我的面子。」馮澄世調侃道：「曾兄不怕阿森臨時把舵一轉，又將船開往亂兵中尋左良玉去？」曾汝雲苦笑一下，道：「好歹梢公是我聘的，讓他把舵掌緊些就是了。」

鄭森道：「阿世莫要調笑……」看向馮澄世時，卻見他滿臉猶豫之色，頓時醒悟他正考慮是否要一道前往，遂道：「希兒才剛滿月，這次你就別去了。」馮澄世忙道：「你說這甚麼話，社友有難，豈可袖手？我馮澄世堂堂男兒，怎能為此等小事牽掛。」鄭森看著他，懇切地道：「這不是小事，你好好守著桂兒母子倆，這是頭等大事。我去去就回，一路上有曾兄照應，就是左良

---

1 添註：意謂編制外的增額人員。

玉軍中也去得了，還怕甚麼呢？」

●

鄭森悄然離家，府裡上下正忙著準備過年，鄭芝龍也在外練兵，一時無人過問。曾汝雲的船在十二月中離開安海，本想在年前到南京，然而路上遭遇風浪，在台州入港避風，到了大節下，船家便不肯走了。待過完年才又出航，抵達南京時已是正月中。

這天傍晚，船抵江東門碼頭，鄭森與曾汝雲作別，打算自乘小船循秦淮河進城去。他再次來，已是熟門熟路，不料在河岸碼頭卻尋不著小船可搭，一問之下說早都給租走了，好容易才找到一條大客船，卻也已坐滿。鄭森好說歹說，船家才勉強挪了個位子給他。

船上甚擠，船客們不分男女挨著肩膀坐著，說起話來南腔北調，甚麼身分都有。許多北方來的人穿著箭袖窄服，和江南寬袍大袖十分不同。船才開動，一位圓頭圓臉的商人便取出一罈酒，斟了幾杯請同船客人共飲。大夥兒傳杯飲酒，氣氛頓時熱鬧起來，有那走唱的當即取出一把三弦撥彈，更顯歡快。

一入城，便見沿河兩岸掛滿了燈。不僅富家莊院前架起許多竹棚，掛上華美的雪燈，氣勢十足。窮簷陋巷裡家家戶戶也都挑掛起燈，從巷口望去，燈火相疊，風過時飄然搖擺、流光灑熠，十分動人。連寺觀門前也掛滿柱燈，大書「慶賞元宵」。通衢大街口上，甚麼金蓮燈、玉樓燈、荷花燈、芙蓉燈、羊皮燈、掠彩燈……各色燈具爭奇鬥豔自不待言，人們環聚著猜燈謎，鑼鼓喧天、煙火紛呈。少年齊集蹴鞠遊戲，也有跳大頭和尚的、鼓吹彈唱的、賣元宵果餡的，城中居民則抓著瓜子糖豆漫步看燈，摩肩擦踵，只能隨勢而前。更叫鄭森吃驚的是，遠處山上亦張滿了燈，沿山填谷，如一條條火龍伏伏蠢動，又如銀河倒懸，熊熊欲燃。

船在河上行走，如觀卷軸，處處街口的燈景和歡聲倏來乍去，叫人不及看個仔細，卻又一幕幕連綿不絕。

船客們都看得癡了，那圓臉商人歡笑道：「哈哈哈，好熱鬧，這真是書上說的『樓台上下火照火，車馬往來人看人』。」他身旁的友人調侃道：「裕伯，看不出你這市儈也讀書？」另一人道：「讀得甚麼書？那是《水滸傳》上的看燈詩！」那裕伯卻不以為意，笑道：「《水滸傳》怎不是書，上頭忠孝節義一應俱全呢！」

鄭森看著滿城節慶光景，卻止不住一股義憤鬱結之氣洶湧而出，忍不住道：「此際天下大亂，崇禎爺國喪未久，留都怎地縱樂至斯？」

「小老弟，南京現為天子居城，不再是『留都』啦！」裕伯斟了杯酒要人傳給鄭森，道：「來，讓這位老弟也喝一杯。如今聖天子在位，朝廷改頭換面氣象一新，打今年起改元『弘光』，正是大明中興的大好時節，怎麼能不普天同慶哪！我看你也是人中龍鳳，不出數年興許也要中進士、點翰林、當大官的，且喝一杯！」

鄭森聽他言語浮誇，心下並無好感，便推辭道：「晚生不善飲酒，好意心領了。」裕伯道：「十年修得同船渡，緣分難得，老弟給個面子嘛。何況你瞧這滿船上，不，滿城裡大夥兒都正樂著，何苦如此見外呢。」鄭森越聽越不是滋味，道：「國家危亡之際，處處生靈塗炭，晚生實在沒有這個心情。」

裕伯嘿嘿一笑：「朝廷尚有雄兵百萬、糧草山積，說甚麼國家危亡，老弟未免太過危言聳聽。」

鄭森道：「李闖雖敗於清人，但挾在京城所掠財富退回關中巢穴，其勢仍不可輕忽；清人上年九月遷都北京，有窺伺天下之野心，豈可輕忽？」

裕伯道：「這你就不明白了。清人乃關外土著，不慣南方風土，就真的來了也待不住的。何況那個甚麼『順治』才只有七歲，他幾個叔叔暗中爭大位鬧得不可開交，正所謂主少國疑，有甚麼好擔心？至於李闖，剛好讓他跟清人打個兩敗俱傷去，豈不省事！」說罷呵呵而笑，滿船乘客們也都拍手叫好。

鄭森在轟然歡聲中，又是義憤，又是憂心，忍不住大聲道：「此刻國力，比之崇禎初年如何？當時流賊氣候未成，遼東尚有堅城數座，精兵強將數倍於今日，卻淪亡至斯。今日朝野不思救亡圖存，只知粉飾縱樂，就是想偏安南方，恐怕亦不可得。」

裕伯的朋友道：「又是個專觸霉頭的酸丁，這麼妖言惑眾的不怕鎮撫司提了去。裕伯別和他夾纏，接著喝！」

裕伯白了鄭森一眼，不再搭理，自顧興高采烈地道：「這位小兄弟年輕識淺，難免憂心國勢。可眼下和崇禎初那是完全兩樣。要知南京城乃太祖派軍師劉伯溫所建，那劉伯溫上知天文下知地理，看遍左近山川形勢方才建得此城，端的是龍盤虎踞固若金湯……」

友人打岔道：「都說劉伯溫神機妙算，他可算出甲申之劫、朝廷南遷？」

裕伯道：「可不是，正因他算出朝廷將在南京中興，才將城池起造得鐵桶似地。更何況，今日還有江北四鎮固守著。」

整船乘客都已被他的話題所吸引，他的友人講相聲也似地問道：「哪四鎮？」

裕伯道：「四鎮乃是黃得功、劉良佐、劉澤清和高傑，那都是萬中選一的猛將。就說這黃得功，人稱黃闖子，才十二歲時就在遼東從軍出戰清兵，陣斬二級。他善使一雙鐵鞭，每次上陣前都要飲酒數斗，頭上不戴盔甲，只綁個頭巾。衝入敵營，見了敵人揚鞭就打，穿出來時手腕上漬滿血痕，回營後久久洗不乾淨！他無論是打韃子還是打闖賊都一樣悍勇，臨陣時，一雙銅鈴眼睛這麼一瞪，還未交鋒敵人就已破膽了！」

友人道：「裕伯該不是吹牛皮吧，說得像是親眼見過似地。」

裕伯故作輕描淡寫地道：「戰場上的樣子我是沒見過。但馬相當年在鳳陽總督任上，備辦軍需都是由我效勞，因此也和黃將軍、劉將軍同席吃過幾次酒的。」他搖頭晃腦地讚嘆道，「馬相乃是人傑，不僅運籌帷幄之中，況且氣量膽識過人，像晉朝的那個甚麼王安石一樣……」友人糾正道：「謝安石！」裕伯道：「是謝安石，我故意這麼說看你專心不。這朝廷有馬相主政，可真天下太平囉。」

角落裡一名中年文士原本一直斜靠著身子閉目養神，在一片歡笑聲中卻忽然道：「四鎮驕恣跋扈，不聽史閣部號令，尚且自相攻打爭奪地盤；月初高弘圖乞休，換上馬士英出掌內閣首輔，史可法卻在揚州督師。南中輿論都說這是『秦檜在內，李綱在外』，中興如何可得！」

文士身邊同行的年老儒者嚴峻地道：「史閣部看似眾望所歸，其實在幾個要緊事上走錯了步子。當初他主立潞王，卻不敢斷然行動，這才讓馬士英和四鎮有可趁之機，得了擁立今上之功。史公在朝廷裡待不住，出而督師，又怕四鎮不服他，向朝廷大肆請封，無功而濫賞，君子皆知其不可為也。」

鄭森看那文士劍眉入鬢、目光流眄，舉手投足間充滿高逸灑脫的風範。凝神斂眉時，卻又有股孤葉墜危之落寞；那老儒者方面大耳，圓鼻厚唇，滿臉剛毅之氣，叫人心生敬畏。

裕伯道：「老先生說得不對，皇上乃是神宗爺之孫，克承大統名正言順，潞王系出旁支怎麼能比？」

文士道：「就算皇上名正言順，也還是得嘗膽臥薪、宵衣旰食為天下先，方能戡定禍亂光復舊物。而今皇上將國事晏然置於度外，朝野人情泄沓無異昇平，清歌漏舟之中，痛飲焚屋之內，只恐怕不知其所終！」

裕伯不懷好意地道：「先生真敢說，卻不怕如此煽惑，早晚不被當成賊、虜的細作。」

文士淡然道：「就算當著皇上面前，我也是這幾句話。」

裕伯身旁的友人低聲道：「別跟這些人瞎嚼舌根，免得賈禍上身。」裕伯聞言點頭，不再搭理文士，自顧笑鬧著，講述起自己多麼頻繁出入首輔宅邸，和多少大官如何熟稔云云。文士和老者也不再說話。

不多時船已到城中，乘客陸續下船。鄭森在文德橋上岸，碼頭邊等候的腳夫、宿店夥計一擁而上，圍著船客們兜攏生意。鄭森回頭要找方才的文士和老儒者，混亂中已不見人影了。

鄭森信步而行，只見遊人熙來攘往，都忙著鑽燈棚、走燈街。大戶人家所張之燈爭奇競豔，有的在羊角燈上描金畫、罩以纓絡，有的用串珠絲料裝飾，也有的剪綵為花、罩以冰紗，彷彿煙籠芍藥，朦朦霧霧。放眼望去，滿街輝煌，叫人嘆為觀止。鄭森走到街角燈稀處，偶一抬頭，卻見寒月當空，在滿城燦然中顯得頗為黯淡。

左近忽然傳來一陣騷動，鄭森轉頭一看，見一隊官兵拽著幾個哭哭啼啼的少女，奇的是她們額頭上都貼著黃紙，而少女的父母們則緊跟著隊伍哀聲求告道：「官長們行行好，放過小女吧。」也有人道：「大節下的，好歹讓我們過完節再說……」

幾個父母與官兵們當街拉扯起來，官兵們不耐煩地一推，登時便有幾個老人家跌倒在地。他們的女兒見了，掙脫著上前扶持，卻又被官兵們一把抓住。

鄭森上前喝道：「住手！天子腳下，公然擄掠民女，有王法沒有！」

帶頭的官兵也喝道：「你是什麼東西？敢抗官嗎？」說著就往鄭森肩上一推，鄭森側身閃過，抓住對方胳膊向後反剪，氣憤地道：「有這樣胡作非為的官嗎？」官兵們見狀大譁，正待上前解救首領，又怕傷了他，遂群起叫囂起來：「反了反了！」「快放開葛管帶！」

那姓葛的管帶力氣甚大，鄭森剪他不住，順勢向前一推，葛管帶正使著一身蠻勁掙扎，頓時重心不穩，跌了個狗吃屎。眾官兵忙上前扶持，葛管帶憤怒地揮開眾人，起身拔刀往鄭森砍來。他力氣雖大，刀法卻只一般，鄭森輕巧地閃過，正要還手，卻聽那葛管帶喊道：「好賊道，竟敢對勇衛營動手！」

鄭森詫道：「勇衛營？」葛管帶怒道：「不錯，咱們是皇上親衛，奉天子欽命外出公幹，你這是違抗聖命，不想活了！」

「且慢！」一旁忽然傳來一個熟悉的聲音，鄭森見是方才船上的中年文士，與那老儒者連袂而來，不由心中一喜。文士道：「你說你們是勇衛營，卻是奉了誰的命令在這兒擄掠良家民女？」

葛管帶傲然道：「皇上有旨要采選淑女中官，命咱們把南京城裡年滿十五的少女都帶進宮去備選。」

「這種騷亂閭井的事，內閣怎麼會承旨？」老者疑惑道，「你可有兵部的諭令沒有？」

葛管帶見二人氣宇不凡，又出口討取諭令，怕不是個官兒，遂謹慎地道：「是皇上親下旨意給咱們李副將，沒聽說甚麼兵部的諭令。」

老者和文士相顧搖頭，文士道：「這和上年起用阮大鋮入兵部一樣，都是逕出中旨，未經內閣和有司。」老者道：「壞亂法紀莫此為甚，皇上事事繞過閣臣，馬士英身為內閣首輔卻不爭嗎？」文士道：「當初正是因為馬士英想起復阮大鋮，知道九卿廷議會推時必然反對，才教會皇上逕出中旨這個法兒的。此事連同學生在內，多少人彈章力爭，都如石沉大海。」老者嘆道：「此例一開，莫說是選淑女，皇上日後想做甚麼都不必和廷閣商量了。」

文士指著老儒者，對葛管帶道：「這位是朝廷以禮部尚書、協理詹事府召用的黃道周黃大人。我是兵科給事中，風聞奏事，正好監看著你們勇衛營。回去告訴李副將，皇上有旨采選淑女，卻未叫你們夤夜破門擄人、騷擾小民。皇上乃寬仁之主，若知道你們這樣幹，必有處分。這就把人放了！」

葛管帶聞言，壓著眉頭沉思一番，心想若是給李副將惹上麻煩，自己也討不了好，於是回頭叫道：「且看在兩位大人面上，讓她們在家多待一晚！貼了黃紙回去覆命！」眾軍士聞言，只得放人，但把少女們額頭上的黃紙撕下，貼在人家門楣上，恐嚇道：「你們這家，爺記住了，可不許把女兒送走藏匿。跑得了和尚跑不了廟，明兒要尋不著人，都著落在你們身上！」說罷揚長而去。

幾個老人家過來跟鄭森三人道謝，但更多家人擔憂勇衛營明日復來，紛紛相擁泣訴著回家去了。

鄭森三人喟嘆不已。文士道：「觸目滿城燈景，一片太平景象。陋巷裡卻是父母女兒悲泣，而國破帝殉之喪、山東河北之禍，又有誰聞問？真所謂『京華歌舞新南極，野哭汎瀾舊帝星』。」鄭森道：「先生說得是。晚生聽說新皇登基，本以為是個中興的局面，沒想到來到南京，入目之事卻如此不堪。」

那老儒者黃道周道：「聽你口音，該是泉州人？」黃道周乃是漳浦人，口音不遠，故而有此一問。鄭森恭謹地答道：「是，晚生是南安縣廩生鄭森，字大木，乃虞山錢宗伯門下。久仰黃大人山斗，今日得見，幸何之如。」

黃道周問道：「喔？你是錢牧翁弟子？可是來南京找他的？」鄭森喜道：「錢恩師也在南京嗎？晚生原先並不知道，此刻曉得了，自要去相會的。」

「牧翁比我早幾日到，下榻在東門館驛。」黃道周端詳鄭森一番，續道，「你方才見義勇為，很不錯啊。」嘉許之際，語氣依然頗為冷峻。

鄭森道：「分所當為，不足掛齒。卻不知這位先生是？」

那中年文士微笑道：「華亭陳子龍，草字臥子。方才我自報兵科給事中，那是嚇唬勇衛營的，其實去年便乞休了，此刻不過一介布衣。這次進京，一是侍從黃老師，二是受友人之託，來辦點事情。」

「啊，原來是陳大人！晚生也是仰慕得緊的。」鄭森十分驚喜。陳子龍不唯是海內名士，同時是有名的美男子。上年鄭森與侯方域、陳貞慧等一班公子交遊，眾人閒談時不免言及一些儒林軼事、香豔趣談。當時眾人幾度提到，鄭森的師母柳如是曾與陳子龍傾心以交、論及婚娶，但因陳子龍的家人反對而作罷。兩人分手後，仍不時互贈詩文追憶前情，直到柳如是嫁給錢謙益為止。難得的是，錢謙益不僅不以此為忤，為柳如是編選詩集時錄進了不少她寫給陳子龍的情詩，而陳子龍也數度上奏朝廷儘速召用錢謙益。

鄭森見陳子龍風度超逸，心下暗暗讚嘆「百聞不如一見」，面上畢竟不敢造次，遂打了一揖道：「適才在船上聽兩位大人高論，痛切時弊，正想多做請教，不意又在此間相遇。晚生最為不解的是，值此地坼天崩的國難之際，滿城百姓卻怎能醉生夢死一至於斯？莫非大家都真的以為聖主英明、四鎮可恃，而流賊和韃子不會南來？」

黃道周道：「世論如此，叫人奈何？最叫人憂心的是，這是馬士英一黨有意營造，以鞏其權位。皇上少讀書、好逸樂，政事皆委諸馬、阮，不僅朝政日非，甚且上行下效，朝野競以宴飲遊觀為事。」

「不錯，前些時內廷才廣搜舊院、大羅秦淮，將有名的清客妓女數十餘人，盡皆拿進宮裡去演劇。這會兒又大肆采選起淑女來了。」陳子龍道，「說起廣搜舊院，還有段故事。某日皇上在興寧宮，憮然不悅，太監韓贊周以為皇上心憂國事，或者哀傷先帝遭難，皇上卻說，『後宮佳麗太少、寥落冷清，且新春南都無新曲。』韓贊周涕泣著勸諫皇上應臥薪嘗膽，而非耽於玩物。皇上卻說，『天下事有老馬在，你不必多言。』」

「昏君……」鄭森忍不住低聲咒罵：「皇上不思振作，耽於遊樂也罷。卻任由阮大鋮將黃宗羲、陳貞慧、侯方域和周鑣等復社文士羅織下獄。他們都是忠良之後、才能之士，朝廷正應破格大用，卻繫之囹圄，真是本末顛倒，著實可恨！」

黃道周卻道：「復社小子們以東林傳人自詡，皇上自然不予優容。沒有立時殺了這班人，已見皇上之仁了。」

鄭森大感意外，不禁問道：「此話怎講？」

陳子龍道：「東林黨人與福王一系的恩怨，由來已久。話頭還得從萬曆朝說起——」

當年神宗萬曆皇帝寵幸鄭貴妃，不欲立皇長子常洛為太子，而欲立鄭貴妃所生的皇三子常洵。然而朝野輿論都不能接受這種敗亂祖宗成法之事，尤其是東林諸人以「國本」大義為由，爭執最為激烈。萬曆為此所阻，始終無法立常洵為國儲，但也遲遲不肯立常洛為太子，竟與朝臣僵持十餘年。直到常洛年屆二十，無可拖延，萬曆才百般不願地讓常洛入主東宮，並同時封常洵為福王。

福王受封之後逗留京師甚久，朝臣又紛紛上書要求福王就藩。萬曆迫於無奈，命福王前往封地洛陽，賜與莊田四萬頃，更收天下珍寶加以厚賞。而萬曆失意之餘，竟從此輟朝怠政，三十年間不出宮、不問政、不郊祭、不見大臣、不批奏章，任由朝政廢弛。朝臣乞休不置可否，遇有開缺也不補任。到了萬曆末年，六部堂官只餘其二，上下大小官職更是處處缺額。大明朝為此傷及元氣，種下日後衰敗之機。

崇禎十四年，李自成攻破洛陽，福王身軀過於肥胖，無法踰城出奔，因此遭俘被殺。福王所聚財富，盡成了闖軍的軍資。福王世子由崧則逃往南方，後來襲封福王之位。

崇禎十七年三月思宗殉國，四月消息傳到南京，議論騷然，咸認國不可一日無君，應早立新皇以安天下。然而太子和兩位皇子下落不明，只能另立宗室。當時逃奔南來的諸王中，以福王與潞王最具資格。福王由崧乃神宗之孫，潞王則是神宗之侄，論親貴當立福王。然而老福王常洵被認為是禍國之根源，現福王由崧則德行不符，非人君之資。相對地，潞王則有賢名，因此南中頗有立潞王的呼聲。東林諸人和福王一系既有忒深嫌隙，當然不欲其紹承大統，多主擁潞。

「平心而論，皇上稟性寬厚，並非絕不可立之主。」陳子龍道，「他即位後從不追究擁潞諸臣，阮大鋮幾番要興大獄，也屢請不准，可見其仁。然而擁潞一事畢竟讓小人得以趁隙興風作浪。皇上即位隔日，首輔史可法便自請到揚州督師，皇上也不極力慰留，便是此故。」

「哼，論倫敘，雖以福王為貴。然而當時南京公議，都說福王不孝、虐下、干預有司、不讀書、貪、淫、酗酒，是為七不可立。」黃道周毫不顧忌地數落著皇帝的私德，滿街燈火搖曳，照得他臉上明滅不定，「國家危難之際，原以立明君為上。史公為南中領袖，倘能果決推立潞王，則如今也不至於變成這般局面。但他顧慮鳳陽總督為江南第一大鎮，欲求馬士英支持。馬士英誑騙史公願共推賢君，史公遂致書細數福王七不可立。馬士英得書之後，卻聯絡南京附近的勳戚武將，發兵護衛福王進京，乃至於在皇上登基後將史公的書信上呈御覽，這一來史公不得不自請離京，而馬士英從此入閣，後來更當上了首輔。」

鄭森跌足道：「朝廷南來，正是復興的大好機會，卻立時讓閹黨奪了朝政，真叫人氣煞！」

黃道周道：「也由於這番擁立之爭，後面又生出許多事端來。譬如尊師錢牧翁，朝野盼他入閣多年，他與馬士英交情也夠，卻因為擁潞之故，只以禮部尚書召用，至今也不敢貿然到任。老朽不願入朝與鼠輩為伍，馬士英卻傳語威嚇，說我不肯入朝，莫非還在暗地裡和錢牧翁密謀擁立潞王不成？這才來給他應個卯。」

「馬士英好生可惡，竟然一句話將黃大人和錢恩師都給羅織進去了。」鄭森道，「黃大人和恩師清望滿天下，能入朝辦事自是國家之福。然而出以要脅，豈納賢用人之道？」

陳子龍道：「馬士英何嘗是為了招募賢良？要說賢良，今上御宇之初，除了史公之外，還有大學士姜曰廣、吏部尚書張慎言、左都御史劉宗周，朝中大半都是東林正道。閣臣中，高弘圖雖非東林中人，也算正色立朝。然而才大半年工夫，他們都紛紛求去。朝中要職盡為閹黨盤據，不僅濫封爵位，尚且賣官鬻職，南京街巷裡小童到處都在傳唱：『中書隨地有，都督滿街走；監紀多如羊，職方賤如狗；相公只愛錢，皇帝但吃酒；掃盡江南錢，填塞馬家口。』如今馬士英只不過是想藉錢公和黃老師之名為其裝點罷了。」

鄭森道：「然則黃大人入朝之後卻該何以自處？」

「邦無道則隱。時局如此，入朝於國於民皆為無益。」黃道周道，「我來南京轉一圈以塞其口，也就罷了，不會去補實缺給馬士英當作門面上的綵花樣兒。倒是錢牧翁向來心熱，論事又主捐棄黨見，和衷共事，說不定會蹚進這灘渾水去。」

鄭森憂慮道：「朝中正人盡去，黃大人又不肯入朝，難道就任由逆黨把持朝政不成？」

陳子龍道：「朝中之事，早已不可為者。我在兵科言路五十餘日，上彈章三十餘道，一無作用。又曾力陳江防之要，皇上甚為嘉許，命我巡閱京營籌設水師。但縱有欽命，兵部不給一兵一卒，戶部不給糧餉船械，我只好聯絡長江和太湖的遊寨土豪、自募千人以成一軍，吏部又不肯命官授職，自然不久便星散了。」

「南京防務，確以江防為要。」鄭森問道，「然而家叔鴻逵以水師總兵守鎮江，節制京口至海門，家大人福建總鎮也派了六千水師入衛京師。南京江防應無大礙才是。」

「你是鄭芝龍之子？嗯，你是南安鄭氏，我早該想到。」黃道周臉色倏地一沉，原本嚴刻的面容更顯峻厲，「鄭芝龍雖遣兵入衛，但不奉兵部號令，只憑馬士英之意調動，和江北四鎮無甚差別。」

鄭森側身道：「晚生不敢聞父之過。且或恐黃大人誤信訛言了，家大人絕非閹黨一夥。」

黃道周道：「我原沒說他是閹黨。福建總鎮不食官餉自給自足，紀律嚴明，水戰冠於天下，這都沒錯，也是我前年致書鄭帥勸他自請入衛南京的原因。然而鄭帥與馬士英交厚，雖非逆黨，怕也非朝廷的純臣。」

鄭森抗聲道：「黃大人何故如此厚誣家大人！十餘年來，家大人掃蕩鍾斌、李魁奇和劉香等海上巨寇，廓清東南海疆百年倭患，使朝廷無南顧之憂。此雖疆臣分內之事，不敢表功，但足證家大人忠藎之心，人神共見。」

「我也是閩人，箇中情由並不陌生。明著看，鄭帥確實大有功於國家，可他有他的盤算，並不是為天下蒼生計。」黃道周冷冷地道，「鍾斌和劉香等人都是他生理上的妨礙，鄭帥將其盡數翦除後，東南各省海船不得鄭氏令旗者，不能往來。每年每船例銀三千金，鄭帥光靠這個，歲入就以千萬計。說得好聽了，福建總鎮不廩於官，都是鄭帥自力維持，報效於國家。實則，這些錢本就是朝廷該抽解的洋船關稅，而盡數讓他截了去。不客氣地講，鄭芝龍這是據地為王！豈國家能堪倚仗者？」

鄭森臉上一陣紅一陣白，頭皮底下似有許多小針刺膚欲出。他想為父親辯解，卻知黃道周所言非虛。鄭森對父親的許多作為也頗不以為然，但身為人子又不能在外人面前數落父親的不是，遂道：「黃大人此論不免過苛，自嘉靖以來，朝廷屢遣大將經營海疆。但即便是胡宗憲、戚繼光等名將，也未能真正蕩平海寇，自也無忒多洋船稅可抽……」鄭森說到這裡，醒悟到這並不能當作鄭芝龍自抽船稅的理由，遂艱難地道：「無論如何，家大人與家叔必定護衛京師周全的。」

黃道周冷笑道：「你也自知不是吧？方才見你心憂時局、見義勇為，才跟你說這許多。你既是鄭帥之子，就沒甚麼好多說的了。」言罷竟自拂袖而去。

陳子龍見鄭森錯愕不已，瀟灑地一笑道：「黃老師耿介如石，說話一向如此的。錢牧翁既收你為弟子，稟性必佳。多修練持身功夫，有機會勸勸令尊。」言罷跟著黃道周去了。

鄭森兀自呆立，良久才回過神來，發覺街上依然燈海通明、遊人歡笑，好一片盛世光景。

隔日一早，鄭森離了宿店獨自閒步，不知不覺走到庫司坊阮大鋮所居的石巢園前。上次前來，已是兩年前的事了。當時見石巢園門面雖然氣派，然而令人感覺陰暗慘澹。如今似乎也沒有特別修葺過，看起來卻十分明亮。鄭森想起當時和楊文驄、王月生藉故離席前去向侯方域通報鎮撫司搜捕之訊，三人就在此刻所立的街角分別，此後未曾再見。不由想，不知王月生現在如何？一時又感嘆侯方域終究沒能逃過阮大鋮之手。

石巢園的司閽看他在門口張望甚久，出來問道：「幹甚麼的？這是兵部侍郎大人府上，沒事別在這瞎晃！」鄭森自思緒中醒來，衝口道：「煩請通報一聲，南安鄭森，有事求見侍郎大人。」那司閽嘿嘿一笑，比著空蕩蕩的圍牆邊道：「你自個兒瞧瞧吧。」鄭森不解，遂問道：「瞧甚麼？」司閽懶洋洋地道：「瞧這門口冷冷清清，侍郎大人當然不在府上。他老人家要是在，求見的車馬轎子得擠到街口去哪！你是頭一回來吧，好心告訴你一聲，侍郎大人等閒是見不著的，別白費工夫了，這就請吧！」

鄭森聞言大感氣悶，深恨阮大鋮小人得志。他沒跟司閽嘔氣，默然離開，在街口想了一會兒，便往東門館驛找錢謙益去。

到了東門館驛，報上名號，柳如是很快迎了出來。雖然是正月天裡，柳如是卻只穿著薄薄的單衣，絲毫不覺寒冷，臉上還十分紅潤。鄭森知道這是因為她有每日服食微量砒霜的習慣，能讓血行加速。柳如是熱絡地領他進去見錢謙益，三人闊別多時，自有一番熱絡寒暄。鄭森見錢謙益精神健旺，猶勝前年，遂喜道：「牧翁和師母益發清健了！弟子本來時時掛念著，如今見了，真感快慰。」

鄭森接著為前年自石巢園逃席通報侯方域一事陪罪，錢謙益呵呵笑道：「你是去救人，何罪之有？我當時也想救朝宗的，你算是替我走了一遭，可記上一功。」鄭森感嘆道：「無奈朝宗終究淪於賊人之手，弟子此來，就是想看看有沒有法子救救朝宗與太沖等一干社友。」

錢謙益聞言，沉吟一番卻不置可否。鄭森想起黃道周說錢謙益頗有入朝為官之意，遂把昨晚巧遇黃、陳二人之事，以及黃道周不願入朝的話轉述了一番。

錢謙益聽罷笑道：「黃石齋是這樣的不錯，你別放心上，此公當年就是在崇禎爺面前，也是犯顏直諫不假詞色。」鄭森微微點頭，欲言又止。柳如是察覺了，笑道：「他知道你是鄭帥公子，恐怕還有些不中聽的話吧。」鄭森遂把黃道周批評鄭芝龍的話扼要說了，末了長嘆一聲道：「弟子慚愧的是，黃大人所言實在不無道理。」

「黃公說的，在大道理上自是駁他不倒，然而不免失之高蹈難行。」錢謙益溫煦地道：「放眼天下，那個邊鎮不是就地闢餉？國土恁廣，朝廷只能抓個總，譬如有些艱難的地方，糧餉常接濟不上，就得任由邊將自個兒想辦法去。照黃公那套辦法查察，則海內別無半個將帥能稱忠良了，朝廷又要叫誰扶持？鄭帥徵舶稅發給令旗，畢竟讓商民有序、賊盜無所遁形。要不，換個人來經營看看能行不？」

鄭森感激地道：「牧翁所言，真是為家大人辯誣，而乃弟子不能言者。」他看著錢謙益寬和的目光，忍不住直抒胸臆，「其實弟子對家大人之作為也有許多疑惑，卻不知該如何自處。」

「取義、取親，確是一大難事。然而『義』者何也？三代以下，『義』之所指，其流變不知凡幾。」錢謙益緩緩道：「以我之見，苟有利於天下生民，即義之所在。今尊行事不拘法紀，但安定一方，使無數百姓免於死亡、無凍餒之患，其功之大，勝過只知叨念著道德二字的人遠甚。令尊是辦實事的人，很多事情都得從權。你得用心體察，哪些是不得已，哪些是以私害公。真有不是處，該規勸的也要找機會婉言規勸。」

鄭森在心中仔細琢磨此語，覺得仍有許多需要深思之事，但已釋懷不少。一時想起錢謙益一生中常有驚世駭俗之舉，而依然被目為天下文宗，必定在「跳脫成法」與「秉持大義」間有獨到的心法。於是接著問道：「黃大人不願入朝，卻說錢老師怕是會蹚進這灘渾水裡去。卻不知牧翁作何打算？」

錢謙益笑道：「呵呵，朝局雖亂，說是『渾水』卻也未必見得。我已去拜望過馬士英，他雖和阮大鋮相善，為人卻不同，我看他是有意為君子的。東林盟友固然大多去職，朝中還是有丁啟睿、朱大典和練國事等能員，而且史可法也還在揚州督師嘛。」鄭森不以為然地道：「史公正是被馬士英以詭計逐出朝廷去的，如何能有作為？」

錢謙益道：「其實史公當面和我說過，『從來守江南者必先戰於江北』，黃淮一線必須固守，一旦等敵人打到長江邊上，那就萬事俱休了。何況朝廷不能只思保守江淮，還要北向收復失土，方是長久之基。他到揚州，用意實在督責四鎮北上。」

鄭森憤然道：「然而馬士英貪墨不法，弟子昨日聽聞南京童謠，『掃盡江南錢，填塞馬家口。』但凡有錢，無論三教九流之徒都能買個官做，馬士英以此自肥，紊亂朝綱，國事還能有甚麼作為？」

錢謙益淡淡一笑，卻問：「大木可知眼下朝廷有多少兵馬？」

鄭森一楞，道：「全國兵馬不下數十萬，弟子不能盡數。較為緊要者，無非江北四鎮、湖廣的左良玉，還有閩粵的家大人這幾支吧。」

錢謙益道：「不錯。江北四鎮，每鎮實有五到八萬人，朝廷核定的額兵各為三萬，三四一十二，加上督師的史閣部，總共有十五萬。餉銀加上本色米折銀，每人通扯給餉二十兩，一年需要三百萬兩。」他在桌上比劃著，「除此之外，湖廣左良玉、京城勇衛營、操江提督八個鎮，加上九江、鳳陽兩個總督，以及安徽、淮揚、河南三個巡撫，光是江、淮、湖廣防務，一年就得花七百八十萬！而朝廷南來後蠲免崇禎爺加派的遼餉和剿餉，又免徵幾個旱澇災區的正供，歲入米、銀合算不到九百萬。除了養兵，還得修葺宮殿、支應內廷、給俸百官，乃至籌辦皇上大婚儀典……我雖然不贊成賣官鬻爵，但朝廷度支如此艱難，老馬絞盡腦汁變著法兒在撐持，實在難以苛責。」

鄭森仍不甘心地道：「馬、阮之輩不唯壞法亂政，尚且掃蕩異己，黃宗羲、侯方域和周鑣等人都被捕下獄，是可忍，孰不可忍？」

錢謙益嘆道：「我一再說，黨爭非國家之福。先前去職的姜公和劉公諸人都是我東林盟友，剛正自持，行事卻少通融。至於黃太沖、侯朝宗他們，大木你親眼所見，自命節義卻持之太急，不給人稍留餘地，杜絕阮大鋮悔過自新之路，也才有今日之事。其實阮大鋮這個人才氣沒得說的，只是被打入閹黨蟄伏太久，難免想要一吐怨氣。等他氣頭過了，好好導引他，國家用人之際，必有可借力之處。」

鄭森實在難以接受，直言道：「阮大鋮再有才華，終究是個小人。牧翁願耐心導引他，卻要任由逆黨將正人盡逐，將君子都捕拿起來嗎？」

錢謙益道：「阮大鋮到今日還不能對太沖等人下殺手，便是因為仍有一干正道中人在朝。況且馬士英也並不願濫興大獄。」

柳如是插口道：「大木有所不知，去年南京冒出一個法號大悲的瘋和尚，自稱齊王，後又改稱是定王，滿口胡柴語無倫次。阮大鋮見獵心喜，誘他自供與潞王密謀篡奪大位，還假造一封書信，把當初擁立潞王的、與阮大鋮有仇的東林諸君一百四十三人列名其上，有十八羅漢、五十三參、七十二菩薩之說，塞在大悲的袖子裡當作眾人謀逆的證據。其中牧翁名列其首！史可法、姜曰廣、張慎言、劉宗周等人自然也都羅列得全。還好這個贓栽得太過拙劣，一時清議大譁，馬士英遂將此事按下，並不敢擅興大獄。說起來，牧翁也差點為阮大鋮所害，但他並不因此與阮鬍子反目。」

鄭森聞言不敢置信，當阮大鋮因逆案和〈留都防亂公揭〉等事狼狽不堪時，錢謙益是極少數欣賞其才華，並願意與之親近的東林中人。前年馬、阮二人也曾打算推舉錢謙益出任江浙巡撫，此事雖然因為北京國變而作罷，但彼此仍為盟友，阮大鋮卻將錢謙益列為大悲案的主謀，令人不勝駭異。

鄭森問道：「牧翁這兩年間可曾得罪阮大鋮？」錢謙益道：「不曾得罪。」鄭森大感不忿道：「阮鬍子真不是東西，當初他如過街老鼠人人喊打，唯獨牧翁推誠以待，如今他卻恩將仇報……弟子不明白，牧翁您怎能嚥得下這口氣？」錢謙益道：「阮大鋮與我並無仇怨，只因大悲和尚偶然提到我的名字，也就把我給掃了進去。我知道他是報復心切，並非對著我來。」

鄭森道：「牧翁再怎麼宅心仁厚，也不該如此……如此縱容小人為禍。」他把已到口邊的「鄉愿」兩字硬吞回去，續道：「子曰以直報怨，牧翁以德報之也還罷了，怎可和這種人同朝共事。」

「朝廷不是只有阮大鋮一人，阮大鋮也不是整個朝廷。」錢謙益沉默了一會兒，難得十分嚴肅地道：「北京已失，崇禎爺也不幸賓天，叫人五內俱焚。在這個關頭上不入朝效命，莫非要眼睜睜看著國家淪喪於賊、虜之手，才來悔恨無已？何況史公領兵在外，朝中也要有人給他支應不是？我固知此時入朝，天下都會說我為了求官而自甘墮落，但我實在不能眼睜睜看著大明滅亡。」

鄭森深為此語震動，但仍不忿地道：「只是以牧翁之的清望，縱使不當首輔，至少也該入閣辦事。馬士英以區區禮部尚書召用您，實在太寒磣人了。」

「較諸天下安危，一己得失又算得了甚麼呢？」錢謙益身子前傾，認真地道：「大木要望遠看。天下財賦多出南方，北邊原本就比較貧瘠，經過這些年的戰亂，那是更加空虛。清人雖然竊占北京，一時間奪去不少財寶，但歲入甚少，占著這麼大片地方反是一大負擔。只要朝廷在南方把根基扎穩，五年、十年下來，南北強弱的差異就顯出來了。到時候王師北向，清虜不足論矣。」

鄭森默然良久才道：「牧翁總以大局為念，能捨私怨，弟子雖然仍有許多事想不明白，但牧翁如此心胸實在令弟子折服。」

「國家興亡，匹夫有責，何況你我？」錢謙益恢復了慣有的溫煦，「大木將來無論是應舉入仕，還是在鄭帥帳下，都必有一番作為。國家危亡之際，應當以公忘私，以棟梁大木自期。」鄭森俯首道：「弟子謹記牧翁教誨。」錢謙益笑道：「你我雖有師徒之名，贊敬我也老早就收下的，至今卻不曾授過一課，思之有愧啊。」鄭森忙道：「牧翁別這麼說，這是世道亂，弟子忙碌奔波，才未能久侍於牧翁身側受教。」錢謙益道：「我入掌禮部，怕也有一陣子未便得空。你這次來，若能待得久些，我便安排你入國子監就學如何？我也好不時偷個空與你切磋學問。」鄭森聞言大喜：「此乃弟子之福，求之不得的。」

正說話間，街上忽然傳來一陣喧擾之聲，家人入報，阮大鋮來拜。

柳如是笑道：「南京地面邪，說曹操，曹操到。」錢謙益詫道：「我正待擇日前去拜訪，不想他卻先來了。」柳如是道：「必是牧翁入朝已成定局，阮鬍子為了大悲案一事，趕緊來彌縫一番。」錢謙益點點頭，看著鄭森道：「大木要見見他不？」鄭森倒想看看他得意之後的嘴臉，乃至於責以大義，叫他放了復社諸友，於是也留了下來。

三人才剛起身，阮大鋮已逕自走了進來。他穿著一身江牙海水四爪白蟒袍，腰繫碧玉紅緞帶，活脫是戲台上的模樣，鄭森見了不禁啞然。

錢謙益熱絡地上前相迎，告罪道：「本該是我去謁訪的，少司馬大人卻先親自光降，死罪，死罪！」阮大鋮道：「甚麼大人不大人的，宗伯您這是罵人了，你我何分彼此——唉呀，夫人久違了，您還是一般傾國之姿，半點沒變哪。」

阮大鋮與鄭森照面，卻似不曾看見。錢謙益微感尷尬，正要發話，鄭森逕自道：「老先生別來無恙。」阮大鋮瞥了他一眼，道：「這敢情不是鄭公子嗎？你好啊。」說罷並不多理會鄭森，對著錢、柳二人一擺雙臂，展示身上的蟒袍，道：「我剛下了朝就直往宗伯這兒來，還披著這身蛇皮呢，且讓我換換。」說罷，自有家人領他到客間更衣去。

不多時，阮大鋮已換上便服出來，戴著束髮銀冠，長髯飄逸，從容閒適，模樣直如神仙一般。

錢謙益拉著阮大鋮的手道：「我已交代家人叫了酒席，就在這兒擺個便飯，咱們一邊吃一邊聊。」阮大鋮道：「那怎麼成，你來是客，應該讓我請你才是。」錢謙益笑道：「圓老方才還說你我何分彼此，怎地就生分起來。我只怕圓老公務繁重、在府上鵠候求見的人也多，我這兒幾杯薄酒留不住您啊。」阮大鋮道：「若是別人，我還真沒空搭理。宗伯置酒，下官是一定要吃的。」說罷兩人互相推讓著入席，酒菜也立時豐豐盛盛地擺滿了一桌。

才方坐定，錢謙益舉起杯子正要敬酒，阮大鋮卻道：「宗伯慢來，有樣東西，先請夫人看看。」他向後招手，便有隨從捧著一個精雅的大木盒上前。阮大鋮打開木盒，取出一頂珠冠，霎時光彩奪目。阮大鋮得意地道：「宗伯和夫人請看，這頂珠冠，是由吳中名匠周柱鑲嵌，玉石乃陸子岡所治，金銀則是朱碧山耗時半年之作。都是高手匠人、巧奪天工。夫人要看得上眼，就請收著賞玩、配戴。」說罷便將珠冠往柳如是身前遞去。

錢謙益忙擺手道：「太貴重了，我們沒有收下之理。唉呀，你看這金銀纏絲的活兒……一頂冠兒整治下來，莫不要上千金？」阮大鋮笑道：「宗伯好眼力。談價錢沒有意思，所謂寶劍贈壯士，像這樣難得佳物，尋常婦道戴了，反顯得寒傖。普天之下，怕只有柳夫人這般絕色才配得上哪！」

錢謙益道：「圓老恁是善頌善禱，叫人不知該怎麼推辭呢。」柳如是一生收過的禮物多了，要多貴重有多貴重，倒不扭捏，見珠冠確實製得十分佳妙，便接過手來細細打量，並且衷心讚嘆起來。阮大鋮湊趣道：「夫人何不就戴將起來，讓下官享點眼福。」柳如是灑脫地一笑，到內室挑了套衣服搭上，戴好珠冠出來，果然玉面珠色相互輝映，一時滿室生光。

鄭森心中暗暗嘆道：師母真是好看。阮大鋮看得如癡如醉，直嚷著：「絕色，絕色！下官竟想不出甚麼話來形容了。」錢謙益笑逐顏開，道：「夫人謝過圓老，向圓老勸杯酒吧！」柳如是走到阮大鋮身旁，舉杯相敬：「祝圓老福壽安康！」阮大鋮連忙起身，兩手端著酒杯，喜不自勝地喝了，一邊道：「好，好！」柳如是連敬三杯，阮大鋮一臉心滿意足。

鄭森見此情景，不免大為反感。柳如是回座見了，趁著錢、阮舉杯說話之際，附耳說道：「大木莫惱，阮鬍子先前陷害牧翁，收下這點玩意兒還算便宜他了呢。」鄭森頓時耳根一麻，一時說不出話來。

阮大鋮喝完了酒，對錢謙益道：「今日我來，特要向宗伯致意。上回那大悲和尚一案，市井傳言是在下將宗伯陷了進去……」錢謙益打斷他道：「圓老，過去的事就不必再提了。」阮大鋮堅持道：「不，此中誤會關係甚大，今日你我同朝為臣，方當攜手戮力國事，不能有纖毫芥蒂——那大悲供言『潞王施恩百姓，人人服之，該與他坐正位』，分明是個失心瘋的和尚，我看供狀上寫出宗伯的名字來，頓時心血上衝，拍案就道『一派胡言，錢宗伯絕非陰謀廢立之輩』，當時身旁人所共見……」阮大鋮叨叨絮絮，直說自己如何憂心錢謙益遭誣，如何為他辯駁奔走云云，末了道：「我曉得宗伯知道我的，本不必多說甚麼，但不能不表心跡。」說罷再次舉杯相敬，錢謙益也忙舉杯道：「圓老忒多慮了，我從未疑心於你的。」兩人一飲而盡，彼此照杯大笑。

阮大鋮又道：「牧翁掌禮部，正好光大我朝廷盛世儀典。皇上也是精於聲曲音律的，等閒玩意兒可入不了他的法眼。有牧翁在，無論是舊院裡的教坊樂工，還是名伶清客，可有個宗主兒鎮著了！」

錢謙益呵呵而笑，不置可否。柳如是卻道：「說到聲曲宗主兒，哪有人比得過圓老？都說圓老十部傳奇，講關目、講情理、講筋節，串架鬥筍、意色眼目斟酌入微，咬嚼吞吐教人尋味不盡。我親看過《十錯認》、《摩尼珠》和《燕子箋》，那真是腳腳出色、句句出色、字字出色呢。」

柳如是疊聲讚賞，阮大鋮卻知她實是為錢謙益未能入閣一事抱不平，繞著彎子說自己更適合入這禮部。於是假意嘆道：「下官一點微末道行，能得夫人讚賞，此生無憾矣。若非這時勢，我倒情願沉溺聲曲一道，以此終老。」他話鋒一轉，「實在說，牧翁真應該入閣的，掌禮部是屈才了。不過牧翁寬心，馬相延攬牧翁是早晚的事，眼下先屈就幾天，啊？哈哈，哈哈。」錢謙益並不以為意，笑道：「都是為國奉公，哪有甚麼委屈呢。果能入閣辦事，自是更好，往後得多多仰仗圓老。」

鄭森始終默默聽著，心中暗罵：這阮鬍子果然好會做戲，甚麼嘴臉都裝得出來。他幾次想出言譏刺，但礙於錢謙益之面始終沒有發作。他一面又看到錢謙益忍辱求全，不慍不火地敷衍阮大鋮，心中五味雜陳。

阮大鋮贈冠、分辯，將錢謙益籠絡已畢，心思騰出來了，見鄭森一臉憤怒，遂道：「鄭公子怎地一個勁兒獨飲，來，咱們喝一杯。」說罷舉杯相邀。鄭森喝了半天悶酒，又憋著一肚子氣，衝口道：「執事這酒，晚生喝不下。」

阮大鋮笑道：「上回在舍下，鄭公子不辭而別，卻不知下官究竟有何得罪之處，讓公子誤會恁深？」

鄭森道：「執事若欲辯誣於天下，就該趁早把黃宗羲等復社諸君子給放了！」

「哼哼，嘿嘿，哈哈哈。」阮大鋮像是聽到甚麼不可思議之事，忍不住笑道：「你說我該把黃宗羲等人放了？」鄭森怒道：「不錯，這有甚麼可笑？」阮大鋮道：「朝廷捕拿這些人，為的是他們對皇上大不敬，乃至於結黨謀逆，與我何干？何況我在兵部，怎好去管鎮撫司和刑部的事。」

鄭森道：「執事儘管舌粲蓮花，天下人卻都知曉諸君子們是你指揮捕拿，意欲公報私仇。」

「私仇？」阮大鋮好整以暇地道，「崇禎爺賓天，當今皇上按敘當立，東林和復社朋黨卻百般阻撓，講什麼國難之際立賢為重，說穿了，不過是心裡揣著東林與老福王的舊怨，擔心皇上即位之後對其不利，方才為此。其實皇上即位後從不追究擁潞一案，可見真乃仁德賢明之主。不料復社小子卻依然到處散布謠言，陰謀廢立，朝廷大加緝拿，正是捕滅社黨、廓清皇圖之舉。」

「哼，」鄭森直言道，「誰不知道執事係將〈留都防亂公揭〉上署名者盡行捕捉，哪來那麼多話好說？」

錢謙益忙打圓場道：「復社諸君，有時候行事是偏激了些，但多出於一片忠忱之心。朝廷拿問，總要勿枉勿縱才好。」

柳如是則道：「是囉，就連牧翁這樣清正自持的，尚且讓人羅織進大悲一案裡去。受此無妄之災，教我連日裡擔足了心，還落下個犯頭風的病根。」柳如是忽然摘下珠冠，嘆道，「頭風難耐，這珠冠才戴一會兒便有些生受不起了。聽說圓老還編有一本《蝗蝻錄》呈奏聖上，說東林老奸為蝗，復社小醜為蝻，蝗為現在之災，蝻為將來之患，要朝廷按籍收捕。牧翁乃東林領袖，卻不知是否在這名錄上，真教人放心不下。」

阮大鋮先是一楞，旋即對錢謙益笑道：「夫人不僅美，而且賢！牧翁真教人豔羨啊。」又對柳如是道：「牧翁清正人所共見，雖然系出東林，卻不與人朋比黨附；夫人再把這珠冠戴上、戴上嘛。」柳如是在他殷勤相勸下，才又把珠冠戴好。阮大鋮又道：「下官雖只是個兵部侍郎，幾個部裡的堂官大人都相熟的，馬相那兒更是不用說。要有甚麼冤案、錯案，下官必定頭一個仗義執言！保管牧翁在朝裡平安順遂，夫人大可寬心。」

錢謙益趁機勸說道：「朝廷中興，以『弘光』為號，乃取《易》坤卦『含弘光大，品物咸亨』之理，大有包容四海，歸心合德之氣象。陰謀反叛之人固當翦除，但值此用人之際，也不宜嚴於肅殺。有那言行孟浪而無謀逆事跡的，儘可以先放一批，以昭朝廷寬大之德。」

阮大鋮見錢、柳二人話已說到這份上，心想與其等他們開口，萬一要的是自己不願放的人，給個釘子回去，一番拉攏工夫也就打了折扣，不如自己先放個無關痛癢的角色，人情上敷衍過也就罷了。這麼一想，腦中頓時浮現侯方域之名。他雖退還自己贈與李香君的妝奩，又在書信言語上幾番衝撞，卻畢竟未公然與己為敵，更未曾於〈防亂公揭〉上署名，並無必欲殺之而後快的仇恨。其實自己真正恨的乃是其父侯恂，不妨來個欲擒故縱，著落在侯方域身上去搜出侯恂來。如此一想，心中得意，遂一拍手道，「是囉，我那世侄侯方域，也讓關在囹圄。他的人品，下官還敢擔保的，必是錯拿了。來呀！」他招手呼喚從人拿來筆盒紙箋，落筆如風，交代從人道：「拿我信箋，去給鎮撫司掌堂馮可宗大人，請他將侯方域侯公子放了，並且派人護送侯公子來這裡一趟。速去！」

鄭森不想錢、柳三言兩語間，便救得侯方域出來，有些喜出望外。心中雖然鄙薄阮大鋮果然正是這些冤案的主使，捉放予奪，但顧忌著許多社友們還在獄中，遂也不好發作。

鎮撫司離東門館驛甚近，不多時，侯方域便由阮大鋮的從人領著進來，他神情消沉，臉上微見風霜之色，不復「四公子」的倜儻。鄭森首先快步相迎，問道：「朝宗無恙？」侯方域滿臉疑惑，答道：「託福、託福——這是怎麼回事？」鄭森低聲道：「牧翁說項，讓阮鬍子放你出來。」

阮大鋮起身上前，假意道：「世侄受驚了，在獄裡這一遭，身上都還好吧？看你平安，我就放心了。」侯方域憤然道：「抓我進牢房的是你，這會兒又假惺惺地說這些作甚？」阮大鋮道：「世侄可別冤屈了在下替你求釋的一番好意啊。」

侯方域道：「我不要你賣好。」又對錢謙益和鄭森道：「牧翁、大木兄，這老奸賊正待興風作浪，你二位不可為了救社友們與他合作。」

「唉呀！竟罵起人來了，」阮大鋮道，「牧翁且來評評理，我替世侄求情開釋，他倒不感激，還要罵我。」

侯方域道：「你抓我是為報私怨，現在放我，也不過另有盤算，絕不是你自個兒發好心放人。興許過兩天又把我給捉進去。」

錢謙益自己也曾遭誣下獄，知道其中苦處，安慰道：「獄中日子難過，朝宗委屈了，且先將養幾日，安安心神再說吧。」他又對阮大鋮道：「圓老莫掛懷，朝宗剛出牢籠驚魂未定，過些時他必會明白圓老之德的。」

侯方域卻不買帳，叫道：「牧翁不要為小人伎倆所惑，他濫興大獄，又想藉著放人市恩，用心可誅！這等人，絕不能由他在朝中害人，蠹蝕國家根基！」

阮大鋮冷笑道：「我做好事，卻討來一頓罵！也罷，編造誣陷，原是你們復社的拿手好戲。想當初公揭上說我『具作亂之志，負堅詭之才，惑世誣民，有甚焉者！』後頭憑空捏造了我賄賂某官某將云云，其實我甚麼也沒做過，全是子虛烏有。」他語氣轉趨嚴峻，「可如今，世人都瞧清楚了，闖賊入北京逼死先皇，僭立帝號、偽稱『大順』。那些個自號『清流』、詆毀我是逆黨的，卻有多少人降了闖賊，給李自成當官！我那年兄侯恂，侯公子你府上大人，就是其一！」

侯方域聞言，頓時臉色刷白，澀訥地道：「家大人因河南失守一案，被下刑部獄，闖賊攻陷北京時，他在牢裡走脫不得，賊人又以炮烙之刑相脅，家大人忍辱假降，為的是保全有用之軀，伺機南來為先皇復仇……」

「哈！好一個忍辱假降！」阮大鋮話音如戟，「魏閹固為國賊，終究也是大明朝臣。我只不過對魏閹恭順，也不曾為他設過一謀、做過一事，就要被往死裡治；闖逆謀反顛覆，逼死先帝，罪大惡極。投效闖逆，其罪遠過恭順魏閹百倍！侯公子倒說說，侯恂該當何罪？要不要也請你的社友們寫篇公揭聲討一番！」

侯方域連忙辯解道：「家大人雖假降偽順，並未受偽職為官，事理不同，不可同日而語……」

「哼，李自成本要授侯恂為侍郎，侯恂非要大拜為『工政大堂』——也就是工部尚書才肯做。」阮大鋮語氣益發輕蔑，「闖逆本待東征山海關班師後再來拜官，豈料一片石之戰大敗虧輸，侯恂這『工政大堂』才沒給當上。說到底，他是沒當上，而不是不想當！」

侯方域渾身顫抖：「家大人百計拖延，就是為尋隙脫逃……」接著再也說不出話來了。鄭森忙扶著他，大聲道：「你太過分了，侯司徒公被囚獄中身不由己，又實在未受偽職。北方之事，傳言或有失實，怎可這樣說他。」

「是囉，東林黨人忍辱假降是好的，下官做甚麼那都是十惡不赦，由得你們加油添醋地詆毀。這不是朋黨行逕是甚麼？」阮大鋮得理不饒人，「東林黨用『逆案』套在下官頭上多年，且看下官用『順案』報之！凡有投降偽順、受其偽職者，朝廷都會嚴加懲治，以彰忠義大節！」

侯方域道：「前年我被逼離開南京，曾致書執事，說萬一執事復得志，必殺盡天下之士以償宿所不快，如今真不幸應驗了。」

阮大鋮道：「下官只是想叫世間看明白，究竟誰為君子，誰為小人、誰是扶危匡時的忠良，而誰才是裡通闖逆、賣國求榮的叛臣。」

「你說誰裡通闖逆、賣國求榮？」侯方域氣得渾身發抖，「家大人一生忠藎為國……你不要含血噴人。」

阮大鋮道：「前年左良玉意欲東下南京，世侄致書與他裡通，就是令尊指使的吧？如今他又要世侄為偽順做內應，世侄可得三思，切莫自誤啊。」

侯方域大叫一聲，轉身就走，鄭森楞了一下，跟著追出門去。

第拾參回

探監

侯方域奔走甚疾，全不理會鄭森呼喚，鄭森知他正自心緒激盪，遂默默跟在他身後。

侯方域避開熱鬧地方，只揀幽靜巷弄茫然亂走，一時發覺鄭森跟在身後，厲聲道：「大木兄跟著我做甚？是要查出家大人所在好給阮鬍子報信嗎？」

鄭森嚇了一跳，氣道：「朝宗莫要不知好歹！」說完見侯方域神情恍惚，覺得實在可憐，遂又道：「我怕你獨個兒亂走出事，所以才跟著。」

侯方域忽然大哭道：「我好不甘心，竟要受此屈辱。我不明白為何老天要讓奸佞小人得志，讓好人蒙塵。」

「君子、小人互為盛衰，本是古來之理。」鄭森安慰道，「本朝曾有奸輔嚴嵩和豎閹劉謹、魏忠賢當政，最後都敗落下來，可見天理公道自在。」

侯方域道：「只怕朝廷在這當口上，禁不起這樣折騰了。」

鄭森道：「不錯，不可讓馬、阮一黨把持朝政，總要想個法子將他們攻下來。」

「難，難。兵權在他們手上，朝中正人也讓他們一一驅逐了，實在難以措手。」侯方域眼神空洞地望著遠方良久，忽道：「我有時竟會疑惑，北京城破之日，父親該不該死節？」

鄭森道：「司徒公在獄中乃戴罪之身，並非朝臣，似無必死以盡節之理。」

「我也這麼想。可他曾答應出仕闖逆，確是失節了。」侯方域黯然道，「我在鎮撫司獄中倒不甚苦，苦的是每天一睜開眼睛，就想起父親降敵之事，教人心肝摧裂。」

「朝宗別看得太重了。四鎮中，高傑本是闖賊出身，只為與李自成的小妾私通才反正來降。」鄭森道，「這等殺人戕官無數的叛賊，尚且受朝廷封爵重用，何況令尊無心助逆，只是一時遭受脅迫，不得不虛與委蛇。」

侯方域搖頭道：「高傑是李賊腹心，握有重兵數萬，他受朝廷招安那叫『慕義來歸』；家大人習聖人之教，又曾為朝廷重臣，一旦降敵，乃人不韙之事。」

「君子之過如日月之蝕，尊府大人未始沒有立功自贖的機會。」

「史可法大人也曾力主優容南來官員，說『北都之變，凡屬臣子皆有罪，若在北者始應從死，豈在南者獨非人臣？』」侯方域嘆道，「但輿論已被馬、阮煽惑，弄得群情激憤。朝廷頒告楊汝成、陳名夏和徐汧等『北都從賊諸臣罪狀』後，生員士子們紛紛搗毀其家。他們無法立足，只好又逃往北方去。」

「這豈不是把他們往偽順和滿清那兒趕？在北者並非人人有心從賊，應該也有很多是為道途所阻，朝廷如此一來，卻絕了人才南來歸順之路，反以資敵。」鄭森不平地道，「國變之時，在南在北不過運氣而已。譬如阮大鋮正因逆案之罪蟄居南京，才僥倖逃過陷落之劫，又因國難而有起復之機。如果當時他在北京，一定第一個投降的。」

「大木兄此言真乃公道之論，無奈世人並不這麼看。」侯方域流著淚，表情十分痛苦，「阮大鋮固然是個狗賊，可他罵家大人的話，一字一句都教人有口難辯，教人心如刀割。」

「朝宗不是一向自比周瑜、王猛，怎地如此懊喪。」鄭森看他這樣，在同情之外又有些生氣，故意出言相激，「難道你要叫尊府大人自裁不成?你這麼恨他嗎？」

「我不知道……」侯方域茫然道，「我從小就十分尊敬父親，他是東林魁首，在朝官拜尚書，出而為一方總督，手綰數萬兵符、剿滅賊首無算。父親教我讀書養氣，儼然溫然，學養高峻望塵莫及。我的一切，無論才能見識抑或甚麼『四公子』的名號，也都是拜他所賜。我不明白這樣一個人怎能降賊？我不想父親死，但也不想父親這樣苟活著，更不想自己一生背負著叛賊之子的名號。」說到後來哽咽難言。

鄭森跟著感嘆不已，不由得想，倘若流賊或清兵南來，父親是否會為國盡忠力戰到底？萬一到了時勢難挽時，父親會怎麼做？以父親浪遊海上、任性不羈的個性，「死節」二字似乎是太過遙遠。思及於此，實在不敢再想下去。

鄭森道：「朝宗的處境我多少能明白一點。前些時我偶然遇見黃道周大人，他對著我批評家大人據地專擅，叫我當下辯駁也不是，不辯駁也不是；父親終究是父親，你我為人子者，代為受過也是本等之事。上焉者，好生做一番事業，為其雪辱，如此父子俱榮，這才是大忠大孝之行！」鄭森眼神堅定，鼓勵侯方域：「朝宗曾遊於史大人和高傑幕府中參贊，何不回去史公那裡？又或者到左良玉帳中效力——左良玉手下最缺智謀之士，柳麻子到那裡，竟被奉為頭號軍師呢。」

侯方域稍稍開顏道：「大木兄真是為我指點了一條明路；那柳麻子的事我也聽說過，他寫的公文別字滿紙，南京都傳以為笑談。」

鄭森趁勢鼓勵：「正是如此，可見左良玉需才之急。以他對尊府大人之恭敬，朝宗在彼處必能有番作為。」

侯方域卻道：「阮大鋮雖然放我出獄，我知道他必欲殺家大人而甘心。朝廷將家大人列為從賊四等流戍之罪，他老人家眼下正在……正在徽州親戚家裡，我得找個隱密地方把他安頓好，其他的事，往後再說吧。」

「好吧，朝宗剛出獄，先找個安靜地方將養幾日也好。」鄭森看他滿臉憔悴，不忍苛求，「你才大如海，不必因為一時橫逆就感喪氣。待尊府大人安頓好了，還得出來做點事。」

侯方域點點頭，道：「我此來南京，是聽說定生兄下獄，前來營救，雖然將他救出，自己卻陷了進去。眼下還有許多社兄在獄裡，營救之事只能請大木奔走了。」鄭森點頭：「這個自然。」

侯方域從懷中錦囊裡掏出一塊碧玉，遞給鄭森：「另外有件事要拜託大木兄，這塊玉墜，請兄代我還給香君。」鄭森認出這是李香君一把摺扇上的玉墜，她外號「香扇墜」，故而前年侯方域逃離南京時以此相贈，乃是兩人定盟之物，當時鄭森也在一旁，知之甚詳。一時詫道：「如此要緊物事，朝宗何故不要？」侯方域道：「此去不知何年何月才能再返金陵，香君芳華正茂，我不想耽誤於她。」

鄭森正色道：「朝宗此言差矣，香君情深義重，是個難得的奇女子，怎可輕言離棄。」侯方域道：「大木兄有所不知。自我離開南京後，漕撫田仰貪慕香君美色，欲以三百金娶她作妾。香君不肯，竟一頭撞在牆上，血濺白壁，以此明志。」鄭森道：「那田仰卻是何人？」侯方域道：「他是馬士英的族親，閹黨攻倒了漕撫路振飛，就以田仰代之。」鄭森聞言有氣：「閹黨得勢，不僅捕殺天下義士，還要奪人妻妾，著實可恨。莫說香君與朝宗有白頭之約，就算她不曾梳櫳，也不能嫁此奸佞。香君拒婚，與當日退還阮鬍子妝奩一般高義可風。貞烈如此，朝宗更不可相負！」

侯方域搖頭道：「我怎生捨得負她。大木兄不知我退還此物有多痛心。然而田仰仗著馬士英之勢，用強逼娶不成，就大放風聲說香君是受我指使才不肯就範。以家大人之處境，實在承擔不起更多仇怨。而此際我侯家聲名蒙塵，也不好拖累香君、置她於危境。我離開她，正是為了不負她的深恩！」他一咬牙，把玉墜塞在鄭森手中，「大木兄送還玉墜，甚麼也不必多說，就讓香君以為我是個薄倖負心之人最好。」

鄭森聞言動容：「我錯怪你了。朝宗一番苦心，我必替你辦成。以香君之聰慧，她必明白朝宗本心。賢喬梓昭雪之日不遠，屆時你再與她相會便了。」

侯方域道：「香君為躲避田仰催逼，到城東棲霞山上葆真庵投奔卞姨娘去了。卞姨娘在該處修真主持，已改稱玉京道人。」

鄭森想起曾與卞玉京在媚香樓一道吃過酒，她雖然較為年長，仍不稍減風華。如今入道，想也是避亂而去，不免感到有些唏噓。鄭森將玉墜錦囊收好，說道：「朝宗儘管放心，南京諸事有我。」

侯方域深深一揖道：「眼下我能信任的只有大木兄了，小弟在此重重拜託。」鄭森忙還了一禮。兩人拱手道別，侯方域走出幾步，忽然又回頭，拍額道：「我給忘了，吳應箕次尾兄逃躲搜捕，也在棲霞山采真觀，與葆真庵兩下不遠。次尾滿腹奇計，也許他有援救社友之法，你不妨順道一往。」

鄭森依照侯方域指示來到棲霞山，尋著了葆真庵。庵觀不大，四面石牆聳立，松蘿攀滿門扉，雲霧飄掩，苔痕鮮綠，確是個化外清修之地。鄭森見庵門緊掩，四下闃無人聲，只有林間的鵓鴣有一搭沒一搭地咕咕叫著。

鄭森一時不敢唐突打擾，正沒做理會處，前面路上來了個老漢，正自氣喘吁吁地背柴而行。鄭森迎上前去施了一禮，道：「老丈，借問……」那老漢見了鄭森，楞了一下，說道：「相公好生眼熟，可曾在哪見過？」鄭森細細端詳老漢道：「老丈這一說，也覺面善，一時卻想不起來。」老漢笑道：「是了，咱們在媚香樓見過的，我記得相公是……是……」鄭森道：「晚生南安鄭森，表字大木。」老漢道：「對，對，鄭大木，我記得你。我是蘇崑生。」

鄭森十分訝異，那蘇崑生乃是舊院的戲曲名家，南京城裡稍有頭臉的聲妓莫不競相延請來教習演唱的。如今他卻穿著芒鞋箬笠，在這裡擔柴，讓人照面也認不出來了。鄭森因道：「崑老如何在此？」

蘇崑生掙扎著放下柴擔，鄭森趕緊上前幫忙。蘇崑生揉揉後腰，笑道：「皇上大徵舊院名伶唱工，入宮裡每日搬演。只是宮裡規矩多，俺遲暮疏懶，又不能媚事閹黨，遂尋個隙溜出來，竟到這山上來投奔故舊，閒時讀讀道書仙籙以消長日。只是攪擾人家頗為不安，我那吹歌活計，山中並無用處，不免出來砍點柴火供應炊煮。」

鄭森道：「不媚閹逆，忍把一身絕活都付山雲，崑老真乃義士，失敬了。」蘇崑生擺手道：「說哪裡話。」鄭森道：「晚生此來，乃奉朝宗兄所託，要轉交一個物事給香君，只因見山門緊閉，不敢貿然打擾。卻不知香君確實寄住在此？」

蘇崑生聞言遲疑，鄭森料想他擔心自己是阮大鋮和田仰一黨前來搜尋，遂拿出玉墜道：「朝宗兄已出獄離京，臨行囑我將此玉轉交香君。請崑老幫晚生引見。」

蘇崑生取過玉墜，點頭道：「這確是香君之物。香君就住在庵中不錯，實不相瞞，我也是為了照應這個學生，才護著她隱居於此。我領你進去。」說罷拍門叫道：「老漢挑柴回來囉，開門！」不多時，門扉打開，一道姑見了鄭森，疑惑道：「我們女道住持，不待外客，這位是？」

蘇崑生道：「此是故人，不妨的。」

蘇崑生領著鄭森進到主庵廳中，玉京道人聞訊而出，聽說原委，嘆道：「石牆高聳，阻不得前緣斷。」正待起身入內呼喚，李香君已自疾步出來，殷切地詢問：「鄭公子萬福——侯郎安好？」

「朝宗兄無恙，香君不必掛懷。」鄭森見她衣著樸素、脂粉未施，一聞消息便出來詢問，對侯方域關懷甚深。遂道：「朝宗得敝業師錢宗伯援救，已然出獄了。他在牢裡幸而不曾吃過甚麼苦頭，看來身上都好。但閹黨搜求司徒公甚急，他擔心老父不測，即刻便離開南京了。」

李香君有些失望：「這麼急，也不來相晤一面？」

鄭森有些不忍，但仍刻意冷著話音道：「朝宗臨去之時，囑我送還香君此物。」說著將錦囊放在桌上，推到李香君面前。李香君見到錦囊，已知其中是何物事，身子一震，伸手顫抖著按住錦囊，卻不知要不要收下。

她終於將錦囊打開，看見那枚扇墜碧玉，反而定下心神，起身施了一禮道：「勞煩鄭公子專程走這一遭，妾身在此謝過。侯郎必是要鄭公子說，要我勿以他為念吧。」鄭森默然點頭，李香君又道：「讓鄭公子做此為難之事，實在叫人過意不去。侯郎之意我明白，他是怕侯家時運不濟拖累於我，才出此下策。」

鄭森見李香君果然識透侯方域心思，一時惦記起侯方域之託，不要讓香君過於牽掛思念，遂狠心道：「朝宗兄說，以司徒公之處境，實在不能再多得罪一個田中丞。香君此後行止，由妳自己決定吧。」

玉京道人道：「秦淮河上無真情，花月姻緣半生空，妳還不能了悟嗎？」

李香君神色雖變，語氣卻益發堅定：「他若真已忘了妾身，大可一走了之，又何必對這玉墜珍而重之，特地託了鄭公子大老遠送上山來？侯郎與我結褵有媒有證，我是他侯家之人，自然榮辱與共。」她將玉墜放入錦囊收好，穩穩揣入懷中，「侯郎要救他父親，我難道就不懂得保全翁公嗎？請鄭公子代我傳語侯郎，妾身名分可暫作罷論，但我還在這裡等他。」

玉京道人道：「侯公子避禍逃走，倘若三年不歸，妳也這樣傻傻地等下去嗎？」

「不管三年五載，還是窮盡一世，我總歸等下去便是。」

「痴兒，痴兒。」玉京道人不再言語，起身入內去了。蘇崑生道：「這樣結局也好，兩下暫無牽掛，過些時日看看情形再說吧。」

鄭森又是慨嘆、又是義憤：「朝宗何嘗不是對香君一往情深。只恨這滿地烽煙、閹黨當道的時勢，活生生拆散了一對碧人。」

「鄭公子不必太為我們擔憂，」李香君強自抑制著，「亂世之中，誰不流離紛飛？能知道彼此平安，已是萬幸了。」

蘇崑生嘆道：「誰說不是呢。朝廷南來，說是什麼中興氣象，卻擾得秦淮河雞飛狗跳，名伶樂工都給徵入宮去，舊院裡竟沒剩下甚麼像樣角色。不願入宮的，只好遠走他方。」鄭森想起李香君的假母李貞麗，遂問：「貞娘怎麼不見？」蘇崑生道：「只因中使徵人甚急，她代香君入宮去了。」三人不免又是一陣唏噓。

蘇崑生忽道，「鄭公子記得宛仙小娘不？」鄭森腦中頓時浮現張宛仙天真水靈的樣子，點了點頭。蘇崑生道：「前些時宛兒的乾娘故世，她也同樣不想入宮，就跟我們一起隱居於此。唉，山上寂寞，她又迭遭變故，不免就病著了。」

鄭森道：「前年在舊院見過宛仙小娘幾次，大家詩酒過從相處甚歡。她既在此養病，理當探問，可否請她出來一見？」蘇崑生道：「她有些畏風，甚少出來，不如鄭公子到庵後去看她。」鄭森道：「卻不知方便不？」蘇崑生道：「方便，方便。有人看她，宛兒必然高興得很的。」於是鄭森向李香君告個罪，當下讓蘇坤生領著到庵後一間草屋前。蘇坤生敲了敲門，說道鄭公子來訪，接著向屋內一比，讓鄭森自己進去。

鄭森入了草屋，房裡甚是幽暗，一會兒目力適應了，見室內雖然陳設簡單，倒也素淨。他停步喚道：「宛仙小娘，鄭森來訪。」一會兒，才聽得裡間傳出微杳答應之聲，請他進去。

鄭森沒聽真切，不知是否該逕入女子閨閣，然而裡間良久再無聲息，猶豫了一下還是走了進去。隔著帷帳只見榻上放著不少藥餌，一女子身影蜷臥其中。她聽見有人進來，沉吟著道：「是哪一位？」鄭森道：「南安鄭森，咱們前年在媚香樓喝過幾次酒、一道去靈谷寺賞梅花的。」

「鄭公子！」張宛仙強自起身，揭開帷帳，要鄭森把桌上油燈移到榻上，並請他在榻邊坐下。鄭森見她病中神情黯然，但不減麗色，兩年不見，甚且稚氣盡脫，出落得大方不少。

張宛仙聲氣略虛，又帶著二分驚喜地道：「鄭公子怎麼知道我在這裡？」鄭森道：「我受朝宗之託來傳話給香君，聽說妳在這裡，就過來探望。」張宛仙道：「侯公子還在獄中？鄭公子怎生見著他的？」鄭森道：「朝宗已然出獄，但是朝廷追捕他父親甚急，他趕去安頓家人了。」張宛仙「嗯」地一聲，對此似乎不甚關心，良久才答應道，「可苦了香君姊了。」

「妳身上都好？」

「如公子所見，終日與藥石為伍，房門也難得出去一次。」張宛仙有些神魂不定的樣子，「乾娘撒手去了，我避居於此，昔日舊遊都無聯繫，自然也不會有人來探訪。」

「死生有命，小娘還請節哀，媽媽地下有知，也不要妳太傷懷的。」鄭森看她雖然少氣懶言，身體應該並無大恙，只是驟經變故心緒低盪，又成天悶在這清幽庵中所致。遂揀了幾件近日的新聞趣譚說說，讓她開懷些。

聊了一會兒，鄭森怕她太過勞累，遂起身辭別：「宛兒好生將養，我去了。」張宛仙忙拉住他的手道：「我在此間，睡不好、吃不下，整日裡昏昏沉沉怔忡不安。虧得你來，我才覺得好些。鄭公子再陪我出去走走好嗎？」

「只怕外頭風冷。」

「不妨的，披件厚氅就行了。」張宛仙請鄭森在外稍等，不多時換了一套衣服出來。兩人出庵漫行，一時無話。鄭森幾番想找話逗張宛仙開心，但他並不擅於此道，左思右想竟尋不出個適切的話頭來。好在沿途怪石崢嶸、灌木蒼鬱，兼有殘碑舊塔、修篁古木，極富幽深意趣。鄭森想起吳應箕曾說，棲霞山望之不覺為奇，入之卻乃南中第一勝境，如今一見果然。兩人默然閒步，卻也不感無聊。

也不知走了多久，兩人來到一處視野極佳的石巖上。鄭森憑高一望，南京城北形勢盡入眼中。只見長江一線，浩蕩蜿蜒，江上無數帆影緩緩移動。山麓下數道河水條條而出，一一匯入大江。近處村舍與樹林交雜，又有兩道村煙悠悠豎起，風光和樂。而隔岸大地蒼蒼莽莽開展而去，直隱沒在天盡處，悄然有山河遼闊之感。

鄭森乍見此景，暗暗驚呼，頓覺胸懷大暢，直想縱聲長嘯。他指著山麓道：「這可是老鸛河？」張宛仙道：「不錯。」鄭森興奮地道：「那麼河旁這片蘆蕩便是韓世忠以八千孤軍而困金兀朮十萬大軍四十八日之所囉！」張宛仙點點頭：「大家都是這麼說的。」

鄭森胸中豪氣陡生，遙想山下兩軍對峙、宋兵緊守要隘萬夫莫開的情景，指著黃天蕩道：「書上說金兵最後連夜挖開老鸛河故道狼狽遁走，不知那故道卻在何處？倘若此地再有一戰，又該如何將敵盡殲不使走脫？」張宛仙微微點頭，並不言語，鄭森接著道：「那韓世忠以寡擊眾，梁紅玉擊鼓助威，何等英雄氣概。可惜不能親炙其風采，又不知當世能否再出這樣一對良將和巾幗英雄不！」

張宛仙淡淡一笑，說道：「鄭公子好豪氣，倒讓我想起復社一班相公們呢。從前大家總在一起飲酒賦詩、談兵論劍，好不痛快。」她語氣一轉，感嘆道：「怎奈才一轉眼，竟自風流雲散了。」

鄭森慨然道：「都是這世道叫人不得安生，我必想個法子糾合正道、驅逐閹黨，將社兄們盡數救出天牢，甚且一新朝局。」

張宛仙卻道：「相公們甚麼事情都推給閹黨，好像偌大明朝就給這幾個人敗亡了似地。」鄭森大感詫異，道：「小娘何出此言，閹黨為禍人所共見，社友們也是被阮大鋮羅織入獄不是？」張宛仙道：「我聽說崇禎爺最恨閹黨，十七年間朝政數變，逆案卻始終死死壓著。閹黨幾次想翻逆案，崇禎爺都不稍鬆動。可即便如此，朝廷卻終究還是失了江山。其間馬士英和阮鬍子可沒做過甚麼壞事。」

鄭森啞然，此論聞所未聞，大出意外，但細思也非全無道理。復社諸友議論國事，自然對閹黨深惡痛絕。老師錢謙益主張和衷共濟，係出於堅忍謀國、消弭黨爭。而張宛仙幾句話輕描淡寫，卻點出了鄭森見事偏執不到之處，令他猛省再思。不過他親見過閹黨諸般惡行，一時仍深以為國亂的禍首，遂道：「天啟年間魏閹亂政，大傷國家元氣。崇禎爺雖然始終擯斥閹黨，畢竟病根已深，才有北京之禍。」

張宛仙道：「國家的事，我一點也不懂。我只知道不管誰當首輔，百姓都苦。」她望著遠方，輕聲道：「我老家早先是織戶，靠著養蠶織幾疋綢布，日子還過得去。後來綢布市況一落千丈，改而種田，全家人在巴掌大的田裡從年頭忙到年尾，最多也只能圖個溫飽。若是遇上旱潦災禍，一年辛苦全都白費不說，下一餐飯在哪裡都不知道。但是田主收租、官府催糧卻是半點通融不得。不管朝廷是由閹黨還是東林當政，世世代代都是如此。」

鄭森嘆道：「『興，百姓苦；亡，百姓苦』，真是確哉斯言。」

張宛仙自傷身世道：「窮苦農家生了男兒，那是多得一分力氣下田，女孩若生得粗壯也可幫忙幹些雜活。像我這樣弱不禁風的，就只能賣到人市上，給人做婢做妾，或者送入勾欄裡去。」

鄭森道：「塞翁失馬，焉知非福。似小娘這般國色，且無論書畫聲曲都是頂兒尖兒的人才，待在農地裡太也埋沒了。」

張宛仙幽幽地道：「勾欄裡卻也不是個安好去處。」

鄭森深悔失言，忙道：「我別無他意，只是要說宛兒樣樣都好，一定會有個好歸宿的。」

張宛仙呆望山河景色，臉上並無慍色，但也不再言語。鄭森看她憂心鬱結，遂道：「聽說這攝山頂上霞景甚美，眼下辰光正好，何妨前去看看？」

兩人遂上山頂，尋塊大石頭坐下。方時日影初斜，長雲橫空，一片澄金燦然。又有陽光穿透雲洞四方散射，彷彿神照下界。須臾，雲朵由金轉橙、轉紅，瑰麗變幻，無一刻停歇。而天色剔透深邃，邀人凝望卻又覷之不穿。大地上萬物同浴暮色，天邊耀眼欲燃。兩人不發一語，同看得癡了。

鄭森轉頭，見張宛仙正自默默流淚，髮梢讓晚風吹得不住飄顫。鄭森想出言安慰卻不知該如何措辭，遂輕輕按住她的手背。張宛仙雪白的臉頰上清淚汩流，神色卻漸漸有了生氣，在霞光中愈顯紅潤。

張宛仙哭了一會兒，平靜地道：「我和乾娘約了許多次，幾時得空要一道來看這棲霞美景，言猶在耳，她卻就這麼去了。」她話音中帶著暖意，一掃枯槁蕭索之色，「自從上山以來，終日悲切，卻流不出一滴眼淚。這才知『也擬哭途窮，死灰吹不起』的慘苦。此刻這一哭，雖然傷感依舊，心頭竟自活動了。」

鄭森道：「宛兒只是驟經大變，一時積鬱難宣，這下子發散開來就沒事了。」

張宛仙道：「我自八歲上讓乾娘買了來，朝夕相處，轉眼十年。她說去就去，我到現在都覺得好不真切，彷彿她還在甚麼地方等我去尋似地。」

鄭森道：「妳必和媽媽親情深篤，才會有此感慨。」

「其實乾娘在世時，我對她不無怨懟。」張宛仙道，「自打進了乾娘家起，她便每天督促我認字讀書，數九寒天裡手指頭都凍僵了，還是得彈弦操琴。稍有偏誤，她就用竹片敲我的指背，那真是痛連心肺。媽媽卻說這樣敲能長記性，又不傷肌骨、不耽誤習琴。其餘聲曲歌舞、翰墨丹青，自然無不強要學習，沒一日懈怠。我們人前看著光彩，背地裡也有滿腹苦楚。」張宛仙輕輕嘆口氣道，「我從前總想，乾娘把我買來嚴加教養，說穿了也是待價而沽，讓我為她多掙金銀。乾娘常說，她一生心血都灌注在我身上，一牛成敗也都著落在我身上。我十四歲開始陪席演唱，過兩年梳櫳待客，此後南京凡有大宴，可說無會不與。每日裡笙歌達旦，隔日宿醉難挨，還要抽空練字練琴。有時真乏了，不免恨乾娘這樣役使人，甚麼局箋都接，教人喘息不得。乃至於——」她頓了一頓，「有幾次債主逼得緊了，適有那俗蠢之輩前來下聘求合巹，她竟也勸我接待。我不情願，還為此和她大起爭執。」

鄭森每見張宛仙總是一副天真水靈的樣子，卻不知原來這小娘心中竟也有這麼多心事。

張宛仙抬頭出神，好一會兒才緩緩地道：「可乾娘故去，我卻悲傷難以自持，竟不知情牽若此。」

鄭森細細一想，卻也不難明白：「假母待妳雖嚴，畢竟朝夕相處，也算是宛兒唯一的親人。乍然物故，宛兒孤身無靠、前程茫茫，遂不免更感傷懷於身世了。」

張宛仙輕噫一聲，道：「鄭公子說得不錯，我這兩日也隱隱約約想到這一層，卻不如公子一語道破。」她看著鄭森道，「我自來到南京，已有許多年不曾想起老家的親娘。這幾天卻不知怎麼，總夢見當年她帶我到人市上去的情景。我怕極了，緊緊抓著娘的手，只想回家。但任憑我怎麼哭泣，娘終究把我交給了人販子。我每次都悚然驚醒，一身冷汗直冒，尚且心悸不止。」

鄭森聞言，想起七歲時母親送自己登上唐船，起初自己還興奮於乘船遠行，到了起椗離港之際，母親要返回岸上，才忽覺驚恐萬分。十四年過去，早已忘了當時母親是怎麼哄自己的，但始終鮮明地記得她柔軟而冰冷的手乍然鬆開的那一瞬間，彷彿只是方才之事。此際猝不及防地想起，霎時一陣揪心，幾乎落下淚來，趕緊強忍住了。柔聲道：「假母撒手，也如親娘放手離去一般，都撇下了宛兒。因此才會夢見親娘之事吧。」

「啊，」張宛仙驀然點醒，「你說得不錯，正是如此呢。」她看著血紅的落日，似有無限寂寞。

鄭森見她孤伶伶的樣子，想起自己年幼時每夜東望大海思念母親，心中生出一股憐惜之情，良久才道：「天色晚了，我們不曾帶得燈燭，蘇師父他們怕不擔起心來，趕緊回去吧。」

兩人起身下山。雖然天光猶亮，林中山道已倏然暗下。鄭森歉然道：「貪看美景，害宛兒得摸黑走道了。」

張宛仙卻道：「今日真是多謝公子。」她憂思稍去，恢復了幾分往日的靈動神色，「這些時，許多念頭在我心裡翻來攪去，總也想不明白，又不知該向誰說去，著實煎熬。卞姨娘和蘇師父雖也親近，他們卻都只一個勁兒勸我別多想、勸我看開，每每話頭才剛提起，便說不下去了。不知怎麼，卻是和鄭公子在一起時才能夠暢所欲言。」

「那真是太好了。」鄭森見她落腳艱難，默默拾起她的手引路，察覺她似有些發顫，想是夜裡寒氣重，遂把自己的斗篷解下給她披上。兩人專心看著地上走路，不再言語，鄭森卻覺和張宛仙無比親近，真想就這麼一直走下去。

遠方路上忽有亮光閃動，鄭森還沒看清，張宛仙已歡呼道：「蘇師父！」待走近了一看，果真是蘇崑生提著燈籠來迎。張宛仙雀躍上前，鄭森忙道：「歸遲了，還勞煩崑老摸黑來接。」蘇崑生呵呵一笑：「不妨的。我料你們必是上山看霞景去了，果不其然。這攝山霞景是好的，妙的，是該看個過癮再下來。」當下領著二人回葆直庵。

到了庵前，張宛仙停步說道：「鄭公子得空再來看我。」鄭森點點頭道：「小娘早些安置吧。」待要再說甚麼，還未及開口，門扉開處，裡頭久候的女道士疊聲道：「妳可回來了，讓人好等。」張宛仙遂匆匆入庵去了。鄭森這一日與張宛仙交心長談，總覺似該好好話別，然而匆忙如此，心下不免若有所失。晚風一吹，身上微感寒意，這才想起自己的斗篷還在張宛仙身上。

蘇崑生說天黑了，山路危險，這時再去尋別的庵觀投宿也不便，遂領鄭森到自己在庵外的小屋暫住一晚。

次日蘇崑生一早便出門砍柴，鄭森簡略用了早飯，獨坐小屋之中，看陽光透隙而入，照得許多灰屑漫飄，竟教人久觀不厭。出得小屋，林間一片透亮，空氣清新沁人。鄭森暗暗讚道，好一個遺世獨立的修真之所，世間紛擾，彷彿都與此處無干。

他看葆真庵依然大門緊閉，猶豫著是否該進去打個招呼再走。但庵內幽幽靜靜地毫無聲息，鄭森不敢打擾眾人清修，又想或許張宛仙還沒起身呢。遂對著大門一拱手，竟自去了。

鄭森前一晚上向蘇崑生問明了往采真觀的途程方向，地方不遠，但他不熟路徑，誤入歧道，待尋回大路，找到采真觀時已過晌午。

鄭森入觀說要找吳相公，道人便去裡間叫喚。不多時，內門中閃出一部銀髯，戟張刺揚，正是吳應箕不錯。吳應箕見了鄭森，先是一楞，繼而大喜道：「你來得正好——你帶得有錢沒有？」鄭森本待寒暄，不想他有這一問，答道：「多少帶了些，次尾兄要多少？」

吳應箕伸出三指，鄭森卻不知他意思是三兩、三十兩，還是三百兩？若他欠了道觀房飯錢，頂多幾分銀子，用不到三兩。若是用以援救諸位社友，恐怕三百兩也不一定足夠。於是試探問道：「三十兩？」吳應箕不置可否，只問：「有嗎？」鄭森這次為了援救社友，帶了實不只三百兩，但多是銀票和會票，遂道：「三十兩現銀身上還拿得出來，要多就得另外兌換。」吳應箕道：「三十兩綽綽有餘了。」他看看外面辰光，「現在走正好，咱們進城去。」說罷便拉著鄭森出觀下山。

一面走著，鄭森問起社友被逮之事。吳應箕說，阮大鋮復出之後，便急布羅網捕拿宿仇。

阮鬍子一直以為〈留都防亂公揭〉是由周鑣首倡，遂以「裡通偽順」之罪頭一個拿他。北京城陷前後，周鑣一直待在南京，本來和「順案」扯不上關係。他的堂弟周鐘在北方投降大順，還為李自成寫了一篇〈勸進表〉，周鑣不齒族中有此敗類，刻印《國壽錄》和《燕中紀事》自行揭發此事，不料阮大鋮卻據此誣陷周鑣乃是周鐘在南京的內應，以此入罪。

吳應箕和陳貞慧一聽說此事，立刻分頭趕到南京來救援，然而周鑣沒救出來，陳貞慧卻先給鎮撫司拿進牢裡去。鎮撫司掌堂馮可宗因與吳應箕有舊，漏了消息給他，所以逃過一劫。但馮可宗對陳貞慧就毫不客氣，在公堂上大加折辱。恰好侯方域這時也到了南京，趕緊出錢上下打點、四處奔走。虧得陳貞慧之父陳於廷乃是東林元老，一生清德為世所重，幾名朝中大臣出面營救，陳貞慧才得因「查無實跡」發回宜興原籍。

阮大鋮對此怏怏不快，更加大肆搜捕，侯方域和黃宗羲遂先後入獄，另外還逮了顧杲、左光先、陳明夏、沈壽民、沈士柱等一幫清流名士。期間吳應箕兩度潛入鎮撫司獄中探望周鑣，阮大鋮聞訊遣人拘捕都被他逃脫，更是恨得牙癢癢。

鄭森了解事件梗概，因問道：「陳兄既能得救，那麼周兄和黃兄他們應該也能營救？」

「放走了老陳，阮鬍子氣得吹鬍子瞪眼，對鎮撫司大力施壓，營救之事較先前更為艱難。」吳應箕頓了一頓，「何況阮鬍子恨老周尤深，斷然不肯輕易放他的。」

鄭森不解：「這是為何？」

「當年魏忠賢氣焰熏天之時，攀附其下的黨徒不可勝數，乃至於有『五虎、五彪、十狗、十孩兒、四十孫』的稱號。」吳應箕道，「老周的大伯父，吏部尚書周應秋就是『十狗』之首，人稱『狗頭』。老周以此為平生憾事，更加潔身自好，不肯與閹黨稍有牽扯。阮鬍子曾經致書於他請求排解，文辭卑下得近於哀求，但老周卻當著來使之面把信燒了。老周以閹黨後人而如此決絕，阮鬍子自然特別恨他。」

「原來周兄有這番苦衷，真是難為他。」鄭森想起自己的的海外出身，以及在家族中的處境，不由得對周鑣生出一股既敬佩又親近之情。他想了想，又道：「馬士英因顧慮朝野物議而放走陳兄，對其餘諸人卻不伸援手嗎？」

吳應箕「嘿」地一聲道，「馬士英雖不想興大獄，總是阮鬍子一夥的。他任阮鬍子把人押在牢裡，只是也不由著阮鬍子殺人，事情就這麼懸著。」

「那麼次尾兄還要再次入獄探視？」

吳應箕眼睛一瞪，反問道：「不然我問你要三十兩銀子去吃酒嗎？」

鄭森憂心道：「可次尾兄兩入獄中，阮大鋮必然叫眼線緊緊盯著，如此犯險恐怕不妥。」

「怕甚麼！」吳應箕漫不在乎地道：「鎮撫司裡心向阮鬍子的人並不多，心向著銀子的倒不少。他們讓我平安出入，下回我還來，這就成了個長生意。他要去通報，讓我這好主顧給捉將進去，他們還能有甚麼好處？」

兩人下山，吳應箕故意等到傍晚快閉門了才進城。他在秦淮河上包下一隻遊船，要鄭森在船上等候，拿了銀子一轉身就消失在人群中。他這一去全無消息，鄭森在船上空等無聊，只覺吳應箕行事教人有些摸不著頭腦。

到了半夜裡，鄭森矇矇朧朧將睡未睡之際，吳應箕夾著寒風霍然鑽入船中，腰間揣著一罈酒，頭上肩上沾著點點雪花。他豪氣地把酒罈往小桌上一放，道：「成了，明兒個老吳三闖鎮撫司去也。」

「次尾兄都打點好了？」

「好了。」

「忙了大半夜，可見不好打點吧。」

吳應箕嘿嘿一笑，帶著七分酒意道：「打點那些貪衙役容易，打點酒鋪掌櫃才難。像這樣上好的金壇封缸酒，有錢還買不到呢。我可是軟磨硬求，和掌櫃的著實喝了幾巡，總算讓他信得過我是真正懂酒之人，才抱得這一罈回來。」

鄭森恍然道：「是了，周兄是金壇人。」

「上回我問他在獄中缺甚麼，他說甚麼都不缺，就缺一碗上好封缸！老兄弟交代了，我說甚麼都要給他弄來。」吳應箕話頭一轉，忽道，「剛打四更，這時間正好，走吧。」

鄭森狐疑道：「這時候上哪兒去？」

「庫司坊石巢園。」

「次尾兄要去找阮鬍子？」

「是，也不是，總之尋他晦氣去。你來不來？」吳應箕不待他回答，說罷逕自出了船艙，鄭森趕緊起身抓了斗篷跟上。

深夜街上十分安靜，時方早春，細雪無聲飄墜，寒氣沁人。鄭森將斗篷拉高遮住臉頰，也免得讓人認出。吳應箕專揀小巷穿梭，兩人不交一言。鄭森心想，吳應箕當然不會是去登門拜訪，但總不會是去放火燒屋吧？疑惑間帶點興奮，只能緊跟著吳應箕腳步。

不多時，兩人來到庫司坊，隔街看著石巢園緊閉的大門。四下無人，只偶有犬吠寒星之聲。吳應箕大踏步走到阮大鋮家門前，從懷中取出筆盒和墨罐，就朱漆門板上提筆大書：

闖用牛，明用馬，兩般禽獸；
清用銓，明用鋮，一塊金錢。

鄭森跟在吳應箕身後，留意四下動靜。看他寫完這副墨瀋淋漓的對子，心下大呼痛快！蓋闖王李自成稱帝後任用牛金星為宰相，大明弘光朝廷則以馬士英為內閣首輔，兩人名聲都不佳，吳應箕用其姓氏諷諭為「兩般禽獸」；又，清朝重用明朝降臣馮銓為大學士，明朝則起復阮大鋮，兩人都是名列逆案的閹黨，更都是貪贓枉法之徒。吳應箕遂取兩人名字「銓」、「鋮」的金字偏旁，譏刺是「一塊金錢」。此對不僅用語雙關，又切合時事，十分痛辣。

吳應箕退後兩步，自得地欣賞了一番，收好筆墨，拉著鄭森鑽入對街巷中。兩人捧著肚子暗笑，不敢肆意作聲，但愈是壓抑愈覺好笑已極。吳應箕忽然逃命也似快步離開，鄭森連忙跟上，兩人走出一段距離，終於忍不住嘿嘿哈哈地大笑一陣。

吳應箕道：「還不過癮，咱們再去馬士英家門口寫一聯。」鄭森雖覺首輔宅邸必定門禁森嚴，前去題字更加危險，但畢竟少年心性，當即道：「好！」

兩人來到北門橋南邊的雞鵝巷，躲在馬士英家對街的巷子裡，鄭森夜裡眼力不差，見門房上開有窺孔，方便值夜的衛哨監視外面狀況。鄭森自家福建總鎮府也是如此，夜裡尚有兵丁沿牆巡邏，只不知馬士英是否也做此處置。遂道：「人門有人守衛，咱們不如在圍牆上另找顯眼處寫字，也好讓過往人們看見。」吳應箕道：「那就沒意思了，還是要寫在大門上才解氣。」鄭森道：「只怕門房裡守夜的發覺。」吳應箕道：「守夜的哪裡會整晚盯著窺孔看？這樣寒夜裡早都喝醉睡死了。即便看守的醒著，我照樣題在他門上，才算本事。」

鄭森想了想道：「朱漆大門上寫字不易看清，待得天亮大門一開更會被遮掩住。不如寫在門旁粉壁上。」吳應箕道：「也好。」

於是兩人貼著牆根躡足走到大門旁。鄭森又緊張又興奮，仔細幫吳應箕把風。吳應箕取筆蘸墨，從容寫道：

闖賊無門，匹馬橫行天下；

鄭森見了暗暗稱好。這個上聯比題在阮大鋮家門上的更妙，「闖」字去掉「門」，正是一「馬」。明著罵闖賊，實諷馬士英橫行霸道，又有拆字之趣。想來接著下聯該在「阮」字上做文章，然而吳應箕接著沉吟甚久，遲遲不能落筆，口中喃喃道：「不工、不巧，這下聯著實難對。」

鄭森忽然靈光一閃，低聲道：「有了，讓我試試。」取過筆來，擔心著此處不宜久留，急忙往牆上一寫，卻發覺鋒毫已有些乾冷凍結，連忙張口對筆呵氣，吳應箕也把揣在懷中保暖的墨罐取出讓他再蘸一蘸。這一周折，反而讓他定下心來，一筆一畫地寫道：

元兇有耳，一兀直犯神京。

吳應箕看了，忍不住暗喝一聲好！「元」字加上耳旁，恰成一「阮」。而「元」字上下又可拆成「一兀」，不僅與上聯對得工整，且更見巧思。吳應箕連聲稱讚，鄭森怕驚動值夜，趕緊拉著他離開。

兩人邊走邊閉著嘴憋笑，就這麼一路笑回船上去。鄭森想起明天一早，人們看見這兩副對子，眾口交傳，竟有些迫不及待。

●

兩人回到船上和衣而臥，待天色大亮、人聲鼎沸，便往鎮撫司去。吳應箕領著鄭森繞到鎮撫司側牆送柴薪食料的邊門，門口衛哨的看了一眼，便恍若無視地任他們進去。

吳應箕熟門熟路地在鎮撫司裡穿行，兩人不交一語。鄭森見衙內倒不如想像中的陰森，但仍透露著緊迫的氣氛。不多時來到一座內院，鄭森見院門上寫著大大一個「荒」字，知道這是「荒字號」囚獄。門口的獄卒領著他二人進去，裡頭屋舍四合，有個小小中庭，鄭森原以為牢房必是石牆鐵檻、暗無天日，沒想到卻似尋常門戶，只是守衛森嚴而已。略略一想卻不難明白，鎮撫司裡經常關押大小官員，最後也不一定判得有罪。此處應是軟禁一干身分貴重，或者犯疑輕微的。

廂房門開處，只見黃宗羲正獨坐在桌前書寫，他看是鄭森二人到來，頓時一楞。吳應箕道：「太沖好鎮定，竟在這牢房裡著述不輟。」不由分說，拉著黃宗羲起身，一面道：「咱們看老周去。」黃宗羲瞬間明白二人並非被捕入獄，而是進來探監的，忙道：「兩位社兄何苦犯險，涉此危疑之地？」吳應箕道：「你也知道危疑，那就隨我快去快回，別拖拖拉拉的。」

吳應箕竟然要把黃宗羲從牢房借出，一起去另一座牢房探監，實在膽大妄為，鄭森也感不可思議。吳應箕看出兩人遲疑，笑道：「我第三回來，是老主顧了，牢頭大哥特別克己，讓太沖隨我們去轉轉。」

黃宗羲看看門口衙役的神情，再不遲疑，將桌上的文稿往懷中一揣，跟著吳應箕出門。三人隨著衙役來到「藏」字號獄房，此處便真的是重囚了，入得院門後拾級轉入地下，牢房陰暗潮濕，森然恐怖。

衙役向裡一比，自往外頭去了。三人走到深處，見柵檻之內，一人曲肱而枕。吳應箕喝道：「兀那囚徒，還不快滾起來！」那人起身，瞧著容貌依稀正是周鑣，只是蓬頭垢面，不復平日意興風發的樣子。他見是吳應箕，笑罵道：「老子正夢見玉帝大擺宴席請俺吃酒，不知讓哪個殺才擾了，原來是你。呦，這遮莫不是太沖和大木嗎，今兒個可真熱鬧，倒成一個文會了。」

黃宗羲道：「周兄身上都還好？」周鑣道：「沒事！咱們同病相憐，同獄為友，就甭客套了。」鄭森看他頗為憔悴，心下不忍，道：「周兄委屈了。」周鑣道：「總算沒給上枷床，身子骨都能活動，已算萬幸。」他對吳應箕喊道：「兀那書生，你攪了我一場好夢，卻怎生作賠？」

吳應箕道：「你倒瞧瞧，這玩意兒能不能賠還得起！」說著便將酒罈子往身前一放。周鑣頓時眼睛一亮，顫聲道：「這莫非是……」吳應箕更不打話，逕自揭開罈口封泥，頓時一陣圓熟的濃香飄滿囚室。周鑣鼻子一掀，大叫：「香死我了，香死我了，這是道地的上好封缸啊！」他迫不及待地從柵檻裡遞出一只破碗，吳應箕隨即仔仔細細地倒滿，只見酒色金碧澄明，如琥珀消融，真所謂瓊漿也，叫人觀之即感開懷。周鑣毫不客氣端起，「嘓啅」一聲吞下大半碗，接著小心啜飲一口，閉上眼睛，神遊天外。良久才道：「此刻真像置身天堂，就是玉皇大帝賜酒，也不過如此。」

吳應箕自己喫了一碗，讚道：「果然好酒。」他也給黃宗羲一碗，黃宗羲端酒不飲，卻道：「次尾兄三進鎮撫司探友，誠可謂義薄雲天。但阮鬍子知曉，必在牢獄內外布下許多眼線，恐怕不容得咱們在此悠哉對飲。我看等喫過這一巡，次尾和大木就先回去吧。」

吳應箕笑道：「太沖少年時袖錐刺仇的豪氣到哪裡去了？別擔心，今日探監，最是大好時機，萬無一失。你先喫了這一碗，待我分說，你就明白了。」黃宗羲知他素富智計，又見他說得篤定，遂舉碗一仰而盡。接著鄭森也喫，只覺這酒如膏如蜜，溫中帶烈，端的是醇厚無比。

黃宗羲道：「次尾不是有話？」吳應箕笑道：「我探監的尚且不怕，你倒心急。你已經在裡頭了，還能給抓到哪去？」接著吳應箕便把昨日深夜裡和鄭森到馬、阮宅邸大門上題字一事說了。

「『闖賊無門，元兇有耳』，哈哈，哈哈。次尾起得好，大木對得妙！」周鑣連聲稱快，讚道：「這兩副對子，可不輸一篇〈防亂公揭〉呢。該浮一大白！」黃宗羲卻道：「馬、阮二人一早見了題字，必然大感忿忿，只怕搜捕得更嚴了，次尾卻怎說今日最宜來探？」吳應箕道：「阮鬍子儘自氣得鬍子冒煙，卻不知道題書者為誰，我料他今日定然派人四處查問。這鎮撫司周邊，我早摸得熟透，阮鬍子的爪牙躲在哪裡監看我都一清二楚。今日來時，果然爪牙們都不見，想來正大索城中，卻怎想得到題書者趁機來探監？」

眾人聽了，盡皆大笑。鄭森這才明白，吳應箕昨夜題字之舉乃是調虎離山，並非純為胡鬧，不由得大感佩服。

周鑣再討了一碗酒，又痛快又珍惜地喝著。鄭森見他這模樣，心想周鑣必吃了不少苦頭，一時見黃宗羲也消瘦不少，遂問：「太沖可缺什麼沒有，下次我們給你帶來。」

吳應箕搶著道：「他缺一座書房，這我可帶不來。」黃宗羲道：「次尾兄莫要取笑，我實在不缺什麼。你雖然奇謀滿腹，然而幾番探監，逆黨窺伺眈眈，萬一有所差池，則我等在外奔走國事者又將少了一人。兩位社兄當自珍自重，日後不要再來了。」

「好嘛，大木不過問你要不要帶罈燒酒，還是幫你給舊院裡那個小娘捎封情書，就換得你這番訓誨。」吳應箕知道黃宗羲既不好酒，也不曾和那個名妓過從，故意開他玩笑。

黃宗羲想了想道：「我一無所缺，只是有幾張《易學象數論》的草稿，怕久處獄中給抄沒遺失了，煩請大木兄幫我帶出去。」說罷從懷中取出幾張紙片，交給鄭森。鄭森見紙張大小、質地不一，顯是黃宗羲在獄中辛苦搜求來的。上頭寫滿蠅頭小楷，即便是獄中所書，依然十分工整。於是鄭重地揣在懷中收好，道：「太沖放心，我必好好收藏，待你出獄再行璧還。」

吳應箕道：「西伯幽而演易，這囚牢裡確是個算卦的絕好去處。太沖家學淵源，令族叔黃道周大人就是此道宗師，加上你在這牢裡一關，動心忍性，怕不成了個易學大家。」

「幽囚之中，確實大有啟發。這《易》經內涵廣大無所不備，九流百家紛紛假借附會，《易》經的本義反而隱晦不明。到了漢代京房、焦延壽而流為方術，至陳摶而歧入道家，乃至宋儒以河圖為先天之學，都非《易》之經傳正宗。」黃宗羲認真地道，「我欲一一加以疏通，但學問艱深，目前只具雛形，距離能成一家之言還早得很。」

「太沖方才還怕咱們在獄中待得太久不妥呢，講起學問來卻是長篇大論，又不怕咱們被抓了。」吳應箕促狹地道，「你倒替大夥兒算算，眼下吉凶如何？」

「那還用說？」周鑣帶著三分酒意搶著道，「自然是演著明夷卦，『明夷于飛，垂其翼。君子于行，三日不食。』大事盡翻，好人遭陷，有什麼好算的。」

鄭森安慰他道：「朱子曰『成湯起於夏台，文王興於羑里』，多少大事是從牢獄之災裡起頭辦出來的。凡事剝極而復，周兄不要灰心。」周鑣笑道：「大木說起道理來，竟和太沖一個樣。」他神情倏然黯淡下來，道：「阮鬍子給我套上『順案』的帽子，說我裡通清虜，必欲殺我而甘心。這回我只怕是在劫難逃。」

吳應箕道：「周兄此言差矣，近日事情大有轉機。」周鑣眼睛倏然一亮，問道：「次尾兄又有甚麼鬼主意？」吳應箕道：「不是鬼主意，是有幾則新消息。上年底清兵渡過黃河，陷開封、洛陽一線，直入山西，和偽順乒乒乓乓打了幾場大戰，好不熱鬧。」周鑣道：「這倒好，讓賊、虜兩相殘殺去。」吳應箕道：「兩虎相爭，本對我朝興復大業甚有助益，無奈賊勢不如虜勢，偽順連戰皆北，看來撐不久了。李闖一旦兵敗，勢必會奔逃南竄。」黃宗羲道：「如此甚為可慮。

清軍取了山西，下一步恐怕就要南來。」吳應箕道：「一點不錯。清軍十一月南下宿遷，十二月陷邳州，已入南直隸地界了。」

周、黃二人久囚獄中，對外界之事十分隔膜，乍聞此事都頗感訝異。黃宗羲道：「早些時朝野間還有一派論調，主張討賊先於討虜，乃至以為清人並無問鼎逐鹿的野心，能結盟好、共滅闖賊。這下他們可看清楚了。」周鑣道：「那『江北四鎮』以擁立皇上之故，個個封爵——黃得功封了靖南侯、高傑興平伯、劉澤清東平伯、劉良佐廣昌伯。無尺寸之功而受上賞，又得朝廷傾國庫給養，雖然可恨，此時卻也只能希望他們能抵得住清兵。」

鄭森道：「我前幾日聽錢牧翁說，史可法公督師揚州、統帥四鎮，一直有北伐之意。」黃宗羲道：「不錯，前些時他派高傑自徐州北上，和駐睢州的總兵許定國分進合擊，意圖收復河南。看來近日不免就會有一場大戰。」

吳應箕輕描淡寫地道：「高傑頂個甚麼用？昨兒剛傳來的消息，高傑已讓許定國給殺了。」三人聞言大驚，連問詳情。原來高傑還在李闖軍中時，曾老幼不留地屠滅許定國老家的村子，以此結下血海深仇。許定國卻假作願以國事為重，與他修好，並在睢州設宴邀請高傑。高傑從未把許定國放在眼裡，又為了表示一無芥蒂，只帶了三百名從人赴宴，結果在席間被殺。而許定國提了高傑首級，當下就北渡黃河投降清兵去了。

鄭森難以置信地道：「這高傑也是個人物，怎地如此輕率？自己喪命也還罷了，卻置朝廷興復之計於何地？」吳應箕道：「朝宗在他幕府中時，幾番勸他提防許定國，但高傑剛愎自用，終有此禍。這下子北伐看來無望了。」

周鑣忽然叫嚷道：「高傑死了，清兵南下邳州；李闖兵敗，怕不也順江東來。如此兩面受敵，次尾卻怎說我等事有轉機？」

吳應箕道：「賊、虜交逼，朝廷忙於應付，自然無暇再搞甚麼『順案』。又或者為求朝局安定，先把你老哥給放了也說不定。」

「乒」地一聲，周鑣失手將碗掉在地上打破，滿臉失望地道，「放屁，放屁！我道你有什麼計謀見識，原來卻是這番胡言亂語。你讀過史書沒有？國勢越是危亂，往往內鬥越熾，非要弄到國家最後一口元氣喪盡，把江山拱手讓人為止。我說倘若高傑未死，北伐有成，興許阮鬍子還肯放咱們一馬。如今賊、虜交攻益急，則我離死之期也益近了。」

「老哥不要急，我話還沒完呢。」吳應箕好整以暇地道，「底下這件事，真可以讓閹黨群小，乃至當今皇上都嚇得屁滾尿流。」眾人見他說得篤定，紛紛詢問是什麼事。吳應箕眼中一閃，慎重地道：「崇禎太子到江南來了！」

吳應箕此言一出，三人皆大感震動。周鑣隔著柵檻使勁抓著吳應箕雙肩，直問：「此事當真？」吳應箕唉叫道：「輕手！老兄弟這把骨頭不禁拆了……太子現讓鴻臚寺少卿高夢箕收留在杭州的侄子家裡。那高夢箕在北京為官時曾列序班，太子加冠時還當過贊禮的，那能有假。」

「先帝啊……」周鑣忽然嗚嗚哭了起來，「皇天有眼，留我先帝遺孤，以興復皇圖，嗚嗚，嗚嗚嗚……」

鄭森興奮地道：「太好了，今上荒淫無道，本就有『七不可立』之說，都是閹黨貪圖擁立之功，才奉以登基。如今這龍椅的正主兒來了，弘光合該退位，我們也可趁此機會將閹黨掃出朝廷。」

黃宗羲卻比較冷靜，質疑道：「北京城破時，太子為闖逆所擒，又被吳三桂挾至山西，最後出奔不知所終。如今清兵南下之際，太子卻忽然現身江南，時機太巧，不能不教人疑心是清虜故意派人假冒，以亂我朝野。」

「太沖忒地多心。」吳應箕道，「就我所知，吳三桂當初是將太子暗中託付給高夢箕的義父太監高起潛，護送到江南來。高夢箕怕太子身分暴露，為當朝所不容，為保全他的性命，始終隱匿安頓。無奈太子不堪羈旅之苦，又向來貴倨慣了，藏不住身分，消息才逐漸漏了出來。聽說高夢箕為圖避禍，還想將太子送往閩中依附鄭帥呢。」

眾人聞言，一起轉頭看向鄭森。鄭森聞言也感意外，忙道：「太子之事，我也是此刻方始得聞，從未自家大人那裡聽說。」他頓了一頓，嘆道，「但此事關係重大，若家大人私下與之聯繫，自然十分隱密，非我所能知。」

「也許高夢箕只是一廂情願，而鄭帥並不願接這個燙手山芋。」周鑣深沉地道，「他若收留太子，打出扶持正位的名號，那就是和朝廷對著幹。然而鄭帥糧餉自足，不像四鎮和左良玉得互爭地盤。皇上即位後封了他南安伯、總鎮福建，高官厚爵面子十足，何況他又和馬士英交好。這事弄不好，少不了謀反大罪，我看他不會這麼做。」

吳應箕道：「扶立太子怎能說是謀反？鄭帥秉持忠義恢復大統，乃大有功於國家之舉。」周鑣道：「你倒問問大木，鄭帥肯這麼做不？」鄭森心中雪亮，父親於「秉持忠義」一節是談不上的，至少他心中的「忠義」和眼前這幫文友們並不相同，只能道：「茲事體大，家大人恐不肯孟浪行事。」

「大木不必尷尬，我們都曉得鄭帥不是個開口就『詩曰子云』的。」吳應箕詭祕地笑道，「帶兵的無非是想闖一番事業，倘若有人把太子送到了他手上，再送個『秉持忠義恢復大統』帽子給他戴戴，嘿嘿，事情會怎麼樣可又難說了。」

黃宗羲道：「次尾之意，是要將太子送往鄭帥營中，鼓動其出兵推翻弘光？」

吳應箕道：「太子乃思宗烈皇帝元子，本應克承大統。弘光不過是閹黨為奪權才推出來的，不僅名不正、言不順，尚且庸懦昏聵無比，若任其繼續竊據大位，則我大明國亡無日矣。」

黃宗羲面露憂色道：「禍起蕭牆，這恐怕也就是清虜所盼望的，絕不可行。」

「倘若弘光知道以國家為重，甘願自行推位讓國，自然是最妙不過。可太子背後沒點靠山，馬、阮一黨怎肯善罷甘休？」吳應箕眉飛色舞地道，「其實首選乃是送到左良玉那裡，只是道途遙遠，路上恐有不測。從杭州入閩甚便，依附鄭帥乃是眼前的上策。」周鑣道：「送到史公那裡如何？」吳應箕道：「史公現在移駐徐州，一般地遙遠。更何況——你忘了擁立潞王未果之事？史公做事瞻前顧後，這事不能交給他。」

「兩位社兄這是在說甚麼話來？」黃宗羲凜然道，「如此輕率為之，正中清虜之計。無論太子身分真偽，一送到有野心的邊鎮手上，假的也給硬說成了真的。到時候大是大非更難辨明，一場大戰更是在所難免。」

吳應箕眼睛一翻，道：「太沖難道不想扳倒閹黨，自此牢籠逃出生天？」

黃宗羲道：「國與身孰重？禍國以偷生，我輩義所不為。何況國家大事，也不可以陰謀詭道成之。」

「哈！好太沖，此論看似大仁大義，但你錯了，錯到家了！」吳應箕高聲道，「你這是眼睜睜看著閹黨禍國亂政，卻只愛惜私德令名，不敢擎天保駕撥亂反正！」

黃宗羲毫不相讓：「焉知擁立太子正位者，會不會變成另一個馬士英？次尾兄這是引虎驅狼，後患無窮！」他轉頭對鄭森道，「大木，你必得攔住次尾，不能任他在外頭胡作非為。」

鄭森還不及答應，吳應箕已搶著道：「大木和鄭帥都是豪傑，成大事者不拘小節，這點道理他必然懂得的。我今日特帶他一同入監探望，就是要託他到杭州將太子帶回福建，請鄭帥主持正位大計。」

黃宗羲難得激動地道：「太子事起，只恐怕各邊鎮間將掀起一場混戰，自相殘殺，而清虜趁虛南來奪我江山，屆時你我都將成了亡國的罪人。大木千萬不能聽他的！」

吳、黃、周三人都盯著鄭森，等他答覆，頓時一陣沉默，只聽得氣流回響、陰風慘慘，讓人乍然想起身在囚牢之中。

鄭森深覺此事千難萬難。他固然寧願相信太子是真的，藉此推倒閹黨一清朝局，但實在不知父親是否願意收留太子、扶其正位。即便太子順利登基，父親能否謹身退讓，不居翊戴之功，推舉清流之士主掌朝政？這些他實無把握。

鄭森凝神細思一番，終於開口道：「何如暗中護著太子到京城來，訴諸公論？太子既然是真的，朝中多少大臣都認得，不怕閹黨賴得掉。」

吳應箕立即反對：「哼哼，太子到京，哪裡還有活路？」黃宗羲也不贊同：「太子無論真假，入京都必引起軒然大波。眼下賊、虜兵鋒薄於京城，不論弘光皇帝再昏庸，閹黨再壞，都不可於此際生事。」周鑣道：「太沖這是鐵了心認定太子為假了。倘若他是真太子呢，那麼我們聞而不問，又將何以見太祖和先帝於地下？」黃宗羲道：「正如次尾兄所說，太子入京，必無活路，唯有任其隱於民間，方為保全之道。」

吳應箕怒道：「太沖定要和我唱反調就是了。」黃宗羲道：「禍國之舉，不可為之。」周鑣道：「先帝大統，怎可棄絕！」黃宗羲道：「隱忍保全，才能存先帝血脈！」吳應箕賴皮地道：「哼，反正太沖身陷囚牢，我在外頭怎麼幹你也管不著！」黃宗羲臉色一沉，忽然起身往外疾走，一面大喊：「來人哪，緝賊吳應箕在這裡，快來人拿住他！」吳應箕大驚失色，情急之間拿起酒罈子擲了過去，擊在黃宗羲腳上。黃宗羲撲地摔倒，酒罈子跟著在地上打個粉碎，殘酒香氣乍然四散，撲鼻浸膚。

吳應箕上前抓住黃宗羲，道：「你失心瘋了嗎？這樣叫嚷！」黃宗羲抬起頭來，淚流滿面，道：「老哥哥，我不能讓你做這千古罪人。我何嘗不恨弘光和閹黨之竊國，但我大明朝要是就此亡於虜手，這天崩地解之錯悔，萬世難消啊。」

吳應箕見他如此，跟著也紅了眼眶：「太沖過慮了，賊軍新敗，清虜根基未穩，此時正是肅清皇圖的大好時機。可是由著閹黨亂政，國家只有速取滅亡，莫非你我要到那時才來哀嘆不曾仗義而行？」

黃宗羲激動地道：「清虜兵臨京畿，哪裡有此餘裕。我中國江山絕不可再次淪於夷虜之手！天道以中國治中國，以夷狄制夷狄，即便是中國的盜賊治理中國，猶不失其為中國！顛覆之舉，萬不可圖！」

黃宗羲左一個「夷狄」，右一個「夷狄」，固然說的是清人，但鄭森出身海外，聽得痛如鑽心，彷彿罵的正是自己。他強自鎮定，暗想出身天定無可更改，只能靠著持身端正、嚴守聖人之道，讓旁人無話可說。於是深吸一口氣，上前幫黃宗羲拍去身上塵屑酒汙，慎重地道：「國本與大義皆不可輕廢，太子一事，先辨別他的真假才是正辦！太子在江南的消息想必很快就會轟傳開來，如果太子是假，我們便應舉發之以遏絕流言。倘若太子為真，則應訴諸公論，還我大明正統。除此以外的計較，乃至思以權謀處之，都不是我輩當為者。」

黃宗羲點點頭，道：「大木說的也有道理，先辨真偽再定行止吧。我和周兄困在裡邊，幫不上甚麼忙，只能萬請兩位時時以大局為念。」周鑣也在柵欄中喊道：「次尾得耐住你那毛躁性子，要是鬧出亂子，我就是死了，化成鬼也跟你沒完。」

吳應箕默然良久才道：「我自有分寸。」說罷對鄭森道：「是時候了，咱們走吧。」

第拾肆回

會商

鄭森和吳應箕離開鎮撫司，在巷弄中默然快步，好一會兒來到一處僻靜安全的所在，兩人才慢下腳步。

鄭森問道：「次尾兄，咱們甚麼時候動身去杭州找太子？」

吳應箕冷冷地道：「不去。」

鄭森訝異地道：「方才不是說好先辨明太子真偽，再定行止嗎？」吳應箕道：「大木見過太子不曾？」鄭森道：「不曾見過。」吳應箕道：「那就是了，我也沒見過，太子生得是圓是扁都不知道。就算這會兒他打這兒過來，和咱們迎頭照面，你又怎麼能辨別他的真偽？」

鄭森道：「次尾交遊廣闊，朋輩中總有在北京當過官，認得太子的，一道往杭州走一趟不就得了。」

「你以為當官的都見過太子？太子年少，並不視朝，平日只有內閣、部堂大臣或者侍讀、侍講官兒能夠見上面。偶有慶典，百官朝會，也只能遠遠瞥上一眼，瞧不清楚的。」吳應箕不住搖頭，甩動一部銀髯，「認得太子的本就不多，咱們又得找信得過的，那就難了。本來，復社裡面便有合適的人選……」

「喔？是哪一位？」

「和朝宗同列四公子之一的方以智，他曾任經筵講官，為太子講學。」

鄭森眼睛一亮，道：「那也是聞名已久的人物，若能找他同去豈不甚妙。」

「你沒聽說？方兄在北京城破時陷於賊手，賊人以重刑逼降，打得脛傷見骨，他依然抵死不從。後來李闖事敗，他趁亂逃走，經歷九死一生才來到南京，然而，唉……」吳應箕長嘆一聲，

「以他如此忠義，朝廷本來褒獎都來不及，只因阮大鋮與他有舊怨，硬說他在北京降賊附逆，竟給打入順案，發下海捕文書。方兄只好逃離南京，心灰意冷之餘，聽說避居嶺南去了。」

「方公子也是因為在〈防亂公揭〉上列名而得罪軟鬍子嗎？」

「不，方兄當時不在南京，並未列名。他和阮鬍子結怨得更早。」吳應箕道，「老方是桐城人，阮鬍子則是懷寧人，同屬安慶府。崇禎六年復社創立，一時天下俊彥咸集，為我朝文苑一大盛事。阮鬍子因為逆案謫居故里，不甘寂寞，組了『中江社』妄想與復社抗衡，並藉此結交當地名士以謀復出。方兄知道後，力勸他的老友錢秉鐙退出，中江社因此解體，阮大鋮自然恨他入骨。」吳應箕牢騷滿腹：「閹黨這樣胡為，人心向背很明顯了。豺狼當道、正人盡去，國家哪裡還有前途。」

鄭森道：「如此說來，次尾兄卻有什麼計較？」

「我要把太子送往鄭帥或哪一路鎮將軍中，你們偏生不肯。我又無法辨別太子身分……」吳應箕眼睛一轉，「既然如此，索性寫他一張公揭，把事情鬧騰開來，叫朝廷不得不處置！」

鄭森抗議道：「這和大家計議的不同，倘若太子為假，豈不中了清人的奸計……」

吳應箕雙手亂揮，不耐煩地道：「這些方才都說爛了，別再鬼打牆了。就像你說的，太子南來的消息早晚會轟傳開來。你倒想想，如果閹黨先下手為強，在公論沸騰之前聲稱太子為偽，快刀一斬，那就什麼都來不及了。」

鄭森疑惑道：「他們敢？」

「嗐，龍廷都敢竊占，何況殺個來路不明的小子？我若是弘光，說不定就暗地裡派人結果了太子性命，免得夜長夢多。為今之計，只能搶先一步鬧開來，這樣一來朝廷若想殺太子，反見得心虛，益發讓公論以為太子為真了。」吳應箕認真地道：「昨夜裡咱們在馬、阮大門上題字，今日又三闖大牢探監，閹黨必然四處搜捕得嚴。你還無妨，我可得先回棲霞山上避避風頭，也好來寫這張公揭。」

「獄中社友們卻該如何營救？」

「該走的門路我都走了，阮大鋮斷不肯再多放一人。不過他想濫殺一氣，朝廷公議也不許，事情就這樣僵著，一時間不會有什麼變化。如今只有把閹黨攻倒，才能釜底抽薪。」

鄭森點點頭道：「牧翁入朝掌禮部，想來他也會盡力護著諸位社兄。看來我在南京也無從著力，還是去一趟杭州，總要眼見為憑，閹黨那邊有甚麼風吹草動也能盡先知道。」

●

與吳應箕分手之後，鄭森一時茫無頭緒。雖說已打定主意到杭州去一趟，但是人生地不熟的，到了當地兩眼漆黑，想打探消息也無從打探起。茫然間信步而行，不知不覺來到舊院，一回神時發覺自己站在媚香樓前。

本以為侯方域出奔、李香君隱遁，而李貞麗又被召入宮去，此地人去樓空，該是一片蕭索。沒想到門面修葺一新，竟比原先時更見華美，只是布置張揚俗麗，再沒半分雅致風情，頓時心下痛惜，暗道：不知卻是那個暴發戶入主，將好好一座樓宇糟蹋了。

鄭森冷不防肩上被人一拍，一個熟悉的聲音喚道：「阿森！」回頭看時，竟是馮澄世，一時又驚又喜，忙道：「你怎麼在這兒？」馮澄世一本正經地道：「一官叔命我來逮你回去，沒找著人不許回安海。」鄭森素知他慣開玩笑，質疑道：「哪裡會有此事。」馮澄世忍不住笑了出來，道：「果然騙不倒你。不過我這話也有一半不假，你瞧瞧樓上——」鄭森一看，二樓窗戶裡面半隱著一人，笑吟吟地俯瞰著他，卻是父親鄭芝龍，心裡一跳，有幾分緊張，不知怎麼卻也有幾分寬心。

馮澄世悄聲道：「本想先給你報個信，但四處找不著你，不想你卻自投羅網了。」鄭森道：「阿爹怎地買下媚香樓了？」馮澄世道：「一官叔想在南京有個落腳的地方，用鴻逵叔的名義託曾老板尋的，正好這裡急著要典，兩下湊合著就談成了。」鄭森點點頭，想像李貞麗等人驟逢變故倉促離去的景象，不免一陣感慨。

兩人進門登樓，這媚香樓鄭森是來得慣了的，這時卻有種陌生之感，雖然布置並未大動，但處處突兀地放著一些不相稱的庸俗擺設，說不出的古怪。

鄭森獨自進到裡間，鄭芝龍正蹺著腳坐在面河的一張太師椅上吃東西，軒窗敞開，春風送暖，吹得他頭髮亂飛，一副自得其樂的樣子。他身旁另坐著一人，身影再熟悉不過，乃是四叔鄭鴻逵。鄭森因為出身海外，族中長輩兄弟們多欺侮他，只有鄭鴻逵始終十分器重，常撫著他的頭說「你是咱們鄭家的千里駒啊」，兩人感情甚好，鄭森見到他格外驚喜。還不及向父親請安，忍不住叫道：「四叔！」

鄭鴻逵把著鄭森肩頭，親熱地道：「自打我調任山東之後，好幾年沒見到你，沒想到變成這麼個風流俊俏模樣了。大哥說你前年到南京一趟，成熟不少。還真得親眼看見，才能相信咱們家裡竟出個了翩翩公子。」

在鄭森印象中，鄭鴻逵並不多話，總是默默跟在鄭芝龍身後，幹練地完成鄭芝龍交付的命令。但他當了一任登州副總兵，現在又調升鎮江水師總兵、掛鎮海將軍印，已是獨當一面的朝廷大將了。雖然沉穩如昔，但較過去顯得氣宇軒昂、丰神俊朗，於是開心地道：「阿叔才真是氣色好呢，真叫人高興。」說罷，才走到鄭芝龍身前，規規矩矩地請安道：「阿爹安好。」鄭芝龍美滋滋地啃著手上的雞骨，下頷微微一揚，「嗯」了一聲。

鄭鴻逵見鄭森在鄭芝龍面前有些不自在，識趣地道：「你們爺兒倆該有不少話。我並未奉召入京，是以巡閱江防之名離營，得盡快趕回鎮江駐地去，免得讓監軍發覺了奏上一本，可不好玩呢。」他對鄭森道：「對了，說來可巧，監軍鎮江的，是你的老朋友常鎮副使楊文驄。」鄭森知道楊文驄乃是馬士英的妻舅，獲朝廷重用並不奇怪，想起楊文驄幫著自己救援侯方域的往事，心頭泛起一股暖流。於是道：「既是楊兄在阿叔軍中，與朝廷之間必然十分暢達了。」鄭鴻逵道：「不錯，監軍派的老楊，副總兵又委了鄭彩，馬相可以說是把南京城的大門口放心地交給咱們鄭家來把守——回頭路過鎮江，定要來找我，咱們再好好聊聊。」鄭森道：「自然要去和阿叔聊個通宵。」

鄭鴻逵向鄭芝龍行個軍禮，邁著大步去了。鄭芝龍待他走遠，感嘆道：「阿鳳也歷練出來了。」鄭鴻逵原名芝鳳，當年鄭芝龍在海上起事時，選了十八名先鋒，都以猛獸為名，有芝虎、芝鳳、芝豹、芝豸等，號稱「十八芝」。其中最悍勇的二弟鄭芝虎在征討海盜劉香時戰死，其餘諸人碌碌，沒想到卻是當年不甚起眼的芝鳳有了一番事業。

鄭芝龍並非沉溺於回憶之人，偶發感嘆，隨即拋開，一回神，見鄭森正盯著自己身上衣服，笑道：「這件袍子還看得過去吧。南京現在正時興這等穿著，我也就弄了幾套來穿穿。」

鄭芝龍穿著玄色劍袖窄袍，顯得十分精神俐落，但這並非漢裝，而是清人服式。鄭森心下頗有些不以為然，道：「劍袖窄服乃是關外風氣，聽說前幾年北京逐漸有人穿，想是最近逃難南來的人多，也跟著帶了進來。」鄭芝龍道：「原來如此，我就覺得這樣穿著挺精神，活動起來也方便，」他把手中雞腿一揚，「袖口收束，風吹不飄，吃雞腿也不沾油呢。不像寬袍大袖看起來懶散，也太累贅。」鄭森道：「可這是清虜的服色。」鄭芝龍笑道：「清虜又怎地？人家有好的東西咱們盡可以學嘛。何況這衣服跟咱們出海時穿的短袍也有幾分相像，不論操舟泛海都很安全實用。」

鄭森不再多談，掉轉話頭道：「阿爹何時到的南京？」鄭芝龍面皮不動，眼露笑意地道：「我還問你呢，出門也不說一聲，我只好巴巴地趕來逮你回去。」鄭森道：「這笑話方才阿世在樓下講過了。阿爹軍務繁忙，那能為兒來到此間。兒出遠門未曾稟報，非孝之行，然而此來確有要務，還請阿爹恕罪。」說罷一撩袍腳就要跪下磕頭。鄭芝龍朝他虛踢一腳，笑道：「免了，幹恁娘，動不動就磕頭，元氣都磕光了。出門走闖是好事，恁爸我十七歲離家去濠鏡澳，後來到呂宋馬尼拉、日本平戶、臺灣魍港，也從沒跟阿公報備。你得磕頭，我豈不是得去跳海？自己拉張椅子坐！」

鄭森依言坐下，道：「怎麼不見馮叔和天福叔？」鄭芝龍道：「這回來，我就帶著阿世仔。」鄭森道：「那怎麼成，阿爹千金之軀，怎可孤身奔波，沒有扈從隨侍保護？」鄭芝龍道：「我是暗地裡來，就怕人知道。要是帶了手下兵將，幾隻戰船大搖大擺駛入長江，怕不被人傳說福建總鎮造反？你放心，老施的船隊送我到長江口，你鴻逵叔親自領船在崇明島接著，他鎮江總兵的戰艦，往來長江再自然也不過。」鄭芝龍頗為得意：「我安排老四做這鎮江總兵，又送了六千水兵到南京增益江防，江口到京口這段路就像自家後院的水道一樣，通行無阻了。」

鄭森點點頭，道：「阿爹既是私下來，自然不是上朝述職。莫非與馬首輔有所密會？」鄭芝龍道：「不。我這次是以『老一官』的身分來，只約了幾個生理上往來密切的商人喝春酒，官場上人物一概不見！」鄭森詫道：「正當天下多事，阿爹軍務倥傯，怎抽得開身？」鄭芝龍道：「你道我來走春遊玩啊？我正是為著軍務，不能不來吃這酒席。」鄭森好奇道：「此話怎講？」鄭芝龍將口中雞骨準準地吐在桌上盤子裡，擦擦嘴道：「恁爸快要窮得脫褲子了！要是餉銀發不出，甚麼軍務都不用提。」

鄭森道：「阿爹又說笑了，幕庫最豐的無過咱福建總鎮。世人都曉得海船出入沒有鄭氏令旗不行，每年每船例銀三千金，光靠這個歲入就以千萬計……」

鄭芝龍哼哼兩聲：「平日叫你留心商務、軍務，你都不肯。眼前天下大亂，好啦，這節骨眼上甚麼事都不懂，只曉得在外頭道聽塗說，旁人若知道你是我兒子豈不笑死？我問你，一艘船例銀三千，歲入千萬的話得有幾艘船？」

鄭森微微一愣，心中默默計算，該有三千多艘，一時猛然醒悟，哪來這麼多船出入海外！鄭芝龍見他不語，笑道：「明白了吧。外人只看著我有錢，以為我躺在家裡就有收不完的過水費，卻不知做生理跟打仗一樣凶險。」他看似輕描淡寫，但語氣難得認真地道：「我的錢多是靠貿易外洋賺來的，但這兩年無論是日本還是東西洋貿易，都遠大不如前了。」

鄭森曾前往安慶勸說左良玉退兵，對江西一帶情勢較為熟悉，於是問道：「這可是因為江西戰亂，窯廠破壞工人逃散，瓷器產出減少之故？」鄭芝龍道：「這只是其中一個原因。簡而言之四個字：入不敷出。開支大，進項卻少了，很吃不消。福建總鎮有四萬兵馬，但戰船、火砲、器械等費用倍於陸兵，我等於是養著八萬人。你鴻逵叔以前在山東，我可以不管，現在他調升鎮江總兵，加上我派來援衛京城的六千水師，朝廷糧餉沒一次撥足過，也得不時接濟。每天三頓飯，你想像一下十幾萬人張嘴在那裡等著，那是甚麼光景？」

鄭芝龍起身迎風眺望河景，細細數道：「崇禎十四年，和蘭人從佛郎機人手中拿下滿剌加，接著就封鎖前往馬尼拉的海道，不許中國商人前往貿易。從此中國商船要去馬尼拉只能繞大遠路，不但浪費時間、容易遭風遇險，萬一讓和蘭人拿住更是血本無歸。多數商人只好到臺灣大員或咬留吧把貨賣給和蘭人，自然談不到好價錢；日本一線，和蘭人原本也想封鎖的，但他們打不過我，只好任我前往。無奈三年多前日本天氣異常嚴寒，稻苗都給凍壞，鬧了大饑荒。各藩藩主和商人們手頭跟著緊了，生絲和綢緞滯銷，這一路的利潤自然薄了許多。這兩年市況好不容易恢復了些，江南生絲卻又減產。往昔我每年可以運十萬斤生絲到日本，各色貨物加起來賣得二、三百萬兩。這兩、三年生絲卻運不到五萬斤，更別提利頭更高的綢緞之類，所有東西加起來也只賣得百來萬，少了一半不只。」

鄭森鮮少和父親談及生理上的事情，並不知道他有這許多難處。父親容貌長得後生，又總是意興風發，儘管鬢邊有些斑白，從不讓人覺得他有分毫老態。此時看著他的側臉，鬢髮在風中飄顫，眼角也生出許多皺紋，才知父親獨力撐持著軍務和生理兩大事業，著實耗費不少心力。

鄭森道：「前些年四處饑荒，確實聽說又不少地方砍了桑樹改種稻穀。不過近年風調雨順，江南又從未遭賊、虜兵禍，為何生絲卻減少了這許多？」

「桑樹砍掉，重新種下也要幾年工夫才能採葉子不是？」鄭芝龍道，「兵禍也不一定要打到地面上才算兵禍。半壁江山淪陷，絲綢銷路減少，價格一跌，養蠶紡織的立時就活不下去。此外，從前江南種桑養蠶，米穀儘可以自外地買來，現在江北禍亂，有錢沒處買米，只好自個兒種，也讓桑園減少。」

「江淮一帶還沒打仗啊？尚且有江北四鎮守著，怎地也出不了米穀了？」

「就是這江北四鎮壞事。四鎮啊，就像咱閩南話說，『生雞卵無，放雞屎有』！朝廷想倚仗四鎮防守江北，可又發不足糧餉。正額六十萬之外，還許各鎮就地『籌餉』一百萬。這意思就是說——官兵劫掠不犯王法。從前官府催餉，再怎麼苛厲也有個限度。就算是蝗蟲過境啃光稻穀，起碼還不吃金銀。你讓這些個丘八自個兒去徵餉，他哪裡跟你客氣，無論吃的、喝的、用的一概帶走，連金銀財寶和娘兒們都不放過。」

鄭森聞言痛心：「『江北四鎮』名號多麼堂皇，朝廷還指望著他們北伐中興，然而大軍未發，卻先成賊寇了。」

「北伐？笑話！」鄭芝龍語帶不屑，「不說別的，就憑允准他們就地籌餉這一著，我料四鎮絕不肯實心賣力北伐。留在江淮富庶之地，油水搜刮不完。相反地山東、河北殘破不堪，去了有甚麼好處？朝廷這個處置，實在大錯特錯！」

「兒子算是明白了。怪不得先前高傑和黃得功還自己先打起來，想是為了爭奪地盤所致。」

「可不是，都想要揚州這塊上好地面嘛。」鄭芝龍看著鄭森，「所以你曉得了，養兵打仗就是錢、錢、錢！只有錢抓在自己手裡，才養得起兵，才能驅使他們為你效死命！」

鄭森甚想知道父親怎麼看高傑死後的江北局勢，遂問：「高傑雖死，大軍未失。只是其子高元爵無藉藉之名，不知能保一軍完整否？」

「你倒看馬士英和其他三鎮肯不肯。」鄭芝龍淡淡地道，「你別以為老馬和四鎮聯手把當今皇上送上龍椅，一個鼻孔出氣似地，其實不過那當口上利害一致罷了，私底下還是各懷鬼胎。高傑一死，其他三鎮必然虎視眈眈，等著瓜分地盤和他手下的精兵猛將哩。」

「如此三鎮坐大，朝廷難以牽制，非國家之福，馬士英應該也不樂見吧。」

「正好相反，最想保高傑一軍完整的莫過史可法。然而若真讓他幫著請襲封、請糧餉、拉拔眾將升官進爵地保了下來，這支驕悍大軍從此就成為史閣部的親兵，老馬定然不肯的。」

鄭森這才看清楚江北形勢原來如此危殆，想起吳應箕企圖藉北來太子一事攻倒閹黨，覺得黃宗羲的憂慮不為無因。於是殷切地問：「阿爹，如今四鎮守江北，靠得住嗎？」

「北伐復國是談不上，不過四鎮擁著地利，在江淮一帶固守應該沒問題。何況長江有你鴻逵叔把守，軍務方面暫時不必擔心。」鄭芝龍沉吟道，「在我看，生理上的事才是燃眉之急。這幾年市況差，一干合作多年的商人們也快撐持不下去了。我得到消息，他們要聯合起來反我呢。」

鄭森道：「有這等事？商人們一向不都以阿爹馬首是瞻？」鄭芝龍道：「在商言商，大家都是跟著銀子走，你要是不能讓人家賺錢，那個還肯理你？」鄭森見父親十分沉著，一副胸有成竹的樣子，道：「看來阿爹必有成算。」

「這就是我來南京喝這春酒的原因了，總要來『搓搓圓仔湯』，安撫好了再說。」鄭芝龍道，「往後時勢難料，我不能坐以待斃，須得抓著這段時間應變。商人們現在要鬧起來可不成。」說到這，他忽然打住，伸了個懶腰，淡淡一笑道：「至於怎麼應變，晚上喝春酒的時候你就知道了。」

鄭森知道父親繞著彎子要自己參加晚上的聚會。父親從不用強逼他做甚麼事，但也常變著法兒讓自己甘願照他的意思走。像這樣的應酬，鄭森過去是從不參加的，不過現在逐漸明白，自己對軍務、商務乃至天下大勢都太過生疏，逢此亂世，報國之途不拘一格，更不可畫地自限。於是堅定地點點頭，道：「那就待晚間再聽阿爹細說分明吧。」

到了晚上，各路商人陸續來到媚香樓，鄭芝龍親自迎接，並將鄭森介紹給大家認識。其中，族兄鄭明駿、南京曾定老、晉江柯文老、蕪湖龔老爺子和宋哥都是曾經見過面的。此外泉州商人陳卯和漳州商人黃榮宇則是初見。不過商人應酬，幾句話間就已顯得十分親近。

眾人入席，酒菜流水價地送上來。鄭森想起往昔在此和侯方域、黃宗羲、吳應箕一眾文友，以及張宛仙、李香君、卞玉京等舊院名妓宴飲，談文論詩、議論國事。今日同一張席面上，卻是與一班富商大賈對酌，不由得有種恍如隔世之感。

幾巡酒過，場面上頗為熱絡，但商人們神色有異，私下目光交錯往來，彼此暗暗點頭，顯然事前已有甚麼商議。鄭芝龍看得分明，搶先道：「過去這一年大家辛苦了。四處動亂，生理也難做，多虧大家齊心協力，總算是撐了過去。」他對曾定老道：「近幾年湖絲出得少，連帶許多織機也停工，曾老板盡力蒐羅貨源，很下了一番苦工。今年桑葉和湖絲產量恢復，曾老板過去布置的人脈可以大大派上用場了，咱們要多收他一批。」他又對龔老爺子道：「龔老爺子更是辛苦啊，前年賊兵和左良玉一鬧，江西饒州瓷窯毀棄的很多，窯工也四散逃亡。龔老爺子堅守基業，聯絡窯場，幫著他們重建了不少起來，可感可佩。其他諸位也都共體時艱，幫了大忙，我敬各位一杯。」說罷與眾人舉杯相敬。

席間除了鄭芝龍外，龔老爺子事業最大，輩分也最尊，眾商人都看向他。龔老爺子正抽著一管旱煙，煙桿子磨得油亮，顯是他長年愛用之物。他吐出兩口煙圈，清清喉嚨道：「做生理都有起落，能不能拚得過就靠本事，在座諸位都是大風大浪裡挺過來的，沒一個是畏難叫苦的角色。不過這幾年市況著實差，四處打仗，各色貨物都出得少，產地價格騰貴，中間的利頭太薄了。眼看戰火又要燒過來，諸位老板們，連同我在內，不能不做些打算。」龔老爺子又抽了口煙，一派從容穩重地道，「打崇禎十四年起，老一官不許客商任意往來臺灣，有東西想賣給大員的和蘭人，都要經過老一官您的首肯。本意是要大家團結起來，不讓和蘭人在價錢上予取予求，但這兩年下來，大夥兒有點吃不消了，實力小些的客商，更是幾乎經營不下去。大夥兒商議過了，要請老一官暫開禁令，准許咱們到臺灣去，與和蘭人買賣，好有條生路。」

「這事從前商議清楚了嘛，」鄭芝龍好整以暇地道，「各位向和蘭人收定銀、拆款子，進了貨也只能照他們開的價出售，不但變成和蘭人下手的販客，利息錢還得照付。明明賣的是咱們中國的貨物，大家淺淺過個水，利頭卻全給和蘭人賺去，天底下就有這麼傻的事情。」

曾定老道：「老一官您本錢厚，當然不必看紅毛的臉色。無奈咱們本錢薄，也只好淺淺賺點傻錢。咱們的船小，走不動日本水道。日本跑一趟，可以走大員四趟，萬一路上遭風吹翻一隻，那可就得傾家蕩產了。走和蘭人的路子，實在是萬不得已。」

鄭芝龍道：「咱們不把貨運去臺灣已經五年，和蘭人表面上強硬，骨子裡也快受不住了。五年前長崎到港生絲，和蘭人占八、九成，現在只剩一成，中間都讓咱們拿下了！咱們掐著紅毛脖子這麼久，眼看他們就只吊著最後一口氣了，一旦屈服和解，價格讓我們來開，利頭加厚，到時候我鼓勵大家去臺灣都來不及，還會攔著你們？這要緊關頭上，咱們絕不能自個兒鬆勁。」

陳卯老著嗓子道：「話說得好聽，卻只怕等不到和蘭人屈服，兄弟我自己可要先斷氣了。」

柯文老也道：「是啊，和蘭人底子厚，這幾年又開始在臺灣種蔗製糖，另闢財源，一時恐怕還不肯認輸的。」

鄭芝龍笑道：「龔老板和曾老板在江南也就罷了，兩位一個泉州，一個晉江，消息卻這麼不靈通？且瞧瞧這個！」說罷下頷向鄭明騄一揚，鄭明騄隨即從懷中掏出一張文書。柯文老取過一看，驚喜地道：「大員長官發給到呂宋傍佳施蘭的路引，這可是十五年來頭一遭！」

眾商人們都是眼睛一亮，陳卯趕緊接過路引看個清楚，卻仍疑惑地道：「只准派兩艘小船去傍佳施蘭購買黃金、聯絡探望當地的手下，貨物最多僅能值一千兩，其中不得有生絲和綢緞，而且嚴禁前往馬尼拉——這跟不准去也沒甚麼差別。」

鄭芝龍道：「差別可大了！從前是全然不准，現在開始准了，這就是個信號。要知道和蘭的公司仔在整個亞細亞有三十幾個商館，一半賺錢，一半蝕本。賺錢的這一半，六成利頭出在長崎和臺灣大員。而長崎商館的買賣，幾乎全靠大員供貨，他們能忍幾個五年？我們往馬尼拉得避開臺灣繞好大的遠路，水腳錢和遭風的險頭高了許多。等打通臺灣這條航路，馬尼拉一線的利頭莫不翻上一倍！」

漳州商人黃榮宇興沖沖地道：「老一官果然有一手，兄弟很好奇，這路引是怎麼拿到的。」

鄭芝龍看著鄭明騄道：「明騄仔，你給大夥兒說說。」鄭明騄道：「是。各位老板可否聽過『架必沙』這個職位？」泉州、漳州幾位商人都點點頭，龔老爺子卻問：「你說的可是『甲必丹』？」鄭明騄道：「不，『甲必丹』和『架必沙』並不相同——」

鄭明騄解釋，「甲必丹」即和人所謂Capitein，乃是和蘭領地裡中國居民的首領，長駐當地，可管犯罪刑名等事務；「架必沙」則為和人所謂Cabessa，乃是商人頭家，往來不定，除了約束所屬販客、水手，也可向大員長官進言，在當地頗具分量。

鄭明騄道：「現在大員街共有九位架必沙，包括何金定、八哥和三祉仔等。他們之中有五位是咱們手下的販客，其他人也都是往來慣了的，交情熟透。老一官這幾年明著禁止中國商人任意前往大員，暗地裡也不時派這幾位架必沙運一點好貨色去賣給和蘭人，假做是他們犯禁私運的。久而久之，大員長官不能不更倚重他們了。因此這回我和福州的許耀心許老板到大員去，透過這幾位架必沙和大員長官交涉，那是一講就通。」

曾定老讚嘆道：「老一官如此布置，真是將和蘭人玩弄於股掌之中。」

鄭芝龍道：「這只是小意思。和蘭人在臺灣種蔗製糖，需要人力，我也叫架必沙們從閩南、粵東多運蔗農過去。」陳卯詫道：「如此一來，豈不是資助紅毛製糖，砸自個兒的腳嗎？」鄭芝龍笑道：「沙糖不過蠅頭小利，讓紅毛有點事情可做，才不會一天到晚想發兵來打咱們。何況──紅毛在臺灣總共只有八百多人，我把中國人一批一批運去，尤其是我軍中有那想要解甲歸田的，格外多給銀子送去臺灣。等哪天有個三、五萬人，再把老部屬們號召起來，要拔掉大員商館就輕而易舉了。」

商人們聞言恍然，紛紛低聲議論、不住點頭。鄭森先是略感驚訝，沒想到父親暗中布置著要拿下臺灣，但想起父親曾對自己說過控扼海道的大志，也不意外。念及於此，不由覺得父親確實是深謀遠慮。

鄭芝龍續道：「不過這是以後的事情。眼下時機未到，咱們與和蘭人還有買賣可做，得繼續敷衍著。譬如最近戰事多，到處都缺火藥，臺灣的雞籠和淡水產硫磺，我們就得跟他買。」

「大員現在市況蕭條不少，只有硫磺生理大好。」鄭明騄笑道，「滿街上都是煉硫磺的鍋灶，鎮日硝煙密布像是濃霧不散。臭氣熏得和蘭人吃不消，最近還頒了禁令，叫所有的硫灶都搬到市街外去。」

「說到戰亂，那也是一憂。」龔老爺子短促地吸了幾口煙，接著道，「老一官怎麼看這世局，又有甚麼打算沒有？」

「舍弟鴻逵調任鎮江總兵，這大夥兒都知道了，長江一線暫時可保無虞。不過若往遠處看，不能不預作一番準備。」鄭芝龍眉頭一軒，道：「我打算把饒州的窯工和杭州的織工移一批到福建去。」

「老一官是說，要在福建新設窯場和機戶？」一直沉默的宋哥忽然問道。

鄭芝龍道：「福建本來就有窯場和機戶，晉江建德的白瓷、漳州的漳紡，在海外都頗有銷路。前年廣東蠶兒遭瘟，無絲可織，我也曾派人去招徠一百五十名織工遷到安海，免得機戶關門、織工星散。」宋哥道：「老一官打算移多少窯工和織工到福建？」鄭芝龍道：「這是個長遠打算，每年移一點，逐漸把規模做起來。不論得花上十年、二十年，最後從採土、養蠶到燒瓷、紡織，總要把一大半貨源抓在手上。這頭一年嘛，我看窯工和織工各招募他幾百人也就夠了。」

商人們聽了一時騷動起來。曾定老清清喉嚨，委婉地道：「瓷器的事得問龔老爺子，我就說說絲綢。養蠶繅絲、染色織綢，各地有各地的條件，別處比不上，不是光把人移到福建就能成的。譬如蠶種屬餘杭所出最佳，不僅吃起葉子胃口特好，耐燥熱，繅絲分兩又重。然而拿到別處繁衍，一兩代下來品質就差了；煮繭繅絲的水要清，且以泉水為上，不同泉質繅出來的絲質不同。譬如輯里絲光澤可愛，長興絲分兩重，雙林絲則特別肥白。又如繅絲的手段，乃是南潯人密不外傳的獨門之技……無論採桑、育種、養蠶、繅絲、紡織，就是在江南也是各地分工，從沒有獨個地方能夠一把抓的。」

幾位泉州、漳州商人也不贊同此議。他們本在內陸商人和外洋之間販運，一旦鄭芝龍自己掌握貨源，他們就沒有立足之地了。陳卯遂道：「德化白瓷、漳州紡綢和饒州、蘇杭的貨色到底不同，海外買主也有分別，並不相擾。但老一官要把饒州和蘇杭的那一套搬到福建，貨色就衝突了。」

宋哥更是直率地道：「能搬多少去福建是一回事。老一官想把貨源搬走，這不是刨咱們的根嗎？商人吃的就是『互通有無』這口飯，這兩年市況已經把人逼得沒有活路了，老一官您還要把咱們最後一口糧給捧去？」

眼看眾人疊聲反對，鄭芝龍卻只一笑，問道：「倘若流賊或左良玉大軍進了江西，或者清人兵臨江南，各位老板的貨色又要上哪兒調度去？」

他這一問令商人們啞口無言，過了半晌，龔老爺子才道：「老一官方才還說，令弟鄭鴻逵將軍把守長江水路，可保無虞。原來實際上局勢這麼不堪嗎？」鄭芝龍道：「以身為朝廷大將而言，我自當竭盡全力保衛京城和長江安危。以身為海上商人來說，我得定個可長可久之策。」

龔老爺子道：「誠如曾老板所說，老一官您就有再大的本事，也無法把整個絲綢和瓷器生業都搬到福建去。您就算不顧念大夥兒多年交情，往後咱們也還有您用得著的地方，眼下何妨幫咱們想條活路？」

鄭芝龍「唉呀」一聲，道：「龔老爺子言重，各位老兄弟誤會大了。」他不即回答商人們的疑問，卻掉轉話頭問道：「各位之中也有不少人到過臺灣或日本，看過和蘭夾板船吧。森兒也剛去過一趟長崎，給幾位老板說說這夾板船怎生模樣？」

鄭森道：「那和蘭夾板船舟長可達十八丈，橫廣五、六丈，共設夾板五層，較咱們最大號的福船還要長上一半有餘，負載更數倍於福船。一艘船得八十名水手日夜輪班操作，船上共可搭載三百餘人，舷側鑿小窗置銅銃數十門。若非親眼所見，甚難相信世上有此海上城寨。」

鄭芝龍故意問鄭森道：「你可知造這樣一艘夾板船得費多少銀子？」鄭森道：「兒子不知。」鄭芝龍看向鄭明騄，鄭明騄立即答道：「一艘大夾板船，包括帆桅索具和銅銃火藥，工料需費十萬個和蘭銀盾，合二萬八千多兩銀子。」柯文老吐吐舌頭道：「二萬八千多兩？和蘭夾板船我見過不少，雖知工料必不便宜，但沒想到竟要這麼貴。咱們這兒中下身家的商人，都還沒這麼多本錢呢。」鄭明騄道：「從和蘭行船到臺灣，單程就得花上一年時間，有時候三、五個月才得靠岸一次，重洋之中波濤凶險，船隻自然得造得格外堅固些。」

鄭芝龍道：「和蘭的公司仔轄下，能渡大洋的船隻共有百餘艘，大號夾板船超過四十艘，各位算算光是造船就花去多少費用。一艘大號夾板船自和蘭離港時載運的現銀和貨物共值四十萬個和蘭銀盾，合九萬多兩，而他們一年要派二十艘大小船隻出航，攜帶的本錢加起來不下百萬兩銀子！」鄭芝龍說得興發，聲音逐漸高亢起來，「這些銀子在亞細亞各地買賣滾轉，就能翻上好幾番，最後運貨回歐羅巴又能賣上兩、三倍價錢。他們在亞細亞建了幾十座像大員熱蘭遮城這樣的堡壘，派駐上萬軍士……我有時試著算算，和蘭公司仔手上究竟有多少本錢，一年利頭又有多少，越算越感寒毛直豎，令人可畏，卻又叫人不甘心！」

曾定老開玩笑道：「老一官難得如此長他人志氣，對和蘭人又敬又畏。」鄭芝龍正色道：「不是可敬，我只說了可畏。」曾定老道：「好嘛，可畏而非可敬。不過這和咱們議的事情又有甚麼干係？」

鄭芝龍道：「大有干係！和蘭國的土地，才不過福建兩、三個府治大小，人丁也不興旺，做起生理來卻竟能有此規模，此中大有玄機，咱們應該好好參酌。」陳卯嘆道：「我中國本來十分強盛，富商巨賈所在多有。只因二十年來內憂外患，四處打仗，這才顯得蕭條，與和蘭國不能一概而論。」鄭芝龍道：「陳老板有所不知，要說內憂外患，那和蘭國可是乒乒乓乓打了七十年的仗，到今日尚未歇止呢。」

蓋和蘭本是大呂宋[1]——亦即後世所謂西班牙國的屬地，七十年前因為國王暴政苛虐，加上多數和蘭人信奉的新天主教遭到查禁，竟興兵而起，自成一國。大呂宋乃是歐羅巴一霸，又以天主教的護教者自居，當然不能容忍，旋即發兵來攻，沒想到和蘭以邊鄙小國，竟與大呂宋抗衡多年，至今不敗。

「那大呂宋兵多將廣，和蘭國則是狹小貧瘠，若要像中國的法子徵餉、養兵，絕無可能與大呂宋抗衡。要知道，和蘭公司仔正是為了打仗才弄出來的！」鄭芝龍侃侃談道，「和蘭彈丸之地，又無特產，靠的就是公司仔營商殖利，以此買糧、養兵，乃至於雇傭外國兵卒為其效力，而能與大國一爭雄長。」

鄭森聽得此語，深為震動。想起朝廷光是給養江、淮防務就幾乎耗盡歲入，尚且准許江北四鎮自行徵餉，以致地方大受騷擾。相較之下，通洋裕國之法真是黑暗中的一線光明。崇禎時朝廷歲入最高曾有二千萬，當今弘光朝歲入不及一千萬，若能把和蘭人手上的貿易利頭拿個幾百萬過來，則朝廷度支寬裕，不唯能號令各鎮聽令，也能讓百姓安身立命，善莫大焉。於是忍不住道：「中國乃泱泱大國，雖然北方殘破，但南方富庶之地版圖完整，該比和蘭人強上百倍！」

鄭芝龍對鄭森嘉許地一笑，接著道：「不錯，力分則弱，力合則強。譬如造船，我造一艘，你造一艘，價格就貴了。咱們合起來，一口氣建他三艘，公同的開銷打在一處，工料就可省下許多。又譬如到外洋買賣，我運一批貨去，你也運一批貨去，人家就能見縫插針殺你的價。但若合作一處同進同退，對方非得在價格上就範不可。如此開銷既省，收入又增，一來一往利頭非常可觀。」

「然而老一官的意思，是要咱們都合成一個公司仔，聽您號令？」龔老爺子問道。

「不！」鄭芝龍堅決地道，「和蘭的公司仔就是六個地方的小公司仔組成，對外是一個大公司仔，對內不分從屬，還是各憑本事，各賺各的銀子。」

曾定老沉吟道：「只怕咱們的力量都不能跟您相比……」

「力量不只是在銀錢上，諸位在各地經營多年，貨源、人情都是實力，也是別人搶不走的。」鄭芝龍眼裡放光，「這次我要招募窯工和織工，就非得靠諸位幫忙不可。新建的瓷窯和機戶，我讓出力的老板算一份乾股子，另外要多加股子也行。到時候賺的錢都有一份，原本的商販照做，事業豈不是更加開展？」

眾商人聽了，都覺鄭芝龍的經畫超乎常規，雖然看似有無限機會，但也叫人不敢乍然應承。於是噴煙的噴煙，捻鬚的捻鬚，都在興奮中依然帶著猶疑。陳卯謹慎地道：「『橘越淮為枳』，和蘭人的辦法，只怕咱們不一定能照著辦。」

「一定得這麼辦！等戰禍蔓延江南，你再來求我就晚了。」鄭芝龍軟硬兼施，「我知道這事大夥兒得想想，咱們不必急著在今日就講定，一步一步來。和蘭人的公司仔是六家商號湊在

---

1 大呂宋：即西班牙。明朝時因對歐洲認識有限，對於在呂宋島建立殖民地的西班牙，稱之為大呂宋。

一起，將來等時機成熟，我想找十家合夥。其中一半是鋪商，專在內陸採辦貨物，稱作『山五商』，以金、木、水、火、土為號。另一半往海外銷貨的船商，可稱為『海五行』，至於商號嘛……」他看著鄭森道，「森兒是讀書人，你給想想。」

鄭森忽然被這麼一問，漫無頭緒，脫口道：「仁、義、禮、智、信如何？」鄭芝龍聽了一笑：「未免太文謅謅了些。我看就叫赤、黃、青、白、黑吧。」他熱切地看著一眾商人們，「大家要放遠看！今年咱們運到長崎的貨物，該能賣到二百萬兩以上。我還要開始增加往馬尼拉、安南、暹羅乃至爪哇的船隻，往後每年光是往外洋銷貨，至少要以五百萬兩起算！和蘭人欺壓咱們夠久了，該咱們把這片海道給討回來。我只找最有實力的商人合作，那就是在座的諸位了！」

眾人都被他的豪情壯志所打動，畢竟有和蘭人及鄭芝龍自己成功的例子明擺在那裡，並非異想天開。同時大家也明白鄭芝龍此舉勢在必行，倘若不與他結盟，只怕將來處境更加艱難。於是紛紛道，一切就照老一官的章程來做。

鄭芝龍說了幾句場面話，一時像是要起身了，忽然又道：「對了，還有件事。」他飛快地轉了轉拇指上的扳指——原先長年配戴的翡翠扳指已給了鄭森，此時換過一枚，質地毫不遜色，甚至更大一些。他把扳指轉了幾圈，倏然停住，瀟灑地笑道，「長年來，大家都為調集本錢所苦，不得不向和蘭人告貸，因而無法擺脫和蘭人的控制。我琢磨了很久，也一直想幫大家的忙，就從今年起，我來準備一筆款子，利息絕對比和蘭人開的克己。各位運了貨來賣給我，咱們一碼歸一碼，價錢照市況商量，我也不像紅毛那樣盤剝。」

此言一出，商人們不能不動容了。陳卯忍不住道：「老一官如此相待，大家還有甚麼話好說？但在商言商，事情好得過頭了，叫人有點不敢相信。老一官這把算盤卻不知怎麼打的？」

鄭芝龍道：「我也不需欺瞞各位，我是要把大家拉在同一邊，不必再讓紅毛牽著鼻子走。日後只要五商、五行能夠順利辦起來，我還怕沒有銀子賺？」

到這裡，商人們疑惑盡去，無不心悅誠服，決心徹底跟隨鄭芝龍了。正事談完，自然移席設宴，飛箋叫局，又是一番宴飲熱鬧。

●

好容易等商人們酒足飯飽各自散去，只剩下鄭之龍父子二人。鄭森興奮地道：「阿爹今日所言，真叫兒子大開眼界。」鄭芝龍笑道：「這有甚麼？早叫你跟著學生理，說了多少年都說不動，現在想學也還不晚呢。」

鄭森忽然想到一件事，問道：「阿爹，兒子有一事不明。前幾年阿爹就曾想拿一筆款子放貸給各路商人，但軍務上開銷太大，始終擠不出來。您稍早還叫窮，說海外貿易收入減少，軍費又倍於往昔，卻如何又拿得出放貸的錢了？」

鄭芝龍道：「事有輕重緩急，錢永遠不夠用的，只看一時要用在甚麼地方。眼下世道亂，逼著我加緊經營海上，第一步就得把這些商人們拉攏過來，否則還沒與和蘭人明著幹，自己先就倒了。」他不經意地轉轉扳指，又道，「我還打算上奏朝廷，把福建和粵東一部分餉源撥給我直接徵用，頭寸一寬，便能調得出錢來放貸。」

鄭森一楞，衝口道：「如此一來阿爹豈不成了藩鎮？」鄭芝龍失笑道：「藩鎮又怎地？只怕古往今來，還沒有像我這樣便宜朝廷的藩鎮呢。打從我投了朝廷起，十多年間糧餉自給，又把東南沿海整治得服服貼貼地，那個邊鎮比得上？眼下左良玉和江北四鎮也都自己徵糧，他們一班亂兵敗將尚且如此，我卻不行？與其填了他們的狗洞，不如交給我用在刀口上。」

鄭森道：「名不正則言不順，這畢竟是朝廷的糧餉，阿爹不可拿來放貸給商人。」鄭芝龍狡獪地道：「那我拿朝廷的糧餉來養兵，把原本自掏腰包養兵的錢拿去放貸，這樣總可以吧。」鄭森聽他這麼說，一時張口結舌，倒無話可駁。鄭芝龍哈哈大笑：「你就是書讀太多，死腦筋。銀子上又沒寫名字，左手交右手罷了。等山、海五商辦起來，我養十萬精兵都有餘，還怕不能維持朝廷周全？」

鄭森想起高夢箕曾有意將太子送往父親軍中，而黃宗羲則憂心太子被有野心的邊鎮所利用，遂試探地問：「鴻臚寺少卿高夢箕可曾與阿爹聯絡？」鄭芝龍道：「高甚麼？誰？」鄭森聞言不語，鄭芝龍恍然：「你問的是太子的事嘛！怪不得我好像聽過這名字。那高夢箕確實曾派人來投書，但我理都沒理，也沒把信收下拆看，因此一時沒想起這個人。」

鄭森關心道：「阿爹為何不理會？」

鄭芝龍漫不在乎地道：「太子是假的！問都不用問。」

鄭森詫道：「何以見得？」鄭芝龍道：「咱們在北京的坐探近日來報，真太子剛剛在北京被殺了。」鄭森聞言大驚，連忙詢問細節。原來李自成攻入北京後，太子一度為大順軍所得，後來逃到外祖父周奎家中。太子的姊姊長公主也在周家，彼此相見掩面而哭，周奎一家也伏地稱臣。

然而清人入主北京後，周奎怕藏匿太子招來禍患，出首告官。攝政王多爾袞派明朝舊臣前往辨識，有的說太子是真的，有的說是假的，結果多爾袞將指認太子為真者盡數殺死，並將太子絞死於獄中。

「這可奇了，既然清人把說太子為真的人都殺死，不就是要讓世人以為那位太子是假冒的嗎？」鄭森不解。

鄭芝龍道：「這就見得清人的手段高明了。他們一再宣稱進兵北京是討伐闖賊、為崇禎皇帝復仇，把侵占我大明江山的逆行推得一乾二淨，以此收買民心，現在當然不肯攬上殺害太子的名聲。可私底下又散布周奎家人與太子相認的情節，讓世人明白真太子已經被殺，從此死了扶持太子正位復國之心。」

鄭森想了想，卻更加疑惑：「不對啊，高夢箕派人求見阿爹是早些時的事吧，當時北京太子還未被殺，怎能遽然判定江南的太子是假的？」

鄭芝龍詭祕地一笑：「管他是誰，我總當他是假的。」鄭森道：「兒不明白。」鄭芝龍道：「太子要真送到福建來，我該拿他怎麼辦？如果敲鑼打鼓送他上京，那就是和當今皇上和滿朝大臣過不去。若是殺了他以向朝廷輸誠，那就惹上一身罵名，滿天下自命忠義之士都要恨我。」他指著鄭森鼻子道，「恐怕我兒子第一個就要跟我過不去。這少年無論真假，把在手上都是個禍胎，碰都不能碰。」

鄭森略有些急切地道：「可萬一太子是真的，豈不是讓國本淪落、大義蒙塵？無論如何總該明查暗訪，先辨明他的身分。若假，則昭告天下以平息騷動。若真，皇上就該推位還政，至不濟也應仍將他立為太子。」

鄭芝龍「嗤」地一笑：「憨呆，到手的江山，有誰願意放手？就算皇上肯推位讓國，馬士英這幫靠著擁戴弘光而得勢的當朝大員豈能善罷甘休；然而朝野間想推倒馬士英一黨的人不少，太子一出，立時就天下大亂了。我說馬士英這人看著精明，骨子裡卻還真不利索，我若是他，早就派人暗地裡把少年給藏了起來，乃至於除之以絕後患，怎能留他在杭州城裡大搖大擺地閒晃？」

鄭森聞言悚然，父親是海盜出身，統領大軍，隨便殺個人並不當一回事，但將疑似太子的少年也視如草芥，仍讓他背脊泛起一陣寒意，自然也不敢把打算去杭州探個明白之事說出來。只道：「馬士英已知道此事了嗎？」

「早知道了！哪能不知道。」鄭芝龍卻像是看穿了他的心事般，淡淡地道：「你該不會想到杭州去把假太子迎上京來吧？」鄭森不想欺瞞父親，堅毅地點頭道：「兒子以為國本與大義才是根本之事。南京城裡曾在北京供職者甚多，太子的真假大夥兒公同看一眼就能辨識，真即為真，假即為假，不容有心之人藉機操弄。」

「哼哼，這種事情是信者恆信，假的也能當作真的來推戴。」鄭芝龍並不在這上頭和鄭森多作爭辯，只道：「你得記著，朝廷再怎麼喪師失地，湖廣、江西、江南、閩浙和兩廣這一片地方一定要連成一氣，如此朝廷氣數才能延續，我的生理也才能開展。只要局勢緩個幾年，讓我加緊經營海外，到時莫說是幫著朝廷偏安江南，打回北京去都不是問題。」他瞪視著鄭森，「這時節還鬧甚麼真假太子，那是自找死路。」

鄭森猶疑更甚，一時無法決斷。父親說的，衡諸實際頗為在理，但不免失之權謀；然而若太子一案真的震動朝局，也非自己所盼望。

鄭芝龍見他不語，遂放緩了聲音道：「你是有志於天下國家的。若在太平年月，就算花個十年考上功名，再花二十年慢慢於官場陞轉，又有甚麼打緊。可賊兵和清兵都打到家門口了，哪容你這樣溫吞。我這兒無論做生理還是帶兵，都是天下第一等，你跟著我實心學習，不用幾年工夫就能練得一身本事，還怕報國無門！」

鄭森知道父親所言非虛，頗感心動。但父親與馬、阮相善，自己若跟著他，不免須與閹黨有所往來，也就等於自絕於復社同儕之外。鄭森想起獄中的社友們，遂道：「兒子這回進京，是為了援救幾個遭誣入獄的社友。阿爹講話有分量，能否請朝廷把人放了。」

「哼，」鄭芝龍不屑地道，「那群憤世嫉俗的酸丁，不好好考個功名出來做官，就只會搗亂，一把抓起來正好，省得礙事。我沒逼你別跟著他們胡混，你倒要我救他們。」

鄭芝龍此話在意料之中，但聽著依然叫人刺心。自己也無法對太子一事坐視不管，遂道：「若是這樣，請恕兒一時不能從命。」說罷，從懷中取出鄭芝龍給他的那枚翡翠扳指，放在桌上，「這枚扳指太過貴重，放在兒子身上不甚妥當，還給阿爹。」

鄭芝龍冷笑道：「不跟著我也就罷了，還需要『割袍斷義』？」鄭森道：「阿爹這話太重，兒萬無此意。這扳指兒試著戴過幾次，總覺得有些不倫不類，揣在懷中又怕失落了，所以才想還給阿爹。」鄭芝龍道：「我給出去的東西，那就是你的，斷無再收回來之理。要典要當都由你，弄丟了也是你自己的事。等你哪天覺得能戴了再戴上吧。」

鄭森想一會兒，道：「既然如此，兒就繼續保管著。」於是仍把扳指收好。「兒除了要營救復社文友們，錢老師也安排我進太學讀書，兒就不隨阿爹回安海了。」

鄭芝龍出乎意料冷靜地道：「你愛幹甚麼就幹甚麼去。你那些朋友，救得出來算你本事。但太子之事，別跟著人家瞎胡鬧。我勸你一句，凡事別太固執己見，老拿著聖人的道理頂在頭上，卻把事情鬧得不可收拾。」

鄭森道：「聖人之教是好的，兒子自有分寸。」

鄭芝龍冷冷地道：「你要鬧過頭了，該出手時我還是會出手。你玩不過我的。」

鄭森雖不盡以為然，卻沒想到父親任由自己行動，於是道：「兒子謹記在心。」說罷起身恭恭敬敬地一拜，竟自去了。

鄭芝龍不待鄭森去遠，大聲喚道：「阿騄仔，進來陪我喝酒！」鄭明騄隨即入內，幫鄭芝龍滿滿斟了一杯。鄭芝龍看他面露憂色，笑道：「你有甚麼指教？」鄭明騄道：「不敢！我只是想，任森舍四處亂闖，真的好嗎？要不要派個人跟著他？」鄭芝龍道：「不必！森兒性氣剛，硬逼不來的。亂闖出來的歷練，比甚麼都強，隨他去吧。」言罷一笑，攫起酒杯一飲而盡。

第拾伍回

訪隱

次日一早，鄭森再次前往棲霞山，到采真觀去尋吳應箕，打算告訴他有關太子的諸般消息，想和他從長計議一番。然而吳應箕卻未曾回到觀中，鄭森只好留下書信，勸吳應箕不要急著貼出公揭。

離了采真觀，鄭森想起曾答應張宛仙再來看她，應該前去辭別，於是信步來到葆真庵。開門的道姑記得他，遂任他逕自去庵後草屋。

才到草屋之前，還未出聲叫喚，張宛仙已從屋內快步而出，歡喜地道：「鄭公子，果然是你！」鄭森見她鬱沮之色盡去，恢復從前活潑水靈的模樣，也很高興：「宛兒今天氣色真好。」張宛仙道：「我日日都在盼著你來。我東西都收拾好了，這次倉皇上山，許多物事都未及帶著，行李十分簡單的。你幫我找匹馬，咱們便可一起下山去了。」

鄭森問道：「妳要去哪裡？」張宛仙道：「你帶我下山，不拘哪裡都好。」鄭森道：「這是怎麼說來。」張宛仙道：「我在這山上，每日裡清茶淡飯倒也還罷了，竟然連琴也沒有一張！即便有吧，也不敢彈奏、歌唱，免得庵外過路人聽見了起疑心。每天只能關在房裡，悶也悶死了。」她毫不避忌地道，「實話說，一半也是憂心那一班債主打聽到我的下落，尋上門來，給卞姨娘和香君姊惹麻煩。每次聽到有人拍門，心頭就是一驚，所以還是早些離開這庵裡才好。」

鄭森道：「我要先離開南京一趟，急著動身，這次恐怕來不及幫妳找地方安頓。」張宛仙眼睛一亮：「鄭公子要回泉州嗎？上次聽你說起大海風光，甚是令人嚮往，能和你一起去就太好了。」

鄭森搖搖頭道：「我不是要回泉州。」張宛仙道：「那也無妨，總是帶著我去吧。」鄭森聞言一楞，雖說張宛仙是曲中名妓，但從未想過曾有女子要求和自己相偕遠遊。若是讓外人知道了，恐怕引起物議，不禁暗暗搖頭。張宛仙見了，笑道：「我有這麼惹人嫌嗎？叫你直搖頭！」

鄭森忙道：「我要去辦幾件大事，妳跟了來也沒甚麼意思的。不如過些時我事情辦完了，心無罣礙，再帶妳去幾個名勝遊玩，豈不更好？」張宛仙卻仍一個勁兒問道：「你到底要去哪嘛？」鄭森拗她不過，只好道：「我要去杭州。」張宛仙歡天喜地：「杭州好啊，西湖乃天下勝境，上回去只待了半個月，叫人意猶未盡──鄭公子對杭州地方熟嗎？」鄭森道：「我從不曾去過。」張宛仙笑道：「呵，那倒是我可以帶著你四處白相白相了。」

鄭森嚴肅地道：「我可不是去遊玩的。」張宛仙道：「那是去做甚麼？去杭州不是遊玩就是買絲貨，再不然就是訪友囉。」鄭森道：「都不是。」張宛仙佯嗔道：「幹麼就是不跟我說。」

鄭森見她眼中波光流轉、純然真摯，一生之中，還不曾有人這樣看著自己。遂把黃宗羲等社友被逮入獄，自己正設法營救他們，同時要去辨認太子身分等事概略說了。

張宛仙沉吟道：「鄭公子識得太子嗎？」鄭森嘆道：「不識得。聽說社友中有人在北京任過侍講官，可惜已離開南京，不知隱遁何處了。」

張宛仙道：「你說的可是方以智方公子？」鄭森訝異道：「正是他，宛兒怎麼知道？」張宛仙忽然楞楞地出神，不知想起了甚麼，一會兒卻又歡快地道：「我當然知道，我們可是老交情。乾娘故去之後，我被一幫債主和宮裡強徵優伶的使者追得走投無路，就是方公子託人帶我上山來找卞姨娘的。你帶我下山，我領著你去找他。」

鄭森忙道：「宛兒知道方公子在哪裡？」張宛仙得意地一笑：「他離開南京後也曾寫信給

我，我當然知道他在哪裡。」鄭森慎重地一揖：「可否請宛兒賜知方公子行蹤。」張宛仙道：「我說啦，你帶我下山，我帶你去找他。」鄭森皺眉道：「訪查太子乃是正事，並非兒戲。」張宛仙不服氣道：「只許公子們做正事，偏道女子不能報國嗎？」鄭森道：「不是這話。只因此事務須機密迅速，省不得星夜奔馳，定然十分辛苦危險的，恐怕宛兒路上多有不便。」

張宛仙卻開心地道：「不會不會，包管你一路順風，安安穩穩、舒舒服服到地頭上。」鄭森問道：「一路順風？是坐船就可直達之地嗎，所以在長江下游沿岸囉？」張宛仙故意賣關子：「你跟我去就知道了！」

鄭森看她爛漫無邪、雀躍歡欣的樣子，不覺啞然，遂道：「宛兒擔保一道去不會誤了行程？」張宛仙道：「你在這討價還價，才真是浪費時間呢。」鄭森無法，只好道：「那咱們就上路吧。」

●

兩人向下玉京打過招呼，當即下山，就在山腳下臨江之處僱了一艘船，直放下游而去。

鄭森帶著張宛仙，心想萬一遇上攔路的水匪，那可不妙，於是吩咐船家跟著大股船隊同行。所幸江南一帶未經戰火，又有鄭鴻逵派水師戰船往來巡緝，頗為平靜。

兩人坐在艙門邊觀望河景，張宛仙道：「我最愛坐船出遊了，不僅沒有車馬顛簸之苦，風景也與平常不同。」鄭森道：「這話怎麼說。」張宛仙道：「船身吃水，人在船中，等於坐在水面。每次從船上眺望，都覺十分貼近大地，讓人寧靜熨貼。」鄭森聽她這麼一說，用心觀望，果然如此。遂道：「我也一向覺得坐船風情殊異，但說不出甚麼道理，不像宛兒這麼觀察入微。」

張宛仙卻道：「這不是我觀察出來的，是方公子說的。」鄭森嗯地一聲，道：「宛兒如何與方公子熟識？」

張宛仙道：「我十四歲開始陪席演唱，方公子是頭一個叫局的客人。我那日因為怯場，嗓子顫得不行，一急之下連唱詞都忘得精光，幾乎要哭出來。席間別的客人生氣了，方公子卻幫我緩頰，讓我先入席一起吃酒閒話。後來我當作唱歌給自家大哥哥聽，也就唱開了。從此便與他有些往來。」

鄭森道：「如此你們必是極相熟的了。」張宛仙道：「雖則如此，我們見面卻不多。方公子很快就赴京趕考，一榜即中，留在北京作官，自然不再相見。」

鄭森道：「我曾聽朝宗、太沖他們聊起方公子，都說他不僅家世好，學問也好，自幼博覽群書，除了經史百家，於陰陽象數、天官望氣，律呂之源、兵法之要，無所不窮；書法、圍棋、舞劍、彈琴、吳歌、雜技亦無所不精。說起來竟是人人讚不絕口。連太沖都說方公子是他少有的『畏友』。」

張宛仙道：「方公子和侯公子交情最深，彼此也最佩服對方。方公子曾送侯公子一件絲衣，侯公子甚為珍愛，每日裡都穿著，即便垢膩了也捨不得換洗呢。」

鄭森道：「朝宗一向自視甚高，方公子能令他如此看重，可見其人品。」張宛仙道：「方公子還以至孝聞名，鄭公子必定聽說過他伏闕伸冤的事吧——」

方以智的父親方孔炤在湖廣巡撫任上，力主剿滅張獻忠，與主撫的軍務總理熊文燦意見不合。方孔炤進兵八戰八捷，但香油坪一役因為約定合擊的友軍故意拖延未到，招致大敗，因此被朝廷下獄論罪。方以智當時正在京城赴考，伏闕痛哭，上書剖白父親的冤情。朝廷以他是待考舉人，不准為私情上書，方以智就每天在宮門口請求文武百官代為呈遞書狀，如此一年八個月。

張宛仙道：「方公子每日入獄探視父親，並從不間斷地奔走營救，據說崇禎爺知道了此事，長嘆一聲說『忠臣必出於孝子之門』，就把方大人給放了。」

「忠臣必出於孝子之門……」鄭森想起黃宗羲少年時也曾為父伸冤，以鐵錐刺傷閹黨奸臣。黃宗羲的父親黃尊素、方以智的父親方孔炤，還有侯方域的父親侯恂，都是東林領袖、忠藎之士。侯方域等人也都少負才名，為天下所重。雖說王侯將相本來無種，亂世中報國更是不拘一途，但不知怎麼，聽張宛仙說起方以智的家世，仍讓他隱隱然有些自愧不如。不過他畢竟心地磊落，並不對此掛懷太深，遂道：「方公子後來寧死不屈，堅拒投降偽順，崇禎爺確實沒有看走眼。」

張宛仙道：「不過當面見了方公子，一點兒也想不到他就是做了這些事情的人。」鄭森道：「此話怎講？」張宛仙道：「方公子很隨和，一點世家公子哥兒的派頭也沒有。他對甚麼事情都興味盎然，好像小孩子似地，而且總要打破沙鍋、追根究柢。譬如彈琴，他聽了喜歡，喜歡了就學，一學上手，就非得學得精通不可，連帶地音律之理也都窮究至極。因此他彈出來的音樂就是與時調不同，格外動聽。」鄭森嘆道：「如此大才，真是令人神往。」

「還有一次，」張宛仙興沖沖地道，「方公子有個朋友姜如須，住在李十娘家裡，竟沉溺於溫柔鄉中，足不出戶。方公子和另一個朋友子夜的時候偷偷潛了進去，直闖臥房，把房門這麼一踹，像強盜打劫似地。那姜公子嚇得跪地求饒，直說：『大王饒命，勿傷十娘！』方公子兩人把假刀一拋，哈哈大笑，說：『如須上當了，膽子忒小！』還叫傳上酒菜，直到喝得盡興了才走。」

鄭森笑道：「睡到一半有賊人闖入，那是任誰都要嚇壞的。方公子倒沒把朋友嚇出病來。」張宛仙道：「應該沒有吧。那姜公子在舊院也是名聲頂好的客人，盤桓甚久，可見沒事。」

鄭森見張宛仙說話時眉飛色舞，遂道：「宛兒一定很喜歡方公子吧。」

「喜歡呀！」張宛仙直率地道：「他這般人品，待人又好，誰都喜歡他。」

鄭森聞言，不知怎麼胸臆間氣息略略一滯。稍停才道：「怪不得妳如此關心他，非要去找他不可。」張宛仙道：「他在北京受難，逃回南京又被誣陷，心裡一定很苦。我想去看看他，說說笑話給他解悶。」

鄭森一時竟不知該接下去說甚麼，張宛仙忽然劈頭問道：「鄭公子在南京遊玩，可曾喜歡上哪位姊姊啦？」鄭森一愣，搖搖頭道：「沒有……」眼前卻不由自主冒出王月生的面容。張宛仙忽地湊近他面前：「瞧你神情古怪，必定有鬼！是哪家姊姊，給我老實招來。」張宛仙靠得甚近，薌澤微聞，面上肌膚晶瑩剔透、吹彈可破，鄭森竟覺有些不好意思。張宛仙見了大樂：「果然有的，再不說，我呵你癢了。」說罷伸指搔向他腰間。

鄭森最是怕癢，一邊笑著格開張宛仙，顧忌著不敢碰到她身上，也不敢抓住她的手，只好不住閃躲。張宛仙見他如此，更不客氣地猛搔一氣：「招不招，招不招！」鄭森討饒道：「我快笑得岔氣了，請小娘高抬貴手。」張宛仙凝指不發，得意地道：「男子漢何以如此不爽快，快說。」說罷又虛發一指。

鄭森道：「我說，我說。」他從未如此難以啟齒：「是月生小娘。」

「王月生！」張宛仙格格嬌笑，「沒想到鄭公子也著了她的道。」

鄭森微感憮然：「宛兒也看不起月生小娘嗎？」張宛仙道：「瞧你認真的，果然很喜歡人家啊。你跟她同席吃過酒了？」鄭森點點頭，張宛仙又問：「聽過她唱曲了？」鄭森也點點頭，張宛仙與沖沖地追問：「這麼近挨著看過她沒有？」鄭森理所當然地點點頭，張宛仙瞪大眼睛道：「該不會已然登堂入室、定情合巹了！沒想到鄭公子腳步緊、手面闊，真瞧你不出。」鄭森忙搖手道：「說哪裡話來，我不過是和月生小娘偶然在一艘船上邂逅，艙裡窄，遂促膝同飲了三甌茶，後來又在大宴會上聽她演唱過三支曲子，如此而已。」

張宛仙故意調侃他：「三甌茶、三支曲子，難為你記得這般清楚。這王月生矜貴得緊，寡言少歡，一天之中話也說不上三句。似這般含冰傲霜、孤梅冷月的，鄭公子倒不覺得悶？」

鄭森道：「月生小娘是很嫻靜不錯，但以我親身所見，倒非一逕拒人千里的無情之人。我聽說她不喜與俗子交接，也許只是懶於敷衍生客，才讓人以為冷傲若此。」他忍不住好奇問道：「有一次我聽到幾位曲中小娘議論王月生，只因她出身珠市，便輕賤於她，說在曲中當個丫頭也不配。曲中果真是這樣看的嗎？」

「唉。」張宛仙嘆道，「雖說曲中舊院的門檻確實比珠市高上不少，不過再怎麼說也都是青樓裡的出身，五十步笑百步罷了。何況王月生的姿色才藝，曲中也罕有其比，出言譏諷的，多半遠遠及不上她，只索拿這個遮蓋顏面。」

鄭森道：「確實如此。」張宛仙道：「鄭公子卻為何如此在意王月生的出身？」鄭森正自望著遠方出神，不覺道：「也許是因為我同樣為出身所苦，格外能體會她的處境吧。」張宛仙詫道：「鄭公子乃南安鄭家子弟，怎地能為出身所苦？」

鄭森默然良久，本不欲多談此事，但看張宛仙真誠惻怛的樣子，遂說自己出生於日本，母親乃當地人士，自己七歲時隻身來到中國與父親相聚，卻遭族中長輩和兄弟們輕視排擠，甚是孤立。

張宛仙道：「沒有想到鄭公子暗地裡也有這許多委屈。」鄭森道：「這話我並不常與人提起，在師友中，只有錢牧翁、柳師母和太沖兄知道。」張宛仙問：「侯公子也不知道？那麼王月生呢？」鄭森苦笑道：「自然不知，我又不是逢人就說的，也請宛兒莫跟別人提起。」張宛仙有些感動地道：「蒙你不棄，竟以此相告。我知道輕重，不會說出去的。」

張宛仙又殷切地問道：「那麼鄭公子的母親還在日本嗎？」鄭森道：「不錯。日本不許國人出海，我母子分隔十五年，至今未能再見上一面。」張宛仙道：「南安鄭家貿易海外，鄭公子就不能到日本去探望？」鄭森難掩激動：「上年我曾前往日本，奈何日本國法甚嚴，我只能從船上隔水眺望故里，終究無法上岸與母親相會。經此一事，才知何謂咫尺天涯，真叫人摧斷肝腸。」

張宛仙不知該說甚麼，遂關懷地按住鄭森的手。鄭森心神稍定，用另一手相撫，寬慰地道：「所幸家父與日本官府交涉多年，要將母親接出，總在這一兩年就會有結果的。」

「那真是太好了。」張宛仙歪著頭想了想，醒悟道：「怪不得我講到乾娘和老家母親的時候，鄭公子那麼明白。」鄭森淡然道：「不過感同身受罷了，我無一日不思念母親。」鄭森反問：「宛兒想念親娘嗎，會不會想再見見她？」

「雖然對親娘不無怨懟，有時也會想念的。然而多年過去，親娘和老家應該已不是當年的樣子了，就回去見著了面又如何呢？」張宛仙頓了一頓，續道：「有時候我會分不清，想念的是現在還待在老家的、老了十多歲的親娘，還是當年的親娘？甚或者，想念的只是還未被賣到乾娘家以前，那個無慮無憂的自己？」

鄭森聞言如遭重擊，胸臆間為之鬱沮。有時候算算，自己都已經二十二歲，而當年離開日本時，母親也才二十四歲，所差無幾。如今自己已為人父，母親年屆不惑，早與當年大不相同。可記憶中的母親，仍是千里濱白色沙灘上的一道少婦身影，未曾稍有變化。眼看著母親就要前來中國，總算可以一家團圓，隱然間竟有些焦躁，卻又莫名所以。

張宛仙察覺鄭森呼吸有異，看他神色悲苦，知道自己說的話有所觸動，忙安慰道：「鄭公子雖與母親分隔，依然彼此思念、書信不絕。待令慈歸返中國，天倫重圓，自能好好侍奉承歡的。」鄭森嘆道：「畢竟分別多年，也許我有些患得患失吧。」張宛仙輕聲道：「苦盡甘來，鄭公子無須多慮。」鄭森點點頭：「妳說得是。」

兩人默默觀望著岸上風景不住緩緩倒退，一時無話，心思都如水面上的細碎浪花般翻攪著，卻又如大江鋪展於天地間般交融熨貼。

客船在鎮江轉入江南運河，行經丹陽、常州、無錫。鄭森幾度詢問去處，張宛仙始終大賣關子，只肯逐日告知船家路程去向。鄭森一度以為客船將會直放杭州，沒想到又轉入太湖，最後在宜興靠岸。

鄭森像是讓張宛仙蒙上眼牽著走了幾日路，臨下船時忍不住問道：「方公子當真就在宜興？咱們是已到地頭了，還是得換車馬再走？」張宛仙道：「我雖瞞你去處，卻不曾騙你，鄭公子何故多疑？」

鄭森道：「方公子卻在宜興做甚？」張宛仙笑道：「鄭公子忘了你的老朋友陳貞慧啦，他們『四公子』聲氣相通，方公子在宜興，不落腳陳公子府上，又要落腳在哪裡。」鄭森道：「我並非沒有想到，早些時侯朝宗兄便是躲在陳府，但他們的交情遍天下皆知，此地並不安全，方公子怎地又跑來這兒？」張宛仙道：「興許正因出人意表，反見妥當呢。」

兩人打聽到陳貞慧家所在，旋即前往。一到陳家，卻見大門緊閉，鮮少往來人跡。鄭森逕自扣門，好一會兒，才有家人應聲，微開著一道小縫詢問是誰，鄭森道明身分來意，那家人遲疑了一下，請鄭森二人稍待，掩了門匆匆入內通報去了。

不多時，一個青年出來接待。鄭森見他與自己年紀相仿，容貌清秀，卻已留著濃密的紫鬚，假以時日必成一部美髯，心念一動道：「足下莫非是陳兄的大公子維崧兄？」那青年陳維崧斯斯文文地道：「正是晚輩，鄭相公與家父論交，不敢當得『兄』字稱呼，您直呼我名字就可以了。」鄭森道：「你我年紀相當，何必拘禮。往昔在南京，常聽諸位社兄們提起足下大名，都說維崧兄乃是江左神童，在下何敢以前輩居之？」陳維崧道：「那是長輩們垂愛，愧不敢當。」

張宛仙道：「兩位別忙著客套，我們在這門口站得也累了，能否進去，快請陳公子出來一見。」陳維崧有些難為地道：「鄭相公來得不巧，家父出遠門去了。本該請二位入內奉杯清茶，無奈家裡女眷多，不便待客，失禮之處伏請見諒。」

鄭森道：「陳公子幾時回來？」陳維崧道：「這個……總要個把月……也許更久些也說不定。」張宛仙道：「陳公子上哪兒去啦？」陳維崧沉默了一下，額上微微沁出汗來，終於率直地道：「常聽家父提起留都情事，知道鄭相公是他老人家的好朋友，不敢相瞞。家父以黨社之罪下獄，瀕死歸來，自此不與外人交接。家父也是顧慮著老朋友們的安危，怕有所牽連，非敢怠慢，還請體諒則個。」

鄭森道：「原來如此，所以陳公子果然不在府上？」陳維崧道：「確實不在舍下。」張宛仙急道：「那麼方以智方公子卻在哪裡？」陳維崧聞言吃了一驚，旋即又力持鎮定地道：「方世伯並未到舍間來訪。兩位遠道而來，家父與晚生不任銘感，未能接待，更是惶愧無已。然而舍下乃待罪之家、嫌疑之地，還請慎勿久留。在下代家父向兩位致意。」說罷深深一揖，伸手搭著門板，做出送客的姿態。鄭森忙回揖道：「是我們來得冒昧，打擾了。還請向陳公子伸致問候之意。」陳維崧連連點頭，一面告罪一面匆匆把門關上。

張宛仙道：「他明知道陳公子和方公子的去處！」鄭森使個眼色，拉著她走遠，才道：「陳兄甫脫大難，會如此也是萬不得已。」張宛仙道：「莫非陳公子其實躲在家裡，卻假作不在？」鄭森道：「我看這陳維崧並不善於扯謊，剛才他說陳公子不定甚麼時候回來，還有說方公子不曾到訪，臉上神情都頗為尷尬。但他說陳公子不在家裡，卻顯得理直氣壯。」張宛仙笑道：「正是，難為他一臉大鬍子，卻這麼扭捏。」

鄭森道：「陳公子就算不在家，應該也在左近。妳想想，他是從鎮撫司遞解回籍的，縣衙裡不時會來按名查點，怎能出遠門？」張宛仙道：「不錯！然而我們卻該怎麼找到他和方公子？」她一拍手道，「有啦，咱們遞封侯公子寄來的信，陳維崧自然要轉給他父親的。」

鄭森道：「哪來侯公子的信？」張宛仙笑道：「當然是你來寫啦。侯公子和陳公子交情不同，上年侯公子躲避鎮撫司緝捕，曾經匿居在陳家。後來侯公子投奔史閣部幕府，陳公子送他上船時，請侯公子把幼女許給三子宗石，兩位夫人置酒訂婚約而去，一時傳為佳話。」鄭森道：「嗯，這是彼此託孤，確實見得深情重義。」張宛仙道：「就是囉，侯公子才剛出獄，陳公子應該還不知道，咱們遞這個消息給他，他歡喜還來不及呢。」鄭森道：「可假托朝宗的名義寫信，卻恐怕不妥。」張宛仙道：「若以你的名義寫信，有人家理不理你？侯公子自己也曾假借他父親名義寫信給左良玉，你假造他的信又有何妨。」鄭森想想果然不錯，陳貞慧必然十分關切侯方域的景況，而自己並無惡意，等見了面再詳細分說即可。

於是兩人就近找了間客店住下，要來紙筆寫起信來。那信須得細細揣摩侯方域的口氣和筆跡，寫起來並不容易，鄭森假作侯方域匆匆寫就，勉強敷衍過去，即便如此還是三易其稿才完成。

次日一早，鄭森在附近找了個小童，給塊糕餅，讓他把信遞進陳家，鄭森和張宛仙則遠遠躲著觀看。不多時，只見陳維崧行色匆匆地牽著一匹馬出門，鄭森忙對張宛仙道：「不好，沒想到得備馬。妳先回客棧等我，待探得地方，我再回來找妳。」張宛仙雖然無奈，也只好答應。

鄭森記得客店左近就有賃馬之處，飛奔過去，也未及細選，挑了最外頭的一匹，丟下押銀就走。幸而陳維崧騎術並不高明，在城內也不敢放蹄疾馳，終究讓鄭森趕上。

陳維崧並未留心身後，一逕催馬出了南門。城外初時乃一片平野，鄭森遙遙跟隨，生怕被發覺。走出二十餘里，逐漸進入山區，鄭森拉近距離，但山路蜿蜒崎嶇，陳維崧的身影時隱時現，鄭森只能循路追跡，終於失卻了陳維崧的蹤影。

鄭森來回奔馳尋找不著，只見道路轉入一座碗狀的坳地，四面環山，中有一條小小溪溝流過。山頭不高，雖近而無壓迫之感，只覺安穩祥和。幾間土磚所築的草屋傍溪而居，一旁開鑿出幾塊平地藉以耕種。山坡上有幾棵櫻花含苞未開，此外別無佳樹，然而就是尋常花木，在氤氳的霧氣裡也顯得十分蔥鬱靈秀，讓人看了為之心神一爽。

鄭森馳近一間土屋，門前有一對老夫妻正在種菜，遂下馬問道：「老丈，敢問這是甚麼地方？」那農人道：「這兒是『眼花溪』。」鄭森詫道：「眼花溪？」農人道：「可不是，我從小就聽我爺爺這麼叫的。也不知為什麼好端端的一條溪，卻給取了這樣寒酸名字。」一旁農婦笑道：「才不是呢，聽山下的先生說，這名字的意思是溪水像一張顏色漂亮的畫，好聽得很。咱們不識字，卻不知怎麼個寫法哩。」

鄭森這才明白，此地乃「罨畫溪」，他四處張望一番，笑道：「果然風景如畫，不愧這樣美的名字。」那農人道：「顏色太多，叫人看了眼花，不是眼花溪是甚麼？這名字卻又有什麼美了。」說罷三人都呵呵而笑。

鄭森又問：「敢問附近可有一位陳公子住在這裡？」農人道：「這兒都是農家，過的清苦日子，哪裡來的什麼公子？」鄭森道：「那麼近日可有人新近搬來？」農婦道：「這幾戶人家都是打祖上好幾代就住在一起的，沒別的外人……」她忽然想起來，「後面山坡上倒是有間土屋，荒廢很多年了，最近似乎又給修好。不過很少看見有人出入，更沒聽說什麼公子爺會來這裡。」鄭森忙問：「您說那土屋卻在何處？」農婦指著山上道：「就在那片竹林後面，你得從外頭繞上去。」鄭森拱手稱謝作別，一邊走遠還聽得身後老夫婦兀自調笑爭論著：「那公子爺必是眼花了才會想搬來這眼花溪……」

鄭森依著農婦指示，尋著了道路上山，不久進入一片竹林。料峭春風穿林而過，吹得竹影輕搖，翻葉颯颯，且不時嘎嘎作響，讓人更覺山間幽靜。

鄭森穿過竹林，路跡卻愈來愈漫漶不清，最後再無去路。他回頭細細觀察道旁，卻不見有任何房舍的蹤影。尋覓無著之際，道旁忽然出現一條隱而未顯的小徑，通往稜線上的竹林開闊處。鄭森下馬安步而前，轉上幾道土階，赫見幽篁之中擺著樸拙的石桌椅，正如一座天然的竹亭，而有一名穿著玄青袍子的文士箕踞其中。桌上茶具散置，文士卻只楞楞地看著遠方出神。

鄭森心中一動，暗道：這山野間哪來這麼一位雅士，該不會就是方以智？於是故意大力踩踏地上枯葉而前，輕輕咳嗽一聲，這才開口道：「打擾先生清興。在下路過此地，見風光甚好，入林探幽，不意篁中有此佳處，請恕唐突之罪。」

那文士沒料得會有人來，但也未顯意外，指著林外不溫不涼地道：「此造物者之無盡藏也，並非吾之所有，兄台既有雅興，且請自便。」

鄭森順著他指處看去，竹林疏闊處竟有一片展望，整個罨畫溪谷盡收眼底。只見青山環抱，谷地小巧可愛，如一無水之翠湖。幾塊田地圍繞溪邊，兩三粒人影悠然走動其中。鄭森不由得讚道：「果然溪山罨畫，真避秦之世外桃源也。」那人聽鄭森這麼說，看了他一眼，旋即又別開頭去。

鄭森告個罪，逕自入座，拱手問道：「不知先生高姓、台甫？」那文士道：「敝姓吳，僥倖青得一衿，村人都叫我吳秀才。」鄭森道：「原來是吳先生。在下姓鄭名森，草字大木。」吳秀才微一點頭，似乎並不關心，兀自出神。鄭森這時才看清楚，吳秀才相貌清臞，有些無精打采，但昏晦的眼神中曖曖含光，並非三家村教書先生模樣。鄭森暗想，方以智三十出頭，這吳秀才似乎老了些。雖說方以智迭經大難，也許看來較為滄桑亦未可知，但一時也不敢貿然詢問。

鄭森見石桌上擺著一杯殘茶，遂道：「先生茶涼了，可否容在下重新沖一甌？」吳秀才嗯地一聲，不置可否，似也無拒絕之意，鄭森遂乍著膽子收拾起桌上茶甌和茶杯。他見一旁爐上水壺沸騰已久，道：「此水亦老，待我換過。」取一壺新水從頭煮起，待滾沫如蟹眼，便以陶庵公之法，先略沖一沖，待瓷甌中的水稍溫，再以滾水激沖而下。

吳秀才「喔」地一聲道：「鄭兄手法不凡，乃是此道中人。」鄭森遜謝道：「不，在下乃是外行，但見過前輩茶人的瀹法，不過依樣畫葫蘆，徒具其形而已。」鄭森見瓷甌中茶色淡薄，香氣不顯，將茶湯倒入兩只杯中，有些失望地道：「果然未能萃其清芬，糟蹋了先生的茶葉。」吳秀才拾起杯子就飲，道：「你倒是先喝喝看再說。」

鄭森啜飲一口，只覺味清如水，然而稍停，卻覺喉韻漸次甘迴，一時喜道：「淡而遠，清而雅，毫無塵俗媚氣，竟是品味不盡。」

「要知淡者，道也。此茶色、香、味三淡，得口甚薄，入喉而甘，而能靜入心脾、清入肌骨。」吳秀才淡淡一笑：「前人說『天下有好弟子為庸師教壞，有好山水為俗子妝點壞，有好茶為凡手焙壞，真無可奈何耳。』且看山下這片風景，純樸天成、理趣自足，叫人日日觀之不厭。倘若有附庸風雅的俗子在此壘石、造橋、設景，反而破壞了。這茶也是如此，得天地佳氣，又有好手細心採焙，自有深味在。」說罷另取茶葉，卻不用瓷甌，而是放在宜興砂壺中沖浸。他隨手提壺沖水，看似毫不講究，實則淹浸得恰到好處。

鄭森忙道：「這水會不會烹得太老了？」吳秀才倒了一杯給鄭森，道：「都說瀹茶以山泉最上，江水次之，井水最下。然而此茶以淡為甘，泉水過於重冽，正須多沸一沸才最相宜。你試試。」

鄭森慎重地接過飲下，其味稍稍甜於至甘之泉，而略略淡於最薄之茶。最微妙者，卻是餘韻躍然湧動，彷如要等茶湯流注到心脾之中，其神魂才乍然甦醒，叫人遍體舒泰。不由得讚嘆：「此真處士隱者之茶也，放乎自然，而心實未死。」

「是嗎？」吳秀才一貫寒澹地道，「兄台看來是喝過不少好茶的，倒能分辨此中滋味。不過純然由心而入，不講物理，卻有流於狂禪虛無之弊。」

鄭森道：「『心即是理』。心之所感，豈非便是天理？」吳秀才不以為然：「如今正因人人都隨心意而行，任性放肆，將天理委棄蒙蔽，世道才墮落至此。」鄭森肅容道：「請先生賜教。」

吳秀才指著茶杯道：「就拿這茶來說吧，任何人喝了，都會說它淡。像兄台這樣，能以心品嘗，喝出其中幽微真味的，已屬難得。但心之所感，差之毫釐、謬以千里。倘若不能窮究茶種、產地、時節、採法、焙法、藏法等，心思再怎麼敏銳，不客氣地說，也就是瞎猜罷了。運氣好就猜得巧，運氣不好，卻可能全盤皆錯。」他把一個錫罐打開推到鄭森面前，問道：「你可知這是甚麼茶？」

鄭森看罐中茶葉煥發玉光，形如雀舌，道：「看似岕茶，但不知詳細。」

「這是廟後茶，乃岕茶中之最上乘者。」吳秀才道，「白巖、烏瞻、青東、顧渚、篠浦等地所出，都屬岕茶，而以羅嶰南坡的洞山和西坡的小秦王廟後茶為最。一般平地所產之茶，受土氣多，故其質濁。岕茗產於高山，終日受風露清虛之氣潤澤，故有仙氣。而產茶處，夕陽勝於朝陽，因此洞山與廟後得天獨厚。」

吳秀才拾過另一個錫罐，取茶沖了一壺，讓鄭森品飲。鄭森見茶湯色澤甚白，蘭香撲鼻，又帶著襁褓嬰兒的奶甜香，也是上品。他細細啜飲一番之後道：「韻氣清醇，芝芬浮盪，與方才所飲的『廟後茶』略相彷彿，而更有山陽之氣。這莫非就是『洞山茶』？」吳秀才微微一笑，道：「你再喝喝這個。」他又沖了另一種茶，鄭森接過喝下，道：「此茶也極細嫩，初時亦香，但香只在口中，不入肌骨。稍稍放置則香氣渙散，乃至薄有澀味。雖也可稱佳茗，但似非上品。」

吳秀才道：「是了，方才兩壺茶，前者確是洞山，後者則為他處岕茶，差別甚是細微。城中茶市，凡岕茶都冒名『廟後』濫充之，殊不知廟後之地不大，所產茶葉甚少，附庸風雅者爭相購買，而實不能辨其真偽，可笑亦復可歎。」

鄭森忽然想起一事，問道：「雖說茶宜採於穀雨之前，此刻還在正月，卻不嫌太早了嗎？」

「我們所飲的，乃是去年之茶。」吳秀才道，「茶貴雨前，那是對平地上所產而言。羅嶰在山中，地氣稍寒，雨前之茶精神未足，須待正夏方摘，而仍稱春茶。採摘時亦須看風日晴和，月露初收，才好入園。至於其薰蒸烘焙之法，自然也大有講究。廟後、洞山真品，歷經秋冬而其香愈洌。一般凡品，則才入秋就已盡失清芬矣，隔年更不可復飲。」

鄭森嘆道：「此中道理，非用心鑽研、遍飲諸茶不能略窺門徑。光是茶之一道，尚且如此，何況世間學問浩瀚如海。先生方才說不講物理，則有流於狂禪虛無之弊，確哉斯言，在下受教了。」

吳秀才揚手向外一比，道：「盈天地之間者，唯有萬物。人生於天地，寄寓在這副肉身之中，而身體又寄寓於世間，耳中所聞、目光所見，無非不是物也。萬物都有其理，能夠感應天人之際、深究其所從來，是謂通神明。能夠細察大至宇宙星辰、小到蜉蝣草木之物理，是謂類別萬物。明白物理，才能真正知曉天理。」

鄭森聞言深自警惕，吳秀才這番話確實說中自己立身處事的某些弊病。同時他也更加疑心，此人遮莫就是方以智無疑，於是刻意問道：「世道如此，我輩卻該如何匡矯時弊？」

「時運自有明暗消長。世道明，貴在使人隨順。世道暗，貴在使人深省。體察世道的明、暗交替，貴在能使人貫通事理。」吳秀才望著遠方，忽然長嘆一聲，廢然道：「山野匹夫，哪知甚麼事理。我不過是自幼有觀物窮理之癖，喝個茶也要看葉、看水、看壺，鬧個手忙腳亂，沒半點清閒，辜負了這竹林間大好瞌睡光景。」

「聽聞先生一席話，在下獲益良多。」鄭森逕直問道，「以先生之人品，往來的必都是鴻儒雅士。不知您識得陳貞慧先生不？」

吳秀才面無表情地道：「陳貞慧乃宜興名士，此間那個不曾聽說？」

鄭森聽他虛言迴避，遂再問道：「那麼您可識得桐城方以智先生不？」

「方以智……」吳秀才黯然道，「以前識得的，如今卻識不得了。」說罷不再言語，表情冷峻。鄭森不敢貿然追問，心下暗忖，等明天帶著張宛仙一道前來，當面見了也就知道了。

兩人一時無話，只聽得爐上滾水噗噗作響，而山風拂竹之聲未嘗有片刻斷絕。

鄭森眺望溪谷風景，設想著若此人就是方以智，該怎麼說動他一同前往杭州。轉頭看時，卻見吳秀才抱著膝頭打起瞌睡來了。鄭森輕聲喚他幾次，都沒反應。抬望葉隙間的日頭，已過晌午。鄭森稍一盤算，此地離城三十里，萬一歸得遲了，趕不及在關城門前回去，自己和張宛仙必然彼此擔心。於是悄然起身，向吳秀才淺淺一揖，然後轉身躡足離開。

●

鄭森回到宜興城中的客店，和張宛仙細細說明邂逅吳秀才之事，張宛仙覺得似有幾分像是方以智，但和印象中又有出入。於是商議，隔天一早就同去罨畫溪探個究竟。

次日兩人趕早出發。張宛仙一反平日的活潑，格外沉默，乃至於顯得有些忐忑。鄭森道：「宛兒身上有甚麼地方不舒服嗎？」張宛仙搖搖頭，並不言語。鄭森又道：「那麼妳是在擔心我昨日遇見的並非方公子嗎？即便不是，那也不打緊，山間人家不多，細細打聽，總有著落的。」

張宛仙不即回答，過了一會兒才自顧自地道：「五年不見，方公子這段日子迭遭大難，不知他好不好？我有點怕他不想見我。」

鄭森微感訝異：「五年不見？妳不是說去年方公子送妳上棲霞山嗎？」

「不，他託人送我上山，卻非自己送我去找卞姨娘的。」

「所以他去年到南京，妳們並未見著面？」

「沒有，」張宛仙若有所思，「那時勢頭亂，他要躲避緹騎捕拿，我也成天東奔西躲，各有各的困難，一時就想見也見不著。只有託人送信、傳話。」

鄭森聞言默然，良久才道：「我以為妳不久前才見過他的。」張宛仙道：「我又不曾騙你，一開始就跟你說他是託人送我上山的嘛。」鄭森微感不悅，覺得張宛仙為了讓自己帶她同來找方以智，故意含混模稜，讓自己有所誤會。但旋即想，以她和方以智的交情，想見他也沒甚麼不對，自己也畢竟是從她這裡才得知方以智的行蹤。一時奇怪地想，自己何以變得這麼小心眼。遂道：「方公子到宜興，應該是十分隱密的，他卻依然寫信給妳，足見掛懷之深，宛兒不必多慮了。」

「真的嗎？」張宛仙聽他這麼一說，登時陰霾盡去，「你說得對，說不定他也想我來找他呢。」說罷策馬而前，迫不及待。

到了罨畫溪，鄭森領著張宛仙直上山坡，到昨日偶遇吳秀才的竹林。石桌上空無一物，變得像是山中尋常的一塊大石。只有桌旁燒水處的餘燼，透露出一點人跡來。

正不知該往何處去尋吳秀才以及陳貞慧的住所，竹林深處忽然有人叫喚道：「宛兒？」張宛仙衝口應道：「方公子！」回頭才見一個玄青色的身影從一片粉青的竹林中飄然而出，正是昨日那位吳秀才。

張宛仙急急迎了上去，臉上又是歡喜，又是驚疑。她走到那人身前兩步，細細看著對方，卻不言語，只是倏然流下淚來。那人滄桑地一笑，道：「我變了這麼多嗎？宛兒都不敢認了。」張宛仙搖搖頭道：「我只是想，方公子這些日子一定吃了不少苦。現在看到你安好，我就放心了。」那人嘆道：「百死歸來，彷彿老了幾十歲，也說不上安好。不過宛兒倒是一點兒沒變，讓人十足寬慰。」

鄭森見此情景，一方面同感唏噓，一方面心口卻也酸酸的。在這幽閴竹林之中，兩人久別重逢互道關懷，著實感人，但自己在一旁卻好像多餘之人，留下也不是，走也不是。

張宛仙拉著那人走到鄭森面前，道：「這位便是如假包換的方公子，你們昨日見過的，就不煩再介紹了吧。」鄭森道：「久仰方先生大名，昨日一席談話，讓在下茅塞頓開，勝於苦讀十年。」方以智道：「鄭公子茶沖得好，也品飲得好，不枉這幽篁中又一佳日。」

「好啦，你們一個仰慕來、一個稱讚去的，鬧甚麼生分。」張宛仙道，「方公子應該住在陳公子家裡吧，倒領我們前去，大夥兒好好坐下來說話才是正經。」

方以智道：「說的是。定生兄已差人備了便餐，專候鄭公子來訪。待他見著宛兒，不知多麼驚喜呢。」鄭森道：「定生兄知道我們要來？」方以智道：「昨日維崧來遞朝宗所致書信，提起鄭公子曾經到訪。我又和定生兄提起你尋到此間之事，我們猜想，鄭公子今日必然再來的——往這兒走吧。」

方以智領著二人繞過竹林後的一塊土坡，往上走了一段，居然別有天地。那是山間的一小塊平地，築了一大一小兩棟土屋，前後闢有園圃，種了不少蔬菜。鄭森見這土屋十分簡陋，大非「四公子」風雅之士所居，心想，陳貞慧竟已心灰意冷至斯。

三人來到土屋前，一人迎了出來，正是陳貞慧。鄭森見他滿臉風霜之色，不復前年在南京交遊時的倜儻，頓時多少能夠體會張宛仙剛才看見方以智的心情。眾人相見，自然是一陣歡欣，一陣感慨。

陳貞慧說土屋裡簡陋侷促，也就不請鄭森二人入內，吩咐老僕搬出四張不成套的椅子，就在屋前空地坐下。他也不忙談論正事，只道春筍正好，已煮了一鍋湯，專等鄭森二人來喝。老僕將整個鍋子端上小几，果然香味撲鼻。鍋蓋掀處，湯裡許多銅錢大小的紅點翻滾浮沉，仔細一瞧乃是蕈類，如胭脂新染，襯著嫩白的筍片，好看已極。

陳貞慧親為眾人舀湯，一邊說道：「這是竹姑，此間山中所在多有，本來無足為奇，但隔宿即不可食，因此外地難得一嘗。與春筍並煮，其味絕佳，乃是山村人家的上品。」鄭森等接過碗喝了，果然鮮美異常。

「這湯看起來不怎麼起眼，卻竟比我從前喝過的甚麼名廚手藝都來得入口，彷彿有仙法似地。」張宛仙道，「外面鬧得天翻地覆的，哪裡想到荒僻山間有這樣一處仙境般的地方。」

「說起這個，」陳貞慧放下湯碗，慢條斯理地道，「昨日小兒轉來朝宗的書信，應當是大木兄攜來府上的吧。」鄭森心想，以他與侯方域的交情，應該一眼就能看出書信是假造的，卻不點破，給自己留了面子，遂道：「迫於無奈，假託朝宗名義致書，定生兄幸未見責，真叫人十分慚愧。」陳貞慧道：「大木乃是好意，我們感激都來不及的。我隱居在此山中，埋身土室，本不欲再過問世事。鎮日掛念者，唯有朝宗之安危而已。如今放下心上一塊大石，真得多謝你了。」

鄭森道：「那有甚麼，不過遞個消息罷了。朝宗乃是錢牧翁出言所救，然而太沖兄、周鑣兄，還有顧杲、左光先、沈壽民等人都還在獄中。」陳貞慧輕輕一嘆道：「唉，君子道消，小人道長，真叫人無奈。」鄭森道：「次尾兄正百般設法援救，錢牧翁也會在朝中盡力維護。不知兩位社兄有甚麼計較？」陳貞慧目光空洞，聲音微弱地道：「時運如此，我們又能有甚麼計較？」方以智也只搖搖頭，並不說話。

鄭森聞言難以置信，獄中諸君，與陳、方二人都有過命的交情，他們對此卻只是略發慨嘆，並無援救之計，也似乎關心有限。固然兩人都經大難，但心灰意懶至此，不免教人看了有氣。於是忍不住道：「定生兄入獄之時，朝宗出重金上下打點奮力營救，定生兄方才得脫。如今社友們有難，兩位卻坐視不管嗎？」

陳貞慧別過頭去，道：「大木兄不曾經歷過牢獄中瀕於十死的慘苦況味，至今回想起來，仍覺股慄。」

方以智也道：「定生兄說得不錯，然則世事還有比牢獄刀鋸更為可畏者。」他拉起袍角和褲管，露出小腿和足踝上一片傷疤，雖然早已癒合，但依然紅通通地糾結扭曲，看來十分駭人。張宛仙不由得驚呼一聲，鄭森看了也覺驚心動魄。方以智道：「我在北京為闖逆所擒，要我投效偽順為官，幾番威脅利誘，終至用刑，將我打得皮開肉綻、傷見踝骨，我都不曾稍有動搖。『鼎鑊加於前而色不改』一語，庶幾無愧。」他神情痛苦，話語十分沉痛，「我忍辱偷生，乘間逃脫南來，本想為國效力，以報先帝之仇，卻不料朝廷以白為黑，顛倒是非，竟將我打入『順案』，列為從賊五等徒刑之罪。我倉皇離開南京，一路躲藏，憂怒加劇氣傷肝肺，原本怔忡驚悸、嘔血頭暈之症更加嚴重。虧得在此休養，近日才逐漸好轉。」

張宛仙不忍地道：「腿上還疼嗎？」方以智放下袍角，澹然道：「已不疼了，何況這遠比不上我滿腔忠義之心，被閹黨汙為叛逆的悲慟。」

鄭森道：「兩位社兄的遭遇，著實令人敬佩，也叫人同情，本不應再多有苛求。然而賊、虜交逼，朝廷局勢危若累卵，天下千萬生靈之安危，太沖兄等社友們的性命，都如風中懸絲，怎可輕言不顧？」

「我上次前往南京，正是為了援救周兄和太沖，卻自個兒被逮了進去。」陳貞慧道：「倘若大木責我不能與社友們共赴牢獄之難，在下確實慚愧。但我們此時有甚麼輕舉妄動，也只不過是馬上再被抓入鎮撫司裡去，實乃無益之舉。我們還能做甚麼呢？」

鄭森道：「眼前就有件大事，乃方兄能做，且非方兄不可者。」二人聞言，都留上了神。鄭森遂把疑似太子的少年南來，現居杭州之事說了。同時他也把北京殺害疑似太子者的傳聞，以及吳應箕、黃宗羲與周鑣在鎮撫司牢中的爭辯，一一詳細陳述。

方以智面色凝重地道：「所以鄭兄到宜興是特地來找我的。」鄭森道：「不錯。」方以智道：「次尾一口咬定太子為真，想藉此扭轉朝局。太沖擔心太子為假，是清虜派來擾亂。你不知該聽誰的，所以想找我去分辨一番，對嗎？」鄭森道：「正是如此。太子之事日內必轟傳開來。

若其為真，則應輔翼正位，以光大統，並且廓清朝氛。若其為假，也應揭發之以平息騷動。」

方以智沉吟良久，卻道：「真太子也好，假太子也好，到頭來都將引起一場風波。分辨之舉，終歸徒然。我就算當面指認明白，說太子是真的，難道閹黨就會相信，弘光就會推位讓國？我若說是假的，難道心懷故主、痛恨閹黨之人就能死心？」他長嘆一聲道，「世事已無黑白是非，我指認不指認，說甚麼話又有誰信？」

鄭森大聲道：「我信！天下忠義之士都會信！」

方以智道：「鄭兄信得過我，卻能說動阮大鋮相信嗎？」

鄭森激憤地道：「太子可能為真，方兄卻要眼睜睜看著你曾經侍從講學的太子蒙難、要看著國勢沉淪而甚麼都不做嗎？」

「我在北京為官數年，早已眼睜睜看著大明朝天崩地坼。以崇禎爺之銳意勤政，尚且難挽頽勢，何況如今昏君閹黨盤據朝堂？」方以智深沉地道：「這一年來我苦苦思量，國家之亡，如人病入膏肓、百毒俱發，非一朝一夕之故。朝局糜爛至此，根本的原因還在人心狂誕放任，致使天理蒙蔽。意欲釜底抽薪，必須端正學術世道。此途雖慢、雖遠，但才是根本之計。」

鄭森有意激他們一激，於是道：「方兄所言雖也不無道理，但在此危亡之際，未免緩不濟急，乃至迂闊了些。而且太沖兄、周鑣兄他們該怎麼辦呢？兩位枉稱『四公子』，卻無一點信陵、平原的魏、趙公子遺風！」

陳貞慧聞言，神情淒然，欲喘而無息，欲哭而無淚，雙手在身前像是想要比畫甚麼，卻又不知所以，一時暈眩起來，癱委在椅子上，臉色蒼白得嚇人。方以智搶上前去，搊開陳貞慧袖子為

INK PUBLISHING

讀者服務卡

您買的書是：＿＿＿＿＿＿＿＿＿＿＿＿＿＿＿＿＿＿＿＿

生日：　　　年　　　月　　　日

學歷：□國中　□高中　□大專　□研究所（含以上）

職業：□學生　□軍警公教　□服務業

□工　□商　□大眾傳播

□SOHO族　□學生　□其他＿＿＿＿＿＿＿＿

購書方式：□門市＿＿＿書店　□網路書店　□親友贈送　□其他＿＿＿

購書原因：□題材吸引　□價格實在　□力挺作者　□設計新穎

□就愛印刻　□其他＿＿＿＿＿＿＿＿＿（可複選）

購買日期：＿＿＿＿年＿＿＿＿月＿＿＿＿日

你從哪裡得知本書：□書店　□報紙　□雜誌　□網路　□親友介紹

□DM傳單　□廣播　□電視　□其他

你對本書的評價：（請填代號　1.非常滿意　2.滿意　3.普通　4.不滿意）

書名＿＿＿　內容＿＿＿　封面設計＿＿＿　版面設計＿＿＿

讀完本書後您覺得：

1.□非常喜歡　2.□喜歡　3.□普通　4.□不喜歡　5.□非常不喜歡

您對於本書建議：

感謝您的惠顧，為了提供更好的服務，請填妥各欄資料，將讀者服務卡直接寄回或傳真本社，我們將隨時提供最新的出版、活動等相關訊息。

讀者服務專線：（02）2228-1626　讀者傳真專線：（02）2228-1598

舒讀網「碼」上看

廣	告	回	信
板橋郵局登記證			
板橋廣字第83號			
免	貼	郵	票

235-53

新北市中和區建一路249號8樓

印刻文學生活雜誌出版有限公司　收

讀者服務部

姓名：＿＿＿＿＿＿＿＿　性別：□男　□女

郵遞區號：＿＿＿＿＿＿＿＿

地址：＿＿＿＿＿＿＿＿

電話：（日）＿＿＿＿＿＿＿＿（夜）＿＿＿＿＿＿＿＿

傳真：＿＿＿＿＿＿＿＿

e-mail：＿＿＿＿＿＿＿＿

INK

他診脈，稍停道：「不礙事的，讓他安靜攝心，休息一下就好了。」說罷在他胸口膻中穴和腕上神門、內關等穴上揉按了一會兒，陳貞慧便逐漸恢復了神氣。

方以智看著鄭森，緩緩說道：「我們何嘗不擔心太沖和周兒，但如你所見，日日驚悸、神魂不定，已是半個廢人，難以措手。」

鄭森見自己不過幾句話便將陳貞慧激倒，心中五味雜陳，遂道：「在下話說得太重，卻非本意，請定生兄莫放在心上。」陳貞慧伸手微微一擺，道：「我知道你是使激將法，怎奈我衰頹不堪……」

鄭森對方以智道：「所以方兄也決計不下山了？」方以智搖頭道：「我乃欽犯，不宜長久躲在定生這裡。我有位朋友安排我循海道經閩入粵，近日就可動身。」他看著鄭森，憂傷卻篤定地道：「我能做的，只有在餘生勤加著述、推廣正道。洪武朝先儒胡翰有『十二運』之說，據其推算，二十年後時運將會交入『大壯』之卦，『正大而天地之情可見矣』。若天理得彰，自然會有一番新局。」

鄭森默然良久，忽然霍地起身道：「聽說馬世英正遣人到杭州，意欲對太子不利。方先生既然不願意去，我還是得趕在歹人之前尋著太子，以免他遭毒手。」又對張宛仙道，「宛兒是來找方公子的，正好就留在此間吧。」張宛仙看看鄭森，又看看方以智，咬了咬下唇，卻道：「我和你一道下山。」鄭森不多言語，只點了點頭，立時便要動身。

陳貞慧兀自發楞，好一會兒才回過神來，道：「大木兄且慢。」他起身進屋，旋即拿了一個筆盒出來。「大木有要事在身，我也不多留你。只是難得來，山野間別無佳物可為餽贈，這裡有幾管湘竹，乃西粵山中特產，且請兩位收下。」他打開筆盒，裡面是十數支湘管所製之筆，斑色如胭脂猩暈，十分漂亮。

鄭森哪裡有心情賞玩甚麼湘管，本要推辭，陳貞慧卻道：「這是次尾兄甚愛之物。家伯父曾任桂林別駕，每次回鄉都帶上百餘管，當時也不覺得貴重。次尾喜歡，我就隨他大把、大把地挑揀去。如今粵西不啻遠如天上，湘管所餘不多，而我埋身土室，不復為文章一道，持此無用，只需留個幾管作為紀念。大木兄和宛仙小娘儘管各自揀去，回京遇見次尾兄，代我送他一些，也就是了。」鄭森聽他這麼說，遂揀了幾管收下，道：「匆此來訪，無以回贈，只能多謝了。」

張宛仙也拿了一支湘管，道：「此去一別，不知何時才能再會。不如讓我唱首曲子以為答謝吧。」陳貞慧喜道：「山中一無絲竹歌詠，小娘清歌，可比甚麼禮物都貴重。」方以智道：「宛兒要唱甚麼曲子呢？」張宛仙想了想，道：「那就唱當年我第一次赴局，給方公子演唱的曲子吧。」方以智笑道：「這麼熟的曲子，滿街上人人都會唱的，妳可不能再忘詞掉嗓了。」張宛仙嗔道：「人家當時是怯場，可不是真記不得曲詞。」

張宛仙說罷收起笑容，屏息斂氣，眼鼻觀心，須臾忽然彈破朱唇，幽幽唱道：

原來奼紫嫣紅開遍，似這般都付與斷景頽垣。良辰美景奈何天，賞心樂事誰家院！

鄭森看著這世外桃源般的山林隙地，各色鮮豔花朵圍繞著破陋土室，竟果然是「奼紫嫣紅開遍，似這般都付與斷景頽垣」。今日天氣晴好，而人人各有心事，更合著「良辰美景奈何天」一語，不由得生出無限感慨。

思緒未絕，又聽得張宛仙接著唱道：

朝飛暮捲，雲霞翠軒；雨絲風片，煙波畫船……錦屏人忒看得這韶光賤……

唱到末一句，張宛仙聲音竟有些顫抖。鄭森閉上眼睛，腦中立時浮現從前在秦淮河畔與眾文友們宴飲縱樂的時光，情景人物歷歷分明、絲毫不爽。夢幻中赫然睜眼一看，卻只見山風簌簌，春陽微暖，四周空曠一片。

方以智聽得癡了，幽幽地道：「宛兒掉嗓了，且別急著唱，上桌來陪咱們喝幾盅酒，聽兩個笑話，興許嗓子就開了。」院中其實無桌、無酒，鄭森知道方以智說的是當年安慰張宛仙怯場的話，恐怕還是一字不差。

張宛仙怔怔地看著方以智，無聲落下一滴眼淚，卻不答話，逕自楚楚然往下唱道：

遍青山啼紅了杜鵑，荼蘼外煙絲醉軟。牡丹雖好，他春歸怎占的先！閒凝眄，生生燕語明如翦，嚦嚦鶯歌……溜的圓……

張宛仙勉力撐持著唱到最後，聲音幾乎杳不可聞。

曲調已盡，餘韻不絕。陳貞慧目光茫然、神飛天外，恍如土人木偶。方以智早已淚流滿面，泣不成聲。眾人良久才回過神來，方以智拭乾眼淚，低聲哽咽道：「好，好！」

陳貞慧艱難地起身道：「得聆小娘此曲，再無遺憾矣。」他對鄭森道：「大木兄冷風熱血，大有洗滌乾坤之志，令人十分敬佩。在下衰病之餘，愧不能跟隨，前路多崎，大木兄要善自保重。」鄭森內心感動，抓著陳貞慧的手臂道：「定生兄好生將養，待身上大好了，還有一番事業要成就的。」

方以智也上前來，剴切地道：「太子今年十七歲，眉長於目、口闊面方，有虎牙，身材並不甚高。此外據說足底有痣、小腿脛骨左右各雙，國變之前，我最後一次侍讀，讀的是《詩經．曹風．下泉》，當天只有我和太子二人，旁人並不知曉。」鄭森複誦道：「眉長於目、口闊面方、虎牙足痣，讀了〈下泉〉……我記著了。」方以智又道：「還有一事提醒鄭兄。」鄭森道：「方兄儘管交代。」方以智道：「待見著太子，凡事宜細細考察，切莫先入為主，乃至於一相情願。」鄭森慎重地道：「此中關係重大，我自理會得。」

鄭森和張宛仙循原路下山，一路無話。快到宜興城時，鄭森開口道：「宛兒不是來找方公子的嗎，卻怎地不留在山上？」張宛仙一會兒才道：「我不忍心看方公子這副頹喪的模樣，他……從前不是這樣的。」鄭森「嗯」地一聲，不再答話。

兩人任馬緩步而行，身後忽然傳來一陣輕快的馬蹄聲，張宛仙回頭一看，驚喜地喚道：「方公子！」鄭森看時，馬上來人玄衫飄揚，不是方以智是誰？
方以智馳到近處，看似漫不經心地道：「你們走得這般慢，怎趕得過馬士英派出的爪牙？」
張宛仙興奮地道：「方公子要跟我們一起去杭州！」方以智淡淡一笑道：「本來朋友就要安排我從舟山入海，經閩至粵，也會經過杭州。反正路途相同，就隨你們去，也好彼此照應。」鄭森喜道：「那麼方兄願意指認太子真偽囉。」方以智笑道：「看一眼倒無妨，但我可無法包管太子為真。」鄭森也笑道：「這個自然。」
張宛仙好奇問道：「方公子為何改變主意，跟我們到杭州？」
「一半是因為大木兄，」方以智看著張宛仙道：「一半也是因為宛兒方才唱的曲子。」
「我唱的曲子？」張宛仙不解。
方以智眼望遠方，表情柔和：「這曲子讓我想起當年啊，一腔忠義熱血，滿心經世抱負；激憤時攘臂上書朝廷，閒逸時縱情於詩酒聲曲……看似不相干，其實骨子裡是一回事——心熱！」他指指鄭森道：「大木兄氣概，較我們從前猶有過之。你們倆一個說理、一個演唱，軟硬兼施，著實叫人難以招架。」
鄭森道：「方兄上書救父、臨難不屈的風義，哪裡是我們光憑口頭上的激憤所能相比？其實飲方兄之茶，便知此心猶熱，不會坐視時局糜爛。」張宛仙咋舌道：「這也喝得出來。」鄭森道：「真正心如死灰之人，如何還能講究用水、火候、瀹茶？一如歌唱發乎心聲，茶中滋味也是心境的反映。方兄所瀹之茶在淡遠中躍然有神，並非一味寒涼。」
「那也不過一點餘燼未熄而已。」方以智吁了口氣，道：「實話說，太子一事我仍不抱期望，無論真假，恐皆對時局無益。我願意去，一來畢竟與太子君臣一場，想親眼分辨。二者也是看大木兄奔走救亡，從旁盡點綿薄之力罷了。待此事一了，我還是要往嶺南去的。」他話頭一轉，問道：「大木兄可識得華亭人陳子龍？」

鄭森道：「這次入京，碰巧與黃道周大人以及陳大人同乘一船，有過一面之雅。」

張宛仙笑道：「陳大人乃是鄭公子師母的舊情人，他當然不陌生。」方以智道：「舊情人？是指虞山柳如是柳夫人吧，大木兄是錢牧翁的弟子？」鄭森有些尷尬地道：「蒙牧翁不棄收為門生，其實還沒有機會親身受教。」張宛仙道：「你不好意思個甚麼勁啊？又不是在說你的舊情人、老相好。」鄭森道：「宛兒莫要取笑，那是敝師母，怎可不敬。」張宛仙笑道：「牧翁是『廣大風流教主』，卻收了你這麼個不解風情的弟子。」

鄭森回到正題道：「那陳子龍大人卻又如何？」方以智道：「我稍早說，有個朋友幫忙將我的妻小接到南京，並且安排我出海入粵，這人就是子龍兄。」鄭森「喔」地一聲：「這麼巧。」方以智道：「子龍兄與太湖一帶的遊寨豪傑『白頭軍』多有聯繫，還曾想組一支水師。」鄭森道：「是，他說皇上曾准他籌設水師，但兵部不給士卒，戶部不撥糧餉，他遂自募豪傑千人以成一軍，但內閣不予承認，不久又星散了。」

「朝廷固然不認，卻未曾星散，只是隱回太湖各地，必要的時候，子龍兄一聲號召，便可群集效力。」方以智道，「我在想，無論杭州太子是真是假，都一定要好生保護。太湖各地遊寨十分隱密，首領殷之輅又是忠義之士，正可付託。」

鄭森喜道：「方兄真是設想深遠。不像我，兩手空空就傻楞楞地前去，就算認明了太子真偽，也是無用。」

言談間已近城下，方以智戴上箬笠遮蓋顏面，以免被認出。他領著二人進城，來到一家茶館。

館中茶客甚多，幾乎座無虛席，正中一張桌子卻空蕩蕩地。方以智逕自坐下，跑堂的連忙過來招呼道：「客倌，勞您駕給挪挪，裡邊有雅座。」方以智卻不打話，只取過桌上三只茶杯，倒扣過來排成「∴」字形，跑堂的一看，便恭恭敬敬地道：「您老寬坐，馬上給您看茶！」

張宛仙道：「方公子這是跟跑堂的打甚麼啞謎？」方以智低聲道：「這張桌子是太湖遊寨好漢的專席，等閒不給人坐的，我排列這杯子則是約定的信號。」

一名黝黑矮小的漢子走到桌邊，逕自用三根手指拿起一只茶杯，方以智見狀，也以三指點向自己胸前，問道：「是三點水裡來的朋友嗎？」那黑矮漢子點點頭，道：「貴客從哪裡來？」方以智道：「臥龍崗上的朋友安排我來的。」黑矮漢子暗暗抱拳施了一禮，道：「請樓上說話。」三人隨他到二樓臨窗的廂房，那漢子請三人入座，自己在窗邊坐下，並把窗子微微推開，居高臨下，街上情況一覽無遺，想來若有官府衙役或者仇家前來，必可儘先知道。

鄭森見那漢子約莫二十歲上下，雖然矮小，但目光炯炯、精神健朗，令人頗有好感。同時他舉手投足間輕捷俐落，顯是練家子。

漢子道：「我叫甘煇，火字邊的煇，大家都叫我赤腳甘老三。」方以智拱手道：「原來是甘三兄。」眾人目光忍不住往甘煇腳上瞥去，見他腳上踏著草鞋，甘煇淺淺一笑：「我上了船才打赤腳，平地上還是穿鞋的。各位叫我老三就行了。閣下可是方先生？」方以智道：「在下正是方以智，陳子龍兄安排我來。」甘煇道：「是，我們等候多時了。陳先生說方先生要到寧波，這兩位朋友也一道去嗎？」方以智道：「這兩位都是在下的好朋友，若不會添麻煩的話，也想一道走。」甘煇爽快地道：「不麻煩。」方以智道：「我們有要事得在杭州停留幾天，也請擔待。」甘煇道：「無妨的。」

鄭森聽他口音熟悉，問道：「甘兄可是閩人？」甘煇道：「漳州海澄！」鄭森喜道：「我是泉州南安人，名叫鄭森，字大木。」甘煇輕輕一點頭，用閩南語道：「鄭先生恁好。」彼此頓感親切不少。

方以智道：「多承甘兄關照。在下有個不情之請。常聽子龍兄提起殷寨主大名，備言寨主乃當世豪傑，在下仰慕已久，頗欲一見。其實也是有件大事，想當面請教寨主。請甘兄代為安排。」甘煇道：「大哥不定在哪裡，我且請個兄弟回去報訊，倘若他在寨中，與方先生相見定然歡喜得緊的。」方以智道：「一切但看殷寨主和甘兄方便。」

甘煇道：「那麼，方先生打算何時走？」方以智道：「越快越好。」甘煇道：「那就即刻動身。」鄭森道：「我們有兩匹馬，是從馬鋪賃來的，一會兒得順道去還。」方以智道：「我也有一匹得牽回陳府上去。」甘煇問道：「哪一個陳家？」方以智道：「秋園陳家。」甘煇道：「三位稍坐，我去安排。」說罷便自去了。

不多時，甘煇回來，將一個小布包交給鄭森，道：「三匹馬都已各自歸還了，這是定銀。」鄭森沒想到他片刻間竟已去還了馬，忙道：「怎好意思勞您為這點小事奔走。」打開布包一看，押金連同賃銀都退了回來，又道：「退得多了。」甘煇道：「不多不少。馬鋪掌櫃知道是敝寨的朋友來賃，萬不敢跟您收賃銀的。」鄭森道：「如此平白借了掌櫃的馬，不免有愧。」甘煇道：「不會。掌櫃的是自己人，能交上您這個朋友，高興都來不及。」鄭森點點頭，頓時曉得白頭軍在此間勢力不小，絕非尋常打家劫舍的水盜，遂道：「卻之不恭，那就謝謝了。還請向掌櫃多多致上謝忱。」

甘煇隨即請三人出發，茶館門口早已停妥三乘小轎，毫不惹眼，正合鄭森等人之意。鄭森和方以智對看一眼，心下都覺殷寨主手下做事俐落老練，很可信任。

轎子到湖岸碼頭，改換一隻梭艇。那梭艇甚薄，遠看像是以竹條編成，在水上如翼面般服貼，艇上寨眾都以白巾裹頭。鄭森心下暗道：怪不得叫做白頭軍。

鄭森等人一上船便直放湖心，梭艇兩旁伸出六支槳，運划如飛，小半天工夫，就已來到西山附近一座小島旁。早有同伴船隻在此等候，兩船並不靠岸，就在水上併攏，甘煇上前與對方交頭接耳一番後，回來對鄭森三人道：「適巧大哥在左近，隨即就來。」

不多時，幾隻梭艇箭射般從島後飛划而出，當中一隻較大的十槳梭艇直往這邊過來，其他的梭艇則四散警戒。鄭森心想，群豪所乘之船都不大，想是取其靈動便捷，和江河大海中戰艦以大者為上有所不同。

來船船頭上立著一人，一般地頭纏白巾，上身只套著件皮裘背心，露出臂膀，在這初春二月的湖心上也不覺寒冷。那人方頭圓臉，嘴角微揚，顯得英氣勃勃，也有些桀驁不馴的樣子。兩船靠近，彼此拋纜繫好，那人穩重地踩著跳板過來，聲音洪亮地道：「哪一位是方先生？」方以智上前拱手道：「區區便是。閣下想必便是殷寨主了？」那人抱拳道：「在下殷之輅，久仰方先生高義。那麼這兩位便是鄭先生和張小娘了。」鄭森和張宛仙也都上前見禮。殷之輅請三人到他船上，進艙細談。

那船艙四面敞開，雖然風吹得微冷，但視野極好，湖光山色暢人心懷。

方以智開門見山地道：「久聞殷寨主義薄雲天，昔日子龍兄號召義師守江，殷寨主一諾無辭，讓人好生相敬。今日特來拜望，乃是有要事相商，此事關係重大，也只有殷寨主可以付託。」殷之輅豪氣地道：「方先生過譽。但凡力所能及，無有不遵。」

方以智道：「殷寨主可曾聽說崇禎太子來到杭州的傳聞？」殷之輅道：「只是略有耳聞。」方以智遂將太子南來等等傳聞細細述說了一番，殷之輅聽罷，隨即道：「想來方先生的意思，必是要兄弟們扶助太子。」方以智道：「是要請殷寨主和兄弟們，萬一有需要的時候保護太子，暫且將太子安置在隱密的地方一段時間。」殷之輅道：「怎麼，有人意欲不利於太子？」方以智點點頭道：「是。不過太子身分真偽，尚待在下到杭州親為指認。」

殷之輅問道：「倘若太子是假的，就沒咱們事了？」

「不，」方以智道：「無論真假，都請殷寨主將太子平安護送到南京。」

殷之輅道：「這是為何？」

方以智道：「太子無論真偽，恐怕都有人要借他名義興風作浪。即便是假太子，萬一在路上遭人殺害，恐怕舉世都會以其為真，朝廷也將百口莫辯了。」

「你們打的這算盤我看不懂。」殷之輅道：「要是真太子，送進京去，那就可把皇位歸還給崇禎爺的嫡系，弘光滾蛋大吉，這我明白；但若是假太子，被殺就被殺了，就算世人誤以為是弘光爺指使人幹的，豈不剛好？怎麼又好心替朝廷設想起來？」

「真就是真，假就是假。該怎麼辦就怎麼辦。」鄭森插話道：「我們雖恨昏君、閹黨，卻不打算以陰謀詭計顛覆之。」

殷之輅道：「言下之意，太子為真，二位便要推倒弘光；太子為假，你們卻要效忠於閹黨了？」

「不是這一說。」鄭森道：「我輩見事，乃為天下國家計，而非忠於一人、一黨。太子為真，扶持正位，正可號召天下義士歸心，以圖中興；太子為假，則該召告天下以平息騷動。」

「我懂你的意思了。」殷之輅道：「在下的想法很簡單，保護真太子，我等義不容辭。但若是假太子，在下不能讓兄弟們涉險去救他。」

方以智道：「太子即便是假，其安危也關乎天下氣運，還請殷寨主仗義救援。」

「要幫那昏君和閹黨的忙，我可不幹。」殷之輅不屑地道：「咱們一眾兄弟們，雖然幹的是刀頭上舔血的營生，倒也有效法梁山泊英雄呼群保義、替天行道的志氣。之前陳子龍先生號召我們組成水師防守長江，咱們沒有二話，這顆腦袋就算賣給皇上和朝廷了，哪知朝廷卻不領情，連個虛銜也不肯給，竟拿咱們當毛賊土寇看。這樣的朝廷，我幹麼替它出力！」

方以智道：「朝廷並不是拿殷寨主當毛賊、土寇，只是戶部手上的糧餉就那麼多，既有的邊鎮、督撫都尚且爭搶不足，自不樂見多一支水師和他們瓜分。」

殷之輅道：「那也一樣，朝廷裡的大官兒不為大局設想，我又何必費神。」

鄭森道：「奸臣當道，著實可恨，但天下生靈何辜，請寨主以天下為念！」

殷之輅笑道：「咱們幹的是沒本錢買賣，可不是在這太湖上行善布施的，鄭相公找錯人了吧。」

「假做真時假亦真。」鄭森道：「倘若假太子讓人送到左良玉或者江北那個邊鎮裡去，左良玉硬說他是真的，藉此興兵，大明朝裡自個兒亂打一氣，豈不讓清人和流賊漁翁得利？」

殷之輅聞言不即答話，抬頭深思起來，表情雖然未變，但態度似乎已有些鬆動。他一時目光閃動，大聲道：「你們說的也不無道理，但我也不能全然信服。這樣吧，」他指著湖上一箭之距外的一艘梭艇，「我命人在那船頭放個土瓶，你們不拘哪一位若能用鳥銃打中了，咱們全寨上下悉聽指揮。」

張宛仙始終在一旁默不作聲，這時不免抗議道：「兩位公子都是讀書人，舞刀弄槍的事怎耍得來……何況那船在水上浮浮沉沉的，像個活物，怎生打來？這根本是強人所難嘛！」

殷之輅道：「要咱們救假太子，那也是強人所難。打不打隨你們，不肯打，或者打不中，你們就拜託別人去吧。」

鄭森自幼熟習銃術，這般賭賽可說正中下懷。他暗忖道，殷之輅心高氣傲，唯有施展絕技一擊中的，才能叫他心服口服。倘若十銃、二十銃地死纏爛打，即便最後打中了，也難叫他願意出死力。但此中關係甚巨，自己又已有好一陣子不曾練習，未敢過於托大。於是道：「殷寨主，咱們就以三發為限如何？三發之內中的，那就勞煩您和兄弟們走一遭杭州。」

此言一出，水寨豪傑們紛紛訕笑起來。殷之輅認真地看了他一眼，對旁邊的手下一揚下頷，那人隨即傳訊叫遠處的梭艇在船首擺上一個土瓶，並且取過一把鳥銃來。

鄭森看了一眼銃口，冷笑道：「火口磨得恁寬，怎射得準？莫非貴寨用的都是這等陳年老銃？」殷之輅對手下怒道：「我與鄭相公賭勝，卻怎地拿這等玩意兒來，讓鄭相公以為咱們欺人。拿我的那把來！」手下連忙將鳥銃換過，殷之輅親自交給鄭森，道：「鄭相公真懂點門道，看來勝負還在未定之天。」

鄭森接過鳥銃，細細察看一番，雖遠不如自家福建總鎮所用的精良，但也不算差了。他除下寬袍，繫上銃兵腰帶，熟練地填藥、裝彈、開火門、上火繩，端銃將照星對準遠處船頭的土瓶，動作一氣呵成。殷之輅「咦！」地一聲，眾豪傑們也都驚訝地議論紛紛。

鄭森屏息凝神，扣下鬼扳，「轟！」地一響，鉛彈卻打在土瓶左邊三寸的船首木板上。方以智和張宛仙大呼可惜。鄭森心裡卻道：「運氣！」他對自己的照準甚有信心，必是這鳥銃的照星略有偏差才沒有打中，幸好鉛彈打在木板上，還可看出偏差分寸，倘若凌空而去，就無從修校了。

他沒有半分遲疑，旋即重新裝彈、端好銃身。心思化入船身的波動，全神貫注於銃口與遠處細如米粒的土瓶之間，霎時如同置身在安海港外的圍頭灣裡，風聲消退、人影匿絕。指尖上意在力先，以一股若有似無的勁道扣下鬼扳，轟然一響，土瓶應聲碎散。不僅張宛仙和方以智拍手歡呼，豪傑們也都爆出采聲。

鄭森規規矩矩地拆下火繩，將鳥銃還給殷之輅，道：「僥倖！」殷之輅讚道：「鄭相公如此神射，殷某自嘆弗如，但凡驅策，無有不遵！」

第拾陸回
救駕

鄭森等三人仍由甘煇護送到杭州，連夜行船，一早抵達北新關，才剛開關便得進城。杭州乃是江南一大市鎮，尤其是各地絲貨在此集散，綢緞織造功夫更甲於天下，無論綾、羅、紵絲、紗、絹、綢、縐紗等都為上品。杭州的「杭紡」與南京的「京綾」、蘇州的「蘇綢」齊名，遠銷海外。

城中樓閣林立、接屋連廊，到處都是掛著青色布帘的酒樓，以及炭火燒得正旺的茶坊。甘煇領著眾人來到城東，街上有許多綢緞莊行，門內機杼之聲不絕。

鄭森在安海是見慣了大宗絲綢貨物進出的，因此看到這許多絲棧與綢緞店鋪，頗感親切，不由得讚歎起來。甘煇卻道：「正月天裡市況淡，等四、五月新絲上市，那才是熱鬧。」方以智也嘆道：「杭州城裡如今大為蕭條了。打五年前起，杭州府左近連著三年荒旱大饑，城中之人餓死過半，方才我們經過一些地方，空院子裡草深尺餘，甚至狐兔為群，實是荒涼得很。」甘煇道：「這兩年風調雨順，已經恢復了不少，兩年前還更冷清呢。」

鄭森道：「江南乃天下糧倉，若連杭州這裡都鬧大饑荒，滿天下必然缺糧得凶。朝廷連年剿賊討虜，度支上本就十分艱難，這下子雪上加霜。崇禎爺之殉國，怕與此不無關係吧。」

「對，也不對。」甘煇道：「江南寒旱固然是朝廷一累，可其實左近很多地方早就改田為桑。都說天下米穀半出江南，因此朝廷的賦稅也比其他地方重，農人種田反而難以為生。桑園的進項是水田的三倍，大家紛紛改種桑樹，繅絲織布，這才納得起賦銀。左近縣分都是三分稻田、七分桑園，每年缺米三、四成，還得向外地買呢。三年前的饑荒，一半是因為寒旱，一半也是因為各地戰亂、道路阻塞所致。」

「原來如此。」鄭森道，「實事上的學問，還真得從實事上學來。」

一行人來到艮山門內的直街，投宿在陸記絲棧裡。那絲棧的掌櫃、夥計與甘煇十分熟稔，且招呼甚勤，想是平日裡便往來慣的。

眾人各自在房間安頓好，甘煇問三人是否先休息一番，鄭森道：「不，馬士英的手下也在找尋太子，此事刻不容緩，咱們直接去高夢箕的侄子高成家拜訪求見。」於是一行逕往高家而去。

快到高成家時，方以智道：「求見太子之事務須隱密，越不引人注目越好。待會兒就由我獨自前去拜訪，你們在附近找個茶館一類的地方等候，待我出來再說。」

「密之兄，」鄭森與方以智逐漸相熟，遂改稱他的字，「你一人獨自前去，怕失了照應。不如由我同行，有消息時也可先出來報訊。」方以智想了想，道：「也好。」

沒想到四人一到高成家所在的街上，遠遠就看見許多人在高家門口徘徊。有的一臉期待，有的滿面憂心，也有許多純是好奇的。四人走近，鄭森問一個路人道：「老丈，這裡有甚麼熱鬧可看？」那人道：「聽你口音是外地來的？怪不得沒聽說。太子爺逃出北京，現暫住在這高家裡頭哪。」

鄭森和方以智互看一眼，彼此心中暗道：消息已經鬧開了。

這時忽然有人走到高家門前，大力拍門。鄭森留神一看，是個書呆子模樣的人物，憨直地一逕拍門。高家始終沒有人來應門，那書呆子便一臉悲憤而固執地用力拍著，拍得滿街砰砰直響。過了老半天，大門總算「伊呀」一聲開了，圍觀眾人不自覺地紛紛上前。

那書呆子手持名刺，大聲道：「原任翰林院侍讀丘致中，求見太子！」高家應門的皺著眉頭道：「相公遮莫是弄錯了，這兒沒甚麼太子。」丘致中道：「太子不便顯露行藏，那也罷了。我要見高成先生。」那高家人道：「老爺出城去了，您老過十天半個月再來吧。」說著就要把門關上。丘致中急了，忙使勁頂著門道：「請管家的傳話進去，就說丘致中在此伺候，太子若有差遣，水火不辭！」高家人看圍觀眾人越聚越攏，連忙敷衍道：「好好好，老爺一回來咱們就跟他稟報丘相公來訪。唉呦，相公仔細讓門夾著了……」一邊匆匆將大門闔上。圍觀眾人一時鼓譟起來，有人叫道：「我也要求見太子！」「天下仰望太子拯民於水火，高成不能將太子私藏起來！」「開門！」然而無論眾人如何喧鬧，高家裡再也無人答應。

丘致中依然拍門不止，話音轉為哭嚎：「太子爺，您受委屈啦！您平安來到江南，大明朝有救啦！您見見丘致中吧！」哭著哭著雙腿漸軟，胖大的身軀就委靠在高家的朱漆大門上。

鄭森見方以智眉頭深鎖，低聲問道：「方公子可識得這丘致中？」方以智嘆口氣道：「咱們一道在文華殿給太子侍講、侍讀，自然認識的。他是挺耿直的一個人，就是食古不化了些。沒想到這節骨眼上，卻忒地不知分寸，這樣嚷嚷，也不知是想護衛太子，還是要加害於太子。」鄭森道：「看高家門口這陣仗，太子在杭州的消息早已鬧得沸沸揚揚了，也不必等這書呆子來聲張。」方以智點點頭，道：「如此咱們也不能直接登門拜訪了。不如先在左近找個閒人聚集的所在，多探聽點消息。」

於是四人在附近尋了間茶館，揀個人多熱鬧的角落坐下。

位子還沒坐熱，便聽得鄰桌茶客大聲嚷嚷道：「太子哪裡有假的！真得不能再真了！」

另一名茶客笑罵道：「老崔又在吹牛皮，就算太子站在你面前，你又認得出來了。」老崔道：「太子身長七尺，而且這個……目光如電，乃人中之龍，又是天上的星宿下凡來中興我大明朝。他要往這茶館中一站，那是誰都看得出天下大位有歸。」

鄭森想起方以智說太子「身材並不甚高」，聽到這裡不由得看了方以智一眼，只見他面無表情。心想原來外間已有這許多荒誕的謠言，太子一事不能不及早處置。

那老崔的朋友道：「就說你胡吹，上次許老四在元宵節時巧遇太子，他就說太子身材並不高大。」老崔道：「老祁讓許老四給矇了，他哪裡親眼看過，他也是聽人家說的。說甚麼太子元旦晚上賞燈，不住長吁短嘆，口中喃喃說江山有變，君父之喪未除，這兒卻縱樂勝於太平年月，叫人悲慟無已。」同桌另一名青年茶客問道：「那麼太子究竟身長還是身短？」老崔道：「江兄弟問這不相干的事情做甚麼，太子身長身短又有甚麼關係呢？」老祁道：「當然大有干係，如果老許說得對，那你說得就不對了。」

老崔哼哼一聲道：「當然是我說得對，誰不知道我老崔是杭州城裡頭一號包打聽。」他忽然前傾身子，神祕兮兮地道：「底下這話，是高夢箕大人府上管家穆虎傳出來的。」老崔雖然壓低聲音，卻依然嗓門極大，整個茶館都聽得一清二楚：「北京淪陷之後，穆管家避禍南來，在山東遇到一名少年，求他們攜帶同行。起初一路上少年都始終沉默無語，問家世也不說，但舉手投足、擠眉弄眼之間都流露著貴胄子弟習氣……」

老祁打斷他道：「甚麼擠眉弄眼之間。」老崔道：「你別打岔，總之少年目光神態貴不可言就是了——過了幾天，少年偶然解開外衣，你猜裡邊露出甚麼？金光燦爛，那可是繡滿了龍紋啊。」

姓江的青年道：「衣服可能是偷來的，太子若要出奔，哪會把龍紋錦衣穿在身上。」老崔白眼一翻，道：「龍紋錦繡哪裡是可以隨便偷得著的，眼下我讓你去偷一件，你卻上哪偷去？何況甚麼毛賊膽敢把龍紋上身，被人發覺了可是要殺頭的呀。」老崔又逕自說下去：「你們別瞎打岔，聽我說完就知道底細了。穆虎帶著少年過江，先到南京走了一遭。少年遙遙望見孝陵，立即伏地嚎啕大哭，呼喊先帝和太祖高皇帝名號。穆虎帶少年去見高夢箕大人，那高大人是鴻臚寺少卿，上朝見過太子的，我老崔認不得太子，難道高大人也認不得？其實還是少年先認出高大人呢，說他上冠禮時，高大人是他的贊禮。少年一提到先帝和先皇后，又是長號不止。」他一拍桌子，得意地道：「你們說，少年能不是太子嗎？」

這時，茶館裡大半茶客都已在聽老崔說話。另一桌有人問道：「請教這位崔兄，既然太子確實在高家，為甚麼又避不見人呢？」老崔道：「那還不簡單，太子來得晚，當今皇上都已經登基大半年了，他要輕易露面，皇上豈不疑心他是來爭位的。太子藏頭露尾，那是為了明哲保身。」

「豈有此理，」另一桌的茶客道，「太子乃是崇禎爺的嫡子，龍廷本就該是他的，何來明哲保身之說。」「可不是，這馬士英把史閣部趕出朝廷，只為了自己拜相主政，『掃卻江南錢，填塞馬家口』，還不都靠的擁戴今上之功。」「唉，真該將這龍廷還給太子，把史閣部召回京來。」人們你一言、我一語，議論起時局，多盼望太子登基、一新朝綱。但也有人主張效忠弘光：「皇上身登大位，乃是朝廷公議後推戴的，名正言順，即便崇禎爺的太子來了，那也是君臣名分已定，沒得說的。」此外還有試圖讓兩派和衷共濟的：「反正當今皇上也尚未有子嗣，太子仍立為東宮，亦不失為兩全其美之策……」茶館裡一時喧鬧不堪，兩派意見爭論不休，畢竟是擁戴太子的占了上風。

老祁忽然問道：「你說皇上疑心太子的心跡，那麼太子在杭州的消息鬧得這樣大，卻該怎麼辦呢？」眾人聽他這麼一問，都安靜下來。老崔目光掃過眾人一圈，道：「這是絕密之事，大夥兒聽了可別出去亂說，免得害了太子——高家正打算把太子大駕請到金華去。」老祁道：「消息都傳出去了，去金華又能如何？」老崔一副洞燭機先的神氣道：「這還不容易明白？到了金華，離福建就更近了。」老祁恍然道：「你是說，把太子送去給鄭芝龍保護著。」老崔得意地道：「是啦，就這麼回事。」眾人聞言，又是嗡然議論成一片。

鄭森聽到這裡，無奈地低聲道：「妄人。」張宛仙也道：「這姓崔的好不曉事，高家若真要安排太子入閩，他一揭穿不就白搭了嗎？」方以智道：「這人固然是道聽塗說、胡謅一通，但卻也反應了民心所向。咱們不能等閒視之。」鄭森心想，倘若太子哪一天行蹤成謎，人們恐怕真的都要以為是送到福建父親軍中了。

茶館仍自嘈雜著，忽然有人從外頭匆匆跑進來，到老崔桌旁喊道：「太子出門了，太子出門了！」登時群情聳動起來。老崔二話不說，從懷裡掏出幾枚制錢往桌上一擱，拔步就走。一眾茶客們也都紛紛起身，蜂擁出門。鄭森等人見狀，遂跟了上去。

來到高家門前，只見府門大開，一乘華麗的四抬大轎剛走到街上。轎班走得緩而穩，晃也不晃一下。轎前有僕役前導，轎後還有小僮、丫鬟跟隨。眾人不敢任意上前，卻都尾隨其後，許多人口中還一面喃喃地道：「太子爺，太子爺……」

鄭森四人也跟在轎子後面緩緩走著。轎子逕往城東而去，眾人亦步亦趨地跟隨著，卻都不敢貿然上前驚擾。方以智忽然低聲道：「不對，太子不在轎中。」鄭森正覺得哪裡不對勁，聽他這麼一說，也醒悟道：「若是真太子，那能如此張揚？」方以智一拍額頭，道：「如此拙劣的『調虎離山』之計，我卻輕易地著了他的道。咱們快回去。」

四人回到高家門口，街上已無閒人徘徊張望。方以智跌足道：「太子若要出門，方才已經去了。」甘煇道：「這樣吧，我叫幾個兄弟在這門口守著，也派人跟著大轎，看他們鬧的甚麼玄虛。您三位卻不妨到四處熱鬧地方尋尋，看有沒有太子的蹤跡。晚點大家再回客棧碰頭。」方以智道：「要說熱鬧，無非是西湖左近幾個香市，太子是有可能去白相的。」鄭森三人謝過甘煇，自往西湖而去。

三人取道北路，遠遠就看見寶石山上的保椒塔。到了寶石山下，見一座大寺院煙燻火燒的殘蹟，幾成廢墟。張宛仙驚呼道：「這不是昭慶寺嗎，怎麼燒成了這副德行。」方以智點點頭道：「早聽說崇禎十三年昭慶寺大火，湖水都映成了一片火紅，實際見了，才知荒廢若此。從前這裡可熱鬧了。」鄭森道：「嗯，看這寺院規模，確實本是一大禪林，但佛寺之內卻如何熱鬧？」

方以智道：「熱鬧的是香市。西湖香市從每年二月花朝節開始，到端午方盡。山東人到普陀進香的，都會先來這裡朝山。嘉湖地區香客往飛來峰三天竺進香的，入山之前也會先到此處。人多成市，岳王墳、湖心亭、三天竺，到處都是市集，而又格外聚集在昭慶寺。無論古董洋貨，還是簪珥、胭脂、佛經、木魚，甚麼都賣。」他走進寺境，指著大殿遺蹟和已化成焦土的寺院道：「寺裡殿中甬道上下、山門內外，有頂的地方成攤，沒頂的地方搭棚，直排到三門外，真是一寸地方也不放過。」邊說邊指，彷彿歷歷在目。

張宛仙道：「我還記得方公子就在池邊這個攤子上給我買了柄梳子。咱們來的時候，正是陽春三月，薰風送暖，桃柳明媚，大好一片風景呢。」方以智道：「可不是，所謂岸無留船、寓無留客、肆無留釀。數十萬男女老少，鎮日裡簇擁在這寺的前後左右，那熱鬧勢頭，整整四個多月才逐漸散去。」他忽然沉默了半晌，感嘆道：「誰知崇禎十三年一把火將昭慶寺燒得片瓦不留，杭州左近也接連三年饑饉，城中居民餓死近半。十五年清虜入關寇掠山東，香客自然更是完全斷絕了。否則以昭慶寺香火之盛，重建豈是難事？」

鄭森道：「沒想到一寺之興廢，竟也見得天下氣運變遷。」

方以智欲言又止，終於道：「昭慶寺失火後不久，靈隱寺也遭火，未幾而上天竺又火，西湖三大寺相繼而燬。相信讖緯之說者，多以為不祥。」

旁邊一名當地遊人插話道：「相公不必感嘆，如今朝廷南來，氣象一新，這西湖香市的景況，可又恢復了三、四成。一會兒您到岳王廟前面看看就知道了。」

「那可真得去看看。」方以智微微一笑，謝過那人，領著鄭森三人繼續西行，沿著湖邊經過白堤、智果寺、葛嶺、瑪瑙寺，過了孤山和蘇堤，便來到岳王廟門口了。

門前果然遊人熙來攘往，各色攤棚櫛比鱗次，十分熱鬧。三人並無心情購物，略略張望一下便進入廟中。

入得大殿，鄭森見岳飛的塑像堅毅威嚴，不由得肅然起敬，心道：這岳王爺乃是大忠臣，合該一拜，於是恭恭敬敬地焚香禮敬。一時想起岳飛「還我河山」的誓言，心下竟有些震動，遂默默祝禱道：岳王爺，我大明朝如今內有賊、外有虜，北方也如您在世時一般地落入金人手裡，請您英靈庇祐，使我江山重圓。

三人參拜已畢，來到廟旁的岳王墳。墳前有四個小石塚，細看時竟是四尊被石塊淹沒的鐵鑄人像，頭部皆已斷落，只露出肩背。鄭森正感驚奇之際，忽然「喀喀」聲響，又有幾枚石塊擊在人像上，原來四周遊人們依然憤憤地不住丟擲。

方以智道：「這是秦檜、其妻王氏、万俟卨和張俊等四人之像，本為銅鑄，很快就被人搗碎，後來改以鐵鑄，遊人們椎擊得益發狠了，又把頭都給鑿斷。」鄭森道：「可見人們痛恨賣國求榮的奸臣，一至於斯。」方以智道：「可不是，且看正殿裡岳王爺像乃是泥塑，這四人卻是鐵鑄，世人欲其不朽，還甚於岳王；我有位朋友張宗子，為此題有一首岳王墳詩——」他低聲吟道：

西泠煙雨岳王宮，鬼氣陰森碧樹叢。函谷金人長墮淚，昭陵石馬自嘶風。半天雷電金牌冷，一族風波夜壑紅。泥塑岳侯鐵鑄檜，祇令千載罵奸雄。

吟罷感慨不止，說道：「如今大明朝對抗的也是金人，同樣是忠臣在外，奸臣在內……唉，這時運，真叫人看著驚心……」

鄭森正色道：「密之兄不可引喻失義，當今時勢，仍有我輩可用力者。咱們來這杭州，不正是為了打聽太子的下落，以圖扭轉乾坤嗎？」

方以智楞楞地看著遠方，未及答話。忽然間睜大了眼睛，一時說不出話來，好一會兒才伸手一指，低呼道：「太子！」鄭森和張宛仙連忙轉頭張望，急問：「在哪裡？」方以智道：「快，那名身穿天青色長袍的少年，快上前看個仔細。」鄭森定睛看時，果然有個天青色的矮小身影在人群中一閃，旋即出廟去了。方以智待要拔步奔跑，卻哀呼一聲，彎下身子撫著腳踝上的舊傷，表情痛苦。張宛仙忙扶著他。方以智看著鄭森，叫道：「大木兄快點攔住他，我隨後就來。」鄭森一點頭，飛奔而出，在人群中左閃右躲，省不得撞上幾名遊人，口中連聲告罪，腳下卻不停步，直追出廟去。

鄭森奔出廟外，只見路上遊人萬頭攢動，穿天青長袍的也不少，一時不見方才那少年的蹤影。鄭森踮起腳尖張望，發覺蘇堤邊湖畔圍著一群人，結束俐落、神情精悍，態勢異於尋常遊人，定睛一瞧，青袍少年赫然被他們圍在其中。雖然隔得遠了，聽不見他們的說話聲，但似乎來意不善。帶頭的人忽然一揮手，兩個手下一左一右扠起青袍少年的胳膊就把他往岸邊的一艘船上架去。少年的隨從亂揮著手阻止，讓對方輕輕一推，就給向後推倒在地上。

鄭森連忙追上前去，但被遊人之勢所阻，眼睜睜看著那幫人迅速登船，旋即撐篙離岸。鄭森搶到那隨從身邊，他仍自唧唧哼哼地喊疼，一邊哭叫道：「小主人讓強人劫走了……」鄭森問道：「被劫的可是太子？」那人畏縮地點了點頭，鄭森更不打話，跑上蘇堤追蹤那船的去向。但劫匪離岸已遠，左近岸邊更無遊船停靠，再也追不上了。

「打聽到了。」甘煇鑽進絲棧客房，劈頭便道：「劫走太子的是杭州本地的長蛟幫，他們正將太子挾持往北，先走陸路避人耳目，而後打算在南潯上船，取道太湖到無錫上岸。」方以智道：「喔，甘兄消息好快！」甘煇道：「是從本地幫會上的朋友打聽來的。」

鄭森道：「這長蛟幫是甚麼來路，為何劫持太子？」甘煇道：「長蛟幫是販私鹽起家的，水路上也吃得開，但並非大幫會，更不曾聽說和官府勢力或哪一路邊鎮打交道，他們劫擄太子，確實叫人摸不著頭腦，咱們一時也還沒打聽出緣由來。」方以智道：「天幸賊人取道太湖，剛巧在貴寨的地盤上，正好營救。至於緣由，待救出太子再慢慢查訪不遲。」甘煇道：「正是，我已經派人火速通報寨主，一邊有人追蹤賊船——三位能不能騎馬？」鄭森三人都點點頭。鄭森的騎術自不待言，方以智和張宛仙在南京時也經常和一眾文友、名妓們出遊，都能騎馬。甘煇喜道：「如此最好，咱們趕緊動身。」

四人旋即離開杭州，卻是逕往湖州去，先與殷寨主手下大隊人馬會合。杭州到湖州路程不遠，一路平疇綠野，在暮色中極力馳騁，倒也心曠神怡，天色尚未全暗，便已抵達湖州。四人並不進城，直接到太湖邊，早有寨中幫眾在此等候，接著他們上船。

殷之輅已在船上等著，一見面就道：「方公子料事如神，太子果然被劫。方才探哨的兄弟來報，賊人已在南潯下船，等明天一早起航。咱們有一夜時間布置，在水路上的緊要所在弄個天羅地網，包管明兒個手到擒來。今天夜裡，三位倒可好好休息，養足力氣，明日等候兄弟們的好音。」

方以智道：「殷寨主可知這長蛟幫劫持太子，究竟意欲何為？」張宛仙插口道：「會不會是綁票綁錯人了？」殷之輅道：「不會的，長蛟幫還不至於幹這等事，就是要綁票，也會先探聽清楚了才下手。這長蛟幫素來不與官場中人打交道，自也不涉於朝廷的爭執。想來必是受人之託，做一筆買賣，看是替人下殺手，還是劫持了送到甚麼地方去。」

鄭森道：「若要殺害太子，在杭州左近找個僻靜地方就能動手，何必千里迢迢送到無錫去？背後指使之人，必有圖謀。」方以智道：「莫非真有人要將太子送往哪個邊鎮手中？」鄭森想起父親說過太子乃是一個燙手山芋，此事應該不是父親所為，遂道：「既是往北，顯非入閩；史閣部也不會用這種手段將太子請到帳下，這麼說來是入楚去找左良玉的了。」殷之輅道：「那也未必，從長江入海也可到福建。」方以智也道：「也難說有人想把太子送往史閣部帳下，閣部自己不一定知道。」

鄭森道：「總之若能將長蛟幫領頭人物也抓幾個來，就能水落石出了。」殷之輅道：「鄭公子放心，咱們連人帶船給你整艘抓來就是。」

寨眾們早已備好晚飯，殷之輅和甘煇陪三人草草用過，便離船去為明日攔截做準備。鄭森三人翻來覆去地談論太子之事，但毫無頭緒，只能瞎揣度，話頭很快就斷了，卻又無心言及其他，一時竟沉默了起來。只見桌上微弱的燭火不住搖曳，三人映在船艙上黑深的影子也跟著明滅不定。

既然無話，索性早早熄了燭火歇下。時間尚早，鄭森心中思潮起伏，毫無睡意，黑暗中不辨時刻，彷彿才只躺下片刻，又似乎已過了很久。鄭森留意張宛仙和方以智的動靜，聽得二人鼻息悠緩，似乎都已熟睡。於是悄悄起身，輕手輕腳地走出船艙。身子本在被窩裡煨得暖暖的，乍然讓夜風一吹，不由得哆嗦了一下。抬頭處，卻見滿天星繁如麻，北斗當空，清晰無比。

鄭森看舷邊已無跳板，沒法上岸，遂走到船頭空望幽闃的湖面。身後忽然聲音輕響，方以智打開艙門走了出來。

「大木兄也睡不著？」方以智道，「我這一年來素有怔忡失眠的毛病，本就難以入睡，卻沒想到大木兄也躺不住。」

「想到明日營救太子成敗難料，一旦救著了，太子身分真假也將大白，竟有些難以定心。」鄭森嘆道，「枉費平日下過多少定靜功夫，臨事才知自己修為竟如此淺薄。」

「大木兄已很難得了，大事當前，沒有幾個人真能平心靜氣以對的。」方以智緩緩地道，「我在北京獄中遭刑逼降，嘴上硬氣，心裡其實也怕得很。」他看看夜空，忽道：「待明日見著太子，辨清真假，便是我啟程南去之時了。」

鄭森道：「密之兄果然還是要到嶺南去嗎？」

「北京淪陷後，我悲思過度、鬱氣傷脾。本來可用肝之怒氣激發之，但在南京遭誣，憂懼傷肺以致精神盡斂，現在一點火氣也提不上來。火乃氣之本也，南方暖和，正宜培養火氣。」方以智看著鄭森道：「我本已對世事心灰意冷，只想早早遠離此間是非。但見了她的處境——」方以智微微向著艙中一指，放低聲音道，「還是多少有些掛心；卻不知大木兄和宛兒是怎麼回事？我看你們不像『做人家』了，但又比尋常相偕伴遊來得親近許多。大木兄可有與她偕老之意？」

鄭森不想他會提起此事，面上有些發窘，幸有夜色蓋臉。他不知該怎麼回答，一時道：「宛兒一片心思都在密之兄身上，你卻來問我。」

方以智聽鄭森這麼說，正顯得關心在意，本想開他一點玩笑，但知道他年輕臉嫩，怕說錯了一句話教鄭森退縮不前，誤了二人好事，遂一本正經地道：「大木兄誤會了，宛兒與我就像兄妹一般，彼此關心是有的，其餘卻談不上。時勢這麼亂，宛兒在南京不得安生，又無別處可去，我看你們相處起來自然融洽，若她能跟著你，倒是個大好結局。」

鄭森聞言，想起張宛仙和自己在一起時的種種神態，不由得心頭一熱。此次與張宛仙結伴同行、言笑不禁，覺得她靈性聰慧之外，和自己頗多心意相通之處，在一起時甚感熨貼自在。然而後來看到張宛仙對方以智的關懷，不免覺得他二人彼此契合，而自己只是個局外之人。於是道：「我與宛兒偶然邂逅，相識未深，與你們交情之厚差得遠了。」

「這種事怎麼好用『交情』而論呢？」方以智笑了笑，旋即認真地道：「宛兒心思細，平日裡常為許多念頭所苦，但我看得出來，她在你身邊時格外安心，這是很難得的。」

鄭森不解地道：「宛兒心裡實是頗為依賴密之兄，你為何卻不肯帶了她去？」

方以智淡然道：「我從此落拓江湖，不知何時才有個安穩了局，斷不可能帶個人在身邊。」方以智頓了一頓，懇切地道：「不過我並非出於私心，力有不逮才把宛兒推給你。我確實覺得，宛兒與你甚是契合。」

鄭森想起在棲霞山上與張宛仙交心一談，見她說起母親時楚楚然的樣子，一時便曾有長相陪伴之念。此時方以智這麼一說，更感釋懷，只是不曉得張宛仙怎麼想。因道：「卻不知宛兒之意如何？」

方以智道：「這當然得問她。但我想論情論理，她都會肯的。」

鄭森再無猶豫，慎重地點頭道：「若如此，我必護得宛兒往後安穩周全。」

方以智寬然道：「這樣我也放下心頭一件事了，南行更無牽掛。」

鄭森道：「倘若太子為真，密之兄也不隨著到南京去？」

「這個我們談過很多了，太子無論真假，時局都一樣凶險，也無我可著力處。」方以智深沉地道：「我打算窮盡餘生之力寫一部書，書名已經有了，叫做《藥地炮莊》。」

「《藥地炮莊》？」

「我此去嶺南，無以為生，只有家學醫道可聊以充飢。我將以『藥地』為號，藉行醫混跡江湖。」方以智眼中露出一點光彩，「尋常的郎中不過能醫一人之病，我雖不才，醫人之身以外，還想醫人之心，乃至醫治這世道。」

鄭森道：「記得密之兄在罨畫溪曾說，想藉著述端正學術。」

「不錯，《藥地炮莊》的『莊』，乃是指《莊子》。讀書論事，不可不窮莊理。然而莊子至今已數千年，自古以來評注者眾，內容龐雜紛紜莫衷一是，成了一個亟待剝爛彌縫的冷灶。我打算盡集古今評注，加上自己的見解，就像把各種藥材同置於一爐上炮製，煉成一味藥，使人讀了能夠深自參省。」方以智話音益發深沉，顯得把握十足，「我將以《易》為本，參酌天地間之物理，而會通儒、道、釋三教之旨，集其大成，貫通學術。」

鄭森疑惑道：「三教意旨大相逕庭，怎能熔於一爐？」

「天下學問，講理、講勢，不過都在通上下之情，而各有偏重，又各有偏失。」方以智道：「譬如道家說虛，從養生來；佛說無，是從出離生死來；聖人只講良知本色，不多在枝節上著力，而三家所講的其實共通一理。儒家經世，道家忘世，佛家出世，正如不同人身上的不同病症，需求不同治法，但陰陽相合、四時相應、五行生剋的原理卻是不變的。道家、釋家，都可說是儒宗別傳的支派。」

此論在鄭森聞所未聞，大有耳目一新之感。遂道：「真想早日看到密之兄的大作。」

方以智笑道：「即便焚膏繼晷用力不輟，此書也非有二十年工夫不能完成，怕是要請大木兄耐心等候了。」

鄭森深深受到震動。先前方以智不願再涉時局，自己曾認為他道心已失，只求遁世，對此頗不以為然。聽得他這番著述之計，才真正明白方以智圖以學術濟世的決心之堅、格局之宏，實叫人敬佩無已。不由得感動地道：「以密之兄大才，果然著述一成，必能下開新局，闢出一條可長可久的救世之道。無論二十年、三十年，我都鵠候大作；眼下時局如此，鄭森不能不效牛馬之奔走，待賊、虜平定，我必追隨密之兄，求教學問，做讀書伴侶。」

方以智道：「大木兄過譽了。實話說，我不是沒有遁世之念，只是此心未死，總要找點事來做罷了。」他按按鄭森肩頭，道：「大木兄他日必能成就一番功業，各自努力吧。」

●

次日一早，天還沒亮，船艙外便已傳來寨眾忙碌走動的聲音。鄭森起身披衣，艙門忽地打開，一個矮小的人影鑽入，黑暗中依稀辨得是甘煇。

甘煇道：「鄭先生起來啦？先用早飯，天一亮咱們就動身。」說著點亮燭火，指揮手下端來飯菜。

張宛仙睡在裡艙，鄭森朝裡頭叫喚了幾次，張宛仙才若有似無地「嗯」了一聲。良久張宛仙出來，已然梳整停當，但臉上微露不豫之色。方以智問道：「宛兒沒有睡好嗎，還是身上不舒服？」張宛仙搖搖頭，並不言語。鄭森心想這遊寨船上並不舒服，難為張宛仙將就了一夜，又猜她可能是擔心今日之事，也就沒有多在意。

三人吃飯間，殷之輅走了進來逕自坐下，說道：「咱們都布置好了，待會方先生您三位的座船，會先停在僻靜安穩的地方。待兄弟們救出太子，再請三位前來指認。」

鄭森推開艙壁上的窗格，見天邊和湖面交接處已有些微亮，四處已是鳥鳴一片。不多時，殷之輅便命手下離岸啟航。

船開到湖心一座島旁的蘆蕩中停妥，殷之輅起身道：「兄弟幹活兒去，請三位在此稍待。」方以智道：「靜候好音。」

這時忽然船頭一沉，有人從鄰船跳了過來。那人快步進艙，乃是甘煇，對殷之輅稟道：「大哥，長蛟幫的船在半路上給人截住了，兩邊乒乒乓乓打了起來。」殷之輅道：「怎地半路殺出程咬金來，是哪一路人馬？」甘煇道：「不知道。」殷之輅道：「咱們的人呢？」甘煇道：「沒有大哥號令，不敢輕動。」殷之輅長眉一軒，道：「走！看是誰膽敢在咱們地頭上動手。」說罷大踏步走出船艙，和甘煇一起俐落地跳到旁邊另一艘梭艇上。

鄭森稍一猶豫，喊道：「我跟殷寨主去。」跟著奔出，要跳過對船時，那梭艇正準備啟航，兩船之間的距離倏地拉開，鄭森看得仔細，腳尖在船舷頂上一勾，藉力躍入船中。還沒站穩，兩側船舷已伸出十支長槳，整齊劃一地探水划動，頓時如箭脫弓般向前急航。

天已大亮，湖上風光宜人，鄭森卻覺路程怎麼忒遠？轉頭看殷之輅時，只見他雙手抱胸，眼神堅定，絲毫沒有焦急的神色，鄭森遂也沉住氣，專注地望著前方。

梭艇轉過一座小島，不遠處赫然衝起一條粗大的煙柱，騰騰而上翻湧不止。幾座小島之間的水面上，有四艘雙桅大船正在圍攻另外兩艘單桅上掛著長條龍旗的船，想來就是長蛟幫的船了。雙桅大船居高臨下，又有火器，極占優勢。長蛟幫的一艘船已陷入火海之中，細長的龍旗在火舌蒸騰的熱氣中扭動掙扎不已，而敵船依然不遠不近地包夾著，不住朝船上發弓、發銃，細看時竟是將意欲投降或跳水逃生的幫眾射死，不留活口。另一邊兩艘大船則是一左一右夾著長蛟幫的船，用鉤索拉緊，登船肉搏。

鄭森指向長蛟幫未著火的那艘船道：「太子必在此船上！」殷之輅一點頭，問甘煇道：「弟兄們在哪？」甘煇道：「都在左近監看。」鄭森轉頭觀望四周島嶼，一無所見。殷之輅目光一掃，卻道：「發令衝上去，先斬斷鉤索，各艇將大船隔開，本寨上船救人！」甘煇得令，從懷中掏出一支火箭射向空中，「啪」地炸響，瞬時不知從島後何處竄出十來艘梭艇，齊向湖心划去。

那邊敵船看見，嗚嗚嗚地吹起螺號，兩艘大船撇下著火的長蛟幫船，擋在正在肉搏的三艘船前。

殷之輅看對方船上並無旗號，大聲喊道：「是哪一路的朋友在太湖上做買賣？」他氣運丹田，聲音遠遠送了出去，對方並不回應，卻忽然一陣砲響，將幾枚砲彈打了過來，在梭艇陣中激起數道水花。稍停，第二輪火砲打來，當頭擊中一隻梭艇，在艇身上打破一個大洞，湖水頓時湧入，艇上的寨眾們紛紛跳水逃走。

殷之輅罵道：「好傢伙，竟有忒多佛郎機砲，這不是一般毛賊。大家繞過去！」

鄭森想起父親曾說，海戰之道無他，大船勝小船、多船勝寡船，大銃勝小銃、多銃勝寡銃而已。又說海上無山川之險可恃，只有上風、順流是海上的絕大地利。鄭森看著湖上情勢，頓時對此領會不少。雖然湖、海水性不同，其理仍可互通。敵船高大，又有火器，占了兩樣便宜。白頭軍的梭艇則勝在數量多、划動迅捷，須得以己之長攻敵之短，才有勝算，遂對殷之輅道：「殷寨主，先搶占上風處！」

殷之輅白了鄭森一眼，似乎在說「老子上陣，還要你來教？」但他在這太湖上與敵交戰經驗雖多，確實鮮少遇上這樣的對手，該如何迎戰，一時也還沒有計較。鄭森又道：「敵人船雖大，須借風而行，且下風處火銃硝煙倒吹，不利發射。」殷之輅登時醒悟，旋即發令道：「全船向北，從上風處攻過去！」

梭艇向北繞了一圈，對準糾結在一起的三艘船衝過去。敵人在外圍的兩艘船移到主船北首，滿張了帆準備上前迎擊，但逆風中航速和威勢已然大減。

殷之輅問甘煇道：「各船備得油瓶沒有？」甘煇道：「本來只打算截船救人，怕火攻傷了太子，沒料到會有這番陣仗，因此準備得不多。」殷之輅道：「讓備有油瓶的艇子去攻攔路的那兩艘敵船，其他艇子跟隨本寨登船廝殺。」

五艘梭艇得令衝出，迅捷地欺近當頭兩艘大船旁，寨眾們點上油瓶準備放火，敵人見狀停了砲擊，不住發射弓箭和鳥銃，並轉動船身躲避。但梭艇去勢甚疾，幾個油瓶砸在其中一艘的舷邊上，登時燒了起來。敵船應對也快，立時灌水倒沙滅火，畢竟騰不開手來攔路了。

殷之輅表情不曾稍變，回頭對鄭森道：「鄭先生暫且進艙去！」鄭森心想自己並無臨陣經驗，危急中若還讓殷之輅分心護著自己也不妥當，遂退到艙門口，扶著門觀戰。

殷之輅的座艇一馬當先，衝向纏在一起的三艘大船。長蛟幫的主船被夾在中間，船身較低，殷之輅命從船尾敵人火銃較少處靠上去，拋上鉤索一躍而上，寨眾們也紛紛跟著攀上船去。甘煇赤手空拳地緊跟在他身旁，雖然身形矮小，拳路卻迅捷無比，一條灰影在敵人刀光中高低穿梭，所到之處竟然無人能擋。

鄭森看著敵船拉住長蛟幫船的幾道鉤索，靈機一動，對身旁的幫眾道：「借殷寨主的鳥銃一用！」那寨眾聞言先是一楞，接著似乎想起鄭森高明的銃術，臉露喜色，隨即進艙取出鳥銃來。

鄭森掛好腰帶，點燃火繩，俐落地填藥裝子，倚在艙門口照準左首敵船的鉤索，扣下鬼扳，「轟」地一響，鉤索應聲而斷。他退回艙中，裝好第二發，再度探身出來開火，船身晃動中失了準頭沒有擊中，而敵船上兩把鳥銃對著這邊打了過來，擊在身旁艙板上，鄭森連忙縮回艙中。

鄭森再度裝填好，大呼一口氣，轉身出艙開火，又打斷一條鉤索，敵船和長蛟幫的主船船尾頓時向外飄開，只剩船首還被繩索牽引在一起。

這時敵船上傳出一句閩南話的命令：「毋當戀戰，搶著人就緊走！」

鄭森一楞，沒想到在一片嘈雜的兵刃、火器和呼喝聲中，忽然夾著熟悉的鄉音，教人疑惑是否聽錯了。他凝神想再細聽，忽覺一支羽箭當頭射來，趕緊著地一滾躲開，嚇出一身冷汗。

驚魂未定，眼角又見一片陰影壓了上來，卻是敵人外圍的大船掉轉回頭，對著鄭森所在的梭艇衝犁過來。鄭森知道厲害，想也不想，身子向前縱出，飛身抓著一條鉤索攀上長蛟幫的主船。身後同時傳來一陣巨響，梭艇已被敵船碾得粉碎。

鄭森跳上甲板，見殷之輅和寨眾們正與敵人打得難分難解。船頭上忽然青影一閃，一名敵人背負著那青衫少年從前艙奔出。左首敵船從舷邊拋下一段繩梯，那人隨即抓著繩梯往上爬。

左首敵船上有人大喊：「得手了，斬索、開船！」同時「鏘鏘鏘、鏘鏘鏘」地敲起銅鈸。鄭森心中一凜，想起鄭家水師收兵的信號也是這般。

右首敵船聽到信號，立即斬斷相連的鉤索，向外飄去，同時從舷邊拋下幾道繩梯。還在長蛟幫船上的敵人們逐漸後退，陸續轉身跳入水中，抓住繩梯爬回自家船上。

鄭森眼看背負青衫少年的那人即將爬上左首敵船舷邊，船上敵人也已舉起手斧準備斬斷最後一條鉤索，而更有敵眾居高臨下拋擲油瓶，長蛟幫船上頓時燃燒起來。鄭森瞥見甲板上掉落著幾副弓箭，繞過火焰衝上前去拾起，「颼」地一箭射出，從攀梯的敵人臉上擦過。那人嚇了一跳，腳下踩空，整條腿陷進繩梯的網洞裡，一時手忙腳亂地掙扎起來。

這邊甘煇看見，身子一矮，穿過幾名敵人，鑽到繩梯下方，抓住繩梯用力搖晃。青衫少年一鬆手，向後跌下，甘煇一托一扶，接個正著。殷之輅踢翻兩名敵眾，衝上前去斬斷鉤索，左首的敵船頓時飄盪開去。還留在這邊船上的敵人試圖上前來搶奪少年，寨眾們拚死抵擋，甘煇迅捷的短拳在擁擠的混戰中發揮甚大威力，護著殷之輅和青衫少年一路奔向船尾。船上火勢迅速蔓延開來，船上眾人紛紛被迫跳入水中。殷之輅背起青衫少年，瞅準一艘梭艇就跳，穩穩落在艙板上。

甘燀領著鄭森跳到另外一艘梭艇中，鄭森落地時仕艙板上滾了一圈才站起。

殷之輅交代手下將青衫少年帶入艙中，救起水面上最後兩個待援的手下，隨即下令開船。敵船似乎投鼠忌器，不敢發射火器來攻，待欲掉轉船頭來追，奈何大船不夠靈便。梭艇伸出長槳划了幾下，便遠遠駛了開去，敵人再也無法追上。殷之輅下令梭艇四散駛離，更讓敵船難以追蹤。

敵船上忽然火光幾閃，接著傳來幾聲巨響。鄭森本以為敵人心有不甘，開砲追擊，細看時，卻見火砲全往長蛟幫船上招呼，沒幾下子，那船便陷入一團濃濁的煙塵之中，桅杆也折倒入水。船上若還有長蛟幫眾，勢必盡數不活了。

●

鄭森待所乘的梭艇回到蘆蕩中，才稍稍鬆了口氣。回想方才的一番苦戰，餘悸猶存之外，卻也生出強烈的疑惑：襲擊長蛟幫的究竟是何方神聖？他們顯然是衝著太子而來，並且早有預謀。

鄭森遂問甘燀道：「甘兄，方才激鬥之中，我似乎聽見敵人用閩南話傳令，你聽到了嗎？」甘燀道：「閩南話？我沒聽見。」他抽抽鼻子，「嘿」地一聲道：「這幫人真夠狠的，竟將長蛟幫趕盡殺絕，一個活口也不留。」

鄭森問道：「左近可有那個幫會，行事如此辣手？」甘燀道：「江湖中人，雖然過著刀頭舔血的日子，也甚少這樣殘酷。除非是——」他話說到一半又打住，鄭森連忙追問：「除非甚麼？」甘燀道：「殺人滅口。」鄭森醒悟道：「兩幫人必然彼此認識。」甘燀淡淡地道：「說不定冤家就是買家。長蛟幫擄走太子的這趟買賣，興許正是那幫人所託。厲害，厲害。」鄭森稍一想便懂了，那幫人不欲自行出面劫持太子，託長蛟幫下手，就算走漏消息，帳也算在長蛟幫手上。而半路上將長蛟幫滅了，從此沒有人會知道是誰在背後主使。念及於此，竟有些不寒而慄。

一時殷之輅的梭艇也到了，兩船與方以智所在的梭艇會合。殷之輅下令清點手下人數，又命各艇在外圍哨望、警戒。

布置已定，殷之輅遂請方以智和鄭森過去。方以智腿上不便，艱難地踩過踏板，一臉關切地問：「救出來了？」鄭森上前扶著他，道：「敵人甚是強硬，幸賴殷寨主和眾位兄弟們奮勇援救，總算在千鈞一髮之際把人給救出來。」這時一名寨眾來報，方才這一戰，折了八名兄弟，十多人掛彩，並失了三艘梭艇。

方以智看殷之輅以下，連同鄭森在內，人人無不鬚髮焦黑、衣衫破損，顯是經過一場惡戰，遂向殷之輅長揖道：「殷寨主和眾位兄弟高義，方某敬佩無已。累得貴寨兄弟們損傷，實在叫人過意不去。」殷之輅揮一揮手道：「這是國事，我們既然允諾救駕，自然沒有二話。兩位快請進去認一認吧。」

方以智看了看鄭森，深吸一口氣，下了好大決心似地舉步。乍進得艙內，光線陡暗，不由得瞇了瞇眼睛，只見中間一張椅子上端坐著那名青衫少年。幽微中，少年的面孔逐漸清晰起來，他目光炯炯、輪廓方正，身形雖然矮小，但凜然獨坐，又帶著一股調暢悠然的氣度，一點也不像是剛剛經歷過一番驚險。鄭森心中不由得暗暗讚道：真人君之度也，天賜此人興復我大明！

青衫少年見了方以智，雍容地一笑道：「原來是方先生前來救駕。先生別來無恙？」鄭森聽了，心中無比激動，幾乎就要掠起袍角跪下。轉頭看向方以智時，卻見他臉色大變，口唇顫抖著道：「是你？」少年笑道：「是我！」方以智忽然大喝一聲道：「這種事情可以兒戲的嗎？」說罷轉身奔出艙外。

鄭森追到甲板上，方以智一手撐著船舷，身軀搖晃欲墜，臉色白得嚇人。鄭森看他這個樣子，有些不忍追問，但事關重大，不得不問道：「不是真的？」方以智抬頭看他，目光渙散，淒然道：「沒有想到，原來我心裡這麼期待太子是真的。口頭上說太子無論真假都於時局無益，其實依然盼望著太子正位、一新朝局，到頭來，我也不過是自欺欺人罷了……」

鄭森仍不死心，問道：「那麼裡面的少年是誰，為何說我們是來『救駕』，還認得你？」方以智閉上眼睛，懊喪地道：「他叫王之明，是駙馬王昺的姪孫，面貌氣質與太子神似，也曾在東宮一起讀書，所以多少知道宮裡的情形。」

鄭森聞言茫然若失，太子一事，他始終抱定著「真太子扶持正位，假太子揭發之以平息騷動」的想法，也以此說服吳應箕、方以智和殷之輅等人。但如今辨明太子為偽，像是一跤跌進了一個深窟窿裡，甚至有些難以置信。聽方以智這一說，才知道自己也打從心底期盼太子南來撥亂反正。

「甚麼，太子有假？」殷之輅忽然暴喝一聲，嚇了鄭森和方以智一大跳。殷之輅大踏步進艙，揪著少年出來，粗魯地把他往甲板上一頓，大聲道：「娘希批！為了救你，咱們沒了八名弟兄，原來你卻是假的！」

少年怒道：「無禮！」他挺身箕踞而坐，傲然道：「我有聲稱自己是太子嗎？我有叫你們來

子。」

救我嗎？我避禍南來，只求保全性命，以續皇考香火，既無意干預朝局，更無覬覦大位的野心。你們要劫、要救，我都身不由主，卻怎地把錯怪在我頭上？」

方以智破著嗓子罵道：「你稱先帝為『皇考』，不是以太子自居是甚麼，還說不曾自稱太子。」

少年把頭一仰，傲然道：「我乃皇考血胤，無論天潢之倫、人子之義，都不容我否認。但我也從未對外自稱太子，藉此圖謀甚麼。」言罷，鼻頭皺了一皺。方以智想到太子每當要起倔強脾氣時，也是如此表情，腦中頓時浮現從前在東宮侍講的種種往事來，忍不住掩面乾嚎道：「為甚麼你不是真的，為甚麼你不是真的？太子啊！」

殷之輅「刷」地拔出一柄大刀，架在少年頸上，道：「此人既是假的，就在此處料理了，免得混淆是非，也給死去的兄弟們交代！」

方以智和鄭森神思混亂，一時竟說不出話來。殷之輅舉起大刀就要斬下，忽然傳來一聲嬌呼：「住手！」眾人循聲望去，原來張宛仙一直在鄰船上默默看著，這時才出聲阻止。殷之輅道：「小娘若不忍看殺人，快請進艙去。」張宛仙卻道：「千辛萬苦救回來了，這麼一刀殺死，豈不前功盡棄？」鄭森猛然回神，忙道：「不錯，太子之事已然轟傳各地，若是忽然下落不明，世人必定生出許多荒誕的議論來，時局必亂，讓賊、虜有可趁之機，因此萬不可殺他。此人雖假，卻正該留著讓天下人看個明白。」

殷之輅依然把刀在少年眼前晃來晃去，道：「你假扮太子煽惑人心，背後是誰主使？」少年道：「我生而為皇子，哪裡有誰主使。」殷之輅怒道：「你道我真動不得你嗎？就算不殺你，在你身上、臉上劃幾道口子倒也不難。」說罷又將單刀高高舉起，看了一眼鄭森，意在詢問可否讓少年吃點苦頭，鄭森心想這假太子不僅殺不得，也不宜有所損傷，遂暗暗搖了搖頭。

殷之輅「哼」地一聲，將刀柄轉了半圈，狠狠劈下，用刀背在少年後頸輕輕掠過。少年臉上微微變色，旋即明白殷之輅只是嚇唬自己，因怒道：「你既說我是假的，就快一刀將我殺了，堂堂大明宗室，不受你的折辱！」

殷之輅把刀收起，讚道：「好膽量。」鄭森也在心中暗讚少年的膽識與氣度。一時道：「殷寨主，待此人送到南京，朝廷自不難查明背後主使之人，咱們眼下就不必多為難他了。」

殷之輅道：「那現在該拿他怎麼處置？我可不送他去南京。」方以智見鄭森看向自己，道：「我方寸已失，就請大木兄作主吧。」鄭森想了想，已有計較。眼前仍需殷之輅大力相助，得先穩住他，遂恭維道：「此人若被奸宄之徒劫走，挾太子以令諸侯，外頭真偽莫辨，必釀重禍。殷寨主和一眾兄弟們救得他來，實是利於天下的大功 件。」殷之輅神情稍緩，道：「罷了！」鄭森知道他已能接受此事，接著道：「太子……少年被劫不到一天，外間應該還不曉得。咱們暗中把他送還杭州高家，就當沒這件事。太子南來的消息傳到南京，朝廷必定不能坐視，很快就會派人來查。朝廷裡認得真太子的官員甚多，看一眼就能分辨清楚的。」

大家想了想，如此處置十分妥當，遂無別話。殷之輅伸手拉少年起身，少年大方地道：「沒想到山澤草莽間，也有像閣下這樣的義士。國家興復大業，正需殷義士多多效力。」殷之輅白了他一眼，冷冷地道：「回頭得讓那個高成把他好好綁在家裡，莫又出門亂走多生事端。」

第拾柒回
近鄉

鄭森一行將少年送回杭州，由甘煇和高成接頭。高成覺得杭州風頭已大，少年繼續待在此處多有不便，他們家在金華有處別莊，頗宜安頓少年。甘煇遂將少年又送往金華去了。

同時，高夢箕知道紙包不住火，在幾日前已自行祕奏朝廷太子南來一事，朝廷旋即派出使者前來察看，命金華縣令派兵守護，準備剋日將少年送往南京。

方以智自回到杭州城內之後，始終鬱鬱寡歡，目光飄忽不定毫無神采，尚且不時暈眩、乾嘔，無論鄭森如何寬勸，都歸無用。鄭森幾次找他到西湖遊逛散心，方以智卻不願去，鎮日只窩在絲棧客房裡，獨自望著空無一物的牆壁發楞。怪的是張宛仙並不熱心幫忙安慰，鄭森問時，只說方以智驚悸不安，暫時不要打擾他。

一日早上，方以智遲遲沒有起身，鄭森也不以為意。直到接近中午，敲門不應，推開房門一看，方以智卻已不在房中，桌上簡短留書，只道「南行勿念，善自珍重」。鄭森急忙拿著字條去尋張宛仙，卻發覺她也不見，看來是和方以智一道走了。

鄭森急急奔出絲棧門口，差點和一人迎面撞上，原來卻是甘煇。鄭森還沒開口，甘煇已開口道：「鄭先生慢來，方先生昨天傍晚從草橋門出城，過錢塘江搭夜航船直放寧波，要在舟山換海船往廣州。這會兒應該已經快到上虞縣了。他要我轉告鄭先生，不必為他掛念。」鄭森跌足道：「你怎麼不早告訴我，至少讓我與方兄作別。」甘煇抱歉地道：「是方先生特意交代這麼做的，他說『離亂之際，徒增傷感』，堅持不要我告訴鄭先生和張小娘。」

鄭森詫道：「宛兒不是和方兄一起去了嗎？」甘煇意外道：「沒有啊。」鄭森道：「她果真沒有同去？」甘煇道：「我送方先生到錢塘江上，目送著船離開碼頭才回來，張小娘並未同行。」鄭森道：「她房裡都收拾乾淨了……會不會是知道方兄要走，偷偷跟了去。」甘煇斷然道：「不可能，咱們的船人貨上下都盯得很緊，何況我全程陪著方先生，張小娘若有意偷渡，也逃不過咱們的眼睛。」

鄭森心下惘然，想起張宛仙這幾天不知何故神情冷淡，此刻與方以智各自不告而別，卻連隻字片語都沒有留下。方以智固然令人擔心，但他本就打算南行，如今遠離是非之地，未始不是一種解脫。然而張宛仙一名孤身柔弱的女子，沒來由地獨自闖了出去，就格外讓人掛心了。

甘煇畢竟是局外人，鎮定地道：「鄭先生不必擔心，張小娘應該還未走遠。像她這樣的美貌姑娘隻身而行，惹人注目，也不難打聽。咱們在杭州的朋友甚多，大家四處去找，很快就會有消息的。」

消息果然回來得很快，幾個絲棧裡經常到碼頭運貨的夥計說，早上曾在拱辰橋看到一個美少年要租船，大家湊上前看，都覺眼熟。仔細一看，認出那少年就是這幾日借住在絲棧裡的美人，只是改作了男裝。

拱辰橋是運河起點，不僅各色商船、貨船、官船麇集，往來行旅也多在此下船，碼頭上船家牙人招徠遊客，本就是餓虎撲羊似地。何況張宛仙這樣的人物，一到碼頭上，立時就像炸了鍋一般，不僅牙人圍得嚴嚴實實，看熱鬧的也都湊得水洩不通。

夥計們說，張宛仙挑選船隻的方法也有趣。牙人們無不口沫橫飛宣傳自家的船多舒服、價格多公道，張宛仙卻說，她喜歡清靜，特意指了人圍外頭一個從頭到尾默不作聲的年輕牙人，偏要坐他家的游山船，講定全包，不與其他客人搭夥。

聽到這裡，鄭森忙問道：「可知道她要去哪？」那夥計道：「眾人看她選好了船，遂都一哄而散，也沒人注意她的去處。不過總是循運河往北，應該還走得不遠。」

鄭森道謝，向甘煇借了一匹馬，毫不耽擱地出城去追。運河堤面一如街道，馳行甚速，儘可趕得上。但鄭森望著河中無數帆檣，心中叫苦，忒多船隻，卻該從何找起？他想起張宛仙領著自己去找方以智時，路上始終不願透露去處，叫人猜不透。這時她若指揮船家從哪條支流轉出去，自己就更不可能找到了。

縱馬奔出一段，日頭已過中午，算算馬程，差不多該趕上張宛仙的船了，於是緩下步子，細細張望河中船隻，希望張宛仙正好開著窗子眺望，也就能彼此看見。

鄭森心裡焦急，不住擔心著，張宛仙這樣的美貌少女隻身在外闖蕩，不知會遭遇多少凶險。想起這幾日在杭州曾聽時常行船往來的客商說，行旅興販，最怕遇上盜匪，須謹記「天未大明休起早，日才墜西便灣船」，可見到處賊人之多。就算是青天白日裡，說不定船家看她柔弱可欺，都能起歹心。鄭森越想越覺驚心，猛然回過神來，發覺方才好一陣子對眼前景物視而不見，說不定已經錯過張宛仙了，不知該不該回頭仔細一艘艘船再重新看過。

心頭煩亂之際，忽見前面一個碼頭邊的酒樓裡熱鬧得古怪。運河旁像這樣供往來旅客打尖用飯的茶樓酒肆甚多，人們都是匆匆吃一餐就走，故而店裡擺設千篇一律，酒菜也都只是一般，照說不應該熱鬧成這個樣子。鄭森心念一動，將馬在路邊樹上繫好，上前看個究竟。才到店門口，便聽到裡面傳出一陣優美的琴聲。

店門口黑壓壓都是人，擠不進去，也無法看到裡面。鄭森問了身旁一人道：「老哥，這是在熱鬧甚麼？」那人道：「聽說是個男裝的絕色美人在彈琴，大家都來看，我也還沒能看到，只能聽到琴聲，果然像是個美人彈奏出來的……」那人還沒說完，旁人「噓」地一聲道：「別吵，聽琴呢。」

鄭森凝神，只聽得琴聲悠揚灑脫、無拘無束，雖然撥彈力道稍弱，少了大開大闔的氣勢，但歡快清靈，令人聞之心胸舒爽。琴聲歇處，店裡店外霎時爆出采聲。

店裡傳出一個青年男子的聲音，豪邁地道：「姑娘這曲〈列子御風〉彈得甚為高妙，指法圓靜，微以澀勒出之，若馳天馬遨遊於六合之中，憑虛御風，不知幾千里也。若要吹毛求疵，只能說此曲原意是真人列跡於清虛無極之表，而與天地相為始終，姑娘的彈奏，似乎過於歡欣了些。」

一女子答道：「得道真人吸風飲露，羽化登仙，這境界我可做不來。何況今日在此客店暫歇，竟得汪相公這張焦尾古琴可彈，我高興得不得了，越彈越起勁，也就顧不到這許多了。」眾人聽她說得有趣，又一副天真爛漫的樣子，都笑了起來。

鄭森聽得分明，說話的正是張宛仙，驚喜之餘，卻也有幾分悵惘。他知道南京舊院名妓，等閒並不在人前演奏，往往只有知音密友，讚許再三，才肯勉強彈個幾曲。此時張宛仙卻當著滿屋子素昧平生的旅人客商、販夫走卒之前暢快操琴，足見她心情極佳。這些日子張宛仙悶悶不樂，也不太言語，默然出走，到此酒樓不過片刻，卻立即變得如此開朗。不知自己究竟甚麼地方令她不快，左思右想，卻怎麼也想不出理由。

店裡那姓汪的文士接著道：「不想今日客途之中，得聆如此雅奏，真是緣分奇妙。可否請姑娘再彈一曲？」張宛仙沉吟道：「我在這裡耽擱已久，只怕誤了行程……不過這樣好琴難得，著實叫人無法推拒，我就再彈一曲好了。」眾人紛紛拍手叫好。

待得采聲歇止，店裡陷入一片靜默。良久，才聽得弦音微發，古雅幽靜，彷彿月夜閒步庭除，一片皓然清寂。鄭森聽了幾段，依稀認得這是〈漢宮秋〉。他身旁一人打了個呵欠，抱怨道：「這曲子忒小聲，甚麼也聽不清楚。」才說著，曲子抑揚頓挫，逐漸激切起來，大有幽怨哀靡之感。鄭森聽得心頭一酸，尋思道：「宛兒心中怎地如此委屈？」

曲終餘音希微，杳不可聞。曲子雖佳，卻與這晴天朗朗、閒人圍觀得水洩不通的景況格格不入，因此這回喝采的人就少了，只有那文士大聲讚嘆：「好，好！」間或夾雜著稀疏的撫掌之聲。接著一陣響動，似乎是張宛仙推琴而起，對眾人道：「好啦，我得趕路去了。汪相公，多謝你的好琴。我許久沒彈琴了，今日得以一抒胸臆，著實快慰——勞駕各位讓一讓。」文士有些措手不及：「姑娘這就要走了？」張宛仙笑道：「早該走啦。」

店裡人群騷動，推擠到店外來。眾人向兩旁讓開，一個俏麗的影子走了出來，引得眾人屏息驚嘆。那文士身著黃衫，亦步亦趨地跟在她後頭，兩名隨從抱著長長的琴盒手忙腳亂地追上，琴盒連番撞到圍觀閒人，隨從不住道歉，又恐碰壞了裡頭的琴，十分狼狽。

張宛仙出得店來，恰好與鄭森四目交對，喜道：「你來了？」歡然之情卻一閃而逝，轉身逕自往碼頭上去，鄭森忙追上前去，道：「密之兄今天一早從舟山出海，到廣州去了。」張宛仙似乎早已知道此事，道：「他每天都在那裡說要去廣州，現在終於走了，又有甚麼奇怪。」鄭森道：「我尋不著妳，還以為妳跟著他去了。」張宛仙負氣似地道：「他走他的，關我甚麼事。」鄭森道：「妳氣他不告而別嗎？」張宛仙不耐煩地道：「誰要氣他。他自走他的，我自走我的。」

鄭森問不出所以然，看看圍觀者眾，不是說話的地方，遂道：「宛兒要去哪？」張宛仙道：「你要我帶你去找方公子，你已經找到了，太……少年的身分也辨識明白，我可以走啦。」鄭森道：「不拘去哪裡，我都送妳，至少等妳安頓好了我才放心。」

張宛仙冷淡地道：「你是我甚麼人，如此掛心於我。」鄭森顧不得四周人們的目光全都在自己身上，大聲道：「我答應過密之兄，往後日子裡，必定護得妳安穩周全。」張宛仙聞言停步轉身，對著鄭森忿忿然道：「我不是他方家還是你鄭家的奴婢私產，可以由得你們推來讓去的。」說罷，步下階梯就要上船。

鄭森一楞，這才明白當晚和方以智的談話都讓張宛仙聽見了。他拙於言詞，一時竟不知該說甚麼好，漲紅了臉道：「宛兒，我，我們不是那個意思……我一早不見妳的蹤影，心裡焦急得很，這才一路追了上來……」

張宛仙足不停步地上了船，在艙口回頭一望，眼神中似乎掩抑著無限心事，輕聲嘆了口氣，卻又隨即進艙去了。客船立時解纜離岸，向北行去。鄭森呆立半晌，忽然驚醒，回頭上馬，緩步跟著張宛仙的座船前進，眼光不敢稍稍轉開，好像一眨眼，張宛仙的船就會不見了似地。

天色漸漸暗了下來，但游山船不曾停泊，像是要走夜船。鄭森心想，就是走夜船，我也隨妳走一晚上。

艙裡點起燈火，船家忙進忙出準備晚飯，鄭森這才想起自己從早飯後就滴水未進，已是飢腸轆轆，卻不敢走開。這時天空中又下起綿綿細雨，乍看不礙事，但一會兒雨沫便如露水般將鄭森沾得全身都濕漉漉地。晚風一吹，叫他忍不住打了幾個噴嚏。

入夜小半個時辰，正苦於飢寒之際，游山船經過一處叫做五黃橋的小碼頭，走出不遠忽然停船，又倒撐回來靠岸。張宛仙隨即推開艙門出來，船家小心翼翼地提燈照路，扶她上岸。張宛仙邊走邊道：「船家，不是我嫌棄你家的船不好，實在是這水上蚊蟲太多，搖搖晃晃的我也睡不安穩。我且上岸尋個店家投宿去，明日一早再回來。」船家就在她身旁，她卻大聲說著，倒像是故意要說給鄭森聽似地。

船家替張宛仙打傘，護著她往客店去。張宛仙彷彿沒有看見鄭森般，逕自從他身邊走過，鄭森也不說話，默默跟著她去。

進了客店，鄭森把馬交給店門口的夥計，和張宛仙一前一後進了客店。掌櫃的迎了上來，問道：「兩位要住店？」鄭森和張宛仙同聲道：「是！」張宛仙瞪了鄭森一眼，鄭森不由得後退半步。掌櫃見這一男一女同行，本來理所當然地認為是夫妻出遊，但看他們站得若即若離，似熟非熟的樣子，忍不住問：「兩位是一道的？」兩人又同時開口，鄭森道：「是！」張宛仙卻道：「不是！」

掌櫃的一楞，鄭森忙道：「要兩間乾淨的上房，都歸我帳上。」張宛仙搶著從懷中掏出一把銅錢往櫃上一拍：「分開算！兩間房隔遠點！」掌櫃的老於世故，心想這等出遊路上鬧彆扭的夫妻他可見得多了，肚子裡暗笑，面上卻絲毫不動聲色道：「小店差不多住滿了，只剩兩間相鄰的，兩位湊合著住吧。」於是領著兩人到房間去。

張宛仙進了房門，「碰」地一聲把門關上，隨即「嗒」的一聲從裡面上了門。

鄭森跟掌櫃的要了塊布巾擦了頭上、身上的雨水，問道：「掌櫃的，貴店有伙食可搭嗎？」掌櫃的道：「小店供人投宿、打尖，後頭有廚房，鍋碗瓢盆一應俱全，可以自己開火，但沒有供給吃食。」鄭森苦笑道：「你看我像是自個兒帶著食料走路的嗎，這左近可有酒樓或者熟食鋪子，能買到甚麼吃的？」掌櫃的道：「咱們這裡是小碼頭，一色都是像小店一般的陽春宿頭。」他看鄭森一身狼狽的樣子，遂道：「白飯是還有小半鍋——不過是咱家老小吃殘的，而且沒有菜，您要不嫌髒，我給您拿來。」鄭森忙道：「太好不過，有勞您了。」

掌櫃的眼睛往張宛仙的房間方向一飄，道：「那一位也要吃嗎？」鄭森道：「她用過飯的。」掌櫃的「噢」地一聲，不再言語，默默把飯拿來。鄭森早餓得慌了，三兩下把白飯扒個精光，雖然還餓，但身上疲累，又不敢放張宛仙獨自一人在店裡，遂打消了出門覓食的念頭。和衣躺下，隨即昏昏沉沉地睡去。

不知過了多久，鄭森醒來時，只見紅日滿窗，他心道「不好」，竟睡得這般遲，張宛仙怕不早已離去。鄭森急急起身，卻覺手腳乏力，身子發燙，口鼻間似有一團熱霧罩著，十分地不舒服。

門外忽然傳來掌櫃的聲音道：「好像起來了。」一會兒房門打開，張宛仙和掌櫃的領著一名中年文士進來，掌櫃的道：「鄭相公身上覺得如何?早上好像有點燒呢。咱們五黃橋是小地方，只有一名『烏花郎中』——這是咱們土話，總之這大夫手段不怎麼高明，也就不必費神去找。碰巧昨兒宿在小店這位李相公深通醫理，鄭姑娘便請他過來看看。」掌櫃的稱張宛仙為「鄭姑娘」，不知怎麼回事，但可以想見自己早上沒起身，他們已商量過該找人給自己診治。於是對那文士道：「如此有勞李先生了。」

那姓李的文士謙遜一番，為鄭森把了一會兒脈，看過舌頭，對張宛仙道：「令兄只是連日勞累，加上心有煩憂，致使風邪侵入，只要好好休息即可，不礙事的。」張宛仙好生謝過文士，送他出去，許久才又端著一碗白粥進來。

鄭森本來沒有甚麼食欲，但既是張宛仙端來，趕緊接過了。一湊到面前，只覺一陣醇郁的米香撲鼻，引得腹中咕嚕亂響，便稀哩呼嚕連吃了好幾口。這碗粥雖只用白米煮成，但水量和火候恰到好處，稠軟滑順，竟是越吃越有滋味，顯是十分用心熬煮出來的。鄭森於是感激地道：「宛兒費心了。」

張宛仙在水盆裡絞了一條手巾，遞給鄭森道：「擦一擦吧，瞧你一身汗。」待鄭森接過手巾，她又嘆口氣道：「說甚麼要護得人家往後安穩周全，自己卻先病倒了。」鄭森心下歉然，忙道：「我惹妳不開心，還累妳操煩，實在過意不去。風寒小病只是一時，我說要護得妳安穩周全，這話確是發乎肺腑……咳咳，咳咳……」他忙著剖白，嘴裡還噙著一口黏呼呼的白粥，說話含糊不清，講到後來還差點嗆著了。張宛仙看他這樣，忍不住噗哧一笑：「別把粥給吸進你的肺腑裡去了。」一面過來幫他拍拍背。

鄭森順過了氣，好奇問道：「方才那位李先生，怎麼說我是『令兄』？」張宛仙白了他一眼道：「你我結伴同行，不是兄妹還能是甚麼。說是別的，看人家理不理你？」鄭森一想，果然不錯。幫人看脈問病，風寒小症也就罷了，重則是性命出入的事，客途偶遇之人，一般不肯輕易為此。張宛仙必然費了不少工夫懇求，對方說不定多少也是看在她青春美貌才願前來，她若說鄭森是秦淮河上的客人甚或情郎，那李相公怕就提不起興致了。念即於此，覺得張宛仙不唯體貼，而且思慮甚周。

張宛仙道：「昨日天黑了你也不找地方歇歇，下雨也不曉得躲避。」鄭森道：「我怕妳連夜行船，一離了河堤就失去妳的蹤影，所以一直跟著。」張宛仙道：「若非我瞧見這個碼頭，下一個可以停宿的地方不知在哪裡，你還得多淋上好一會兒雨呢。」鄭森意外地道：「妳知道我一直跟著嗎？」張宛仙實是從一開始就知道鄭森跟在河堤上的，被他點破，有些不好意思地道：「我本以為天黑下雨，你定然就離去了。」

鄭森道：「我怕妳走夜船遇上歹人。」張宛仙道：「不會的，都說蘇州以南、嘉興以西，夜船無盜匪之患。」鄭森道：「如今這時勢，不比太平年月裡了。何況似妳這般容貌，孤身獨行，船家就算原本良善老實，怕都要起歹心。」張宛仙笑道：「我道鄭公子原本良善老實，原來卻也這般貧嘴。」鄭森忙道：「我是擔心妳的安危，宛兒莫要取笑。」他頓了一頓，懇切地道：「實話說，我是不想和妳分開。」

張宛仙看著鄭森道：「鄭公子為何這樣待我？」鄭森見她定定地望著自己，心中一動。良久才道：「宛兒才貌雙全，這自然是不必說的。但於我看來，這些倒還是其次。宛兒凡事拿得定主意，自由自在、敢言敢行，像妳彈的那首〈列子御風〉一般，叫人好生嚮往。」

張宛仙心裡歡喜，不知該說甚麼才好，遂故意促狹地道：「好生嚮往嗎？那麼假使我到處亂走，今天到這兒逛逛，明天去那兒玩玩，始終不停下來呢？」鄭森篤定地道：「在知道妳安穩之前，我總會一直跟著的。」張宛仙聞言，耳根子微微一紅，不再言語。

鄭森問道：「宛兒原本卻想到哪裡去？」張宛仙道：「我想去看看我娘。」鄭森道：「喔？妳想回老家去？」張宛仙道：「不知怎地，忽然就想回去，遠遠地看一眼也好。」

鄭森道：「妳老家在哪裡？」

「只知道是盛澤附近一座在太湖邊上的小村子，確實的地方不記得了，村子名兒也想不起來。我八歲以前從來沒踏出過村子一步，離了家東西南北都不認得。頭一次到盛澤鎮上，就是給帶到人市。」張宛仙黯然道：「那天娘忽然說要帶我到鎮上玩，我開心極了，看甚麼都新鮮，娘還帶我去吃了一碗豆腐花，哪知道才一回頭，卻已經被賣給了人販子……」

鄭森道：「即便如此，妳還是想回去找她嗎？」

「以前從來不想的。」張宛仙有些欲言又止，稍停才道：「我昨天早上離開絲棧，心裡亂極了。想起乾娘故世，自己無親無靠，南京城裡又不能待了，天下之大，竟不知該往何處去。雇了游山船，只叫船家盡往北走，就算隨意東飄西盪都好。忽然卻想起小時候在老家的日子，雖然家裡窮，經常有一頓沒一頓的，但那時真是無憂無慮。這麼一念心起，就覺得非回去看一看不可。」

鄭森道：「那麼咱們就去一趟。」張宛仙喜道：「真的嗎，鄭公子願意陪我去？」鄭森認真地點點頭，張宛仙猶豫道：「太湖邊上村鎮恁多，一個一個找去不知要費多少時日。鄭公子身上有許多要緊事情，怎可為我耽擱。」鄭森想了想道：「幾天工夫不妨的。我曉得宛兒的心情，上年我回日本，雖然未能見著家母一面，但遠遠看見童年生長之地，心中之激動與安慰，真是難以言喻。」

張宛仙聽得神往，道：「鄭公子還記得家鄉所在，我卻一無印象，不知從何找起。」鄭森道：「以前聽妳說過，老家是機戶？」張宛仙道：「早先有一張綢機，每年看個十筐蠶兒。後來有一年遭了蠶瘟，血本無歸，從此改作種田，綢機還是留著，看綢緞行情好時，也買些生絲來織。」鄭森道：「既然如此，你爹總要把綢疋拿到市上來賣，會有店家認得他的，不如就這麼打聽起。」

●

鄭森在五黃橋的客店將養了兩日，其間寫了信託人送到杭州向甘煇報訊，並請他派人來把馬取回。鄭森身體好了，與張宛仙仍舊乘那艘游山船上路。游山船坐起來舒服，但速度不快，到嘉興不過百來里路就走了三天，又花了大半天才到盛澤。

盛澤離嘉興府才只四十餘里，卻屬蘇州府吳江縣，乃江南養蠶最盛之處。居民多以蠶桑為業，機杼之聲通宵徹夜，遠近村落的機戶織好綢疋，都到此處販售。市河東西橫貫，兩岸的生絲和綢緞牙行有近百家之多，但也有不少店鋪大門深鎖、牆上油漆剝落，顯然許久無人出入。鄭森心道，看來這盛澤也不免受亂世與饑饉波及，從前必定更加興盛。一時又想，父親說今年絲綢市況將會大為恢復，確實從此地和杭州便可看出一點端倪。

鄭森二人走到東市終慕橋附近一家綢緞牙行，門口許多小機戶，各自帶著三、五疋綢布來賣，屋裡坐著幾個外地客商，店主人則在櫃上展看綢疋，估喝價錢。店主人看鄭森二人衣著高貴，雖不像客商，仍不敢怠慢，招呼道：「相公買些甚麼？」

鄭森道：「主人家，我們想向你打聽一個人。」店主人道：「噢，打聽哪一個？」張宛仙道：「他叫張金線，是附近村坊的機戶。」店主人道：「張金線……不曾聽說過，是那個村坊的？」張宛仙道：「只知是附近靠太湖邊上的一座小村莊，卻不曉得確切的地方。」店家道：「太湖那邊的機戶多在市河中間善嘉橋的牙行買賣，你們不妨去問問。」鄭森二人謝過店家，自往善嘉橋而去。

在善嘉橋左近問到第五家牙行時，店主人照樣不認得張金線，店裡一個來賣綢疋的機戶卻道：「張金線？咱們灘港是有個張金線，他不織綢很久了，卻不知是不是你們要找的人？相公找他又有甚麼事情？」鄭森知道自己一個外地書生，前來指名尋找鄉下的織戶，頗違事理，恐怕讓人疑心是來尋麻煩的，因此拿出預先想好的一套說辭：「他是我家遠房親戚，多年不曾走動，家祖父年歲大了，思念親人，卻說不清楚地方，要我們來探聽找尋。」那機戶點點頭道：「他家就在太湖碼頭邊，不難找，到地方上一問就知道的。」

鄭森二人辭謝出來，在市河中尋覓船隻乘坐，只說要過湖到洞庭山遊玩，指定從灘港入湖。一名中年婦人越眾而前，說自己便是灘港人，水路熟透，坐她的村舟又快又穩妥。鄭森見她膚色甚黯，身子結實，果然是個走慣船的，遂賃了她家之船。

那船婦夫家姓張，鄭森便稱她「張大娘」。待一上了船，張大娘獨自俐落地收拾船艙、解纜撐篙上路。鄭森本以為她家船上必有男人撐篙、搖櫓，遂問道：「張大娘，這船就妳一人操持？」張大娘理所當然地道：「咱們鄉下女人甚麼都能做。每逢正月、二月新蠶還沒養上，舊絲又織完了的時候，咱家男人就去做點短工，我也不時出來撐個船甚麼的，多掙點家用。這村舟不大，不論撐篙還是擺櫓，一個人就成了。」鄭森心道，如此說來張大娘可不是真正的老船家，不覺有點失悔，但盛澤到灘港不過四十里路，只消半天工夫可到，也就算了。

張大娘看似樸實木訥，撐起村舟以後卻開了話匣子，不住東拉西扯。一會兒拿出剛從圓明寺求來的香灰包兒，說有多麼靈驗，一會兒說起灘港的人情風光，說的卻盡是些雞零狗碎之事，頗為乏味。鄭森二人唯唯敷衍，都覺得她有些囉唆。

村舟還沒撐離市河，張大娘忽然又說要靠岸一下，找個鄉親拿點貨品附載回去。鄭森忍無可忍，正想換船不坐了，張大娘的鄉親已挑了一擔雜貨上船，問張大娘道：「妳難過了這幾天，心裡好些沒有。」張大娘語氣平淡地道：「好些了，前兩天真是難過得緊。大哥去就去了，我再傷心他也活轉不來。」她像是自言自語般道：「我大哥前天忽然死了，他撐了一輩子船，卻在灘港這個閉著眼睛都能走的地方一篙子刺空跌進水裡，二月天的河水，冷颼冷颼的，一下子就這麼沒了。他們家住得遠，不及通知家人，甲長派人來叫我去認認，我媳婦兒正有身孕，怕忌諱，不叫我去。我又慌又怕，想去又不敢去，只能坐在地上哭。不過我都幫大哥料理好了，姪兒他們不曾料理過這種事，我都給他們張羅好，還想辦法先湊了一兩銀子給壽材店，把棺木、壽衣和誦經和尚都定下了。」張大娘說話時一貫平靜緩慢，除了有些疲憊，看不出甚麼情緒。「我叫姪兒幫我燒根香跟他講，我要在他出殯那天才能去看他。這樣對找好，對大家都好。」那鄉親聞言感嘆了一陣，說了些安慰的話，自回岸上去了。

鄭森這才明白張大娘不是天性聒噪，只是心裡有事，想找人說說話解悶，頓時覺得有些慚愧。於是道：「我看這一帶人人都種桑養蠶，進項甚好，妳為何不也看個幾筐蠶，勝過這行船的風霜之苦？」

張大娘使勁把篙一撐，把村舟推入河道，一面說道：「我們家就是養這蠶兒，差點弄得家破人亡。」鄭森好奇地道：「這是怎麼說？」

張大娘道：「養蠶織綢，若是安安順順，那確實是一個絕好的生計。咱們家早先也種過一畝桑地，每年出葉子八十個──」她看鄭森二人不解，說明道：「一『個』葉子二十斤，八十個能看八筐蠶、繅上八斤絲，賣得八兩銀子。」鄭森聽了一笑：「這帳倒好算。」張大娘續道：「桑園地上兼著種點豆子，拿蠶糞養養魚，一年總共能得十多兩，日子好過得很。但這蠶兒太也嬌貴，很難伺候的，稍有閃失，一下子就沒了大半。」

張宛仙想起兒時家裡養蠶的事，道：「是了，都說是『蠶寶寶』，怕風、怕冷、怕光，葉子沾點露水吃了就要害病。我聽說養蠶時節都有忌諱，家家門口貼了紅紙，不許生人衝撞，就連至親好友都不相探問的。」

「可不是，」張大娘道，「養蠶有甚麼十體、二光、八宜的講究，又有三息、五廣的忌諱，麻煩得緊，也不去說他。」鄭森道：「那麼，你們家是不幸遭了蠶瘟？」張大娘道：「蠶瘟不曾遇上，都怪我家男人起貪心，見鄰村老陳多種幾畝桑園發了財，也去跟人借錢多買下三畝地、六百棵桑秧。他癡心妄想，要是一年看個四十筐蠶，那可也發財了。」鄭森道：「很好啊，這也不能說是癡心妄想。」

張大娘道：「那也得看看自己骨頭有幾兩重，能不能生受得起。一個男人是可以顧到六畝桑園，一個女人卻只能看八筐蠶，他要養四十筐，還得另外雇人。這也都罷了，桑秧種下三年才能開始收一點葉子，六年才算長成。肥料、蠶種、保暖用的木炭都要下大本錢，借的債越來越多。誰知桑樹才剛長大，卻連著幾年天氣大寒，蠶兒都給凍壞，葉子運到鎮上也賣不掉，丟在地上都沒人撿。鬧了個血本無歸，賣了桑園還抵不上一半的債。」

鄭森可惜地道：「這只是運氣不好，張大娘妳忍耐著點，這兩年絲綢市況恢復，本錢盡可以收得回來的。」

「這是十多年前的事啦！」張大娘雲淡風輕地道，「當時我男人也是這樣說，無奈債主卻不肯通融，家裡的米缸也總是空著。水淹到鼻子底下了，別說是再熬一年，多熬一天都難。我們萬不得已，把一個兒子給了人，一個女兒賣了，家裡還有三個，我甚麼工都做，把他們一個一個都拉拔長大，慢慢兒還債，也還得差不多了。」

張宛仙聞言身子一震，鄭森心中暗道：「不會這麼巧，這張大娘就是宛兒的親娘吧？」但看張宛仙的表情，顯然不是。

鄭森道：「張大娘妳好本事，都做些甚麼生理，能賺這麼多錢？」張大娘道：「甚麼都做啊，當腳夫挑擔、築牆刷漆、看桑園、撚絲、買生絲回來織綢、走船……我男人當長工給別人看桑地，一年工銀和飯米，折算現銀合著十一兩七錢銀子。我到處做工，掙得不比他少。孩子大了，也都能掙錢回家。」

鄭森肅然道：「張大娘真是剛強，令人好生相敬。」張大娘道：「相公莫要取笑，尋常鄉下人，有甚麼敬不敬的。」

張宛仙忽道：「妳那兩個送走的孩子呢？」張大娘道：「送人的兒子後來還能不時見見，賣掉那一個，想找也找不著了。」

張宛仙道：「妳一定很捨不得吧？」張大娘道：「捨不得又能怎麼辦，不賣掉，全家一起餓死，連她也不免。賣了，或許在哪個富貴人家當使喚婢女，好吃好穿的，強過在咱們村子裡。」張宛仙道：「妳想她嗎？」張大娘像在說著別人的事情般道：「剛送走時，我心裡像是剜去了一塊肉，不過日子久了也就慢慢淡了。每日裡事情那麼多，從年頭到年尾沒一刻喘息，哪裡有空去想。」

張宛仙道：「妳女兒多大年紀？」張大娘道：「算一算，我那女兒也該有十六、七歲。太久了，算不清楚。差不多就像小姐妳這般大吧。」她自失地一笑，「小姐仙女一般，是好人家的千金，我怎麼拿自家女兒來比。姑娘莫怪我鄉下人不知禮數。」

張宛仙「嗯」地一聲，又問：「如果妳現在能見上這女孩兒一面，妳會跟她說些甚麼。」張大娘像是不願提起，敷衍道：「皇天菩薩，哪裡會有這樣的事呢？」張宛仙不肯作罷，追問道：「就當閒談，隨意說說不妨。」張大娘楞然道：「我怕是一句話也說不出來，佛號也忘了念呢。」她想了想又道，「我會仔細瞧瞧她，跟她說，能再見面是佛祖保佑，咱倆上圓明寺燒香去！」

張宛仙看她誠樸認真的樣子，輕輕嘆了口氣道：「妳倒不問她過得好不好。」張大娘道：「能吃、能睡、能幹活兒就是好。日子總是苦的，但苦就苦唄，『吃苦了苦』，這輩子苦夠了，下輩子就能享福的。」

張宛仙道：「妳真看得開。」

●

村舟到灘港時已近傍晚，張大娘說天暗過湖危險，不如在船上睡一晚，明天一早再去洞庭山。鄭森二人本就並不真的要過湖，自然答應，又說湖上暮色甚好，要上岸觀看風景。張大娘說東邊雲厚，怕要下雨，叫兩人不要走遠。

兩人上岸，才走出幾步，張宛仙便如入夢幻，興奮地道：「就是這裡，這就是我家村子。」她步伐甚快，鄭森幾乎追趕不上。她指著不遠處一個樹叢道：「後面有個水神祠。」走近一看，樹叢後果然有間小廟。張宛仙在廟門口合十祝禱了兩句，旋即拉著鄭森走到廟後，道：「我們小時候都會從後頭爬上屋頂，張望湖中景色，也不覺得對神明有甚麼不敬。」鄭森一看，廟後緊靠著一座小土丘，屋簷離地甚近，確實頗易爬上去。

張宛仙一面走著，指認村中景物，絲毫不爽。她領著鄭森走到一間獨立於水田旁的村舍前，遠遠觀看。鄭森道：「村裡多種桑園，水田倒少。」這村舍正自冒著炊煙，十分老舊，處處因陋就簡，牆邊堆滿了雜物工具。張宛仙百感交集地道：「一點都沒有變。」她指著小院前一段倒壞的籬笆道：「這段籬笆總是剛修好又壞，久而久之我爹就懶得時常去修它了。沒想到十年過去，它還是壞得一般模樣。」

鄭森道：「這就是宛兒的老家了。」張宛仙點點頭。鄭森道：「妳快進去和家人相認吧。」

張宛仙默然良久，卻道：「不了，我在這裡看看就行。」鄭森詫道：「好不容易打聽清楚，臨到家門，怎麼卻不進去呢？」張宛仙道：「我就想看看老家的樣子，並不想要見到家人。」鄭森道：「此正所謂近鄉情怯，待進門去，和家人們見了面就不妨的。」

張宛仙峭立風中，身影顯得十分寒澹：「不，我不是近鄉情怯。到了這裡，看到老家，才知道自己真的已是孑然一身、無家可歸。」

鄭森道：「這是怎麼說？妳爹娘不就在這屋中嗎？」

張宛仙道：「鄭公子方才沒聽張大娘說的，日子久了，她也不怎麼想她賣掉的女兒。若非如此，日子可怎麼過下去。」

鄭森道：「張大娘是絕了能再見到女兒的念頭才那樣說，真見了面，她定然歡喜得緊的。」

張宛仙搖頭道：「實話說，這些年來我也不甚掛念老家的爹娘。我自是我，他們過他們的日子，我貿貿然闖進去，只是無端打擾，彼此不便。」

鄭森道：「不是這樣的，分別再久，親人總是親人。妳不是很想念兒時的日子，這才回來的嗎？」張宛仙道：「看看這個地方，也就夠了。」鄭森說著說著，不覺有些急切：「兒時種種，也是有爹娘兄弟在一起；我遠涉萬里，想見母親一面而不可得，那悔恨至今無已。宛兒的爹娘就在眼前，能見得著，那是絕大的福分，妳不知我可有多麼羨慕。」

張宛仙語氣罕有地冷銳，壓抑著情緒道：「鄭公子不明白，你畢竟不是父母不要，遠遠送出家門給賣了的。」鄭森安慰道：「妳爹娘不是不要妳，他們實是無可奈何。」張宛仙眼眶裡淚水打轉：「我何嘗不知道他們是無可奈何，但我是被賣的那一個，終究無法釋懷。」鄭森語塞，一時不知如何相勸。

兩人站了一會兒，天色倏然暗下來，正想著該回船上去，忽然作起一陣狂風，飛砂拔木，讓人幾乎站立不穩。接著大風之後，遠處泛起一片沙沙響聲，隨即迅然掩至，乃是一陣大雨撲頭蓋面而來。左近沒有遮蔽之處，只好向張宛仙老家的簷下躲去。

風雨實在太大，屋簷遮擋不住，兩人衣襬都被打濕。忽有一個穿著蓑衣的農人，從雨幕中奔跑而來，見了兩人先是一楞，接著道：「進屋裡躲躲吧。」張宛仙仍自遲疑，那人招手道：「這雨看來一時半刻還停不了，快進來！」鄭森看雨勢極大，雨水打在地上濺散成一片霧花，數丈之外就已不辨景物，遂拉著張宛仙跟著那人進屋去。

時已黃昏，又在大雨之中，屋裡頗為昏暗。那農人脫下蓑衣，對一個五、六歲大的孩子喚道：「阿寄，去廚房跟奶奶和阿娘說有客人來。還有取油燈來，小心別打翻了燈油。」鄭森道：「貿然打擾，甚感不安。待雨稍停我們就要走的，士人家莫要麻煩了。」那農人道：「不麻煩，不麻煩。出門在外，誰背著房子走路呢？只是我家骯髒狹小，委屈你們了。」鄭森忙道：「怎麼會。」

那農人拿著蓑衣到後面去張掛，張宛仙悄聲道：「他是我哥哥。你別叫破我身分。」鄭森微微點頭道：「我自理會得。」

一時張宛仙的嫂嫂出來見禮，鄭森自稱兄妹倆要到洞庭山遊玩，天晚不得過湖，遂上岸來欣賞夕陽，不料驟遇大雨，因在簷下暫避。鄭森看張家人黝黑粗瘦，果然慣於農事的模樣，張宛仙白皙嬌嫩、嫻雅文靜，就算是大白天裡當面相對也難認得。何況在昏暗中，張宛仙並不開口，家人更不曾料想得到，眼前這位富家小姐便是離散多年的至親。

張家正好要開飯，眾人麻利地搬了張矮几到房屋正中，端上飯菜。幽暗中響起粗重的腳步聲，一名老婦端菜出來，笑道：「剛才都在後頭忙，沒出來招呼。客人一道用飯吧！」張宛仙見到老婦，身子顫抖，呼吸急促起來，幸而讓雨聲遮掩住。鄭森察覺，心想這老婦必是張宛仙的母親了，遂暗暗握住她手。

張宛仙的哥哥張萬道：「正是吃飯的時候，你們大概也餓了。都是些鄉下粗食，若不嫌棄，就一道用些。」鄭森道：「已經過擾了，不好意思耽誤你們用飯。而且我們是雇了船的，若不回去，怕船家擔心。」母親問道：「雇了哪一家的船？」鄭森道：「只知道叫做張大娘。」母親道：「張大娘！咱們一個村子裡，熟透、熟透的。」她透著門縫往外看看，「雨恁大，夜裡路上也不好走，晚點讓阿萬替你們去跟張大娘說一聲就行了。先吃飯，別餓著了。」

張宛仙細聲道：「如此打擾了。」鄭森看她願意留下，遂拉過一張板凳坐下。

張萬叫兒子阿寄拿碗筷給鄭森二人，張宛仙看他生得可愛，摸摸他頭問道：「你叫阿寄？幾歲啦？」阿寄大聲道：「六歲！」張宛仙道：「好乖。」嫂嫂道：「一點不乖，頑皮透了。」

張宛仙見家裡只有母親、哥哥、嫂嫂和阿寄四人，忍不住問道：「府上老太爺呢？」張萬道：「我爹故去六年了。」張宛仙道：「他還在盛年，怎麼就這樣去了……」張萬道：「爹下田時讓蛇咬了，一倒下便斷了氣。」母親說著反話道：「他倒好，甩下咱們一家，自己少吃了多少年苦頭。」張宛仙輕噫一聲，不再言語。張萬接著道：「我有個弟弟，給人雇了當長工，家裡就這四口人……」阿寄沒遮攔地插口道：「本來還有個妹妹，後來死了。」張萬見兒子叫嚷出來，也就說明道：「女伢兒養到兩歲上就沒了，這是三年前的事情。」

鄭森惋惜道：「可是因為連年寒旱的緣故？」張萬道：「算是吧。其實咱們一有吃食都儘先給孩子，奈何苦旱三年，吃的東西實在太少，伢兒太也瘦弱，饑荒過後疫病一起就給染上。她雖不是餓死而是病死，但說到頭這病也還是餓來的。」他頓了一頓，嘆道：「咱們也商量過是不是把伢兒賣了或送人，讓她有個活路，但眼看著天氣暖活起來，雨也下了，就還是留在家裡。誰知終究逃不過這一劫。」

母親道：「都怪我，是我不讓阿萬把孫女兒賣掉的。」張宛仙問道：「是您不讓賣的？」母親道：「不錯。我從前賣掉過一個女兒，後來好生後悔，再想去找人販子贖回來，已經找不到了。」

張宛仙忍不住有些激動：「您去找過那賣掉的女兒？」母親道：「找也沒有用，連那個人販子也沒見過第二回，問都沒得問起。沒把女兒賣掉之前想，與其一家人全都餓死，不如彼此求個生路。賣了以後卻覺得，寧可一家人死活都在一塊。」她舉起袖子拭拭眼淚，「但就是這點子心思，害了孫女兒。要是下了決心送她出門，興許她就不會走了。」

張萬嫂不無幽怨，嘴上卻勸道：「這是命，咱們和伢兒沒緣分，娘別怪自己。」

母親道：「雖說都是無緣，還是賣了能留得性命才好。運氣好些，賣到好人家，也少吃點苦。」她一廂情願地道，「我聽說有些富貴人家，老太太樂善好施，對婢女下人們極好的。丫鬟長大了，還當自己女兒一般挑選個好夫家嫁出去呢，連嫁妝禮物也送得齊全……我那女兒，算算該已經嫁了人，說不定還生了個大胖小子啦。」

張宛仙嘆道：「倘能如此，那也算是個好結局。」

母親心底其實還是十分在意：「咱們鄉下人見識淺，您二位是富貴人家的相公小姐，倒是說說，這孩子是送出去好，還是不送的好？」張萬攔著她：「娘，您和客人盡說這些幹甚麼，讓人家好生吃飯吧。」母親道：「是，吃飯，吃飯，看我老背晦了，盡提這些沒意思的事。」

張宛仙怔怔看著母親，心裡一片混亂：「送出去好？還是不送的好？我也不曉得，竟是怎麼都苦。」說著說著，已是淚流滿面。母親見了，也是眼淚不止：「小姐心地真好，老婆子家這點傷心事，本不該拿出來煩擾您的。」

張萬嘆道：「說起來，總是我們家太窮，才會如此為難。」

鄭森意在言外地道：「老大娘，您放心，相信令嬡一定會有個上好歸宿的。」張宛仙聞言看了他一眼，隨即轉過頭去。鄭森怕再說下去張宛仙克制不住傷心，遂掉轉話頭道：「我兄妹一路過來，見沿途都是桑園。聽說桑園進項是水田三倍，府上為何不事蠶桑？」

張萬道：「我爹在世時，家裡也養過一陣子蠶兒的。但是養蠶太過累人，一畝桑園，一年施肥四次，運河泥、培大糞，修枝捏蟲，不分寒暑終年勤勞，比水田辛苦十倍。這還不說看蠶時節，一晚上就得起來十幾趟，個把月裡睡都睡不好。我爹身子骨弱，實在做不來。」

鄭森道：「那麼改做水田，進項不好嗎？」

張萬道：「誰叫咱們這是江南，朝廷的正貢比其他地方多了一倍不止。收了米大半都讓官府徵去，這也還罷了，崇禎爺那時候，說是遼東打仗，加徵『遼餉』。過兩天朝廷說要練兵，得徵

『練餉』。然後剿闖賊又要加徵『剿餉』，官府三天兩頭來徵，名堂可多。到後來還說要預借明年的餉，可朝廷向咱們借餉，咱們難道能向老天爺借米？」

張宛仙道：「朝廷如此徵斂真是可惡，你們卻怎麼辦呢？」

張萬道：「實在繳不出，只好去求盛澤鎮上的盧員外，把這塊田地送給他，我們當他的佃戶，從此不納皇糧，只繳地租。他老人家在朝廷做過官的，不必納糧。地租雖貴，一年也就繳一次，至少一家人能過日子。」

鄭森感嘆道：「縉紳之家，那怕富可敵國，也不必納糧。農人終歲勤勞，求溫飽而不可得，卻連一粒賦米也逃不過徵斂。如此土地兼併焉得不亂？國家元氣，就是這樣給虛耗空了的。流賊剿之不盡，實也是農人走投無路，給逼上梁山。」

張萬道：「在咱們這兒耕作，是還不至於得去當流賊。但一旦成了佃戶，那就注定無法翻身。如今就想再種桑養蠶，也不可能了。」

●

吃過了飯，張家人很快就歇下了。雨勢雖緩，仍淅瀝瀝地下著，張家人留鄭森二人住一宿，張萬在兩張凳子上放塊門板，鋪上蓆薦就算是張床了。家裡沒有多的被子，還是張萬去跟走船的張大娘打招呼時，順手借了一條回來。

這「床」臥起來當然並不舒服，但張宛仙毫無怨言地躺下就寢。鄭森和她並肩躺著，門板窄小，擱在板凳上也不很穩，連翻身都感困難。

門外田裡蛙聲和鳴，靜謐中，夜雨聽來更加清晰。裡間傳出張萬如雷的鼾息，不住攪擾著雨聲。

鄭森轉頭看看張宛仙的動靜，黑闃中只能看見她隱隱約約的側影。張宛仙也還沒睡，察覺鄭森的目光，用氣音小聲地緩緩說道：「小時候我很怕黑，吹了燈就不敢到這外間來，總覺得黑漆漆的藏著甚麼鬼怪。」鄭森也悄聲道：「現在不怕了？」張宛仙道：「不怕。」鄭森道：「不覺得有鬼怪了？」張宛仙道：「還是有。」鄭森道：「是嗎？」張宛仙小聲笑道：「就和我一道躺在門板上呢。白天裡和鬼怪聊得熟了，晚上自然不怕。」鄭森忍住笑：「好啊，妳繞著彎子罵我是鬼怪！」張宛仙格格一笑：「不錯，還是個怕癢的鬼怪！」伸手就往鄭森腰間呵去。鄭森無處躲避，身子一縮，門板跟著「磕磴」地搖晃一下，差點翻落在地。兩人都嚇了一跳，定著身子屏息半晌，然後一起低聲笑了起來。

張宛仙道：「你別把我家房子給拆了，這門板也只一扇，弄壞了可麻煩。」鄭森道：「弄壞了，我賠一扇新的就是。」

張宛仙向後仰頭，像是試圖觀看甚麼。鄭森跟著四處張望，黑暗中卻不見一物。張宛仙道：「小時候看甚麼都大，也不覺得自己家特別小。今日回來，卻訝異家裡狹小至此，飯桌一放就沒處旋身，如此卻竟然還能住得下一家好幾口人。」鄭森道：「小時候個子矮，看甚麼都大。妳如今長大了，又看慣了大房子，自然覺得家裡小了。」

張宛仙道：「小的不只是房子，原來娘身子甚矮，也並不高大。」鄭森道：「妳還記得妳娘當年的樣子嗎？」張宛仙道：「不記得了。甚至今天一見，都還疑惑她是否就是阿娘，和印象中似乎不同。但我的印象卻又是從哪裡來的呢？真叫人分不清楚，我心裡記著的老家，有多少是真的，又有多少是在這十年裡自己編造出來的？」

鄭森聞言默然，張宛仙微微轉過頭來：「鄭公子上年也曾回去日本，家鄉情景，可和心裡記著的一樣嗎？」鄭森道：「那情景又熟悉，又陌生。正如妳說，不知何者是從兒時記至今日，何者又是編造出來的。」

張宛仙道：「今日幸而有這場雨，讓咱們藉故進來看看。這兒和十年前一模一樣，使我想起許多事情來。」她頓了一頓，「可吃了晚上這頓飯，也更明白，這房子雖是同一間，裡頭住的雖是一家人，但魂牽夢縈的兒時情景，已不在這裡了。」

兩人陷入了沉默，全然黑暗中，只聽得雨聲滴滴答答。鄭森傾聽良久，神思飄然於萬里外的平戶島千里濱。白色的沙灘上陽光正好，青松滿樹針葉迎風微顫，海面上一片粲然。

張宛仙見他不響，問道：「你在想甚麼？」

「我想我娘。可我想不起她的樣子了……」鄭森眼角一熱，淚水從額角滑過，鑽入鬢邊。「我七歲來到中國之後，母親不在身旁，又受盡族人欺負，我既不服氣，又感傷心，每天晚上都獨自到海邊翹首東望，直想回到平戶川內浦去。」鄭森頓了一頓，深沉地道：「有一天我明白了，我是不可能回平戶去的，這麼做只會叫人更加輕賤。於是我從此再也不去望海、再不說一句日本話。我讀聖賢書，讀得比誰都透徹，我穿戴儒服、網巾，打從骨子裡變得比誰都像中國之人。然而越是如此，每當夤夜獨處之際，便越想念母親和故鄉。」鄭森忽然醒悟自己多年來隱隱約約的一番心思，「我想爭氣，就得忘記母親。但受了委屈，也只能思念母親。我只有在川內浦和母親相依為命時，沒有一絲煩惱。」

「可你再也無法回到兒時了。」張宛仙無比率直，「上年你回去沒見著母親，未嘗不好。」

「也許妳說得對。」鄭森有些疲憊，「即便現在回去平戶，我也已是個徹頭徹尾的外人；就算母親來到中國，夷種仍是夷種。普天之下，竟再沒一個能放懷寬心的去處。」

張宛仙輕輕握住他手：「都說英雄不怕出身低，何況你出身並不低微。世人昏愚，妄分夷夏，殊不知行正道者便是正人。鄭公子志向遠大，必能成就不世之功，終有一天，沒有人會輕視於你的。」

張宛仙所言，正是他平日裡不煩千百次對自己說的。鄭森睜大了眼睛望向滿室黑暗虛空。只覺手中溫軟，不想放開，卻也不敢捏得緊了，遂就輕輕握著。

第拾捌回

亂真

次日天不亮，張家人就已經起身幹活兒。鄭森二人用過早飯便即告辭，張宛仙原本想留下一點值錢的東西，但怕窮苦人家手上忽然多了貴重珍寶，容易啟人疑竇乃至惹禍上身，遂抓了幾錠碎銀子硬塞在母親手裡。母親先還不肯收，最後張宛仙說是要讓阿寄吃得滋補些，母親才千恩萬謝地收下了。

二人到港邊尋得張大娘的村舟，推說讓昨天的狂風驟雨給嚇著，不想過湖到洞庭山了，依舊回盛澤去。雨後晨間，碧空如洗，萬物滋潤清爽明豔欲滴。鄭森二人坐在船頭觀看，一路無話。

近午時到得盛澤鎮上，村舟正要靠碼頭，鄭森忽然看見鄰船上一個熟悉的身影，竟是鄭明駿。鄭森暗想，明駿哥怎會在此？旋即醒悟，盛澤是絲綢大鎮，鄭明駿必是為鄭芝龍來收購絲貨的。思忖間，鄭明駿也正往這邊看來，鄭森遂招呼：「明駿哥！」

「呦，是森舍！」鄭明駿爽朗地一笑，「森舍在杭州做得好大事！」

鄭森暗暗一驚，面上鎮靜：「明駿哥說甚麼笑話呢？」

鄭明駿看了一眼張宛仙：「森舍很吃得開啊，有這樣的美人相伴。」隨即臉孔一板，認真地道：「借一步說話。」

鄭森跳過鄭明駿船上，兩人到艙中坐好。鄭森道：「明駿哥到盛澤來買絲嗎，新絲不是要到五月才上市？」鄭明駿道：「前兩年生絲產出太少，捧著銀子都買不到，芝龍叔交代今年一定要扳回來；和蘭人在臺灣買沙糖有套辦法──農人插蔗時最缺本錢，和蘭人就趁這時放筆款子給他們，打下合同，等收成後拿沙糖來還。這麼一來等於預買，貨源先拿在手裡，價格也隨和蘭人控制，一舉兩得；看蠶繅絲也是一樣，買蠶種和木炭都要下本錢，因此這當口上告貸、典當的人特別多。芝龍叔要我先在這裡試試，放幾筆款子出去，也好讓蠶戶多產些絲。」

「真是個好法兒，從前怎麼不曾試？」

「以前絲綢市況好，不需這麼辦。現在市況變了，總要想些辦法轉過來。」

鄭森點點頭，問道：「阿爹這幾日安好？」鄭明騄笑道：「好，好得很。芝龍叔說森舍出息了，竟能讓他栽個大跟頭，他開心得很。」鄭森不解：「明騄哥跟我打甚麼啞謎？」

鄭明騄道：「那天在太湖，咱們的船上十幾支鳥銃、幾門佛郎機砲對著你哪，差點就喊開火了。幸虧聯仔一眼認出你來，急令住手，否則你和一幫太湖水寨的朋友，這會兒早都在湖底餵烏龜了。我若不說，你至今還在夢裡呢。」

鄭森聞言大驚：「意圖劫走太子的，果然是阿爹？那天明騄哥也在？」

鄭明騄道：「我是生理人，打打殺殺的活計不關我的事。芝龍叔派鄭聯去料理，誰知半路殺出個程咬金，卻是森舍你，聯仔只好罷手。」

鄭森當日聽見敵船上以泉州話號令，打著鄭軍鑼號，原就疑心是父親在背後指使。如今想來，以敵人之悍勇與殘忍，當時殷之輅一眾奪回太子似乎太也容易了些，既是鄭軍所為，一切便再無疑惑。

鄭森想起鄭軍將長蛟幫趕盡殺絕的行徑，心頭火起：「阿聯哥手段太殘，若非我親眼所見，真不敢置信。我鄭軍怎可做這等傷天害理的事，我要請爹懲治他！」

鄭明騄輕描淡寫地道：「聯仔是做得過頭了些，芝龍叔已斥責過他。但他也是因為芝龍叔嚴令必須密不透風，才出此下策。」

鄭森更加氣憤：「阿爹上次親口跟我說，太子是個禍胎，他絕不碰，怎地又將太子劫走，莫非他起了不臣之心？」

鄭明駼道：「森舍慎言！芝龍叔並不想挾太子以令諸侯，他是為了不讓別人這麼做，因此打算找個隱密的地方把太子藏好，就當從來沒有這個人。這是處理此案最妥當的辦法。」

鄭森不以為然：「太晚了，當時整個杭州城早已轟傳太子南來之事，高成家門口每天都有許多人觀望等候，倘若太子忽然失蹤，必然掀起軒然大波。還好我已請朋友認明假太子的真實身分，他叫王之明，雖與太子像貌相似，言行舉止幾可亂真，但終究是假的。待朝廷將他押解到南京，真相大白，事情也就可以平息了。」

「沒有你想得這麼容易。」鄭明駼道，「正如你說，那姓王的少年幾可亂真，有心人自會拿他當真的看。」

鄭森道：「不會的，朝廷裡許多大臣都曾在北京供職，會齊了看一面、問幾個問題，便能真假立判。」

鄭明駼「嘿」地一笑道：「森舍沒聽說？少年每天都要拿香燭向北而拜，口呼太祖和先帝，痛哭不止；朝廷派了以前在東宮服侍的太監李繼周和楊進朝到杭州，兩人一見到少年，登時摳衣跪地、抱足大哭呢。你看，太子真假，可愈發分辨不清了。」

鄭森面色凝重，雖不知這些細節是否真有其事，但眾口相傳，那些心戀故主，或者別有用心之人必然更加堅信太子為真。鄭森道：「這些流言，必是有人刻意散布的。我的朋友曾在東宮侍講，他一眼就認出王之明來。假太子裝得了一時，卻騙不了滿朝大臣。」

鄭明騄並不與他爭執，只道：「芝龍叔要我傳話給你。」鄭森聞言端正坐姿、留神傾聽，鄭明騄續道：「他還是那句話，你有心想學帶兵或做生理，隨時回家他便隨時教你！」

「我已稟告過阿爹要營救諸位社友。」鄭森態度十分堅定，「何況現在太子案起，我更要到南京去看看情況。」

鄭明騄毫不意外：「芝龍叔說你必不肯回去，這也由著你。但他勸你一句，要你務必記得。你性子執拗，看事情太直，黑是黑，白是白，沒得商量。可世上的事，未必都是眼見為真的，有時白裡藏黑，有時黑白交混，不能只看表面。」

鄭森暗想，父親派出手段凶殘的鄭聯劫奪太子，圖以詭道謀國事，卻又來勸自己是非黑白的道理，聽了更加令人不服，於是抗聲道：「黑即是黑，白即是白。國家淪落至此險境，正是因為世人不能明辨黑白所致，我必持正道而行。」

鄭明騄盯著他看了一會兒，只道：「芝龍叔的話你有空多想想——譬如太子之事，你很快就會看明白了。」

●

辭別了鄭明騄，鄭森即刻雇了快船往南京進發，幾乎一刻也不願耽遲，五天趕了七百里水路，在三月初二午後抵達。

張宛仙在南京必須躲避債主和宮內的徵使，鄭森想來想去，覺得乾脆就住進媚香樓，反正父親和叔叔鄭鴻逵都不在，僕婢伙伕一應俱全，而外間都知道媚香樓現在是鎮江總兵在南京的行館，不敢隨意闖入，正是個大好藏身之所。

船抵江東門碼頭，就覺氣氛大異往常。人人都在談論兩件事：一是太子昨日到京，從石城門進城，暫住在興善禪寺；二是今日午時，朝廷已在西市將自稱大明藩王、供稱錢謙益和史可法等人密謀推翻弘光的大悲和尚以狂言之罪問斬。

鄭森知道阮大鋮曾想藉大悲一案報復仇怨，後因馬士英不願濫興大獄而壓下，只不知為何在此時將大悲問斬。鄭森並不在意大悲之事，心中關切的是城中對太子的公論，於是到媚香樓安頓好張宛仙後，隨即出門往興善寺而去。

到了興善寺附近，人潮便多了起來。寺門口橫七豎八地停滿了許多轎子和騾馬，人群擁擠不堪，難以上前一步。門口許多人拿著手本，高聲喊道：「吏科給事中王某某請謁太子！」「京營千總蔡某某請謁太子！」

朝廷派了五百名勇衛營兵士把守興善寺，管帶的不時喝斥道：「後退，都後退，不要再擠了……請見太子的都是大官，你一個千總來湊甚麼熱鬧……」能得放行入內的官員們無不興高采烈，臉上放光。被攔住的那些則不肯作罷地持續哀告著：「管帶爺，行個方便嘛，咱京營和您勇衛營都是喝同一口井的……」

忽然一陣馬蹄聲由遠至近，高喊：「讓開，有旨意！」人群頓時一陣騷動，知道中使傳旨，那是衝撞不論的，遂都想往兩旁讓。但人實在太多，推擠不開，那馬隊不得不慢下步子，挨著人群擠到寺門口。鄭森這才看清，是四個錦衣衛護著一名太監。

守門的士兵勉強將寺門口的人群趕開，讓出一小塊空地。那太監兜著韁繩，讓馬旋了半圈，扯起公鴨嗓子高聲道：「皇上有旨，文武百官不得私謁北來少年，善興寺前不得聚眾逗留！」才說罷，一名錦衣衛便在馬上拿起一根長鞭向人群頂上虛抽一記，人潮霎時向後推擠，許多人重心不穩，倒在後面的人身上，長牆傾塌似地跌成一片。

傳旨太監把聖旨交給勇衛營的管帶，督促著他把謁見少年的官員都趕出來，又叫士兵把人群趕散。

鄭森遠遠退開觀望，肩上忽然有人一拍，轉頭看時，身旁立著一人，頭戴盤笠，銀髯掀動，欣然撚鬚遠眺，不是吳應箕是誰！

鄭森喜道：「次尾兄……」旋即意識到阮大鋮止到處緝拿吳應箕，趕緊住口。吳應箕毫不以為意，喜不自勝地道：「大木兄且瞧瞧，真是民心思變啊！」鄭森目光左右一掃：「這裡怕不是說話的地方。」吳應箕漫不在乎：「來請謁太子的都是心懷大義、不滿閹黨竊國之人，有甚麼好怕。」

鄭森趕來南京，其中一個目的就是要通知吳應箕太子為假，免得他貿然躁動，於是低聲道：「太子不是真的。」

「怎麼不是真的，真得不能再真了！」吳應箕信心滿滿，「先前朝廷派太監李繼周和楊進朝到金華去，兩人一見太子便跪地痛哭，立時行了大禮。皇上大慼不悅，把這兩名不長眼的太監暗地裡處死了。今天皇上又派了京營提督太監盧九德來看，你猜怎麼著？」吳應箕說書似地賣個關子，頓了一頓才道，「那盧九德先是態度倨傲，少年隨即呼名喝斥，盧九德嚇得汗流浹背，趕緊跪倒賠罪。少年說：『你到南京才數月，就變得如此肥腴，足見在此之樂啊。』盧九德連連叩首不敢辯駁，最後只說『請小主自愛』，辭別而出。太子真假，再無可疑！」

鄭森忙道：「我隨方以智兄一同面見過少年，方兄認出他叫王之明，不是太子。」接著把王之明的來歷交代了一番。

「你見過老方？」吳應箕一臉疑惑，「他老早就到嶺南去了，你哪裡找得到他。」

鄭森正想答話，近處冷不防一聲暴喝：「走開，都走開，奉旨興善寺附近不准逗留！」一隊勇衛營兵士凶狠地到處推擠驅趕。接著幾乘四抬大轎首尾相接而來，轎伞夫俱穿紅背心，頭戴紅氈笠，轎中顯是一群朝廷要員。轎子毫不停留地抬入寺門裡去，人群中也不知哪裡傳來耳語，都說皇上派了幾位大臣，來辨認太子真偽。

眼看兵士驅趕過來，吳應箕低聲道：「走吧。傍晚有個聚議，你隨我來。」

鄭森遂隨吳應箕而行，一路並不交談，默默踩著南京城中歷經二百多年踩踏磨耗而處處坑洞的青石板路，穿街過坊。

吳應箕不時左右張望，或者忽然停步回頭，留意是否有人跟隨。他引著鄭森來到一處宅院邊門，四顧無人，才拉起銅環輕輕敲了幾下。邊門隨即打開，裡面的人探頭看了一眼，見是吳應箕，也不說話，就讓二人進去。

兩人來到一間偏廳，鄭森進門一看，又驚又喜，廳上四人坐談，竟認得其中三個：侯方域、陳子龍和蘇崑生。鄭森對侯方域掛懷尤深，搶步上前，握著他雙臂道：「朝宗別來無恙，怎地又到南京來了？」侯方域看到鄭森，也頗覺感動：「家大人安頓妥當之後，我心思稍定，便覺還是應該為時局出點微力，也是為侯家雪恥。我本想回徐州史閣部幕府去。經過南京時找到次尾兄，就留下幾日，共議時事。」

鄭森又和蘇崑生及陳子龍見過了禮，不由得問道：「崑老不是在棲霞山上修真、照看香君嗎，怎地下山來了……此間卻是何處？」蘇崑生笑道：「鄭公子不知此地何處，就跟著吳公子來，要是讓他賣了也不曉得。」陳子龍也笑道：「崑老不必取笑，咱們也都是讓次尾兄賣了，不過略有早晚之分而已。」

吳應箕這才道：「此處是刑部尚書高倬大人府上。自從閹黨得勢，我東林與復社諸友尚未下獄者，不得不東躲西藏，近來都在高大人這裡碰頭。」廳上還有一位器度儼然的中年文士，鄭森並不識得，吳應箕介紹道：「這是剛升任大理寺[1]左少卿的姚思孝姚大人，大悲一案讓阮大鋮列在『五十三參』裡的，足見也是一大正人。」

姚思孝道：「列名大悲案中，未必就是正人。錢謙益名列『十八羅漢』之首，幾乎給套上謀逆死罪，但為了出掌禮部尚書一職，竟連上奏章，為阮大鋮、蔡亦琛和楊維垣等逆案中人訴冤，還說阮大鋮是『慷慨魁壘男子』。又稱頌馬士英之才德，說三十年來，文臣出鎮專征多以覆敗結局。能夠克奏膚功者，在孫承宗之後，只有馬士英一人。」

鄭森聞言，改容道：「牧翁乃晚生業師，姚大人恐怕有所誤會，家師一主和平，是抱著捐棄黨見的苦心，絕非與閹黨親近的。」

1 大理寺：掌管刑案的審讞及平反，類似於後世的最高法院。

姚思孝冷笑道：「這也都罷了，傳聞阮大鋮要他上彈章攻訐復社的夏允彝，他雖未自己署名上奏，畢竟為阮鬍子擬了疏稿，馬士英這才讓他到部接印。」

鄭森啞然，乍聽不敢置信，稍停依然辯解道：「朝中正人一一被驅趕而去，錢老師謀入部，也是為保朝廷正氣。至於草擬彈章一事，既是傳聞，未嘗不可能是閹黨故放風聲，以挑撥東林諸君子……」

鄭森話還沒說完，門外忽然傳來一道嚴峻的聲音：「你是錢宗伯弟子？」鄭森看時，一名老者踱步而入，他臉孔方正，表情平和而威嚴猶勝於姚思孝。眾人紛紛起身施禮道：「高大人好。」

鄭森知道這必是高倬了，上前恭敬地一揖：「福建南安生員鄭森，草字大木。家大人是福建總鎮，學生忝列錢牧翁座下。」

高倬道：「你還是鄭帥的公子？」高倬看了看吳應箕，似乎在質疑他怎麼把一個親近閹黨之人帶來。鄭森道：「晚生仰慕東林前賢風義，雖然駑鈍愚劣，但不敢自外於正途，願附驥尾。」侯方域幫著道：「大木兄乃是我輩中人，前年阮鬍子遣人追捕晚生，多賴大木兄之力才得脫逃的。」蘇崑生也道：「左帥欲率兵東下南京『就食』，郭子徵大人奉命前往宣諭安撫，多虧鄭公子捨命護得郭大人周全，並且以理說服左帥還師武昌、整飭軍紀。」

眾人聞言莫不驚奇，登時對鄭森另眼相看。鄭森自己也大感訝異，他甚少對人提及到左良玉軍中之事，蘇崑生怎會知道這些？蘇崑生不待他問，笑道：「這些事情都是我那老兄弟柳敬亭親口告訴我的。上個月他邀我到左帥軍中去了一趟，讓老漢唱幾首曲子給元帥解解悶。閒時聊起來，元帥和敬亭都很想念鄭公子呢。」

鄭森聞言頗為感動，因問：「左帥與敬老可好。」蘇崑生道：「好，都好。敬亭真是得意了，左帥對他言聽計從，儼然頭號軍師，人人見了都稱一聲『柳將軍』哪。」鄭森醒悟道：「左帥必也十分重用崑老的，所以崑老此番是來為左帥奔走聯絡的吧。」蘇崑生聽了一笑，算是默認了。

吳應箕聽蘇崑生只提柳敬亭，卻避開左良玉，追問道：「左帥乃南京上游屏障，身繫天下安危。傳聞他長年抱病，卻不知近來如何？」蘇崑生道：「不礙的。他有時踞在胡床上聽罷了敬亭的笑談、老漢的吹歌，心裡寬坦了，也有幾句老邁衰病之嘆，其實一餐仍吃得好幾碗飯，亦仍可開數石之弓，好得很。」鄭森聽他話音虛，似乎有些避重就輕，但吳應箕不疑有他，隨即歡快地道：「那太好了。左帥健在，咱們就可聯絡他壓壓馬士英的氣燄。」

姚思孝道：「援引邊鎮以牽制朝局，實非善策，我等務須謹慎從事，不要弄得不好，變成引虎驅狼。」

吳應箕道：「只怕閹黨禍國太速，若不趁早圖之，到時悔之無及。」他環顧眾人，肅然道：「閹黨鎮日搜剔正人，安插親信。皇上御宇之初，朝廷泰半都是東林正道，一年不到，臺閣重臣高弘圖、姜曰廣、劉宗周幾位大人相繼去職，吏部尚書換了張捷，兵部尚書補了阮大鋮。先帝欽定永不錄用的逆案中人一一復出掌理要職，外任督撫就更不用說了；阮大鋮才剛掌部印沒幾天，竟舉薦馬士英之子馬錫以一介布衣逕授都督僉事總兵，督勇衛營。國家人事輕率若此，其餘不問可知。」

鄭森詫道：「阮大鋮掌了兵部？他不是才剛補上侍郎……」

「這是馬士英因應太子到京，怕朝局有變，預做的幾手布置之一。」陳子龍接過話道，「原兵部尚書練國事大人不幸病歿，馬士英趁機讓阮大鋮補了缺；上個月朝廷派家師黃道周大人祭告禹陵，把他遠遠遣開；同時以錢牧翁掌禮部，以示對東林的籠絡；今日處斬大悲，也是怕兩案糾葛到一處，先斬之以安人心。」

侯方域道：「不僅如此，馬士英同時裁抑江西湖廣總督袁繼咸，又處心積慮要削弱左帥；此外，興平伯高傑死後，史公奏請讓高傑外甥李本深晉升提督，統帥該鎮以保其完整。馬士英怕史公勢大，竟遲遲不許，寧可坐視興平軍解體，置江北防務於不顧。」

高倬一直默默在旁聽眾人談論，這時才道：「諸位所言固然確是閹黨之惡，但在我看來，最可慮者，其實是馬士英國策之誤。他一直力主與清人議和，想借虜兵以擊闖逆，甚至不修戰備。然而清人並無議和之心，將我使臣逐回。上年十二月清兵在潼關大敗李自成，從此得以分兵南下圖我，此乃朝廷可懼之事，閹黨卻額手相慶，以為去一勁敵，彷彿不知清兵已經渡過黃河。馬士英敢在這時候削弱史閣部和袁總督，正緣於此。」

侯方域罵道：「奸邪、昏聵！」吳應箕更激憤地道：「我等不能再坐視了。太子到京，文武百官爭相謁見，民心向背至為明顯，這次說甚麼也要護得太子周全，將他扶持正位，然後一清朝氛，絕不可讓閹黨將太子害了。」眾人聞言轟然稱是。

鄭森心中大感為難，他與眾人一樣厭憎閹黨，但知道王之明的底細，不能以假當真。於是毅然道：「諸位且慢，請聽我一言。」眾人瞬時安靜下來，鄭森見大家望著自己，深深吸了口氣，道：「日前我偕同方以智兄到杭州找到這名少年，與其當面談話。方兄認出此人並非太子，而是駙馬王昺的姪孫王之明。」

「老方南來後病得不輕，他看的哪能作數！」吳應箕竟是全然不信，「稍早太監盧九德面見太子，跪地告罪，口稱『小主』。那盧九德也是北京宮裡來的，難不成他會認錯？照我說，老方雖在東宮侍講，畢竟不是天天見到太子。大內太監鎮日待在宮裡，看得才真切！」

鄭森急切地道：「次尾兄怎可如此一相情願？方兄辨認太子，是我親見。盧九德之事，次尾卻可曾在場？」吳應箕怒道：「大木兄一口咬定太子為假，是要和閹黨沆瀣一氣了。」鄭森見他蠻不講理，也動了氣：「太子真假，與閹黨不閹黨有甚麼關係。太沖兄在獄中也曾說，假太子可能是清人派來擾亂本朝的，難道他也成了閹黨？」

「兩位且住！」姚思孝喝道，「在高大人面前如此爭執，成何體統！」

高倬待眾人安靜下來，方才道：「太子真偽，出入關係甚大，確實不可不審慎辨明。」他話音低沉而洪亮，「就在方才，我到這偏廳之前，吏部尚書張捷來訪，將原太子諭德方拱乾從刑部大牢提出來到舍下說話。」姚思孝道：「是了，方拱乾是東宮宿臣，久任經筵講官，由他來辨認，最能叫人信服。」高倬道：「正是如此。然而方拱乾被列在順案，判了從賊五等徒刑。張捷一見了他，便露骨地說：『賀喜先生，明日三法司會審北來少年，真偽全在先生一言而決。先生認得好，不僅可以釋罪，甚且不次拔擢任用。』」

眾人聞言譁然，都道：「閹黨好生可惡，如此威脅利誘，就算真太子來，也必被他們誣賴為假。」

高倬道：「方拱乾今日住在舍下，這就請他出來與各位相見。」說罷召喚家人，將方拱乾請來偏廳。不多時，一名中年文士被領了進來。他衣著素淨，但鬚髮有些凌亂，看得出來是剛剛才匆忙梳洗過。

高倬請方拱乾坐，說道：「方先生，在座都是東林、復社君子，你不必有所顧忌。」方拱乾繫獄數月，臉色有些蒼白，但態度頗為沉著：「高大人有甚麼指示？」高倬道：「剛才張捷跟你說的那番話，意圖甚明，就是要你明天指認北來少年是假太子。方先生打算怎麼做？」方拱乾環顧眾人，謹慎地道：「高大人的意思，和張大人不同？」

高倬看了看姚思孝，姚思孝會意，接過話來：「閹黨只因擁立了當今皇上，有推戴之功，所以今日肆無忌憚地敗壞朝政。太子南來，乃是撥亂反正的一大契機。倘若閹黨能將太子以假冒定案，則皇上權位更穩，閹黨聲勢大振，再不可能攻得倒了。方先生明日指認，關係太重，還請三思。」

鄭森聞言，心中暗道，這豈不是逼著方拱乾指認太子為真嗎？

方拱乾沉吟道：「我還沒見到北來少年，真偽之說，今日實尚難言。」

吳應箕搶著道：「太子怎能有假？南京有你方先生和一眾東宮舊講官在，大夥兒看一眼就能辨認的，誰敢提著腦袋開玩笑，冒充太子？」

方拱乾面露難色，他在刑部獄中，生死由人。閹黨固然得罪不起，但高倬是刑部尚書，也不能不買他的帳。只好委婉地道：「倘若北來少年與我印象中的太子略有出入，卻該如何？」

高倬道：「方先生該怎麼認，就怎麼認。」

高倬語帶雙關，字面上像是要他照實指認，但語氣裡又似乎是要他「該以大局為重」。方拱乾討不到一句實在話，也知道朝野東林和復社一派亟望太子為真，因此只能唯唯而應，不敢再多說甚麼。

鄭森見狀，趕緊問道：「聽說王之明頗似太子，方先生辨認得出嗎？」

方拱乾道：「王之明久隨太子在宮裡讀書，時常結伴遊玩，言行舉止確實頗與太子相類。但細微之處差別甚多，宮中舊侍臣都能分辨的。」

姚思孝不待鄭森再說話，大聲喚道：「方先生！」方拱乾應聲：「是。」姚思孝看著他，懇切地道：「方先生直講經筵，為太子導師，素來清望重於士林。雖然亂世中無奈從賊，因而失節，其實是身不由主，南京公論，不乏同情先生之語。此番閹黨誘迫先生指認北來太子為偽，在方先生實是個緊要關頭，您一生令名最後是清是濁，都在明天這一認了。」

話說到這分上，方拱乾也只能點頭道：「我自會慎重行事。」

●

當晚，王之明被移入中城兵馬司監獄中，朝廷派出舊東宮講官劉正宗和李景濂前往審問。兩人問了許多話，最後以「少年面目不類，所言皆誤；駙馬王昺姪孫王之明，貌似太子，曾侍東宮，家破南奔，遇高成、穆虎，教以詐冒，太子偽也。」上報。

次日一早，刑部、大理寺和都察院三法司在大明門讞所會審少年。如此奇案乃是開國以來第一遭，又關係到朝局變化，早轟動了整個南京城，上萬士民紛紛湧到朝門前圍觀。鄭森和吳應箕、陳子龍等人也藏身人群之中遠遠觀看。

不多時，內閣大學士、府部九卿科道和文武百官魚貫而出，立在朝門兩旁。鄭森認出馬士英、錢謙益和高倬都在其中。

一名少年被帶到讞所，他身穿雲冠綠綈袍，纖好白皙，在正中一張短椅上北向而坐，正是鄭森所救之人。

百姓們一見到少年，頓時騷動起來。讞所上一名主審官員喝令肅靜，幾名錦衣衛拿著長鞭在空中虛抽幾聲，那主審官又指著群眾中一人喝道：「宮門之前，竟敢擅帶凶器，錦衣衛何在？」幾名錦衣衛氣勢洶洶地上前，將一名手持短棍的小民拖了出來，那人還來不及喊冤，錦衣衛手起刀落，竟立時將他斬死。圍觀士民悚然，登時都不敢再發出聲音了。

鄭森悄聲問道：「這人是誰？」陳子龍道：「他是太僕寺少卿張孫振。」鄭森疑惑道：「太僕寺？那不是管宮中馬政的嗎，明明是三法司會審，怎麼由他主審？」陳子龍道：「只因他是馬士英親信，所以由他主審了。」

讞所上，一名官員拿著一張北京紫禁城之圖站在少年面前，張孫振問道：「你可認得此圖？」少年道：「這是北京宮殿。」他指著承華宮：「這是我的寢殿，」又指指坤寧宮，「這是娘娘所居。」張孫振問：「公主何在？」少年回答：「不知道，想來已然死了。」張孫振冷笑道：「北京有消息來，公主現在外公嘉定伯府上，你怎說她死了？」少年從容道：「大人何時去的北京？親眼看見了？」張孫振頓時語塞。

劉正宗越眾而出道：「我本為講官，你認得否？」少年看了一眼，並不應答。

劉正宗逕自又問：「講讀是在何處？」少年指著圖上道：「文華殿。」

「講了甚麼書？」

「尚書。」

「先講還是先讀？」

「先講。」

「習字時寫些甚麼？」

「唐詩。」

「講桌上有些甚麼東西？」

少年「哼」地一聲，傲然道：「你是認人還是審犯？這般雞毛蒜皮之事也要窮問到底？」

「是認人還是審犯，要看你身分真假而定。」劉正宗毫不放鬆，緊接著問：「崇禎十六年先帝曾攜太子到中左門，是為了甚麼事情？又嘉定伯的姓名你總該答得出來吧？」

少年微微一笑：「橫豎你都是要說我是假的，那就當我是假的吧，何必鬧這麼多玄虛？」

劉正宗無可奈何，回頭看了張孫振一眼。張孫振向站在官員行列末尾的方拱乾使個眼色，方拱乾見了，有些遲疑卻步，他身邊的官員們紛紛簇擁著他上前。

方拱乾被推出來，不由自主地向讞所中間走上兩步，深吸一口氣，大聲道：「何方妄人！竟敢冒充太子！」少年轉頭一見是他，笑道：「方先生別來無恙。」方拱乾聞言一楞，悶哼一聲不敢答應，忽然摀著耳朵急步退下，鑽進眾人身後，再也不發一語。

圍觀士民中有認得方拱乾的，不免低聲耳語，嗡嗡紛傳，都說方拱乾必是認出太子，又不敢得罪閹黨，才無語疾退。鄭森望見這一幕，心底一涼，尋思道，這下子南京公論怕是要偏向太子為真了！一時心血上湧，幾乎就想張口大喊：此人乃是王之明，不是太子！

「王之明！」張孫振忽然喝道，「有人說你是王駙馬的姪孫王之明，這才是你真正的身分吧？」

少年默然，讞所內外一片靜默，一陣風把主審案上的筆吹得滾落在地，發出巨大的聲響。過了半晌，少年緩緩道：「我南奔而來，從未自稱太子。你等昧著良心，那也由你，又何必改易我的姓名？」少年忽轉悲憤，「我本在金華，是御札召我前來，不是我自己要來，更從沒想過與皇伯父爭位。」他目光如刀，掃過周圍侍立著的文武百官，責問道：「汝等難道不曾立於皇考朝中為臣嗎，怎麼能蒙面昧心到這個地步！」

官員們被這麼一問，有的低頭羞愧，有的暗暗嘆息，更有人流淚啜泣起來。彷彿少年是主審，而百官才是疑犯。

圍觀士民們雖不敢出聲，但嘆息此起彼落，瀰漫著一股悲慟傷感的氣氛。鄭森察覺身旁的吳應箕動靜有異，轉頭看時，只見他雙手緊捏著長袍下襬，壓抑地無聲哭著，身子不住顫抖。一瞬間，鄭森也有些動搖了起來，但他稍一細想就明白，少年表面上應答如流，其實處處避重就輕，何況在太湖時已看得很明白，少年為偽無疑。念及於此，對少年佯裝假扮的功夫益發感到可畏。

讞所上，內閣次輔王鐸見勢頭不對，厲聲道：「大膽賊徒，看來是非用刑不可了！」

高倬威嚴地阻止道：「慢！此人身分未定，不宜用刑。」

「有事我一人承當！」王鐸不肯讓步，「他言語含糊，故作姿態，若不把話問清楚，恐怕無知之徒仍會被其所惑。何況他方才說『就當我是假的吧』，既然自承為假，用刑又有何妨！來啊，給他上拶指！」那拶指是五根七寸長的小圓木棍，用麻繩串在一起，用刑時夾住手指使勁收緊，所謂十指連心，就是魁偉大漢也不一定禁受得住。刑部衙役得令，隨即拿了一副拶指就要套在少年手上，許多官員轉過頭去不忍觀看，市民們也暗暗騷動起來。

就在此時，宮門內一名太監手持一分奏摺疾走而出，交給馬士英。他面無表情地展讀完，交給身旁的王鐸。王鐸一看，原本洶洶然的氣勢登時全消，垂著手臂將奏摺再遞給高倬。高倬速速瀏覽畢，朗聲道：「靖南侯黃得功上疏，請求保全東宮。此人身上疑點仍多，且慢用刑，當擇日詳加再審。」王鐸無法，只好道：「將他送回內城人牢裡去。」

少年被請入一乘二抬小轎，送進宮裡去了。市民們也都紛紛散去。

鄭森與吳應箕等人回到高倬府上，一進偏廳，憋了一肚子話的吳應箕便嚷嚷起來：「是可忍，孰不可忍。如假包換的太子，就這麼讓閹黨公然誣賴掉了！」

「事情還有轉圜之機。」陳子龍比較沉得住氣，「馬士英的盤算是快刀斬亂麻，速將太子以假冒定罪，免得夜長夢多；咱們則須拖延時間，讓公論倒向太子，使閹黨不敢輕舉妄動。」

「還有邊鎮！」吳應箕熱切地道，「今天黃得功那道奏疏之力，大家都看到了。咱們得速速聯絡各邊鎮和督撫，待得保太子的奏章交相而上，閹黨就更不能悶不吭聲地將太子謀害了。」

侯方域有些質疑：「這黃得功儘管跋扈，倒也頗有忠義之名，他奏請保全太子並不意外。但不知其他邊鎮願不願和馬士英作對？」

「一定肯！」吳應箕斬釘截鐵：「史閣部、左帥和袁繼咸大人等當然不用說，我料就算是四鎮中的劉良佐和劉澤清也會上疏的。」侯方域問道：「他們素與馬士英相善，怎麼肯在這等大事上和他過不去。」

吳應箕道：「趁機勒索啊，你以為四鎮真這麼和馬士英齊心？他們幫著擁立弘光，不過是為自己打算。如今太子事起，馬士英有麻煩，他們更要顯顯自己左右朝局的實力，看馬士英要拿甚麼甜頭來換！」吳應箕看著眾人，一一點名道：「邊鎮的奏章得加緊催著，崑老趕緊給左帥捎封信，務必要在十日內上奏；朝宗兄可速致書史閣部；福建雖遠，鄭帥卻是馬士英少數忌憚之人，大木兄也應飛書令尊，或者聯絡令叔鎮江總兵，一同擎天保駕。」

鄭森再也按捺不住：「諸位難道真看不出來太子是假的嗎？」

吳應箕道：「居移氣，養移體。方才在讞所上，儘管閹黨百般言語折辱，太子都不為所動，真乃人君之度也，哪裡裝得出來。還有，方拱乾本想附從閹黨矯認為假，虧得他天良還未喪盡，一見了太子尊容，就嚇得不敢再說。如此觀之，太子哪裡有假！」

「方拱乾也沒說太子為真。」鄭森道：「方拱乾誰都不敢得罪，只好唯唯否否，從頭到尾沒說過一句實在話。眼下清兵已入河南，闖賊自襄陽東下，距武昌只有百里。在這當口上，南京城裡可不能出一點亂子，我等切不可見獵心喜，以假作真。」

「大木兄的語氣，真是和閹黨如出一轍。」吳應箕連珠炮似地道，「正因弘光皇帝失德、失政，閹黨敗壞朝綱，才讓賊、虜有可趁之機。太子名正言順、才德兼備，待他正位臨朝，天下義士風從響應，屆時只需王師一旅北向恢復，百姓簞食壺漿以迎，光復之業指日便能大定！」

「那也是太子為真才談得到此，太子明明為假，如何號召人心……」鄭森待要再說，高倬和姚思孝一前一後進來了，眾人暫止爭論，起身相迎。

姚思孝並不坐下，一手按著桌邊，道：「方才在宮裡，王鐸等人以太子假冒上奏，皇上已然允可，一會兒都察院就會將此案以詐冒定論，在大街上張榜揭示周知；此前高夢箕、高成和穆虎在杭州被逮，搜出高成一封家書，內有『二月三月往閩往楚』之語，張孫振以為奇貨可居，要將三人拿問至京，嚴加審問。」

吳應箕叫了起來：「這和上次在大悲和尚袖子裡塞名單一樣，根本就是栽贓！」

姚思孝道：「王鐸還說『穆虎若非奸人，豈敢指使王之明假冒東宮；二月三月往閩往楚究竟有何圖謀，又豈高夢箕一人能辦？主使附逆，實繁有徒。』命三法司務必查個水落石出。」

「這是要興大案了。」高倬本就一副威容，此時眉頭緊鎖，更顯深沉，「太子以詐冒定論，馬士英站穩腳步，反過來要借此陷害高弘圖和姜曰廣，強指他們便是幕後主使之人。」

侯方域不平地道：「他二位閣老去年就辭官了，馬士英還不肯放過他們。」

「整肅高、姜二位大人只是第一步，閹黨這次是鐵了心要掃除東林！」高倬道：「早先東林諸臣擁立潞王，還可以說是政見之爭，幸賴皇上仁厚，閹黨始終無法藉此興風作浪；一旦套上詐冒太子陰謀廢立的罪名，可就沒有轉圜餘地了。」

陳子龍道：「閹黨屢次想興大案，皇上都不許。太子一事，卻碰到皇上的心病——倘若太子為真，皇上將何以自處？因此這次皇上很有可能會放手任閹黨做去。」

高倬道：「不錯，等高、姜案子一成，馬士英便會往上攀連。從史閣部以下，凡是朝中不肯附從閹黨的，他們都要驅逐。從前有仇的，都要殺之而後快。」

吳應箕哇啦啦吼叫起來：「這還有天理嗎？」他瞪著鄭森叫道：「你看清楚了，閹黨一口咬定太子為假，接下來就要掃滅東林正道。到這節骨眼上，你還在那裡說甚麼王之明！」

鄭森心頭一陣混亂，更有疑惑未解：「往閩、往楚又是怎麼回事？」姚思孝道：「邊鎮之中，左良玉和鄭芝龍最令閹黨忌憚。馬士英也要以此恫嚇，乃至趁機削其兵權。」

「哈！」吳應箕瞪大了眼睛看著鄭森，「這下欺到令尊頭上去了！」

鄭森一時無言以對，太子為假，確實給予閹黨打擊異己的大好良機。自己如果再堅持王之明的身分，很可能會使朝野正道和父親都陷於危險。但硬要以假亂真，不僅顛倒是非愧對良心，也難料會有甚麼更難收拾的後果。

吳應箕見鄭森不語，逕自高聲道：「閹黨公然下了戰帖，吾等更不可坐以待斃。先發制人，後發制於人，朝宗兄現在就修書一封給左良玉，讓他發兵清君側！現成有蘇崑老可以將書送去……」

「胡鬧！」高倬叱道：「兵諫豈是我輩應為之事，此等謀逆之念想都不能想！」

「老公祖，請容學生一言。」吳應箕掀動銀鬚，毫不退讓，「閹黨害人無所不用其極，東林諸賢卻還在那裡斤斤計較於仁義道德，最後一一掛冠求去，把朝政拱手讓給閹黨，現在更伸長了脖子等閹黨來把腦袋都給提走！」

「放肆！」姚思孝喝道：「說話恁沒規矩！」

吳應箕漫不在乎：「我可以講規矩，但您倒是看看閹黨跟不跟咱們講規矩。」陳子龍勸道：「我知道你急，在座諸位又何嘗不急？眼下咱們該同心協力對抗閹黨，一起想個好辦法。」吳應箕眼睛一翻：「那你說該怎麼辦？」

陳子龍雖也是慷慨悲歌之士，畢竟比較沉穩，他略略盤算一番後說道：「當初馬士英擁立福王，一大理由便是福王倫序在潞王之前。如今太子南來，要論倫序，他才是大位所歸。且看閹黨對此又怎麼說。」眾人聞言紛紛稱是。侯方域道：「要論倫序，閹黨滿盤皆輸，絕不肯認的。他們必一口咬定太子為假，乃至於動用大刑，將太子和高夢箕等人屈打成招。」

「不錯。」陳子龍眼神閃動，顯是已有計較，「太子等人越是矢口否認，閹黨勢必會動用毒刑，或者假造更多密書偽信，總是要把案子強辦到底。但他們動作越大，朝野不滿之心也必然越盛。一旦證明太子為真，或者栽贓的偽書被拆穿，物議沸騰，閹黨難逃欺君犯上之罪，到時候一舉攻倒馬士英，也就順理成章了。」

姚思孝道：「這是一著險棋，萬一太子或者高夢箕等人熬刑不過，認了詐冒怎麼辦。」

「這就要靠高大人和姚大人之力了。」陳子龍胸有成竹，「謀逆乃是滅族大罪，高夢箕必不會輕易承認。請高大人約束刑部的衙役，用刑時手下留點分寸——那幫人的手段十分高明，若是有心迴護，表面上齜牙咧嘴使盡力氣將刑具絞得死緊、棍棒打得屁股山響，其實未必疼痛。」

高倬道：「這是實情，我暗中交代下去便是。」

陳子龍續道：「同時我們得讓公論和邊鎮倒向太子。都察院要張榜說太子為假，咱們也來寫張公揭，把太子為真的種種證據羅列其上，好讓世人看清真相。此外抄錄數份寄給各邊鎮，讓他們上疏聲援。」侯方域看了看吳應箕，笑道：「公揭逐奸，原是次尾兄的看家本事。」

陳子龍說完，眾人都看向高倬。他微一點頭道：「如此裡外都布置到了，總之要熬過這一陣，待勢頭掉轉過來，再一鼓作氣攻倒閹黨！」

眾人紛紛激昂地攘臂高呼：「攻倒閹黨！」

鄭森佇在一旁，附和也不是，反對也不是，一時十分尷尬。姚思孝見了，道：「道不同不相為謀，我們還有事情要計議，閣下在此多有不便，這就請了吧。」

●

離開刑部尚書府後，鄭森胸口如壓巨石，沉重不堪。他原本滿心以為只要將假太子送到南京，幾個東宮舊臣一認，紛擾自然煙消雲散。沒想到卻掀起滿城風雨，而且事情還剛在開端，後頭的變故難以逆料。

鄭森滿腹心思地走著，對路上景物視而不見，不知不覺鑽進一條小巷。路旁忽然一個響亮的聲音喚道：「相公請留步。」鄭森猛然回神，見路旁一人擺個小攤坐著，原來是個相士。鄭森無心理會，正想拔步就走，那相士又道：「相公骨格清奇，有非凡之相、大貴之表，可否容在下相一相？」

這都是江湖術士的套語，鄭森早聽得多了，但看那青年相士文秀中帶點英毅之氣，衣著素淨，不像尋常巧言賣卜者流。忽然想起方以智流寓嶺南，將以賣藥為生，眼前這位，焉知不是個落難的斯文中人？停步細看，只見那相士的攤子十分簡單，並不張掛甚麼「鐵口直斷」一類的旗招，只在攤子上放著一把蓍草。在這行人甚稀的小巷裡，若不是特意留心，還不會發現有這麼個算命攤子。

那相士看鄭森仍有猶疑之色，說道：「相公形貌雖偉，但額上月角略有缺損——您和令堂緣分不厚。」

鄭森聞言一驚，忙在攤前坐下，問道：「您看看我與家母往後的緣分如何？」相士道：「相公孝思深切，可補缺相之不足，尚有一番天倫之樂。不過緣分天定，相公不要過於強求。」鄭森患得患失地問：「您的意思是說，我母子見面有期，但後緣不深？」

相士道：「總是不要過於執著。」他對此不再多講，興致沖沖地端詳起鄭森的面孔，連連讚道：「奇，奇，相公真是少見的奇男子！有命世之雄才，非科甲中人也。」鄭森道：「言下之意，在下於功名一途無望？」相士揮揮手道：「閣下將建不世之功，區區科名不值一提。」

鄭森並未盡信其言，但心中正有所疑惑之際，也覺不妨姑妄聽之，遂問道：「有件事令在下甚感疑惑，正好就教於先生。此事兩難之處，在於倘若信守大義直道而行，似乎反而會招致災吝。但若為了趨吉避凶，昧心枉道，又非君子所當為。請試為一卜。」

相士聞言點了點頭，拾起蓍草，即刻演起一卦。須臾卦成，下坎上艮，乃是個「山水蒙」卦，變爻上九。相士道：「此乃『蒙』卦，黑白混沌，是非蒙昧，是個真假難辨的局面。」鄭森訝異道：「確實如此！」相士續道：「艮為山、坎為水，此卦上有大山險阻，下有惡水難渡，乍看前路茫茫。但變爻在上九，爻辭曰：『擊蒙，不利為寇，利禦寇。』剛好應著相公方才所問，辭意甚明——您要想行詭道、自己做賊寇是不成的，還是以正道抵禦賊寇為宜。」

鄭森衷心佩服：「此卦神妙一應至斯，在下卻該怎麼做呢？」相士道：「雖為蒙昧之象，不過變爻上九，已到盡頭，終將撥雲見日。」他反過來問鄭森：「遇蒙則應啟蒙，相公可有信得過的師長？」鄭森頓時想起錢謙益，點頭道：「有的。」相士道：「那便不妨去請教一番。」

鄭森細細思量，若有所悟，起身鄭重相謝，取出一兩足紋銀錠奉上。相士推卻道：「相公開玩笑了，在下看相、問卜，一事只收十文，今日收您三十文足矣。」鄭森道：「您卜這一卦，實不止值一兩銀子。」相士道：「公定價格，童叟無欺。」鄭森道：「得窺天機，代價何其菲薄？」相士笑道：「天機並不難窺，只嘆世人不能奉行。在下賣卜僅為餬口，收得多了反得其咎。」鄭森遂換過三十枚制錢，恭敬奉上，相士收了，瀟灑地一把丟進一個大竹筒裡，撞得叮噹作響。

鄭森心境開朗許多，反過來端詳相士容貌，道：「兄臺相貌堂堂，言語不俗，不似尋常賣卜，倒像是縉紳中人。」相士淡淡地道：「也就讀過幾本星象子平之書，聊以餬口罷了。」

這時小巷口對著的大街上傳來鳴鑼喝道之聲，前導隊伍絡繹通過，好大一番陣仗。鄭森道：「不知是哪個大官下朝，這麼張揚。」那相士偏過頭去並不觀看，似乎有些緊張。

一乘四抬大轎通過，窗簾掀開處，轎中人正好向這邊看來，鄭森依稀認得是馬士英。大轎正要通過巷口，忽然急急停下，隨從立即靠上前去聆聽吩咐，接著轉頭看著巷內，一揮手，帶著幾名衛士大踏步而來。

那相士見狀，霎時拔腿就跑，攤子和錢筒也不要了，衛士們也跟著飛奔追來。鄭森心念一動：這必又是一個抗擊閹黨的忠良，應護得他走脫。於是隨手拉倒攤子擱在巷子中間，自己跟著相士跑去。

相士在巷弄中不住鑽繞躲避，畢竟文弱，奔出不遠便有些氣喘吁吁。他撞翻一個老太太手上的醃菜簍子，腳步一陣踉蹌，鄭森搶上前去扶住，相士不忘回頭道：「對不住……」鄭森拉著他快跑：「這節骨眼還講甚麼禮數。」

兩人奔近小弄子底，這才發覺外頭便是秦淮河岸，再無去路。眼看後方馬士英從人即將追上，相士情急之下，竟朝著河中一艘剛巧經過的小船跳去，但小船距離太遠，相士根本搆不著，噗通一聲直接下水。他不識水性，載浮載沉，雙手胡亂揮舞著打起許多水花。

鄭森毫不遲疑，脫下斗篷，縱身入水。三月天裡河水尚冷，鄭森猛然打了個寒顫，游到相士身後將他抱住，往對岸拖去。相士不住掙扎，鄭森費盡力氣才把相士拖上岸，春風一吹，兩人都直打哆嗦。馬士英從人早已尋路過橋，圍在兩人身邊。

有人落水，四周閒人紛紛上來圍觀。帶頭的從人本像是要叫喚，見了這勢頭，舉手吩咐衛士們都別開口，接著解開自己身上的斗篷，仔細地披在相士身上。從人很快從街上雇來兩乘小轎，攙著相士入轎。

從人喝問鄭森道：「你是誰，跟著他幹甚麼？」鄭森道：「他在街上賣卜，我找他算命，這也犯了王法？」從人道：「你護著他逃跑，還入水救他，交情並非一般，絕不是路過問卜的。」鄭森心想，這相士必是正道中人，被馬士英緝拿許久，頓時傲然道：「我雖與他初識，但欽仰其嫉惡如仇的風骨，正欲與其往還。你待怎地？」那從人一臉不以為然：「你胡說些甚麼？」但眼看路人越聚越多，不願多談，只道：「那就勞駕您也跟咱們走一趟。」兩名衛士不由分說就把鄭森架入轎中，鄭森並不反抗，心道：反正也跑不了，倒要看看你們弄甚麼玄虛。遂任由對方處置。

小轎穿過幾條大街，接著登階過檻，直接抬進了一座大宅之中。鄭森透過簾縫張望，這裡似乎是北門橋南的雞鵝巷，也就是自己和吳應箕曾來題過字的馬士英府，總之不是刑部或鎮撫司大牢。鄭森心下疑惑，這青年相士究竟是誰，馬士英竟然要親自審問？

小轎直接抬進內堂，讓鄭森在一間客房下轎。馬府家人客氣地安排他更衣、擦拭，還遞上一大碗熱騰騰的薑湯讓他驅寒氣。待鄭森休息停當，身子也暖了，方才領頭的那位從人便來傳喚：「這裡是內閣首輔馬相爺府上。相爺要見你，待會說話得仔細著，不相干的事一句也別說。」

鄭森被領至一處院落，裡頭向陽開著三間書房，側邊又有兩間廂房。從人在院門口止步，恭敬地報道：「相爺，人已帶到。」過了好一會兒，一間書房裡傳出「嗯」地一聲，從人擺手示意鄭森獨自入內，退在一旁侍立。

鄭森走進院中，見當中一間大書房庭戶敞開，正中掛著一幅山水，邊牆掛著一架名琴，供一個古銅香爐，香煙鬱勃氤氳，其中所爇者顯是真臘黃熟一類上品沉香。右邊設著一張湘妃竹榻，榻前小几上置著一只哥窯定瓶。旁邊架上圖書整齊，各色牙籤條理分明。左首擺著一座螺鈿描金大理石屏風，還有幾口黑漆嵌金銀片倭箱，書桌上的花瓶插著一枝寒梅，極盡風雅之能事。

書房中央擺著一張極大的水磨椐榆鑲邊長桌，一人靠在桌前，背門而立，正捏著袖子揮筆繪製一張巨幅山水。從那人背影和側臉看來，確是馬士英無疑。

馬士英專注地在畫紙上點染披皴，並不回頭，也不發一語。鄭森不免有氣，心想這人好倨傲，叫我來竟不正面看上一眼。但也頗為好奇他在畫甚麼，仔細一瞧，大桌前另外放著一卷長幅古畫，當中大江橫貫、地勢變化開展，卷首題名「黃子久長江萬里圖」。鄭森知道黃子久乃元代畫家黃公望，自己雖然不通繪畫一道，但仍能看出此畫構景有疏密動靜之妙，筆墨燥濕濃淡極盡變化，景致幽遠深邃，不愧大家手筆。再看馬士英所繪之圖，並非全然臨摹，而是借古畫之神韻，又自出機杼，逸趣悠遠，與原畫相較竟也不甚遜色。

鄭森心下讚嘆，但想起馬士英的為人，不由得鄙薄地「哼」了一聲。馬士英筆下不停，沉著聲音道：「少年人，你懂畫？」鄭森道：「我不懂畫，但知畫為心境。心不正，就算筆畫再工，也必俗傖不堪。」

「你譏刺我心術不正？」馬士英頭也不抬地道：「你若是看不出此畫之好，那是你目光有所不及；你若只是隨口胡謅一番藉以汙我，就非君子之道了。」

鄭森被他說中，卻不服氣：「你好意思教訓人『君子之道』？你連一個陋巷裡賣卜的窮士都不肯放過，真要殺盡天下好人才肯罷休嗎？」

馬士英「嘿」地一聲，並不理會，伸筆在硯上蘸蘸，側頭瞥了鄭森一眼，忽然詫道：「咦，是你！」轉過身來看著鄭森：「我見過你，你是鄭帥的長公子。」鄭森道：「不錯。」馬士英臉色一沉道：「你費盡心計接近犬子，是想探問朝政機密吧？趁早告訴你，錫兒從來不問政事，你在他身上下功夫，那是白費力氣。」

「令公子？」鄭森正自聽得一頭霧水，忽然一人闖入書房，正是那青年相士，他看到馬士英神色嚴峻地看著鄭森，急道：「爹，此人只是路過問卜的，與我並無瓜葛，又冒險救了我一命，你放他走吧。」

「錫兒可知他是誰？」馬士英擱下筆，「堂堂南安伯、福建總鎮鄭大元帥的長公子！你以為有那麼巧，他別人不找，就尋著你這鬍子還沒長全的小子卜問前途？人家是想攀著你刺探爹的事。」

鄭森會意過來，原來這相士竟是馬士英之子。於是道：「我本道他也是躲避你閹黨搜捕的正道中人，方才出手相救。若早知他是令郎，哪裡有空來管你家的閒事。」

「甚麼閹黨不閹黨，少年人說話仔細著。」馬士英不悅地道，「你們東林黨和復社囿於門戶之見，只知勾結死黨，排擠能人志士，鎮日裡放言空論煽惑人心，於國事一無助益。」

鄭森抗聲道：「究竟是誰排擠誰？自從閣下和阮鬍子用事以來，不住將正道中人一一羅織入獄，卻反過來誣人。」

馬士英冷冷地道：「崇禎爺時，東林黨強以『逆案』驅逐異己，藉此把持朝政十餘年，結果把個大好江山都給斷送掉。崇禎爺在遺詔裡含恨道：『朕涼德藐躬，上干天咎，然皆諸臣誤朕！』龍馭賓天之際心境如此沉痛，可以說死不瞑目，東林黨卻還不知道自省，本就該盡皆逐出朝堂，免得在那裡惹是生非。」他說罷背過身去，拾起畫筆道：「我聽說你救了犬子，這才叫你來略致謝忱，可不是有閒工夫聽你的廢話。你既然是有心接近錫兒，那也沒甚麼好謝的，這就走吧。」

鄭森待要答話，這時一名家人匆匆闖入，高聲喚道：「老爺——」馬士英斥責道：「福貴，告訴過你多少次，如此毛躁成甚麼話。」福貴遂不敢開口，一邊喘著氣，憋著滿頭汗肅立在旁。

馬士英專注作畫，良久才道：「說吧。」福貴道：「史閣部飛奏，清兵西路已自開封和洛陽渡過黃河，陷我郾城和西平，兵鋒直指阜陽、淮南！」

鄭森聞言悚然，清兵來得好快。東路雖有劉良佐鎮守抵擋，西路自從高傑死後，朝廷始終不肯讓其外甥李本深晉升提督職以統領全鎮，致使防務空虛。清兵一旦渡河，長驅而東，如入無人之境，更難防備。

馬錫見馬士英無甚反應，急道：「爹！史閣部此前上奏，守河將士月糧壓欠，苦於飢寒，歲暮時每名士卒求三錢過節亦不可得。高傑死後興平鎮分崩離析，更亟需委任一名能得軍心的將領來統帥。爹快快撥下糧餉、任命大將統合興平鎮，並奏調黃得功北上禦敵吧！」

馬士英哈哈大笑道：「錫兒讓史公的妙計愚弄了。清虜主少國疑，又忙著和闖賊交鋒，哪有餘裕圖我。小股敵兵偶然過河騷擾也許是有的，史公報警，不過是想討餉於先，而後等敵兵退了再來敘功請獎罷了。」馬錫道：「再怎麼說，總不能讓守邊將士苦於飢寒，朝廷酌量多撥點糧餉也是應該的。」馬士英道：「外臣只知開口要錢，戶部度支之苦卻又有誰體諒？朝廷歲入八百餘萬裡面，他史閣部和江北四鎮就已拿走三百萬，戶部尚書張有譽大人每日裡殫精竭慮，累到嘔血昏厥，也難再多擠出一枚銅子兒來。其實朝廷還恩准四鎮就地徵餉，他們哪裡餓得著？不過想多討一點是一點罷了。」說著又從容地伸筆在畫上點了幾下。

鄭森氣憤地道：「清兵南來，闖賊東下，太子一案爭端起於蕭牆之內，馬相爺倒還有閒情逸致畫這長江萬里圖！」

「就算清兵真打過來也不足為懼。赤壁之戰孫劉聯軍不過三萬，淝水一役東晉只有八千，皆能一戰而使江左大定。如今國家全盛，兵力百倍於前，廓清底定，不過旦暮之間的事。」馬士英凝神看著桌上兩張圖畫，彷彿心馳於畫中，良久才道，「你可知我為何深愛黃公望這幅〈長江萬里圖〉？此畫固然筆法超逸，但其意境才最叫人心折。萬里長江，吳頭楚尾，正是我國家中興之所憑。三百年前太祖定鼎南京，一怒而安天下，今日我皇上也將自南京光復神州，解民倒懸，立萬世不移之功。」

鄭森道：「馬相想學謝安處變不驚的風度，卻不知紙上江山，不過空畫一張。馬相若真有心恢復，請容晚生斗膽一言，朝廷為今之計，莫如知人善任，招攜懷遠，練武備，足糧貯，決壅蔽，掃門戶！」

馬士英依然看著他的圖畫，心不在焉地道：「你少不更事，說的才是空話。這些事誰都會講，真的撕擄起來千絲萬縷，萬難著手。」

鄭森道：「有心為之，一點不難。首先就請相爺莫借太子一案濫興大獄。」

馬士英聽得太子一事，似乎有些心意煩亂，幾次伸筆想要點畫，卻又縮了回來，吐了口大氣道：「史閣部從淮揚來信，說朝廷派往北京議和的使臣致書於他，真太子已在北京被清人所殺。何況南京這個太子破綻百出，係屬詐冒無疑。如此確鑿之事，東林黨藉機生事，朝廷能不處置？」

馬錫插口道：「太子是假，本來甚為明白。然而現在朝廷之上都說是假，草野之間卻都說非假；在內諸臣都說假，在外諸臣都說非假。此乃民心向背，爹不能等閒視之。」他越說越激動，流著淚道：「我乃一介布衣，不曾有功名在身，更不懂營伍之事，只因是爹的兒子，阮大鋮就奏請皇上授我為都督僉事總兵、督勇衛營。如此勾串結黨、私相授受，把軍務大事當作兒戲，國家焉得不亂！」

馬士英廢然擲筆，長嘆一聲道：「此乃阮公獨斷獨行，我也是看到詔旨才知有這件事。」

「阮鬍子想討好爹，就能這樣壞亂法紀，背地裡還有甚麼幹不出來？」馬錫聲淚俱下，「我知道爹是想好好做一番事業的，但爹和東林處不來，只好用那一幫逆案中人。底下人為了逢迎討好，做了許多違逆爹本心的壞事，不僅讓爹背上惡名，也使國事益發不堪。我只怕爹會像王安石一樣，枉自胸懷抱負，卻讓蔡京、章惇等小人給拖累了。」

馬士英並未留心聽兒子的諫言，他其實是從馬錫被舉薦一事，想到阮大鋮出任兵部尚書後驕恣起來，有幾次不與自己商量就逕行任命官員、調動部署，漸有跋扈之態。這次阮大鋮舉薦馬錫，意在補救修好，但自己往後必須更加留心他的一舉一動。

鄭森見馬士英沉吟不語，以為他讓馬錫說動了，遂趁勢道：「敝業師錢宗伯常盛讚馬相實為謀國之大才，倘能捐棄黨見，廣納才德之士，那真是國家之大幸。眼前太子一案，阮鬍子等人正摩拳擦掌，想趁機報復私仇。請馬相速速審明結案，讓底下人無法見縫插針，將風波止息，才是上策。」

馬士英忽然怒道：「無知小子，少在那裡虛言高論。詐冒太子其罪不小，背後必然有人主使。我料這是清虜一時無力發兵來攻，就派個肖似之人來擾亂我朝野，想要不費半分力氣就削弱我朝廷之力，而東林黨為一己之私，竟群起附和，可惡已極。」他嚴正地喝道：「國家危亡之際，怎容奸人趁隙作亂？當然要審個水落石出，將這幫人一網打盡，廓清朝堂，以利我大明興復大業！」

離開馬士英府，鄭森直奔錢謙益新置的禮部尚書府去，門房通報，隨即獲邀入內。只見簇新一座宅邸，處處重新修繕，油漆之味尚未散盡，還有許多園丁工匠忙進忙出。

錢謙益見鄭森來，十分高興：「大木來得正好，我一直說要和你切磋學問，竟成空口白話。近來幾位文苑大家像是翰林院掌院學士陳于鼎、雲間徐孚遠等人常往我這裡走動，他們都是文章詩詞的宗師，改日我幫你引見。」

鄭森卻無心情討教詩詞之道，很快地陳述自己對太子一案的憂心，尤其顧慮東林和閹黨冰炭不容的局勢：「東林以太子為真，想驅逐閹黨；閹黨也欲以詐冒定案，藉此興大案，掃滅東林正道。太子無論真假，似乎都難免一場風波。」

「大木莫要再提『閹黨』、『東林』。」錢謙益和藹地阻止他，「門戶之見一日不除，黨爭之禍就無法消弭。」

鄭森急道：「閹黨明明就要痛下辣手，說王之明假冒必有主使，藉此將正道中人都羅織進去。此前大悲一案，阮大鋮就是這樣對付您的！」錢謙益道：「大悲一案如此荒謬，畢竟沒有辦起來不是嗎？公道自在人心，假太子案也是一樣。王之明乃是清虜派來亂我朝野，這是明擺著的事，速速審明結案，也就是了。」

鄭森道：「可是閹黨連『往閩往楚』的栽贓信都備好了，往後不知還有多少花招，他們不把東林掃滅是不會罷休的。」

柳如是插口道：「閹黨不會真的把鄭帥和左帥牽扯進來，要是激起這兩鎮的變亂，他們頭一個吃不消的。」

錢謙益見鄭森還要再說，伸手止了止，道：「此事糾葛牽纏，似乎不易理出一個妥當明白的頭緒。但我們應見其大者——倘若如此輕易地讓清人拿一個假太子攪得自亂陣腳，乃至於自毀干城，你倒想想，千百後世之下，人們會怎麼笑話？太子真即真、假即假，該怎麼辦就怎麼辦，這才是謀國之策！」

●

三月十五日，三法司再度於大明門外會審北來少年，高夢箕、高成和穆虎也都被逮至。待百官就位，少年被提至讞所，張孫振呼喝道：「王之明！」少年針鋒相對地道：「何不叫我『明之王』！」張孫振大怒，立即傳呼：「刁徒，你的身分早已辨明，還想惑亂世人？來呀，給他上拶指！」

衙役猛然撲上來，將拶指套上，使勁收緊，少年吃痛，淒聲高呼：「太祖爺啊，父皇啊，列祖列宗啊！」聲徹內廷，在列官員們多露出不忍之色，圍觀士民更是一片暗暗咒罵之聲。馬士英警覺到觀感不佳，趕緊傳話鬆刑。

張孫振好言勸道：「王之明，你好好將事情真相供出來，本官並不為難於你，嗯？」少年按著疼痛的雙手，依然十分倔強：「你到牢裡來，編了一套話要我照著說，那你自己說不就成了！」

張孫振見不能對少年下重手，遂令將少年扶到一旁，改傳高夢箕等三人。他對這三人就毫不客氣，嚴厲地逼問背後主使者的姓名，以及「入閩入楚」的陰謀。高夢箕大聲道：「我怎敢做詐冒欺君之事，純是為了保存先帝血脈收容太子，區區之誠，太祖爺和列位先皇之靈共鑒！」張孫振怒命用刑，三人被上了夾棍，往腿上一夾，頓時長聲痛呼，高成還一度昏厥過去。但無論如何嚴刑逼問，三人始終誓死否認。

張孫振還要用刑，錢謙益微微上前，低聲道：「張大人，您且衡量一下，以朝廷的兵力，能夠聲左良玉和鄭芝龍之罪而制其死命嗎？」張孫振問道：「宗伯的意思是？」錢謙益道：「倘若這三人供認王之明是二鎮所唆使，朝廷絕不能含忍不管，但若嚴詞質問二鎮，卻恐怕會激起變亂，到時候朝廷又該怎麼收拾？」

張孫振一楞，轉頭看了看馬士英，見他面無表情，而周圍群臣似多附和之色，猶豫一番後，只好喝令差役將少年等人收還監獄。

少年正要被送進午門，圍觀士民中忽然衝出一個胖大的身影，奔到少年腳邊，跪抱著痛哭起來。鄭森認得他是曾在杭州高成家門口求見太子的東宮侍讀丘致中。他涕泗縱橫，口中含糊不清地哭喊著：「太子爺，太子爺……」幾名錦衣衛立即呼喝著將他拉開，張孫振正一肚子火氣無處發洩，登時怒道：「大膽賊徒，擾亂朝廷審案、炫惑人心，給我打！」錦衣衛結結實實幾棍子下去，丘致中便癱在地上再無聲息。這日的審問，就在混亂中草草結束了。

第拾玖回

悔師

太子案稍一拖延，正如陳子龍所預料，外地督撫總兵紛紛疏請保全東宮。除了最初的黃得功之外，寧南侯左良玉、四鎮之一的劉良佐、川湖總督何騰蛟和江西湖廣總督袁繼咸都認為將太子以詐冒定案過於草率，且與輿論相背，請求朝廷慎重再審。雖然督師史可法上疏剖析太子必假，但邊鎮外臣支持太子的聲勢甚高，閹黨有所顧忌，也就將事情暫且按下。

而當太子之事喧嚷未已，南京城裡又發生了另一樁轟動全城的奇案：一名河南婦人童氏求見巡按御史陳潛夫，自稱是弘光皇帝在洛陽福王藩邸時的妃子，曾在崇禎十四年生下一子金哥，目前尚流落民間。陳潛夫向朝廷奏報此事，弘光卻並不召她入京。劉良佐派人護送童氏進京，本以為皇帝若下令尋找金哥並立為太子，則北來少年立為東宮一事就此成為罷論，乃是大功一件。沒想到弘光聞訊大怒，不僅不肯召見童氏，還斥之為妖婦，將之打入鎮撫司獄。

童氏在獄中寫了一封長疏，詳述入宮年月以及戰亂中與弘光離散的情形，細節宛然。她自言曾淪於賊手，不敢再自認是天子之妻，但願能夠覲見皇帝一面，訴明衷曲，並由朝廷尋回金哥，以免皇帝之骨血流落在外。

鎮撫司掌堂錦衣馮可宗代為上疏，弘光看也不看就將奏疏摔在地上，下令嚴刑拷打。最後鎮撫司呈上一分供狀，狀中童氏承認她其實是周王妃子，因誤以為登基的是周王，所以前來相認。弘光命將這分供詞宣示中外，以詐冒定案。而童妃受重刑拷掠，血肉狼藉，宛轉呼號三日後傷重而死。公論為之譁然，都說馬士英和閹黨誘導皇上滅絕天倫，可惡至極。

鄭森憂心國事，更擔心吳應箕等人盲動躁進，但上次他堅稱太子為偽後，高倬等人就不再找他聚議，鄭森主動登門求見也都被擋在門外。吳應箕為躲避鎮撫司追捕，行蹤不定，更不知從何找起。

沒想到這天晚上吳應箕卻自己尋上媚香樓來。他雇一隻小船，在媚香樓後門臨河的碼頭靠泊，拍門求見。吳應箕正是為了童妃一事而來的，他神通廣大，竟打聽到童氏的奏疏原文，以及鎮撫司擬供逼認的情節。

「奏疏上說『猶記皇上出城時，止攜金三兩，別無他物；身穿青布小襖、醬色主腰，戴黑絨帽，上加一頂烏綾首帕。臨行，尚穿白布襪、紬腳帶，匆忙中始易白布腳帶，是臣妃親為裁摺；皇上寧失記否？』」吳應箕背誦著童妃的奏疏，又感嘆又氣憤：「這疏文款款訴來，歷歷在目。其景絕非外人所能編造，其情更非外人所能偽冒，可說情義深重，但那弘光也真忍心，就是不肯見上一面。」他口稱「弘光」，似乎已不把他視為當今皇帝。

鄭森道：「詐冒太子已然十分離奇，詐冒王妃更是匪夷所思。太子畢竟深處宮中，見過的人不多，還有機會混充；詐冒皇妃，難道能夠瞞得過皇上本人嗎？」

「所以弘光堅決不肯見童妃，就顯得事有蹊蹺。」吳應箕道，「此事連馬士英都不解，奏告說『非至情所關，誰敢冒死認陛下敵體？』」

鄭森道：「會不會是有所顧忌？譬如說，童妃若真，金哥不免立為太子，但皇上嫌她身分不夠貴重，又曾陷於賊手，並不想立金哥。」吳應箕道：「你心地太良善了。我料弘光不是不願見童妃，而是不敢見童妃！」鄭森不解：「為何不敢？」

吳應箕眼中透出詭譎的神色，一字一句緩緩地道：「童妃是真的，但弘光自己是假的，因此他才心虛不敢相見！」

「你說皇上……是假的？」鄭森大吃一驚。

「不錯！」吳應箕得意洋洋地道，「洛陽城破時，福王世子倉皇出奔，混亂中有誰知其行蹤？福王久居洛陽封地，不與外臣來往，又有誰曾見過他來？我說，要論詐冒，在太子、童妃和福王這三人當中，福王才是最容易詐冒混充的。」

鄭森叫道：「這未免推論太過。」

吳應箕道：「一點也不。坊間傳言紛紛，馬士英在鳳陽總督任上時，聽聞有居民私藏藩王金印，召來一看，乃是福王之印。問那人金印從何而來，對方說是有人賭輸了錢拿這個作抵，馬士英派人找尋，後來就宣稱找到了福王。其實他從未見過福王，不過是找到一個持有印璽的人罷了。後來擁戴此人正位，自己便有援立之功，進而身登高位。只是這弘光不曾料到福王的真妃會尋上門來，所以一聽到童妃之名就暴跳如雷，並且急於殺之滅口。」

鄭森連連搖頭：「荒謬，荒謬。福王藩邸宮人甚多，鄒太后也已被接來南京，若是詐冒，豈能不被揭穿？」吳應箕道：「福王都能假冒，再炮製個假太后又有何難？」鄭森道：「次尾兄越說越不成話了。堂堂留都，從史可法大人以降這許多忠義老臣、智謀之士，豈能都被假福王所蒙蔽，甘願奉其踐祚天子之位？」

吳應箕「哼」地一聲道：「君子可欺之以方，史閣部畢竟沒見過福王，自然認不出來。可是童妃認得出，所以弘光不敢見她！大木兄寧願相信太子為假，卻不願相信明擺在眼前的事實。」

鄭森正色道：「太子為假，確實是方兄所辨認。太子眉長於目，虎牙，足上有痣，性格謹厚。王之明雖然神似，但這些細節都不相符，又更機變百出……」

吳應箕打斷他道：「我不跟你多瞎扯淡——鎮撫司上呈那份揑造的童妃供狀，說她是受了史閣部中軍的孫秀及北歸庶吉士吳爾壎所指使，弘光已有旨著鎮撫司派校尉前去捕拿。待兩人到京，嚴刑之下，勢必又往史閣部和東林諸臣身上牽連。」他說著說著激切起來：「閹黨用接連幾件大案蠶食鯨吞，驅逐多少正人、捕拿無數君子，蠹蝕國家根基已這麼深。眼下他們更要痛下殺手，咱們還要隱忍到甚麼時候？」

鄭森知他說的也是實情，遂問：「次尾兄想怎麼做？」

吳應箕想也不想，劈頭便道：「請大木兄聯絡鄭帥，起兵清君側！左帥從西往東，鄭帥由南往北，長江上下這麼一夾，還怕閹黨不就範？」

鄭森一口回絕：「次尾兄趁早打消兵諫的主意。兄弟鬩於牆，外禦其務。如今外患方殷，兵諫只會更加壞事。」

「誰跟閹黨是兄弟了。」吳應箕氣得鬍子冒煙，「閹黨是民蠹，是國賊！讓他們繼續搞下去，不用等賊、虜之兵來，朝廷自己就垮了。」

鄭森道：「我輩讀聖賢書，不可行此陰謀詭道。萬一大事有變，不唯被百世所笑，你我更要愧悔千秋。」

吳應箕道：「李世民發玄武門之變，而後有唐太宗貞觀之治；本朝成祖爺入繼大統，賡續太祖基業，下開我大明二百餘年盛世，最初也靠的兵諫。大義當前，奮力一搏，才能成千古不易之功。」

鄭森怒道：「成祖雖然開拓有功，但他倒行逆施殘殺忠良，乃至於將方孝儒等大臣滅族，身披萬世惡名。拿成祖之事相比於今日，實在是引喻失義，大錯特錯。」

「成大事者，不拘小節。」吳應箕異常冷靜地道，「這是天道順逆、國家興廢的關頭。正道與閹黨，大木兄究竟站在哪一邊？」

鄭森十分堅定：「天理與聖人之教才是正道，兵諫一事，君子不為，像高大人和陳子龍兄等東林中人也都反對。」

吳應箕忽然霍地起身，鄭森以為他要拂袖而去，吳應箕卻從懷中掏出一張細細摺好的薄絹，俐落地一抖開，上面的文字作深赭之色，竟是封血書。吳應箕大聲道：「有旨意。南安伯福建總鎮鄭芝龍、南安縣生員鄭森接旨！」鄭森眉頭一皺：「甚麼？」吳應箕板著臉孔道：「太子有旨，鄭森還不跪接！」鄭森叫道：「哪來的太子旨意？」

吳應箕睨了他一眼，索性逕自念道：

自先帝慘罹奇禍，余小子心魂交碎，血淚成枯。北京之變，余小子分宜殉國，然事屬彝倫、計關宗社，思以君父大仇不共戴天，皇祖基業汗血非易，不能不忍恥奔避，苟延性命於草野，圖效光武之中興、靈武之恢復。不意逆賊馬士英，出自苗種，奸謀百出，以真為偽，必欲致余死而後快……

吳應箕洋洋灑灑地朗讀下去，竟是一篇太子密詔，命鄭芝龍率師赴救，靖難除奸。

鄭森不等吳應箕念完，打斷他道：「這篇詔書，卻是從何而來？」吳應箕道：「此乃太子手書，而有忠義之士冒死自中城兵馬司大牢攜出。」鄭森不寒而慄：「假太子在獄中，哪得從容寫下這樣一張手詔，有理有節，且飭令邊鎮起兵來救，唯恐天下不亂。若非王之明事前圖謀已久，就是有心之人在背後暗中行事。」吳應箕氣憤地攘臂揮舞：「大木兄不肯接詔，還說甚麼背後圖謀，難道竟無半點忠義之氣嗎？」

吳應箕振臂時袖口張開，鄭森見他右手食指以白布包紮，頓時恍然：「這密詔是次尾兄的手筆！」

吳應箕也不否認：「太子命在旦夕，凡有血氣之士莫不切齒，本就該奮然而起，誅戮奸佞，扶天補日。這分詔書不過藉以號召，堅定其志罷了。」

鄭森心肝俱冷，沒有想到這位素來令自己敬重萬分的兄長，竟假造太子密詔，意圖煽動邊鎮亂政。他倏地伸手將「詔書」搶了過來，細細觀看，難以置信：「這真是次尾兄你假造的嗎？」

吳應箕一臉嚴肅：「太子必有此意，只是幽囚在大牢之中，無法傳詔，因此上天假我之手寫成。」

鄭森再也無法忍耐，「唰」地將薄絹撕成兩半，置於燭火上燒了，頓時一團黑濁的濃煙急竄，嗆臭刺鼻。

吳應箕臉色一變，卻不怒反笑，臉色蒼白得駭人：「你燒吧，你燒得了太子密詔，燒不了天下義士之共憤……這張詔書原不只一份，給左帥的那一封，我已交給蘇崑老日夜兼程送往武昌去矣！」鄭森大驚失色：「你說甚麼？」吳應箕凜然道：「蘇崑老的座船掛著左帥旗號，一路通行無阻，沒人能夠追趕得上。左帥所部數十萬大軍順流而下，閹黨不日便將化為虀粉矣！」

次日一早，鄭森已站在一艘快船船首，向長江上游急速駛去。虧得鄭芝龍撥派六千水師協防南京，鄭森尋著領兵的管帶，調來一隻快船和幹練的水手。鄭森重賞水兵，每天開船一兩銀，靠岸又是一兩銀，因此人人賣力向前，將船駛得飛快，憑著船上京營水師的旗幟，一路闖關過卡並無阻礙，但仍始終沒有追上蘇崑生。

這日船過彭澤，距離九江城已經不遠。鄭森用千里鏡望見前方一艘船上掛著左軍旗號，立刻命水兵將兵部旗幟降下藏妥，趕上前去，待兩船靠近一問，蘇崑生果然在此船上。

蘇崑生到甲板上來說話，鄭森歡喜道：「崑老手腳好快，讓我幾乎追趕不上——次尾兄讓我和崑老一起到左帥營中去投遞那要緊文書哩。」蘇崑生道：「次尾不是要你聯絡令尊嗎？」鄭森道：「福建地方遠，一來一往太費辰光，怕不能及時趕到救得太子性命。左帥雄兵數十萬，以雷霆之勢東下，不怕閹黨不就範。上次聽崑老提起，在下蒙左帥不棄，時相念及，因此想跟著崑老去見見他。」

蘇崑生不疑有他，鄭森請兩船暫停，搭上跳板走過對船上去。鄭森與左軍管船的把總寒暄一番，忽然趁著對方不注意，掏出一柄小刀抵住那把總後心。鄭森自家船舷邊倏地推出四門佛郎機砲，水兵們更都彎弓搭箭對準左軍船上。

鄭森喝道：「都不許動！我有事與蘇崑老商量，與各位並不相關，識相的都把傢伙放下！」

那把總怒道：「你究竟是誰，竟敢劫奪寧南侯麾下戰船，要是讓侯爺知道了，叫你死無葬身之地。」鄭森道：「總爺得罪了。待此間事情一了，我必向總爺賠罪，讓崑老仍舊好好兒地和總爺離去。只要總爺和各位弟兄不說，沒人知道有這麼件事。」鄭森料想只要最後無事，這些官兵絕不敢上報遭人劫持，自找麻煩。果然那把總哼哼哈哈地說了幾句狠話，語氣卻已弱了許多。

鄭家水兵過來將那把總押到鄭軍船上，又將左軍水兵繳械，趕進船艙裡鎖住。

鄭森待水兵們料理停當，對蘇崑生深深一揖，歉然道：「唐突崑老，實是萬不得已，請崑老將假密詔交給晚生。」蘇崑生感覺他並無惡意，因問道：「這是怎麼回事，莫非相公投到閹……馬相爺那一邊去了？」鄭森搖搖頭：「絕非如此，這封密詔實為次尾兄所假造，不可外傳。崑老與此事莫有牽連比較好。」蘇崑生無奈，只好將假密詔交出。

鄭森指揮兩船駛到九江，直叩江西湖廣總督府大門，遞上名刺，說有關於太子的要緊事情求見總督大人。

鄭森被引到簽押房，不久總督袁繼咸便風也似地跨進房中。他留著短髭，身形俐落，瀟脫的神態中不掩精明幹練之氣。鄭森還不及開口參見，袁繼咸就把那張名刺按在桌上，道：「鄭大元帥的公子千里迢迢來找我談太子之事，會不會太過蹊蹺了些？」

「我的身分，大人信與不信都無妨。」鄭森掏出那張假密詔雙手遞上，「晚生是來報信的。有人假造太子密詔，意欲送往左帥幕中，激他兵諫。為防變起不測，晚生截下假詔，但恐那有心之人與左帥另有聯繫，故來請大人早做提防。」

袁繼咸接過假密詔，看了一眼就放在桌上，道：「晚了，左帥已經發兵了。」鄭森聞言大驚：「甚麼？」袁繼咸道：「左帥發檄文說接到太子密詔，要他入京靖難，因此大起水軍二十萬，不日就會抵達九江了。」鄭森跌足道：「沒想到另有副本早一步送去武昌。」袁繼咸一邊觀察鄭森，冷靜地道：「未必如此。從前年開始，左帥營中就一直有人慫恿他發兵南京。他們要幹，莫說是太子密詔，天王老子的詔書也都能自己假造出來。」說著從一旁桌上取過一張文書交給鄭森，正是左良玉起兵的檄文。

那檄文甚長，鄭森見到第一句寫著「竊見逆賊馬士英，出自苗種，根原赤身，種類藍面，性本凶頑……」這話觸到他的心病，思緒一沉，暗想馬士英只因原籍貴州，左良玉為了討伐他，就將他歸於裸體紋面的凶頑蠻夷。鄭森匆匆續往下看，檄文中聲告馬士英「事事與先帝為仇、賣官鬻爵安插親信、有篡逆之心、陰謀穢亂後宮、報復私仇濫殺賢良」等七大罪；另外一分四處張貼的榜文上則寫著「本藩奉太子密旨，率師赴救，義不俱生。」等字句。

鄭森越讀越急：「這可不成，我得去告訴左帥，太子是假的。」袁繼咸道：「他大軍已發，手下將領人人摩拳擦掌，怎能憑你一句話就退兵？」鄭森道：「我去叫侯方域請出侯恂老大人，讓他對左帥曉以大義。」袁繼咸道：「侯恂公讓閹黨打入順案，因此身敗名裂。左帥打著清君側的旗號，侯氏父子未必肯幫忙吧。」

正說話間，外頭一陣喧譁，家人匆匆入內來報：「孫員外和幾個本地鄉紳，領著大批士民來求見大人。」袁繼咸道：「我不是說了，讓孫員外先在廂房稍坐，一會兒見他們。」家人道：「不知怎麼一大夥人群情激動，全都要進來，門口快攔不住了。」袁繼咸道：「必是為了左良玉大軍壓境，人心不安。我這就出去見他們。」

袁繼咸起身就走，鄭森也跟著出去。到了前院，總督衙門大門口黑壓壓一團人不住推擠，又不敢真的硬闖進來，守門的士兵不住喝罵，卻快要抵擋不住。門外眾人一見到袁繼咸現身，紛紛激動地高聲呼號：「制台大人來了！」

袁繼咸一揮手，示意讓眾人進來。士民們蜂擁而入，忽地就在院中跪成一片，磕頭如搗蒜：「制台大人救救我們吧！」

領頭的鄉紳前戶部員外郎孫再珙上前道：「左帥大軍東下，馬上就要到九江了。他們沿途劫掠，無一處倖免，稍有反抗就格殺不論……」孫再珙語音發顫，「制台大人怎生想個辦法阻他們一阻，不讓他們進城。」眾人們齊聲哀求道：「是啊，大人救命！」

鄭森親眼見過左良玉旗下兵卒作亂，把富人們用木板壓住，在上頭跳躍，逼迫他們交出錢財，甚且當街姦淫婦女，連幼童也不放過。無怪乎九江士民會這麼畏懼。

孫再珙道：「左兵號稱八十萬，實際東來的至少也有二十萬，大人旗下兵馬不及六萬，若是正面迎戰，激怒了他們，必然釀成大禍。請制台大人下令諸將退守城中，如此可保一方平安。」

袁繼咸斷然道：「我受朝命鎮守一方，豈有敵至而不戰之理。入城等於示弱，不行。」

孫再珙急得哭了出來：「大人不願憑城固守，野戰卻又兵力懸殊……左帥一向敬服大人威望，這次檄文中對大人也執語甚恭，請大人前往左帥帳中，勸他退兵，至少饒過咱們九江城。」

袁繼咸道：「左帥要川湖總督何騰蛟和他一同起兵，何大人不允，左帥竟縱兵殺害武昌城中居民，以此相逼，最後強劫他上船。何大人趁著守備鬆懈，投江而走，至今生死未卜。左帥雖然言語乖順，舉止卻與過去大為不同，我若輕率前往，必中了他的計謀。」

眾人聞言，頓時哭成一團，你一言，我一語地道：「我家七代家業都在這裡，亂兵來了必然毀於一旦。」「我家老的老，小的小，走脫不開呀。」「祖先墳塋在此，這可搬不走哇。」「亂兵進城，我那幾個妻妾和閨女兒們都只能自盡，別無他途了……」

孫再珙道：「這仗是不能打的，一打起來，亂兵有所死傷，入城殺戮更慘。大人真不願守城，就勉為其難，為九江滿城百姓到左帥軍中走一趟吧！」眾人都道：「是啊，大人為九江百姓走一趟吧！」

袁繼咸望向眾人，他心中自有盤算，但也不能讓城裡自己先亂起來，於是道：「好罷，待左帥來時，我去和他說說。兵諫並非正途，盼他能夠迷途知返。」

士民們破涕為笑，紛紛稱頌道：「袁大人體國愛民，真是我朝第一名臣！」「我就說制台大人不會棄咱們於不顧的！」「菩薩保佑您袁大人！」

袁繼咸拱手道：「我也要拜託眾位，盡力維持城中安寧，不要囤積糧食、爭搶鬧事。」大家都道：「這個自然。」說罷各自額手稱慶而去。

鄭森待士民們逐漸散去，走到袁繼咸身旁，殷切地問：「出城野戰，制台大人可有必勝之策？」袁繼咸爽快地道：「沒有！」鄭森道：「深入敵營，可有勸服左帥的把握？」袁繼咸道：「先曉以大義，再賣賣交情。倘若左帥不聽，我身任封疆，也只有力戰到底，多阻得一日，南京便多一日準備。」他說得輕描淡寫，鄭森卻聽得出來其意甚堅，頗覺感動，因道：「左軍人數雖多，大半都是烏合之眾。這次發兵名不正、言不順，大人若能打一場勝仗，挫其銳氣，未始不能令左帥退兵。」袁繼咸看了看鄭森，卻道：「不管你是誰，信已送到了，這就去吧。」

鄭森回到船上，決意前往左良玉軍中伺機勸說，於是和蘇崑生商量好一道同行，將原本軟禁起來的左軍把總放了，命兩艘船都打著左軍旗號往上游駛去。

行了一日，便與左良玉大軍相遇，只見大江之中，戰船首尾相連，竟似無窮無盡，聲勢浩蕩。左軍船上水兵誇稱，自武昌到此，旌旗連綿二百里不絕。

不久便有哨船前來查驗。那曾被鄭森軟禁的把總忽然大呼：「此人是奸細，快拿下他！」左近船隻紛紛騷動起來，鄭森暗道不好，心想怎麼如此大意，沒防著那把總挾怨報復。他見幾艘戰船過來警戒，居高臨下監控著，已無法反抗，遂強裝鎮定道：「我是蘇崑老的朋友，和柳敬亭先生也相熟的，不是甚麼奸細。」轉頭看時，一時卻沒有看到蘇崑生的身影。那把總道：「少在那裡胡吹，柳將軍是元帥的頭號軍師，你這乳臭未乾的小子也敢說認得他，你乾脆說和左帥一道吃過飯、喝過酒算了！」鄭森道：「我確實和左帥也曾過從的。」那把總冷笑道：「跟你說笑話，你還當真了。」

這時一個哨兵從船艙裡出來，雙手一張，將一面旗幟展開：「我在船上搜出京營水師的令旗！」那把總尖聲叫道：「這小子果然是南京派來的奸細！」說罷將鄭森壓倒在地，命左右取繩索牢牢綁縛。鄭森忙辯白道：「我有要事與左帥商議，我要見左帥！」那把總在他腰間重重踹了一腳：「憑你也想見元帥？趁早到江裡餵王八去吧！」說罷拔刀就要往鄭森頸中砍去。一旁的哨官伸手格開，道：「既是奸細，怎麼不送上去，卻要一刀殺了？」

那把總怒道：「你少管閒事！」舉刀又要砍下，旁邊一艘大船上有人高聲喊道：「慢！金將軍要審問奸細。」那把總無法，只好收了刀子，又往鄭森身上狠狠踢了幾下。

鄭森被帶到一艘大戰船上，哨兵在他膝彎一踢，鄭森頓時跪倒在甲板上。艙門裡傳出橐橐步履之聲，接著兩個披風飄揚的黑影遮了過來。鄭森傲然抬頭，那人「咦」地一聲道：「這不是鄭相公嗎？」鄭森定睛一看，叫道：「柳敬老！金將軍！」眼前兩人竟是柳敬亭和江西總兵金聲桓。

金聲桓吩咐左右道：「鄭相公怎會是奸細，快鬆綁。」兵卒趕緊將鄭森鬆開，柳敬亭親自將他扶起，問道：「這是怎麼回事？」鄭森道：「我聽說左帥大軍東下，想趕來見他一見，路上偶然和護送蘇崑老的總爺有些誤會，才被當成奸細。」

兩人將鄭森迎入船艙中好生接待，備酒壓驚。問起南京消息，鄭森就把公審太子等事擇要說了。金聲桓軍務繁多，弄清楚狀況後便告了個罪先行離去。柳敬亭留下和他談論，問道：「南京公論，對左帥起兵一事有甚麼看法？」鄭森頓了一頓，正想著該怎麼措辭，柳敬亭看出他的猶豫：「直說無妨。」鄭森遂道：「南京士民雖然痛恨閹黨，但左帥東下，畢境還是憂懼大於欣喜。」柳敬亭意外道：「這是為何？」鄭森嘆道：「只因元帥麾下良莠不齊，紀律實在太差，沿途唯恐避之不及。」

「原來如此。」柳敬亭湊近身子，低聲道：「其實左帥原本對於兵諫也十分猶豫，他知道手下多是亂兵降卒，近來他身子又不好……天子在南京，左帥還可借用其名號來羈縻各軍，若讓大軍東下，難保各軍不會紛紛搶占富庶肥地，就此散去。最後將領們說『元帥必不肯動，我等請自行發兵，不能老窩在這裡』，左帥這才不得不率全軍啟程。」

鄭森聽得毛骨悚然：「北有清虜，西有闖賊，兩支敵兵都已打到家門口了。江北四鎮自相爭奪地面，已讓朝廷焦頭爛額。長江上游一向靠左帥維護，若是他手下各軍四散作亂，則不必等清虜或闖賊來犯，朝廷自己就從裡頭瓦解了。」

柳敬亭道：「可不是，左帥也是萬不得已，先得穩住手下各軍再說。」鄭森道：「然而兵諫終究不是正途，各地督撫也不支持……」柳敬亭笑道：「左帥忠於朝廷，天日可表。待他進京掃除馬士英一黨，仍要回師武昌的。只要略略約束一下軍紀，大家自然就會支持。」鄭森不敢如此樂觀，但身在左軍營中，便不再多言，心想有機會再直接向左良玉進諫，於是盡揀著不相干的新聞和柳敬亭閒話。

先鋒戰船東下直抵九江，停泊在長江北岸，與南岸的九江城以及江西湖廣總督旗下各軍隔岸對峙。等了一日，左良玉的中軍大艦才在無數戰船簇擁下緩緩駛到。一時長江沿岸密密麻麻布滿各色戰艦，仿如一座連綿數里的大木城。鄭森遠遠看得分明，中軍大艦正是左良玉向楚王「借」來的那艘龍舟。

次日一早，左軍戰船一艘一艘起碇，絡繹向南岸移去，大軍壓境之勢十分驚人。但這時鄭森從柳敬亭那裡得到消息，左良玉要在中軍大宴袁繼咸，會集諸將定盟。左良玉聽說鄭森也在，十分高興，請他一道列席。

正午時分，九江城中馳出數騎，正是袁繼咸率同幾位將領孤身來赴席。左良玉之子左夢庚率領金聲桓、惠登相、王允成等十八名總兵官下船迎接，執禮甚恭。袁繼咸表情嚴肅，沒一句多的話，眾人旋即登上中軍龍舟，散在三座望樓上宴會。

鄭森受邀到中間懸空的那座主樓，他前年曾登上此樓觀看左軍操演，記得四面軒窗敞開，令人胸襟大暢。但此番登樓，裡面陳設大異，四面都用厚重的帷帳遮得密不透風，點上許多兒臂粗的蠟燭，火光搖曳，顯得幽暗沉悶。樓中更擺滿了三朝八代的骨董、海外異國的奇珍，顯然是從各地搜括而來，但陳設全無法度，堆置雜亂庸俗不堪，活像是一座骨董商人的庫房。

望樓正中有一張大桌，桌上放著一張誓狀，還有二十幾只金杯，想來是為了兩軍盟誓之用。眾人剛入座，門口衛士便長聲高喊：「侯爺駕到——」大家趕緊起身肅迎。只見一人披著鮮紅色的大氅，步履艱難地緩緩走入。鄭森心中一詫，疑惑自己是否看錯了人。眼前應該就是左良玉，但他滿面病容，形貌大異，原本丰神俊朗的模樣變得慘白不堪，整個人似乎也矮小許多。

左良玉直向袁繼咸走去，緊緊握住他的雙手，喚著他的字道：「臨侯啊，俺本該下船等你的，但身上不痛快，真是有失遠迎啊。俺們老兄弟許久不見，這回可得要好好敘一敘。」

袁繼咸自登船後一直神情凝重，看到左良玉這副模樣，表情稍稍柔和了些：「元帥乃國之柱石，平日應該善自保重。」

左良玉咳嗽了一陣，艱難地道：「俺怕是時日不多了，但是拚著這條老命，也要為國家盡最後一點心力。今日請你來，是想與你握手作別，然後為太子奮戰而死，那便再無遺憾了。」他忽然激動起來，邊咳邊罵：「奸賊馬士英，竊據朝堂，還將太子下獄用刑，必欲殺之而後快，咳，咳……這樣不敬天地神明、不敬太祖和先皇、不畏天下公議，真叫神人共憤！俺受先皇厚恩，一定要將太子營救出來！」說罷竟是老淚縱橫，難以自抑，更引得一陣咳喘。

袁繼咸幾番欲言又止，終於道：「先帝舊德不可忘，今上新恩不可負！元帥，太子咱們是要救的，但不該以兵諫為之。」

此言一出，左軍將領們登時騷動起來。左良玉睜大了眼道：「臨侯怎麼這麼說？」他從袖中巍巍顫顫地掏出一封血書，遞給袁繼咸：「此乃太子手書血詔，太子在獄中日夜盼望救援，多耽遲一刻，俺便多泣血一刻。若不給閹黨一點顏色瞧瞧，光憑幾封奏疏，他們哪裡肯放人。」

袁繼咸正色道：「太子身在宮中兵馬司大牢，旁人如何接近？這手詔又是從何而來？」

左良玉一時語塞，回頭望了望柳敬亭等一眾謀士，但這一回頭，便顯得十分心虛。他意識到這一點，只好隨口道：「總是有忠義之士，冒死將手詔送出……」這時蘇崑生上前一步，大聲道：「太子血詔，乃是貴池諸生吳應箕買通兵馬司獄卒取出，又交給小老兒送呈左帥。」

鄭森一向甚是喜歡蘇崑生，見他當眾扯謊，甚覺難過。此事關係重大，鄭森不得不開口道：「吳應箕交給蘇崑老的血詔，乃是他自己割指假造，並非太子所書。何況那封假詔，我在日前已經交給袁大人了，與此何干？」在眾人驚愕與憤怒的眼光中，鄭森接著道：「晚生和前東宮侍講官親眼辨識過北來少年，他是王之明無疑，並非太子，是清人派來擾亂我朝野的。左帥千萬不可中了清人的奸計。」

「住口！」左夢庚忽然暴喝道：「你算哪根蔥，輪得到你說話！」

袁繼咸並不理會旁人的插話，定定地看著左良玉：「元帥，我也寧可相信太子為真，但即便如此，兵諫也絕非正途。東晉時桓溫功蓋天下，卻因擅謀廢立，最終遺臭萬年。元帥英雄一世，為國家建立多少功勳，在這關頭上，更要把持住啊。」

左良玉含淚不語，身子不住顫抖。左夢庚見狀，大踏步上前，拔出腰間長劍指向袁繼咸：「俺爹是去清君側，為國除害，又不是要篡位。大丈夫臨大事，一言而決耳，何必如此囉嗦。袁大人究竟去還是不去！」一時間「唰唰」聲響，左軍眾將都拔出佩刀，圍住袁繼咸和其隨從。

九江諸將臉色大變，匆促間已不及拔刀，袁繼咸卻神色自若地對左良玉道：「元帥已逼得何騰蛟大人投河，現在又要殺我嗎？旬日之內，連害朝廷兩名總督，世人要不認為元帥是謀反也難了。」

左良玉目光閃動，忽然轉身「啪」地甩了左夢庚一個響脆的耳光，身手之快，全不似病入膏肓之人所能為，左夢庚絲毫無法閃避，被打得一楞一楞地。左良玉打完這一巴掌，忽又劇烈地咳嗽起來，左夢庚想要上前攙扶，左良玉一手揮開，罵道：「畜生，怎可對袁大人無禮！都把傢伙給我收起來！」眾將得令，都十分不情願地把刀還入鞘中。

左夢庚憤怒得臉孔扭曲，倒握長劍，狠狠往艙板上一插，轉身就走，任憑眾將疊聲「副元帥、副元帥！」地叫喚，依然頭也不回地去了。

左良玉看向袁繼咸，淒然道：「臨侯是堅決不肯支持我清君側了？只要你願意會銜，各方督撫鎮將群起響應，俺們不必真的發兵南京，閹黨自己就會垮的。」

袁繼咸搖頭道：「何大人與我都不肯，何況其他的督撫鎮將？」

左良玉有些賭氣道：「臨侯既不肯去，那也無妨，以俺大軍二十萬順流東下，還怕不能直驅南京？你且在九江看老兄弟成功吧。」

袁繼咸道：「靖南伯黃得功和九江總兵黃斌卿，人稱水陸二飛將，元帥縱能擊敗他們，恐怕也得費上不少時日，如此給清虜和流賊可趁之機，可就釀成大禍了。」

左良玉道：「黃闖子駐在盧州，清兵已到河南，朝廷怎調得開他？」

「元帥此番進京，是想制馬士英一黨的死命，他們自然要拚命抵抗。」袁繼咸懇切地道：「元帥忠義，我是最了解的。你我為國家奮鬥一生，不要壞在這事上，若給套上『反賊』之名，那可是錯悔萬年之事。」

左良玉怒道：「我為國家賣命殺敵數十年，哪個敢說我是反賊！」

袁繼咸道：「名不正則言不順，元帥擅自起兵東下，即屬抗命。欲過九江一步，須得從我身上踏過去！」

左良玉大為震驚：「老兄弟何苦如此決絕？」他本以為弘光和閹黨失德失政，自己登高一呼必然群起響應，沒想到全不是那麼回事，連向來交好的袁繼咸都不支持自己，想要進兵南京實是困難重重，於是道：「那麼依你說，俺現在該怎麼辦？」

袁繼咸道：「首先請元帥依舊頓兵江上，不要破我九江城，我代全城百姓謝過元帥和眾位將軍；其次，請元帥就地等候朝命，再看下一步吧。」

左良玉一半是心灰意冷，一半盤算著須先將袁繼咸爭取過來再說，遂道：「就依你，我不入九江城就是。」

袁繼咸拱手道：「元帥懸崖勒馬，保全一方百姓，世人都將知曉您一腔忠義之心。」

袁繼咸離去之後，左良玉命眾將都退下，卻要鄭森留著陪他。然而左良玉獨坐良久，始終不發一語。鄭森猜想自己得罪了左夢庚和左軍一干悍將，左良玉是護著自己，頗為感激，默默在一旁守候。

不知過了多久，一名隨從端了碗湯藥進來，開門時，鄭森才知道天色已漸漸暗了。那隨從將藥端到左良玉身前，恭敬地道：「元帥，吃藥了。」左良玉看著深黑色的湯藥，卻忽然一腳將藥盤踢翻，瓷碗在地上打得粉碎，黑水濺出老遠。左良玉怒道：「吃的甚麼藥，這局面橫豎是沒得救了……咳咳……」那隨從嚇得跪在地上直發抖，左良玉腿部抽動，看似又要踹在隨從身上，鄭森上前輕輕扶了一下：「元帥仔細踩著破碗片了。」說著扶著他坐好，幫他拍拍背順氣。

鄭森對隨從使了個眼色，那隨從趕緊撿拾破碗片，將地上擦拭乾淨，然後倉皇退出。

左良玉情緒平靜下來，忽然開口道：「你是福建鄭大元帥的甚麼人？」鄭森不知他目的何在，頓了一頓答道：「晚生與鄭帥雖是族親，但疏遠不敢攀附……」

「少來！」左良玉打斷他，「敢拍俺背的，普天之下除了俺家丫頭，怕再沒別人；前年你離開安慶之後，我就想，像你這般膽識氣量，又懂水軍，必是鄭芝龍十分親近的子侄。」

鄭森見他說得懇切，遂道：「福建總鎮正是家父。」

「我就說吧。是就是，怕甚麼？我若要想抓你，還容你在這兒坐上老半晌？」左良玉道：「鄭帥下得好大本錢，為了讓我退兵，竟派出自己兒子來。所以鄭帥是站在閹黨那一邊了？又或者鄭帥只是不想讓我得了南京這塊地盤吧。」

鄭森道：「不，晚生此來，家大人並不知曉。純然是因為國家安危存乎元帥一念，又怕元帥被假太子所誤，驟然起兵遺憾終身，所以晚生才趕來向元帥報信。」

「所以投向閹黨的是你？」

「晚生絕非閹黨，」鄭森激動起來，「不僅如此，晚生恨透閹黨敗壞國家的種種行徑。元帥檄文上說的馬士英七大罪，晚生大抵都是同意的。」

「那你為何直說太子是假的，一逕幫著閹黨？」

「東林諸君不喜當今皇上，又想扳倒閹黨，就都說太子是真的。其實大家心知肚明，真太子已在北京遇害了。」

「胡說。」左良玉不再追問，卻道：「我只是想不通，既然東林正道都想扳倒閹黨，為何我起兵清君側，卻沒有人肯附從？」

「大家是怕元帥一進京，就成了另一個馬士英。」

左良玉怒道：「怎能把我和那狗賊相提並論！」

鄭森道：「元帥固然忠義，手下亂兵降卒卻多。一旦進京，就算元帥不想當馬士英，怕到時也身不由己了。」

「嘿，你倒敢說！」左良玉用黯淡的目光看著鄭森，良久卻道：「亂兵降卒，確實難制啊。我若一死，本鎮人馬恐怕頓時就要潰散了。鄭帥好福氣，能有你這樣的兒子接手他的事業。哪裡像我……」

鄭森正要答話，外頭忽然一陣鼓譟，士卒們紛紛興奮地大喊：「城裡起火了，城裡起火了！」

左良玉和鄭森都是一驚，左良玉起身走到望樓側邊，想掀開帷帳觀看，但帷帳厚重層疊，一時竟掀不開。鄭森待要幫忙，左良玉已不耐煩地使出蠻勁一扯，將整片帷帳扯落在地。大幕落處，只見黑暗的天地之間，幾道火光沖天而起，瀰漫滿城的煙霧也被照耀成一個橙紅色的光團，映出城垣上箭樓的黑色剪影。城門大開，無數兵馬的影子自城外的黑暗中不斷地衝入門洞，消失在光團裡。

鄭森失聲叫道：「城裡怎地走了水了？」

「這景象，我一生中見得太多了。」左良玉陰鬱地道：「這不是走水，是破城！」

「稟報元帥！」金聲桓不待通報便闖了進來，大聲道：「袁大人麾下的總兵郝效忠和張世勳在城內燒營，斬關而出自破其城，四處縱火混殺！」

「放你娘的狗屁！」左良玉忽然發狂怒吼：「這是夢庚那畜生的兵！他勾結九江守軍打破城池，陷我為反叛之臣了！」左良玉猛力捶胸，長聲悲呼：「臨侯啊臨侯，俺負你了！」接著縱聲大哭，身子一彎，一口又一口地嘔血不止，竟嘔出數升之多，全身上下一片殷紅。

鄭森大驚，忙抱住他的身軀。金聲桓轉身高呼：「快叫楊大夫過來！」不多時，楊大夫匆匆提著藥盒進來，看了一眼便道：「這是中惡，只能用辰砂灌下，安神定驚。」金聲桓厲聲道：「該怎麼做就快做，囉嗦甚麼！」楊大夫手腳俐落地取藥灌了，又給左良玉施針，不一會兒，左良玉「啊！」地一聲，悠悠甦醒。這時眾將早已紛紛聞訊趕到，七手八腳地將左良玉抬到榻上讓他躺好。鄭森也就默默退到一旁。

左夢庚飛奔而入，趴在榻前哭喊：「爹！」左良玉睜開眼睛，無力卻憤怒地道：「滾開，我不要看見你。」左夢庚依然哭泣不走，左良玉舉手亂揮：「把他拉下去。」金聲桓上前勸左夢庚暫退，他才離開。

左良玉勉力起身，旁人想要相扶，他一把大力推開，竟自己站了起來。他環視眾將，身子飄軟欲倒，卻開始破口大罵：「俺不能報效朝廷，你們又不聽俺節制，俺才會氣到這個地步。俺在刀頭上打滾二十年，千辛萬苦才成就這支大軍。俺死了以後，你們若能出死力恢復我大明失土，那是上策；回武昌固守，做朝廷屏障，那也還成……咳咳……」左良玉目眥盡裂，厲聲道：「這是我的遺言，如果大家就此潰散，乃至於四處流竄騷擾，不只叛負國家，更有辱我軍，良玉死不瞑目——」

眾將一時都放聲大哭，如狼群嗚吼、野獸嘶嚎，既悲且壯。

金聲桓哭喊道：「今日就在元帥面前歃血立誓！」眾人紛紛附和：「歃血立誓！」守在門外的裨將很快宰了頭牛，端了一海碗的牛血進來。金聲桓第一個伸指沾血塗在唇邊，高呼：「誓死效忠元帥，謹遵元帥遺命！」後營總兵惠登相接過海碗，五指深深插入碗中，將血抹了滿臉，拔出佩刀：「元帥百年之後，有不服副元帥號令的，就吃我這刀！」眾將同聲呼喝：「好！誰不服號令，大夥兒群起圍攻！」

左良玉勉力支撐，待眾將一一歃血完畢才坐回榻上，已是氣若游絲：「不要……不要為難袁大人；夢庚那畜生雖然不肖，終究是我兒，大家……要好好輔佐他，別讓他走錯了路子……」

左夢庚在門口窺看良久，這時終於忍不住衝進來，抱著左良玉大哭：「元帥，元帥！爹，爹！」

鄭森遠遠看著，也是淚流滿面。忽然有人拉拉他的一角，柳敬亭和蘇崑生不知何時已來到身邊。蘇崑生低聲道：「鄭公子，趁這時候快走吧。」鄭森猛然醒悟，自左夢庚以下，左軍眾將都恨自己，左良玉一死，再也無人保護，此時不走更待何時？而自己稍早才當眾揭穿蘇崑生的謊言，他卻毫無芥蒂地幫助自己，不由得一陣惶愧和感激。蘇崑生看了，心照不宣地一笑。鄭森遂隨著柳、蘇二人下船。

才剛踏上岸邊，九江城那邊馳來數騎，到江邊下馬。柳敬亭認出領頭的是左營部將張國柱，上前道：「恭賀張將軍得勝歸來。」張國柱渾身血汙，得意洋洋：「原來是柳將軍，俺逮著了袁繼咸，特把他綁來給元帥請功。」

鄭森看後面一匹馬上，正是朝服端正、雙手被縛的袁繼咸。他雖然被俘，依然昂然不屈地道：「我要見左帥，問問他為甚麼背信棄義攻破我九江城池！」

鄭森正盤算著該怎麼救他一救，靈機一動，趁夜色昏暗，啞著聲音道：「元帥病發彌留，哪裡能夠見你？」

張國柱和袁繼咸都大驚失色。張國柱看著柳敬亭道：「有這等事？」柳、蘇二人都點頭道：「不錯。」鄭森趁勢道：「眾將推舉副元帥為首，張將軍快去拜見吧。」張國柱心想，左良玉一死，不知會有甚麼變化，自己可不能不在場，於是翻身下馬，對柳敬亭道：「那麼袁大人就暫且交給柳將軍看管。」柳敬亭笑道：「張將軍放心，袁大人是你逮回來的，這功勞誰也搶不走。」

張國柱聞言，這才匆匆上船去了。

柳敬亭對看管袁繼咸的裨將道：「元帥有令，不可為難袁大人，給袁大人鬆綁。」於是袁繼咸被請下馬鞍，解除了手上綁縛。

袁繼咸問道：「元帥果真病重？」鄭森道：「不錯。今夜之事，乃是左夢庚擅自妄為。元帥在船上望見城中火起，氣得病發嘔血，直說對不起制軍大人。」袁繼咸重重嘆了口氣：「也是我御下無方，部將與左兵裡應外合，才那麼輕易打開城門。」

鄭森對柳敬亭低聲道：「袁大人是個大忠臣，敬老能否行個好，放袁大人走。」柳敬亭面露難色，沉吟不語，袁繼咸卻道：「鄭世侄不必擔心我，趁此時一片混亂，自己趕緊走吧。」

鄭森道：「袁大人乃朝廷重臣，又熟知左軍底細，請隱忍一時，整軍再起，不僅可將功折罪，也是保衛下游百萬生靈。」袁繼咸搖頭道：「我身任封疆，守土有責，手下將領卻和敵軍私通破城，劫殺百姓、搶掠婦女，按國法本就該當一死，也已再無顏面對九江父老。我苟活下來，只為不讓左帥揹上殺害總督之名，激他真的造反……」

說話間，龍船上傳來眾將哭嚎：「元帥，元帥——」似乎是左良玉已然病逝了。

袁繼咸道：「我逃離此地，仍不免死於國法、罪及親族，與其如此，不如留下來死於國事。鄭世侄回到南京，告訴世人袁某死守到底，並未附從叛逆，讓在下一生令名得保，也就是幫了我大忙了。在下感激不盡。」

蘇崑生也拍拍鄭森肩頭道：「走吧！」

鄭森看看袁繼咸，又看看柳、蘇二人，吸了一口氣，深深一揖：「那麼晚生去了，各位保重！」

●

鄭森連夜發船，靠著柳敬亭給的左軍令牌，順利地離開九江。前往南京的路上，朝廷已設下重重關卡。安慶城外加緊趕製版築以為防衛，坂子磯上也布下了重兵。鄭森靠著京營水師的令旗才得通行無阻，在四月初九返抵南京。

這天烏雲密布，空氣沉重。船到江東門，碼頭上一片混亂，從上游逃難而來的，準備往下游逃難去的，往來紛雜交錯。朝廷派了宮中的太監在十三個城門分守，不准官員家屬出城，門前長槍耀眼，威嚴肅殺。

接下來幾日情勢的發展令人大感憂心。四月初四左良玉病亡，左軍祕不發喪，隔日就往下游出兵，攻陷建德。初六到彭澤，初七攻下東流，初八大軍圍攻安慶，先鋒則續往下游進發。雖然初十日九江總兵黃斌卿在銅陵擊敗左兵先鋒，但左夢庚的中軍依然在十三日攻下安慶，使南京大為震動。

面對左兵勢如破竹的攻勢，朝廷竟大舉調遣江北兵馬移防長江。馬士英在初九日以阮大鋮與朱大典督軍，將黃得功移駐荻港，同時調劉良佐離開駐地至江上，甚至嚴令史可法離開揚州，前往燕子磯駐守。史可法一面飛奏清兵南下的警報，一面上疏陳述：「上游左良玉不過清君側之奸，原不敢與君父為難。若北兵一至，宗社可虞。」請朝廷收回調兵西向的成命，但朝廷並不理會，依然嚴命史可法移防。

於是江北大片平野，頓時撤得空空盪盪，較大的兵力只剩下淮安的劉澤清一鎮。而就在這一日，清兵逼近淮安，劉澤清竟自己在城中大肆劫掠一番後開城向東逃走，淮河沿岸不留一兵一卒戍守，清兵因此得以毫無阻礙地渡過淮河。

就在大局天翻地覆之際，鄭森又得知一個令人驚詫悔怒的消息：朝廷為了警惕裡通外敵者，將周鍾等數名「順案」重囚處決。同時昭告，由於左良玉在檄文中聲援被囚的周鑣和雷寅祚，足見其與左兵內通，遂以「招引外兵，別圖擁戴」之罪賜兩人在初八日自盡。實際上，這當然是馬士英和阮大鋮一黨焦頭爛額之際，藉機報復私仇洩憤罷了。獄中傳出消息，周鑣和雷寅祚二人臨死前，互相在對方肚腹上大書「先帝遺臣」四字，方才就義。

一連串霹靂焦雷般的消息，讓鄭森心神大亂。他憂心江北門戶洞開，清兵將長驅直入，也擔慮還在獄中的黃宗羲安危。而未能救得周鑣的性命，使鄭森深感悔恨。

張宛仙看在眼裡，不時說笑話、唱曲兒給鄭森解悶，然而鄭森心頭始終鬱結不開。張宛仙百般勸慰不成，索性把話敞開來談，鄭森遂道：「這幾天我一直想，無論是公審假太子鬧得黨爭愈烈，左良玉藉口營救太子而發兵，還是周兄被殺之事，都是因為王之明進京才引起的。若是不曾把假太子救回來，或許就不會有後來這些事情了。」

張宛仙正色道：「鄭公子難道以為這天翻地覆的大變局，是你一手所能造成？要知大廈將傾，是蟲蝕蟻蛀了幾十年的結果，與你無干。」

「若說時局像個火藥桶，王之明畢竟是一味藥引。他一度讓別人擄走，也確實是咱們大力勸說殷寨主冒死搶奪回來。」鄭森想到當初是父親下令擄走王之明，又因為自己出面營救，率隊的鄭聯才未下殺手，讓殷之輅奪回王之明。事後看來，父親的舉措說不定是對時局最好的處置。念及於此，心境萬分複雜地道：「倘若當初王之明就此隱匿無蹤，沒了藥引，時局也不至於壞得那麼快。左良玉無法藉口興兵，清軍南來，朝野也會齊一心志共抗外侮。」

張宛仙道：「東林和閹黨黨爭鬧了二、三十年，幾乎不共戴天，如果外敵來兩黨就能攜手同心，北京怎麼會亡？左良玉前年便曾發兵東下，他一直覬覦著南京這塊地面，就算沒有太子一案，也會另外尋個因頭發兵的。」

鄭森大大吁了口氣：「宛兒說的我何嘗不知？只是眼見時局崩壞，心裡不免悔恨罷了。」張宛仙道：「悔恨又有何用？與其長吁短嘆，不如想想還能做點甚麼事情。」

鄭森在張宛仙鼓勵下打起精神，盤算著眼下能行之事。他與吳應箕等人已無法聯繫，想來想去，還是只有去找錢謙益。

到了禮部尚書府，才剛見著錢謙益，家人便來稟報工部和戶部侍郎來訪，鄭森只好退到廳後等待。他獨坐無聊，心想兩名官員必是和錢謙益討論軍國大計，於是靠近偷聽，沒想到兩人從頭到尾都在說皇帝大婚的籌辦之事。戶部侍郎說內廷奏催大婚措辦銀兩，皇上有旨著該部火速挪借，但四處用兵之際，戶部實在擠不出錢來，請禮部籌辦時款子不要逼得太緊；工部侍郎則說，有旨命工部採購中宮珠冠兩頂，其中禮冠三萬兩，常冠一萬兩。他請錢謙益指點珠冠的形制，如何才能合乎禮制而又翻新出奇，同時請教何處有巧手匠人可以承製。

兩人翻來覆去說了半天，好容易走了，一名禮部主事在外等候多時，又進來和錢謙益討論皇帝采選淑女之事。他說禮部從南直隸和浙江彙選了一百二十名淑女，其中包括阮大鋮的姪女，現暫時安置在經廠，請尚書大人挑出七十名，然後就可送入宮中，在元暉殿備皇上親選。

錢謙益瀏覽了名單，說道：「好吧，我這就過去挑選。」

鄭森早已火冒三丈，忍不住從廳後走出道：「牧翁，眼下是甚麼時候了，您還要去買珠冠、選淑女？」

錢謙益嘆道：「這原是我禮部的職掌，無法推辭。」

鄭森怒不可遏：「江北將士苦於飢寒，大年下每人求三分錢過節亦不可得，他皇上採備兩頂珠冠就要四萬兩？這可是兩千兵卒一整年的餉銀！中原赤地千里，百萬生靈倒懸於水火之中，宮裡竟還一口氣選進七十名淑女去服侍他一人？」

那禮部主事驚詫地道：「你是何人，竟敢口出不遜之言，對皇上大不敬！」

鄭森道：「清兵已經渡過淮河，左兵也攻下安慶，皇上不把錢拿去增益兵備，卻採買珠冠，是打算清虜或左兵入城時可以進獻？」

主事叫道：「你這是反了……」

錢謙益溫言制止主事：「你先回經廠去，我稍停就來。」主事見錢謙益態度如此，只好先告退。

鄭森還沒等主事出門，便急著道：「這是怎麼回事？皇上難道被蒙蔽至斯，不曉得局勢之劣嗎？牧翁您正該上章力爭，請皇上宵衣旰食、身先天下，怎麼卻反過來順著他胡搞？」

「這禮冠用貓睛、祖母綠和上千粒珍珠，原本估價要數十萬，是戶、工兩部和應天府一再力爭，才減定至這個數兒的。」錢謙益嘆了又嘆，道：「該勸的都勸了，奈何皇上幾番嚴旨，大婚事宜不許推延，咱們只好勉力而為。」

鄭森難以置信地看著錢謙益：「牧翁怎麼這樣說，您入朝任事，不就是為了讓朝廷多一分正直之氣嗎？不能實行正道就該自去，朝廷不見用也該去，牧翁豈能留在這個位子上徒然作為閹黨的妝點粉飾？」

錢謙益道：「我若為了選淑女這等小事辭官，朝廷大事，就更無人聞問了。」

鄭森大聲道：「如今放眼望去，哪一件不是大事？馬士英怕左軍進京必會殺他，竟把江北重兵抽調一空，放著虎視眈眈的清兵不管，這也不是您牧翁該進言的大事？」

錢謙益擺擺手道：「你別急，且聽我說。今日皇上在清議堂召對群臣，討論清兵渡淮之事。百官們群情鼎沸，為此有一番激辯。大理少卿姚思孝等幾位大人同聲痛哭，說朝廷力主防左，結果駐守江北的方國安等人畏懼清兵，就以防左為藉口，紛紛棄地西逃。因此朝廷不可撤走江北各鎮，以示固守淮揚的決心。我也進言力勸馬相以防備清虜為重。」

「喔？那麼馬士英怎麼說？」

「馬相認為有長江天險阻隔，鎮江又有鄭鴻逵的水軍駐守，清兵鐵騎再強也無法飛渡；然而左軍順流來攻，無險可守，非靠大軍截堵不可。有詞臣附和說，胡馬怕熱，必不過江。我當下就痛斥其非，命他退下。」錢謙益道：「議到最後，皇上也認為防清甚於防左。皇上對馬相說：『左良玉雖然不該兵逼南京，但看他的奏本，原不曾有反意。如今還該守淮揚。』」

鄭森眼睛一亮：「皇上真這麼說？原來他也不是真的昏瞶到家。」

「不錯。」錢謙益道，「然而馬相厲聲痛斥諸位大人是左良玉的死黨，專為他遊說，援引左兵入京，不可聽信。姚大人氣憤不過，用笏板擊打馬相，說：『清兵乃是腹心之患，怎可坐視。』」

鄭森叫道：「打得好！馬士英還有甚麼話說？」

「馬士英說，『清兵來，還可以談和；但左逆乃是東林黨羽，說甚麼清君側，其實是陰謀廢立。他一到，你們人人都可升官發財，只有我們君臣非死不可！寧可君臣一起死於清兵，不可死於逆賊之手。有異議者，當斬！』皇上見他如此堅持，竟也就不再言語了。」

「該死！」鄭森忍不住痛罵：「這個奸賊，他還是人嗎？姚大人真該一笏板把他打死在朝堂上！」

錢謙益道：「左良玉聲言清君側，進京來就是要殺他，馬相當然氣憤。他心中也不是全無國家，自己出了五千兩銀子招募壯士防守江北。」

「五千兩？哈！這丁點銀子只能募個二百多人，頂甚麼用！」鄭森聽著錢謙益一貫溫吞的語氣，竟有些反感。一時激憤起來，大聲道：「牧翁曾親身考察京口古戰場，於兵事一道也很有心得，不如自請出師，領兵往江北堵禦——家叔鴻逵現任鎮江總兵，正宜就近調遣。最好再把皇上籌辦大婚的銀子也挪借過來，散給將士激其死力！」

「挪借大婚經費，恐不可行。」錢謙益沉吟良久：「自請出師倒還有些可能。」鄭森道：「牧翁出師，當可力挽狂瀾，國家興廢在此一舉。請讓學生在帳下效命！」錢謙益只好點點頭：「好吧，我這就來寫奏章。」

錢謙益的奏章獲准了，弘光對此甚為嘉獎，但馬士英卻不願調派任何兵力給他，出師一事，只是紙上空言。

左兵和清兵來得好快，鄭森還在日日空等著要隨時「出征」，左夢庚的中軍已在十八日抵達貴池，前鋒更直薄蕪湖附近的坂子磯，距離南京只有二、三日路程。幸而黃得功早已在此築壘堅守，雖然激鬥之際臂上中了三箭，依然奮勇迎戰，最後大破左軍。左夢庚原來無甚本事，只是從小被奉承慣了，一路勢如破竹更助長其驕氣，忽然經此一敗自不免深受打擊。左軍眾將也多投機，看黃得功不是個好相與的，紛紛都想打退堂鼓。於是左夢庚藉口清兵迫近，便領兵往上游撤回去了。阮大鋮飛奏江上大捷，消息傳到南京，馬士英大開宴席慶祝，並急著為阮大鋮等人請功。

以閣部督師的史可法，奉朝廷嚴令在這天匆匆抵達南京城北的燕子磯入援，隨即得知左兵已敗。然而北邊同時傳來警報：清兵從淮安南下，攻克天長，從泗州來援的侯方巖全軍敗歿，盱眙也開城降清。清兵距離揚州只有兩天路程了。

南京城在同一天裡先是為擊退左兵稱慶，隨即又為清兵逼近而大為震動。馬士英在慶功宴上聽聞警報，手腳大亂，急忙下令讓高傑的外甥李本深晉升左都督以統領興平鎮向東橫截，但為時已晚，興平鎮這時早已分崩離析，各自南下逃亡、沿路劫掠，乃至陸續投降清軍。馬士英又命史可法還防，史可法旋即開拔，冒著大雨以一日夜退保揚州，並一面傳檄各鎮急赴揚州與清兵決戰。

南京滿城人心惶惶，一片混亂。

這天清晨，有人來叩媚香樓的大門，竟是侯方域。他進了媚香樓，不免繞室浩嘆，感慨萬千。鄭森和張宛仙一起出來相見，三人自有一番感傷。

侯方域好容易收拾起情緒，道明來意，希望鄭森幫助他前往揚州：「京師戒嚴，長江上亂兵游勇和逃難的人交相混雜，到處都不平靖，請大木兄派一艘鄭軍的兵船送我到鎮江上岸。」

「派船不難，但朝宗為何要在此時隻身前往揚州？」

「自從家大人被閹黨打入順案，一生清名掃地，生不如死。我先前被捕入獄，也受盡羞辱，為生平奇恥。」侯方域撫著一張榆木桌子，低頭道：「史閣部孤軍固守揚州，若能一勝，將可扭轉乾坤，各處大軍更必聞風馳援，趁勢北上恢復；即或不守，那也是氣貫日月的大忠大義之舉。我回去史閣部帳下，多少能獻幾個計策，為他分勞。無論結果如何，總是刷洗了我侯家的名聲。」

鄭森道：「好極了，我隨你去！」

侯方域訝然：「我父子獲罪，並無兵柄在手，才不得不如此。大木兄乃鄭帥公子，正應在鄭帥帳下效力，何必到揚州去？」

「我正是要到鎮江，去勸家叔和楊文驄兄領兵馳援揚州。」鄭森目光炯然，「這幾天我不斷寫信回家，請家大人提師北上入江，又請牧翁敦促朝廷調遣家叔到揚州。眼看清兵將至，與其在這裡乾著急，不如實際走一遭。」

侯方域大感興奮：「真是太好了，令叔也是一號猛將，楊兄更是熟得不能再熟的，他們若肯出兵，揚州真可與清兵一戰了！」

鄭森點點頭，轉身對一直沉默不語的張宛仙道：「我送妳回棲霞山葆真庵暫住一段時間，待局勢平定了再來尋妳。」

不料張宛仙卻道：「我不回棲霞山。」

鄭森頗感意外：「有玉京道人和香君彼此照料，我才好放心離京呀。」

張宛仙冷淡地道：「你若還肯讓我住下，我就在這媚香樓等你。不然我自己另謀去處。」

鄭森道：「敵兵接近，京師安危難料，萬一清兵或者亂兵攻進來，妳獨自在這兒——後頭的事怎堪設想。」張宛仙搶著道：「那我跟你去鎮江！」鄭森道：「兵凶戰危之事，豈是好玩的。」張宛仙道：「前年大家在這裡宴會，慷慨陳詞，貞娘說莫道咱們女子柔弱、妓家卑賤，咱們也可效韓世忠夫人梁紅玉擊鼓號令三軍，你忘了嗎？」鄭森道：「宴席上說的玩笑話，怎能作數？我知道妳嫌棲霞山氣悶，但這是甚麼當口，妳還要鬧脾氣。」

「你上次去九江也是說走就走，也不曾與我商量。我不上棲霞山卻是鬧脾氣，這是怎麼說來！」張宛仙竟是毫不退讓。

鄭森道：「我真不明白，妳為甚麼就這麼討厭棲霞山？」

張宛仙直直地看著鄭森：「你們打定主意要去揚州城裡殉死，卻把我和香君丟在棲霞山。我不是香君，我不會空守著一座道觀，也不知道何年何月才有人來尋？甚至不知道究竟會不會有人來尋！」

鄭森這才明白她的用心，不無感動：「兵荒馬亂之際，藏身道觀總是比較安全些，又有熟人互相照顧，這才說要送妳去的；戰場上固然性命難料，但咱們並非一心到揚州求死，倘若生還，我必上山找妳。」

侯方域則是又尷尬又哀傷：「宛兒若見到香君，總說是我負她，請她勿再以我為念。」

張宛仙卻道：「侯公子有甚麼話，等你回來自己上山對香君說去。」她對鄭森道：「我這會兒哪也不去。你若回來，就往這兒尋我。你要是不回來，我也自有去處！」

●

鄭森和侯方域隨即離開南京，在隔天午時抵達鎮江。

鎮江古稱京口，隔著長江與揚州遙遙相望。江心金山上，有楊文驄新築的一座城寨，連同對岸的瓜洲與上游不遠的儀徵，形成南京下游的重要門戶。清兵無論從陸路或水路攻打南京，都非從此處經過不可。因此朝廷將鄭鴻逵的水師重兵布防於此，作為京師的屏障。

鄭森二人抵達時，碼頭上萬頭攢動，江心許多戰船往來警戒。遠遠望去本以為是兵士操演、調遣，駛得近了一看，兵卒們卻竟是正忙著搬運貨物上船。江上許多商、民船隻想要靠岸，都被兵船趕開，不許接近碼頭。鄭森的座船因為打著鄭軍旗號，才得勉強找到地方靠岸。

碼頭上堆著一包一包的貨物，鄭森從小看得慣了，知道這些都是生絲或絲綢一類貴重貨品。登時恍然，這必是鄭鴻逵趕在清兵到前，調用手下兵丁趕著將父親需要的江南絲貨運送出去。念及於此，不由得憂憤交集，在這緊要當口，叔父並未加緊操練防務，卻忙著運貨！

碼頭邊一隊銃兵，膚色甚黑，都以紅巾裹頭，望之如火，十分顯眼。鄭森認出這是父親煞費苦心建成的銃隊，銃兵盡數來自爪哇，不僅銃術高超，而且極為忠心。仔細一看，領頭的隊長正是指導自己銃術的教頭多默，歡然走上前去與他相認。

鄭森問道：「阿爹派教頭領銃兵來幫忙守這鎮江城的嗎？」多默搖頭道：「不是，我們來保護貨物，送到安海，路上不要被搶。」鄭森本來還想，馬匹甚易被火砲驚嚇，有這支銃兵在，實是城防一大助力，聽得多默這麼說，不免心涼了半截。

多默指著另一邊道：「將軍在那裡。」鄭森順著看去，見鄭鴻逵全副戎裝，正在碼頭上親自監督裝運，遂領著侯方域過去拜見。

鄭鴻逵見鄭森來，十分高興。才剛寒暄畢，忽有哨兵來報：「稟將軍，亂兵正在大舉渡江！」鄭鴻逵沉穩地緩緩一點頭：「傳令各部嚴加防備，不許放一人過江。砲隊裝藥填彈，但是嚴禁擅發，等我命令。」他神色如常地對鄭森道：「走，跟我到金山城去，看我指揮孩兒們破敵，也看看這座新建好的要塞。」說罷舉步就走。

鄭森疑惑道：「是清兵來了嗎，怎麼這麼快，難不成他們繞過揚州直攻鎮江？」鄭鴻逵道：「不，這是興平鎮的亂兵，高傑死後他們到處沒頭蒼蠅似地亂竄，眼下清兵南來，他們就想渡江逃命。前幾天陸續有幾批試著闖關，人數不多，都讓咱們打了回去，今天看來是大舉來渡了。」

鄭鴻逵領頭登上兵艦，很快駛到金山腳下，下船登階上到北側山坡上的城寨——其實比較像是一道長垣，可抵禦火砲，其上也有箭樓。楊文驄以常鎮兵備副使之職監鄭鴻逵與鄭彩二軍，駐守在此。他見到鄭森二人自是又驚又喜。眾人隨即到箭樓上瞭望情勢。

在城垣邊上一望，只見大江蜿蜒，平野蒼莽，一衣帶水的彼岸上揚州城在焉，叫人心神一爽；但長江北岸人影蟻集，躍然躁動，興平鎮的亂兵紛紛登上大小船隻，往南岸蜂擁而來，觀之又令人心驚。鄭森訝異於亂兵人數之多：「看這陣仗，莫不有數千人之多？」鄭鴻逵用千里鏡瞭望一番，道：「何止數千？總數當在二萬人以上！」

侯方域道：「興平鎮原也是江北主力，只因高傑死後群龍無首，才會潰亂至此。朝廷已命李本深以左都督之職統帥之，鄭將軍和楊兄可否讓他們渡江，善加收容節制，如此又是一支生力軍矣。」

楊文驄卻道：「朝廷已有嚴旨，江北各鎮應盡力抵禦清軍，不得擅離汛地。並且命京口各軍封鎖江面，不許一人南渡。」

鄭森道：「清兵未至，咱們砲火怎麼卻先對著自家人。難道真要將這二萬人盡數打死在江裡？」

鄭鴻逵道：「朝廷旨意早已傳令各地，我日前也幾次派人過江曉諭，他們還是硬要闖關，我也只能奉旨截擊。」

鄭森看著北岸密密麻麻橫渡而來的大小船隻，把江面遮蔽得嚴嚴實實，心想砲火一開，上萬人頓時葬身魚腹，逃回北岸的走投無路，恐怕只能去降了清軍。於是叫道：「四叔！別把友軍逼得降敵了。」

鄭鴻逵目光緊緊盯著江面：「一夥亂兵，只知四處劫殺，早就不成軍伍可言。咱們糧餉吃緊，哪能讓他們來趁白食？降了清軍正好去消耗敵人的草料！」

楊文驄也道：「亂兵在江北劫掠，異常慘酷。江南各地百姓聽說他們想渡江，都大感畏懼，幾次三番請求咱們嚴阻。前幾天咱們不過截住幾股小夥亂兵，鎮江父老就紛紛頂禮而拜，爭相以牛酒犒師，可見民心如此！今日將其一股蕩平，乃保衛江南之舉，也可讓軍士們實地操演，以備他日清兵來犯。」

說話間，興平鎮大軍已然渡至中流。鄭鴻逵淡然道：「是時候了，開砲。」他身旁的將佐隨即大聲傳令：「開砲！」

箭樓外一支火箭沖天而起，長垣上幾門佛郎機砲同時開火，南岸鎮江城和北固山上也發砲不絕，遠近轟然，如長雷橫空而過。江心頓時炸鍋似地亂成一團，幾艘大船中彈粉碎，直沉江底。興平兵多是北方人，不識水性，大半就此溺死。也有許多人慌張地攀向鄰近的小船，一下子弄翻了幾隻。其他船上的兵卒見狀，連忙拔刀亂砍，將攀在舷邊的亂兵手臂砍斷，不許落水者接近。呼喝哀嚎的慘聲，在金山城上也聽得一清二楚。

興平軍船隊本就毫無章法，幾輪砲響過，更是亂上加亂。這時鄭鴻逵再次下令：「發銃！」南岸一片彈幕射出，亂兵在江上毫無遮蔽，頓時割草般倒伏了一大片，船隊前進之勢受阻，又被後頭的船隻追撞。若干亂兵試著射箭回擊，但距離尚遠，弓箭還未到岸便無力地墜入水中。

待亂兵船隻快要接近弓箭射程，鄭鴻逵又下令：「截擊！」南岸數十艘大兵船飛槳而出，將亂兵小船衝犁碎散。船上水兵標槍矢石並用，更打得亂兵毫無招架之力。偶有零星幾艘漏網之魚接近南岸，也被碼頭上多默率領的銃隊盡數殲滅。

無數船隻殘骸和死屍浮在江面順流漂走，剩下的殘兵慌忙掉轉船頭逃回北岸，最終竟無一人能夠渡江。

眼看情勢已定，楊文驄意氣風發地道：「逵師用兵神妙至此，真是談笑間檣櫓灰飛煙滅，叫下官大開眼界。我這就去上疏奏報大捷！」鄭鴻逵卻不稍動，又拿起千里鏡專注瞭望，良久才道：「難怪亂兵今天搶著過江，清兵先鋒已到揚州城北的斑竹園一帶了。」楊文驄忙跟著舉起千里鏡張望，卻看不見清兵的影子：「在哪裡？斑竹園在城北二十里，難為逵帥眼力恁好。」鄭鴻逵道：「咱們是在海上瞭望慣了的，自然看得遠些。」鄭森借了一支千里鏡來看，果然看見城北遠處隱約有些兵馬的動靜。

楊文驄放下千里鏡，嘆道：「看來一場大戰在所難免。史閣部怕是要在此盡節了。」侯方域道：「此話怎講？」楊文驄道：「朝廷檄調劉澤清等大將前往揚州馳援，但只有劉肇基和莊子固等偏師前來，杯水車薪，難挽頹勢。」鄭鴻逵道：「昨天咱們抓到幾個亂兵，他們說揚州到處謠傳許定國要借清兵之手殺盡高傑的部屬，因此原本還留在城中的興平鎮諸軍也都四散而走。算一算，揚州城裡只有三萬多兵馬，恐怕無法與清兵相持。」

侯方域激動地道：「揚州一失，南京必然士氣大潰；史閣部一死，更將使天下忠義之士頓失領袖。」鄭森道：「不錯，揚州不能失，史閣部不能死！四叔、楊兄，請全軍移師揚州，與清軍決一死戰吧！」

鄭鴻逵想都不想，斷然道：「不行！」

侯方域叫道：「楊兄！」

楊文驄搖搖頭：「朝廷命咱們固守鎮江，不可輕離。」
侯方域指著對岸道：「天下興亡，就在揚州一戰，就在咱們眼前，兩位對此無動於衷嗎？」
鄭森看兩人不答，對鄭鴻逵道：「四叔若必不能動，請撥一軍前去助陣，姪兒願意一同前往！」
「揚州城防禦太弱，守不住的。舊城西門殘敗失修，抵擋不了紅夷大砲幾輪轟擊；史閣部未曾經歷過大戰，指揮非其所長；更別提守軍勢孤力弱、心志不一。」鄭鴻逵冷靜分析：「清軍鐵騎最擅攻城野戰，我福建水師上陸對陣，那是以己之短攻彼之長。反過來說，清兵一上了船，那就得任咱們宰割。」
「逵師說得是。」楊文驄道：「虜騎再強，終究不能插翅渡江。孫子有云：『夫地形者，兵之助也。料敵制勝，計險阨遠近，上將之道也。』南岸不唯有長江天險，鎮江城和金山城也都修繕得十分堅固，居高臨下，可殲敵於股掌，我軍正當憑此固守。」
鄭森喊道：「難道咱們就眼睜睜看著史閣部戰死在揚州城嗎？」
鄭鴻逵按著鄭森肩頭：「咱們不去揚州城，卻沒說不救史閣部。其實守禦清兵的上策，莫如史閣部退守南岸。如此一來，我方有長江之險，有水師優勢，沿岸又有總數五、六萬大軍布防，清軍無隙可趁，真可謂固若金湯。其實咱們早就差人去向閣部勸請，但他不肯來而已。」
侯方域道：「史閣部督師揚州，守土有責，當然不能棄城。」
鄭森道：「勝敗關乎國家興亡，已非一人一身之事。咱們得勸史閣部以國家為重，從權退守！」

第貳拾回

恨別

鄭鴻逵派了一隊精兵，護送鄭森與侯方域前往揚州城。侯方域曾在史可法幕府中參贊機務，一名守城將佐認得他，引著二人去見史可法。

所謂「腰纏十萬貫，騎鶴上揚州」，鄭森頭一回到揚州來，雖是敵軍壓境之際，街上兵士往來不絕，不免有山雨欲來的緊迫氣息，但市街繁華處依然挨擠不開，百姓熙來攘往，繁華不下於秦淮河畔。鄭森看著一張張祥和的面孔，心中真不知該稱讚史可法安民有術，還是該為百姓之麻木而慨嘆？

兩人被領到城北牆垣邊，看見一個正在建造中的奇特構造：一大片木造平台前半部架於城垣頂上，後半段凌空接在民居屋頂，底下用許多木柱支撐，不知作何用途。

鄭森循階登上城垣，只見一群全副戎裝的將領圍繞著一名短小精悍的中年文官，他面色黧黑、個頭矮小，但目光爍然，置身在虎背熊腰的將領群中反而更顯威勢迫人。這就是名震中外，以建極殿大學士、兵部尚書督師揚州的史可法。

侯方域穿過人群，眾官將多有認得他的，彼此招呼不絕。侯方域連連拱手，腳下卻不停步，逕直走到史可法身前深深一揖。史可法看見侯方域，剛正的面容上露出些許笑意，也不寒暄，只道：「朝宗正好來看新造好的砲台。」他走到木造平台邊緣，比著狹窄的城徑：「揚州城年代久遠，城垣不厚，自然也不曾設有砲台，我軍縱有大砲，也難以迴旋施展。因此我命人築此砲台，以裝設大砲。」

木造平台上，一群打著赤膊的士兵正滿身大汗地搬運著一尊碩大的銅砲，安置在砲位上。鄭森見那大砲簇新發亮，長身巨口、鐵芯銅體，內徑幾達三寸，確是一尊神兵利器，較諸自家福建總鎮軍中的「龍槓」巨砲也不稍遜色，不由得讚道：「好一尊重砲。」

侯方域為史可法引介了鄭森，史可法道：「喔？你是鄭大元帥的公子？福建總鎮砲隊名聞天下，想必你也是此道行家。」他指著身旁一名頸中掛著十字架的文官道：「這尊大砲，乃是徐光啟大人的外甥欽天監博士陳於階大人依佛郎機新法所鑄，威力無窮。」

鄭森衷心稱讚一番，卻見砲台上設有一道滑槽直通城垛之外，因問：「這道滑槽是何用途？」史可法淡然道：「萬一城破之時，巨砲便循此槽推落城下撞毀，以免落入虜兵之手。」鄭森二人聽他這麼說，都覺不祥，但一時未便多言。

砲兵往來走動，搬挪砲位，平台「嘎嘎」作響，甚且不時搖晃震動。史可法的親信副將史德威道：「閣部大人，砲台尚未完全竣工，底下支柱不足，請大人移步到箭樓上觀看吧。」史可法點點頭，轉身向箭樓走去。

這時瞭望的哨兵忽然喊道：「斑竹園那邊有人來了。」眾人一看，遠處一道煙塵輕颺，數騎向著揚州城奔來。馬上眾人皆著常服，並無兵卒隨從，應是清軍派出的使者。待來人馳到近處，史德威叫道：「這不是泗州總兵李遇春嗎？啊，他旁邊那人是盱眙知縣傅覲光。」眾將紛紛怒道：「他們降了清虜，還敢來當使者傳話？且讓俺亂箭射死這幫狗賊！」史可法揚手制止：「且聽他們怎麼說。」

李遇春等人到城下，勒馬高呼：「大清定國大將軍豫親王麾下泗州總兵官李遇春，求見督師史閣部大人，呈遞檄文！」

史可法憑著城垛喚道：「史可法在此。李遇春，你還有臉來見我？」李遇春對城上拱手道：

「閣部大人無恙，末將正是來報答大人的恩德；豫王爺傳諭，督師史大人、興平總督衛大人、四位總兵大人和兩位道台大人若願投效我大清，不僅可以原官錄用，尚且委付重任，他日立下功勞，朝廷更不吝封賞；若揚州就此開城，大兵到處絕不殺傷百姓一人。反過來說，倘使揚州城堅持死守到底，那麼破城之日屠戮難免。想必這不是您所樂見，請閣部大人三思。」

史可法怒道：「令兄李世春一生赤膽忠心，你本是偏裨小將，令兄死後，朝廷不次拔擢至總兵要職。你受此深重國恩，臨敵之際卻不發一矢便開城迎降，且將令兄耗費心血練成的彪軍盡付於虜，現在還為清兵前來遊說，一點羞恥之心都沒有嗎？」

李遇春理直氣壯地道：「先兄為國家南征北討，立功無數，就封個提督也不為過。奈何馬士英妒恨賢能，幾次指使黨羽上疏彈劾，還裁減我軍糧餉，先兄可說是被馬士英這奸賊氣死的；而我這總兵一職，乃是史公您三番幾次奏請朝廷所任命，可阮大鋮掌著兵部，即便朝命已經布達，他還是非得要拿到賂金才肯將泗州總兵的關防印信發下——皇上欽命的官職，我還得花錢向他買！如此朝廷，有何拔擢之恩可言？」李遇春話鋒一轉，懇切地道：「閣部大人，您一向待末將兄弟甚好，我這才向王爺請命前來傳諭，不僅保全揚州闔城百姓的性命，更是為了讓閣部有個慕義效順的機會。」

史可法道：「你兄弟倆的委屈我都知道，但你是堂堂華夏男兒，卻為夷虜效命，還侈言大義？你又怎麼對得起令兄為國盡瘁之忠？」

李遇春道：「閣部大人忠義之名蓋華夏，世人無不尊崇，連豫王爺也幾次投書表達欽仰之意，然而滿天下卻只有朝廷不信任您！大兵南來，大人孤軍固守揚州，朝廷可曾發一兵一卒來援？可曾撥一錢一粟助守？您給這樣的朝廷賣命，究竟是何苦？大人還是投效明主，以成就開國定鼎的不世功業吧！」

李遇春這番話深深刺中史可法的心病，史可法怒不可遏，伸手搶過身旁將佐的雕弓，颼地一箭往李遇春射去。李遇春沒有料到文臣出身的史可法會有這一箭，閃避不及，被射中左腿。雖然勢道弱，傷得不深，畢竟嚇了一大跳。眼看城牆上眾將紛紛抽弓射來，忙不迭掉轉馬頭奔逃去了，一面不忘回頭喊道：「王爺給大人三天時間考慮，隨時等您回心轉意！」

城上眾將罵聲不絕，紛紛請命出城追擊，史可法搖頭不許，面如土色，好一會兒才緩過氣來，只道：「殺一李遇春於大局無益。清兵即將來犯，城中各處防禦需要修補之處甚多，大家趕緊分頭從事。」

眾將得令，正要分頭離開，甘肅總兵李棲鳳和僉事監軍副使高岐鳳卻無移步的意思。史可法因問道：「二位有甚麼事嗎？」兩人互看一眼，李棲鳳開口道：「末將以為，李遇春說的不無道理。」

此言一出，眾將紛紛驚詫回頭。史德威厲聲道：「你說甚麼？」

李棲鳳道：「李遇春說得不錯，朝廷被馬士英和阮大鋮這幫沒卵蛋的狗賊占據了，他們在南京吃香喝辣、抱著婆娘睡懶覺，俺們在前線賣命，吹冷風吃稗米粥，還給他們當擋箭牌，這樣的事俺可不幹。」高岐鳳也道：「聽說清攝政王多爾袞禮賢下士、一新朝政，可謂明君；咱們南京這個主兒卻是荒淫無道、寵信奸佞，當初您也說他有『七不可立』不是嗎？」

史可法道：「我輩為官，乃是保家衛國，替天下生民效力；何況夷狄之有君，未若華夏之無也。虜兵奪我江山、殺我百姓、掠我婦女妻子，你們難道沒有半點血性？」李棲鳳道：「這些事情皇上都不在乎，卻怎地要俺們來扛？」史可法怒道：「你們就算不願為國效死，也不該投降清虜，甘做叛臣、走狗！」

高岐鳳道：「閣部大人，馬士英恨您恐怕還勝過恨清人！朝廷把江北的兵都調走，留下咱們在這兒孤軍死守，竟是個借刀殺人的局面，您怎麼就這麼想不開？」

「你二人必是與清虜私通，竟敢以狂悖之語亂我軍心！」史德威拔出佩刀，對史可法道：「大人，請將這兩個狼心狗肺的東西就地正法，以肅軍紀！」

李棲鳳叫道：「閣部大人，俺二人自涼州從軍以來，剿賊、討虜，一路打到這揚州城，不論甚麼樣的惡戰，眉頭也不曾皺過一下，對朝廷更從未有二心。俺們是不是狼心狗肺，大人您最清楚。」

「住口！」史德威將刀尖直指在李棲鳳的鼻頭上：「你這是和閣部大人說話的口氣？」李棲鳳毫不退讓：「老子身上的刀疤，比你嘴上的毛還多！說俺私通清軍……」他話還未說完，忽然出其不意伸手抓住刀身，一扭一扳，竟把刀搶了過去，反過來在史德威頸上虛比一下，然後擲刀在地：「我要造反，你哪裡攔得住？」

史德威臉色煞白，頓時無地自容。左都督劉肇基厲聲道：「李棲鳳你狂甚麼，你以為這裡沒人拿得下你嗎？」李棲鳳用手刀在自己脖子上一斬：「只要閣部大人一句話，俺自個兒把腦袋搬下來。死於大人刀下，勝過為閹黨龜孫子拚命！」

史可法不顧眾將攔阻，走到李棲鳳面前：「那麼你們意欲如何？」李棲鳳道：「末將手下的弟兄們都是打從甘、涼就跟著俺的，不知一起出生入死多少回，俺不忍心讓他們白白死在這裡。」高岐鳳也道：「豫王發兵南下時只有數萬人馬，許定國率三萬人歸降，劉澤清四萬也降了，加上李本深手下的興平軍，總數一下子變成十萬有餘。人心向背、勝敗之勢很清楚了。莫說這三萬孤軍駐守的揚州城眼看不守，整個大明朝的氣運都已告終啊。閣部大人，咱們降了吧。」

史可法斷然道：「清人竊奪我江山，名不正、言不順，哪能得民心支持？那一干叛將降臣，望風騎牆，也成不了甚麼氣候。即便揚州真的不守，我頭可斷，身亦不可屈！」

高岐鳳道：「大人就算打定主意為國盡忠，何妨忍死須臾，將揚州交給清軍，保全滿城數十萬生靈的性命，而後從容就義，這才是留芳萬世之舉。」

史可法道：「我乃天朝大臣，豈可生降於虜，成為萬世罪人！可法唯有與城同亡，追隨先帝於地下而已！」他凝視李、高二人良久，道：「你們走吧，人各有志，我不攔你們。」

史德威詫道：「軍前反叛乃無可逭之重罪，應該立斬此二人，傳首各營以儆將士。」史可法道：「他們已有異志，就算當即正法，所部留在城中，萬一臨敵之際斬關開城，豈不更糟？」劉肇基道：「此二人深知我軍法令和城防布置，即便不殺，也該下獄監禁起來……」史可法揚手制止他說下去，史德威喚道：「大人！」史可法道：「大家毋須多言，傳我將令，各門不得攔阻兩人出城。」李棲鳳難以置信地看著史可法，高岐鳳則已淚流滿面。兩人向史可法深深一拜，道：「閣部大人保重。」接著竟自去了。眾將不敢攔阻，有的恨恨地看著二人的背影，更多則是轉過頭去暗自飲泣。

史可法面無表情，眼神堅毅地環顧眾將：「還有誰想走的，趁現在都走吧。」劉肇基嘶吼道：「末將誓死追隨閣部大人堅守揚州！」眾將紛紛高呼：「追隨大人死守到底！」一時悲憤之情感染全軍，城牆上的兵卒們也都舉起兵器高呼：「和韃子決一死戰！」

眾人呼喊已畢，史可法話音冷銳地道：「揚州城乃是天下大義所歸之處，只合我輩忠忱純一之士固守！」說罷頭也不回地下城去了。

當天傍晚，李棲鳳二人便率領旗下四千人拔營出城，投奔斑竹園清軍大營，揚州防務更形薄弱。城中封鎖消息，只說是分兵出城把守，一面忙著重新調度防務，並將軍法和口令盡數更改，以免敵軍利用混淆。

史可法軍務繁重，讓鄭森二人在館舍歇息。到了打三鼓的時候，兩人以為今日已無機會入晉，正欲就寢，史可法卻差人來傳見。

到了督師府上，史可法正端著碗一面扒飯，一面批閱文牒。他看二人來了，欣然道：「朝宗今日來得正好，我正需要人幫忙，你便是不二人選。」他不忙往下細說，轉過話頭道：「我在軍中絕飲，今日卻不妨與你們喝兩杯。」於是吩咐左右送上酒肉。史德威卻道：「肉食都已盡數分饗將士，只有鹽豉可以下酒。」史可法道：「鹽豉就鹽豉，有朋自遠方來，比甚麼珍饈美味都強；朝宗是自己人，你不必侍衛，先去歇著吧。」

鄭森見史可法忙到深夜才用晚餐，菜餚簡單，且用茶湯沖泡著吃以求迅速，忍不住勸道：「閣部大人身負天下重任，即便不求口腹之慾，也該吃得好些，善自保重。」侯方域道：「大人一貫都是這樣的，行不張蓋、食不重味、寢不解衣，一心只有國事，誰勸都沒用。」

史可法並不回答，三杯黃湯默默下肚，一時竟更來了精神，眼中映著跳動的燭火，掩藏不住一股亢奮之意。他從身邊取出五封書信，交給二人：「去年多爾袞致信來，我作書回覆，多虧朝宗潤飾得好，不卑不亢、有理有節，張我大義於虜酋，真可傳頌千古；這幾封信是我的遺書，也請二位幫我看看。」

二人聽說是遺書，心頭都是一驚。鄭森檢視這五封信，分別是給老母、妻子、族親、史德威，還有清軍統帥多鐸。在給母親的那封裡提到自己「不能有益於朝廷，不忠不孝，何以立於天地之間！今以死殉城，不足贖罪。」給多鐸的一封說：「敗軍之將，不可言勇；負國之臣，不可言忠；身死封疆，實有餘恨。」並請求多鐸將他的遺骸歸葬於南京鍾山之側，希望太祖高皇帝能夠昭鑑自己的忠心；至於給妻子的一封則說：「可法死矣。前與夫人有定約，當於泉下相候也。」叮囑妻子必須依約殉死。

鄭森見遺書上筆跡工整，絲毫不露半點情緒，但一字一句都叫人驚心動魄。侯方域看了兩封，已是聲淚俱下：「閣部大人這幾封信，恕學生改不了。」說罷將遺書遞還。史可法點點頭，挑出給老母、妻子和族親的三封，又推了過來：「這三封遺書，請朝宗幫我攜出揚州，差人投遞到舍下。」說著又取出一方敕印：「這是朝廷頒賜的督師印綬，不可落於清虜手裡，請你一併帶出。」

侯方域搖手道：「學生此來，是要追隨閣部大人，獻策以助城守。請大人另尋可靠之人攜帶吧。」

史可法道：「我以閣部督師，身兼將相，與城同存亡乃是本等之事；你只是一介書生，卻沒有殉國的道理。你來看我，我很高興，若能攜出遺書和敕印，於我、於國家都是莫大恩德。」

他見侯方域依然猶豫不決，又道：「你來揚州，多半是因為令尊老司徒公被列於順案之故吧？舍弟可程在北京落城之際也曾降於偽順為官，司徒公身不由主的無奈，還有你的心境，我都可以理解。其實你為我致書多爾袞、為入獄的復社諸友奔走，乃至於自己身陷囹圄，世人早知你的風義，你毋需殉國明志。」侯方域聽到這裡，壓抑多時的委屈、不捨史可法決意殉死的遺憾、國家將亡的悲憤等等情緒一時湧上心頭，忍不住伏案嗚嗚大哭。

史可法板起面孔道：「哭甚麼，大丈夫但求立身無愧，怎能做兒女之態？」侯方域強自拭淚，起身下拜：「學生明白了，必不有負閣部大人的囑託。」說罷將遺書和敕印接過來收好。史可法溫言道：「我蒙司徒公賞識提拔，才有今日。你回去代我謝謝老大人，就說可法無愧司徒公的知遇矣。」

史可法交代完大事，心頭放寬，臉上竟露出難得的笑容，連連舉杯邀二人同飲。

鄭森固然也深受震動，畢竟比較冷靜，看出一點蹊蹺：史可法在遺書中表示要收史德威為義子，讓他侍奉老母，為自己盡孝、傳宗，但史德威與他日夕相處，幾乎寸不不離，又何必特地留書給他？細細思量五封遺書的內容和史可法說的話，頓時曉悟，他知道侯方域必會將這幾封遺書的內容公諸於世，以彰史可法的忠義。然而如此說來，史可法根本就不存著能夠擊退清軍、守住揚州的希望，可說是一心求死了。

鄭森於是道：「閣部大人，家叔鎮江總兵鴻逵公曾致書於您，請將督師大營移到鎮江，如此我軍有長江天險、水師之利，以及六萬大軍沿江布防，真不啻為南京下游一道長城。請閣部大人棄此必不能守之孤城，為國家興復大計著想，移師南岸吧！」

史可法道：「我受命封疆，開府於揚州，無尺寸恢復之功，已然愧悔無已。這揚州就是我死節之地，絕不能後退一步。」

鄭森激動地道：「大人身繫天下之望，一旦落城殞身，民心無所聚合、士氣崩然潰散，國家豈能再與清兵相角？大人豈可為了一己聲名，棄大局於不顧？」

史可法目光深邃地看著鄭森，並不回答其問，起身負著手走到窗邊張望。窗外烏雲滿天，並無半點月光，史可法卻一直瞪視著黑暗的夜空，良久才緩緩說道：「這些天我經常想起恩師左忠毅公，想起我到詔獄探望他。那晚的天氣，就像今日一般陰慘。」

史可法的座師左光斗乃東林健將，因為彈劾魏忠賢不成，被下獄酷刑拷掠致死。史可法曾賄賂獄卒入監探視，義行為人傳頌一時，鄭森也曾聽聞此事。

「那日我偽作除穢的伕役混進大牢，黑暗中不見人影，但覺一股焦腥惡臭之氣。我趨上前去，只見地上一團血肉喘息起伏——那竟是恩師渾身遭受炮烙燒炙，筋骨盡脫、面容焦爛……」史可法閉目流下淚來，輕聲一嘆，續道：「我雙腳發軟，再也站立不住，匍匐在地艱難萬分地爬過去抱住恩師膝頭。我問恩師，受難至此究竟於國家何益？恩師雙眼無法睜開，認出是我的聲音，厲聲罵我不可輕身昧義犯險而來，舉起地上刑械往我拋擲，卻牽動他身上傷口，痛苦哀嚎。我不忍讓他再動氣，只好含淚而出。」他長嘆一聲，「恩師堅忍如此，肺肝真是鐵石所鑄。」

鄭森問道：「左公可曾答覆，受難至此究竟於國家何益？」

「恩師不曾答覆，但早已告訴我答案。」史可法語氣恢復了平素的剛毅冷靜：「天啟一朝，魏閹當道，乃我大明最為昏暗的時局，然而忠臣義士前仆後繼，竟也是朝堂上正氣最為浩蕩的時局。恩師之殉身，正似黑闇長夜中的星火，保存一線光明，這也才有崇禎爺御宇後掃除閹黨的燎原之勢。」

鄭森若有所悟：「此正所以大人必欲死守揚州的原因？」

「不錯。」史可法沉痛地道：「我也知道令叔鄭將軍的水師冠於天下、長江天險難以飛渡，退守南岸也許是一著良策。但是看看降清諸將，李本深、李遇春、劉澤清……哪一個不是精兵猛將？江北十餘萬雄兵，卻不敢和區區數萬清軍放對！」

鄭森忙道：「家叔有言，只要閣部大人移師鎮江，他必遵大人指揮，效力死戰。」

史可法激昂地道：「我不是信不過鄭鴻逵，但我大明人心闇弱、武人貪生輕義，全局已然糜爛不堪。就算我們守住鎮江，清兵依然可以分兵沿著北岸直驅浦口，到時又有誰去阻攔？唯有揚州轟然陷落、我史可法壯烈殉國，才能驚醒朝廷於昏夢，才能重燃世人心頭的忠義之火！我煌煌天朝、九州萬方，能人壯士何止百萬？若都能仗義不屈，蜂擁而起，清虜何足道哉！」

侯方域慨然道：「閣部大人儘管放心去吧，學生必將您的苦心傳揚天下。」

鄭森心中十分複雜，他固然為史可法的激憤深深震動，但史可法一心求死，不願保全軍力退守南岸，仍令他無法接受，遂道：「大人高義叫人感佩無已，只是揚州城數十萬生靈，卻該如何？」

史可法仰望夜空，道：「我在給多鐸的信中請他不要殺戮揚州百姓……倘若不幸清軍屠城，他們也都將成忠魂。」他低聲自語，幾乎杳不可聞：「吾之肺肝，終於也像恩師一般，如鐵如石……」

四月二十五日，清兵包圍揚州已畢，開始攻城。

鄭森站在鎮江城的箭樓上用千里鏡遠望，只見揚州城垣上旗影寂然飄動，無數微小的人馬安靜地奔馳往來。不久傳來幾聲悶響，似地鳴，又如遠雷。鄭森心知這是雙方發砲互擊，清軍必然將大砲對準最為薄弱的舊城西北隅猛轟——史可法就親自在那裡督戰，但鄭森卻看不見任何火光和硝煙。

鄭森放下千里鏡，江上長風不絕，吹得耳中呼呼作響，四處鳥鳴間關，恍如平日。舉鏡再看，渺小的人們無聲地廝殺著，架梯、攀爬、放箭、墜落……恍如一場夢境，叫人懷疑究竟是否真有其事。而隨著交戰愈烈，城牆左近煙塵大起，千里鏡中的人影也逐漸模糊起來。

不知過了多久，在一連串沉悶的砲響之後，傳來一陣異樣的響聲，轟隆嘩啦地迴盪良久。千里鏡中看不見變故所在，只見攻城一方歡然振臂，個個激昂難以自抑。城門似乎已被打開，城垣上的守兵影子忽然不見，待要再看，低垂迫人的鉛雲讓向晚的天色早早轉黑，再也瞧不見甚麼了。

晚間，鄭鴻逵派出的探子回報：清軍以紅夷大砲攻城，將揚州城西北隅打坍了一角，雖數度被擊退，但清軍踏著屍體登城，終於攻入城中。其餘之事皆未可知。

隔天清軍四處傳發檄文，宣揚奪下揚州的戰果，以及史可法被殺的消息，要求各地明軍歸降。鎮江城中氣氛凝結，等待清軍隨時來攻，但連著幾天都無動靜，探子也無法接近揚州。

到了第五天，城中居民有人冒死縋城而出，藏身在壅塞的溝渠中匍匐逃離，渡江到南岸，眾人才知清軍閉門洗城。頭兩天還只是索劫財物、強擄婦女，第三天起兵卒開始大肆屠戮、縱火焚屋，所有偏僻隱密處都細細搜索，見人就殺。城中道路上屍體堆積，大雨過後鼓脹穢臭，腥聞百里。又經大火焚燒，滿城氤氳之氣飄散不去，凝結如霧，如同人間煉獄。清軍主帥在第七日下令封刀，但士卒依然持續殺人劫掠，十日後大軍出城南向，才告停止。

鎮江守軍日日聽取難民血淚流乾的訴言，無不咬牙切齒、目眥盡裂。鄭森除了和眾人一樣義憤，心底卻有一個疑問不斷地困惑著：史可法堅守揚州的決定，究竟是對是錯？

這時侯方域已先一步回南京為史可法投遞遺書，鄭森隻身在鎮江，向鄭鴻逵請求加入銃隊，與清軍決一死戰，鄭鴻逵百般不允，還要他趕緊回泉州去，最後雖拗不過鄭森從軍之請，卻只同意讓他待在自己身邊當一個親衛。

五月初六，朝廷遣使敕封鄭鴻逵為靖虜伯，晉升楊文驄為都察院右僉都御史、常鎮二府巡按。二人並無殊勳，朝廷用意再明顯不過——希望藉此激勵二人固守鎮江；巧的是就在同一天，清軍於長江北岸的瓜洲列營，隔江對峙，戰機一觸即發。

當晚，鄭森聽聞警報，匆匆奔上城垣。只見一片黑暗之中，密密麻麻的火光自對岸漂出，彷彿銀河倒映在江水之中，又如一條火龍泅泳而來。同時對岸「碰碰碰、碰碰碰」地不住施發號砲。鄭森心道：終於來了！一時血氣衝上頭頂，雙手微微麻顫。

鄭森跑進箭樓，裡面為防清軍砲擊未曾舉火。幽暗中聽見楊文驄提高了聲音喊道：「逵帥，清軍大舉渡江，你卻不肯發砲，這是為何？」

鄭鴻逵冷靜地道：「暗夜渡江十分危險，我料清軍大勝之後，必不肯貿然為之，這只不過是疑兵之計，想要騷亂我軍、消耗我們的火砲彈藥罷了。」楊文驄急道：「或許清兵懼我水軍威名，趁夜偷渡也是有的。」鄭鴻逵道：「既是趁夜偷渡，豈能大張燈火引我注意？何況北岸船隻都已被我軍徵用一空，清軍倉促之間哪來這許多舟船可用。」楊文驄道：「清軍在揚州停留十日，伐木造筏並非難事。」鄭鴻逵道：「我已命沿江各營加強戒備，也已派出哨船查看，稍停就會回報。」

楊文驄板起臉孔道：「倘若敵軍果然大舉渡江，不截擊於中流豈非延誤戎機，後果誰能承擔？」鄭鴻逵看他打起官腔，知道楊文驄是馬士英的妹夫，他日對景的時候以此究責，自己討不了好，於是順勢道：「既然是巡按大人堅持，咱們就開砲吧。」一句話將開砲的決定套在楊文驄身上。

鄭軍砲隊果然訓練精良，在黑夜中依然射擊準確，試發幾砲之後稍作修正，全軍諸砲齊發，江中燈火應聲掃滅了一片。幾輪砲過，便只剩下稀疏的火光，並且不再向南岸漂來，盡數流往下游去了。

楊文驄十分高興：「逵帥所部真乃千錘百鍊之精銳，即便這是疑兵，此番砲擊也足以令敵喪膽，不敢輕易來渡了。下官要為將軍報捷請功！」

往後兩日，清軍似乎畏於砲擊，果真毫無動靜。楊文驄在轅門拜發報捷奏章，鼓角震天，鎮江父老歡欣鼓舞，紛紛帶著酒肉金銀前來犒勞守軍，大家都說，有鄭將軍在，清兵不足為慮。

這天鄭森回到寢室躺下，怎麼也睡不著，長夜漫漫，心中各種雜念紛至沓來，竟無一刻安定。他猛然醒悟不可如此任由心念奔亂，遂盤膝默坐，試著澄明心志。不知不覺間，更夫已打到五鼓，一留神時，卻聽到外頭隱隱然有人聲響動。

鄭森起身推門而出，頓時一片濕涼之感撲上面來，眼前白茫茫一片，竟是起了大霧。屋外街道上一隊隊兵卒匆匆前行，鄭森本以為是出城布防，但是兵卒們把全副家當都背在身上，尚且手提肩扛了許多東西。鄭森攔住一名將佐詢問，對方只說奉令移師，卻不知要去哪裡。鄭森循著隊伍行列出城，走到碼頭邊。天邊微透曙意，將明未明。濃霧中浮現著無數巨大船影，而全軍正趕著登船，指揮的將佐不住喝斥兵卒們快些。舷邊的吊索也忙碌地將佛郎機砲和糧草錙重搬將上去。

疑惑間，忽然有人叫道：「森舍！」轉頭一看，卻是鄭鴻逵的長子鄭肇基快步而來，沒好氣地道：「原來你在這裡，叫我好找。爹要你收拾東西，快上中軍大艦。」鄭森道：「有甚麼緊急之事？」鄭肇基歪著頭道：「看來像是要回福建去——我話已帶到，你要遲了犯將令可不干我的事。」說罷逕自去了。鄭森素知這個堂弟輕挑浮誇、言語不實，但眼前所見又不容不信，於是直接走向中軍大艦。

碼頭邊上鄭鴻逵渾身披掛，雙手抱胸監督著。鄭森上前問道：「四叔，咱們要搶在敵人前面渡江襲擊嗎？」鄭鴻逵鷹隼般的眼神直瞪著濃重的霧氣，卻道：「這霧的勢頭不妙，看來老天爺眷顧的是對岸那邊。」

鄭森詫道：「四叔的意思是？」鄭鴻逵道：「方才我軍在江北的細作來報，清軍半夜大舉調動，恐怕是要趁濃霧遮掩，潛渡過江。」鄭森亢奮起來：「如此請讓姪兒加入先鋒隊伍，率先阻敵。」鄭鴻逵嚴峻地道：「從此刻起，你緊緊跟在我身旁，不許離開一步。」

鄭森待要抗議，忽有哨兵闖過部伍行列，飛奔來報：「稟將軍，清兵……無數清兵渡江，正在登岸！」鄭鴻逵毫不訝異：「在哪裡登岸？」哨兵道：「上游五里。」鄭鴻逵冷靜地道：「去向楊大人報告。」一面下令：「加速登船，準備解纜！」

鄭森懵然道：「四叔，咱們不該憑城固守嗎？」鄭鴻逵道：「守甚麼？全軍轉回福建！」鄭森不敢置信，攔在鄭鴻逵面前：「四叔受朝廷重用，把守鎮江要地，卻怎地如此棄城就走？」

鄭鴻逵道：「大哥有令，若清兵在水上，咱們盡可全力一搏；然而清兵一旦上陸，我軍不可與之交鋒。」

鄭森叫道：「這是甚麼道理！」鄭鴻逵道：「我軍水師固然獨步天下，但清軍鐵騎在陸上可謂無敵，在旱地上跟他們打無異以卵擊石。」鄭森憤然道：「阿爹和四叔都是國家大將，四叔昨天還蒙恩受封為『靖虜伯』，怎能一走了之，讓朝廷門戶洞開！」

鄭鴻逵抓著鄭森領子道：「我福建水師，乃是你爹從無到有一手建立起來的，無論戰艦、火砲、器械和兵卒，都是他自己出資打造、費盡無數心血訓練，與國家沒半點關係，更不能就這樣砸個稀爛！」他把鄭森推在一旁：「這當口上還跟我撕扯這些？」說罷大踏步去了。

鄭森頓覺天旋地轉，眼前一片空白，腳下踉蹌，差點摔跌在地，好容易才穩住身子。眼看隊伍快步登船，鄭森腦中閃過一個念頭：得趕緊涌報楊文驄鄭軍遁走之事，而自己必須跟隨楊文驄留下奮戰。

正欲舉步，一抬頭，卻見鄭肇基擋在自己前面，冷冷地道：「請森舍上船。」兩名壯碩的軍士隨即一左一右抓住鄭森胳膊，拉著他前進。鄭森揮手掙扎，叫道：「放開我，我要去楊大人軍中！」但軍士如鋼鉗一般死死抓著他，將他直拖上船。鄭森感到前所未有的氣憤與屈辱，嘶吼道：「放開我——你們這群窩囊廢，有力氣不會拿去上陣殺敵，只會拿來欺侮自己人嗎？楊大人，楊兄——」

鄭森被押上中軍戰艦，嚴加看管，只差沒有綁縛起來。天色漸漸大亮，大軍登船已畢，隨即解纜離岸。空蕩的鎮江城垣上，明軍旗幟並未撤下，在曙色中垂頭喪氣地耷落著，更顯淒涼。

岸上忽有一騎從金山那邊奔來，馬上之人披頭跣足，身上還穿著寢衣，正是楊文驄。他到岸邊高喊：「逵帥留步！清軍渡江之際，逵帥何故移師！」鄭鴻逵憑著船舷叫道：「天塹已失，徒死無益。楊大人隨我們到福建徐圖再起吧！」楊文驄罵道：「豈有此理！大敵當前，逵帥竟然不戰而逃，我……我要上表參你！」船隻毫不停留，離岸愈來愈遠，鄭鴻逵索性不再言聲，楊文驄罵聲不絕，最後恨恨地將馬鞭擲向江中，轉頭對陸續跟上的部將道：「到甘露寺列陣，在山上迎敵！」

日頭升起，霧氣漸散，中軍戰艦駛到江心，鄭森看見城外北固山上甘露寺的屋瓦被陽光照得刺目耀眼。楊文驄所部倉皇奔向山腳，亂成一團，而西邊已隱隱傳來人馬喊殺之聲。

鄭森望著楊文驄孤絕的身影，肝腸如絞，再也忍耐不住，趁左右看守之人鬆懈，忽然大吼一聲，縱身跳入江水之中。

鄭森並未能趕上這場戰鬥。他跳入水中之後，湍急的江流將他往下游沖去。鄭鴻逵也隨即命人入水搜尋，鄭森為了躲避，深深潛入水中，良久才又浮上來，待得泅泳上岸，已在下游數里之外。

他在路上遇到幾個潰兵，聽說守軍在甘露寺被清軍鐵騎一衝即潰，楊文驄僅以身免，狼狽地逃往蘇州的方向去了。鄭森盤算一番，顧念著張宛仙以及還在獄中的黃宗羲，決定回南京一趟。他往南繞過鎮江，循陸路兼程催馬，在十一日近午時趕到南京，從東南角的正陽門而入。

是日天氣陰霾慘淡，氣氛詭譎。正陽門裡百姓如蟻群般湧出逃難，無不攜家帶眷、手提背負。也有不少滿臉驚惶的官員富戶，用車馬馱載細軟出奔，雖然刻意換上布襪青鞋，仍掩不住一身嬌貴習氣。路上自然少不得嬰兒啼哭、家人埋怨和難民彼此碰撞的爭執之聲。

正陽門內正對著皇城洪武門，兩門距離甚近，一眼望穿。怪的是皇城宮門大開，並無衛士把守，許多百姓在皇城裡亂走，太監宮女則在市衢上徬徨來去，一片鼎沸雜亂。許多人從宮中抱著滿懷的銀絹、米荳和玩賞寶物出來，尚且互相搶奪，御用物件遺落滿街。

鄭森大感驚詫，清軍離城尚遠，怎麼南京卻像是已被攻破似地。他問一名路過的太監發生了甚麼事，那太監瞥了他一眼：「皇上天沒亮就偷偷開城走啦！還能有怎麼回事？」鄭森詫道：「皇上走了？去哪裡？」那太監卻不再理會，足不停步地去了。

鄭森還沒反應過來，左近傳來喧譁之聲，一大群人氣勢洶洶地推擠著一名長鬚老者而來，為首的竟是吳應箕。人群走到宮門外，吳應箕將那老者一把推倒在地，大聲道：「王鐸，你睜開眼睛看清楚，這裡是洪武門！你一力將太子構陷為假，辜負太祖和先帝恩德，你有臉面對這洪武二字嗎？」

鄭森仔細一看，那老者果然是內閣次輔王鐸。他哀聲辯解道：「不干我的事，這全都是馬士英在背後指使。」吳應箕罵道：「你的舌頭長在馬士英嘴裡嗎？他要你說甚麼，你就說甚麼？」王鐸畏縮地道：「朝廷大小事都是老馬和阮大鋮在拿主意，這個人盡皆知啊。」吳應箕怒極：「弘光後腳剛出城，馬士英和阮鬍子前腳也跟著跑啦！你們這幫閹逆，平日裡就會禍國殃民，臨到頭來跑得比誰都快。」說罷上前一陣拳打腳踢，百姓們也紛紛群起毆打，將王鐸頭髮和鬍鬚盡數扯落，頭皮和下頷處處流血，不管他如何哀嚎求告，都不肯住手。

鄭森眼看要當街鬧出人命，排開眾人拉住吳應箕，喝道：「住手！你們要將他活活打死嗎？」吳應箕見是鄭森，鼻頭一抽，指桑罵槐地諷刺道：「啊哈，這可不是大木兄？你正好看看這堅稱太子為假的奸佞是個甚麼下場！」他正眼也不瞧鄭森一眼，甩了甩皺成一團的袖子道：「也對，咱們還得著落在他身上救出太子──王鐸！快帶大家到皇城兵馬司大牢，把太子放出來扶持正位，看新皇怎麼發落你！」

人群愈聚愈多，都跟著高喊：「放出太子，扶持登基！放出太子，扶持登基！」王鐸無法，只好領著眾人入宮，一時跟隨而入的不下千人。鄭森心中暗罵「胡鬧」，卻也想瞧瞧究竟，於是跟上前去。

眾人穿過一棟比一棟華麗雄偉的宮殿，無不瞠目結舌、仰首讚嘆，鄭森卻無心觀看。王鐸領著眾人來到兵馬司，吩咐校尉：「將王之明提出來。」吳應箕在王鐸臀上踹了一腳：「是太子！甚麼王之明！」王鐸忙道：「是，是，快將太子請出大牢。」那校尉見百姓人多勢眾，趕緊入監開門，吳應箕早等得不耐煩，蜂擁入內搶著將少年扶出，奪過校尉的馬讓他乘上。少年雖然繫獄多日，依然從容踏鐙上鞍、優然持韁，彷彿是從自家府邸出來，好一副貴冑風度。

吳應箕問道：「皇上登基大典是在何處舉行？」王鐸道：「是在武英殿。」吳應箕推了他一把：「還不帶路！」少年微微揚手，不疾不徐地道：「王閣老雖然對本東宮無禮，但也是為人所逼，大家不要為難他。」百姓們連聲稱是，都說太子果然是仁君之度。

一行人在王鐸帶領下嗡然躁動地前往西華門，一進武英殿就要拱少年坐上龍椅。吳應箕忽道：「且慢，皇上登基怎可如此草率？一應儀注都有定例，總要祭告天地、召集百官朝賀，還有這個……王鐸！你來說說，登基大典都該辦些甚麼儀式？」王鐸苦著臉道：「即位大事，須得由欽天監挑選吉日良辰，錦衣衛設鹵簿儀仗，教坊司奏中和韶樂，尚寶司備好寶案和御璽。新皇穿著冕服告祭天地宗廟，文武百官著青補朝服，先在內殿四拜，然後奏請陞殿。新皇由中門駕臨這正殿，陞上寶座。錦衣衛鳴鞭、欽天監報時、鴻臚贊行四拜禮……」難為王鐸對儀注記得如此清楚，叨叨絮絮地一路講解下去，殿中父老們早聽得不耐煩，打斷他道：「好了，好了，照你這樣辦法，皇上還沒登基清兵都先打進來了。」

吳應箕道：「雖說國變之際，不妨從權速辦。但太過簡略也不像話，至少該讓皇上穿著袞服和翼扇冠去祭告天地祖宗，並召集百官朝賀才行。」角落一名太監乍著膽子道：「西宮裡也許有皇上……弘光留下的冠袍。」一名青年自告奮勇：「草民去取來，請公公帶路！」吳應箕也道：

「請皇上稍待，臣去看看有無合用的儀仗寶物，並召集宮中人等來參禮。」

大半群人風風火火地出殿而去，偌大的武英殿內頓時變得空盪安靜。少年負著手走到殿門口，氣度雍容地眺望著遠方。連日陰沉的南京天空忽然雲開霧散，燦爛的陽光斜斜灑落在殿內的水磨清磚地上，映出一方澄明晶透的耀眼光芒，而少年恰好就立在這光團中央。

百姓和太監們都瞧得癡了，一個接著一個悄聲不響地跪下，幾個父老淚流滿面地喃喃說道：「真命天子登基，老天爺也開顏啊！」

鄭森看著這一切，卻獨個兒擁著不同的心思，他腦海中浮現出吐血而死的左良玉、夜色中決意殉身的史可法，還有揚州城裡每一張錯身而過的安詳面容。鄭森身體裡像是有數道沸騰的氣流翻攪著，忍不住大踏步走到少年身邊，劈頭問道：「挑唆邊鎮內鬥、招引外敵趁虛而入，累得史閣部白白殉國、迫使皇帝出逃，這就是你來南京的目的嗎？」

少年看看鄭森，優雅地一笑：「原來是太湖上的義士。我一直念著卿等忠義，只可惜未曾得聞卿之姓名，你能來此真是太好了，危難之際，我將破格大用。卻不知其他幾位義士何在？」

鄭森怒道：「你騙得了別人，卻須騙不了我去。太子眉長於目、虎牙、足底有痣、脛骨成雙，你合著幾樣？敢不敢這就脫下靴子、捲上褲腳驗一驗？」

殿中百姓們紛紛叫囂起來：「放肆！」「何方妖人，竟敢欺君犯上！」少年輕輕擺手示意不妨，對鄭森道：「你瞧瞧這天象，老天爺都許了我的，我自然便是真的；太祖爺陵寢就在鍾山之上，他若當我是冒牌貨，豈能容我站在這武英殿而不威靈震怒？」鄭森道：「滿口歪理！你莫以為弄垮朝廷是為清人立下大功，且看多鐸來時怎樣處置你。」少年從容道：「皇天和列祖列宗既將這興復重任落在我肩上，就不會讓清兵入我都城。如今昏君奸臣已去，何愁天下不雲集景從，中興光復我大明！」鄭森沒想到此人自尊自妄到這個地步，一時竟啞口無言。

外面腳步聲響，尋找龍袍的百姓們回來了。吳應箕臉色陰沉地闖進殿裡：「該死的弘光，棄國出奔，竟把家當給帶了個全，連一小塊明黃緞子都沒留下。」

裡邊一名太監捧著一件黃衫出來，尖著嗓子道：「大殿後頭也沒找著冕服，不過梨園箱籠裡倒是有一件扮演皇帝用的戲服。」吳應箕不屑地道：「你當是作戲好玩嗎？拿這等假貨來搪塞！」少年卻舉起手對那太監招了招：「你過來，把戲服展開我看。」那太監躬身上前，將「龍袍」仔細展開，只見明黃色的寧綢袍子上團龍飛舞、姿態生動，雖然過度地繡金刺銀，顯得有些俗麗，但作工精細，勝於尋常富貴人家之物，不愧是大內戲班所用的上品。

少年眼神一亮，喜不自勝地道：「天子奄有四方，乃是上承天心、下合民意，本不靠這些個虛文。國家儀典固不可廢，但眼下收拾民心、對抗外敵要緊，只好從權，待他日北定中原，再行大禮不遲。快給我——給朕套上！」

少年迫不及待，竟不肯入內更衣，命太監直接將戲服披上，接著匆匆戴上戲冠，邁開八字步就往龍廷走去。吳應箕叫嚷道：「不告天地、不祭祖宗，大位得正乎？」少年足不停步，一面道：「敵兵已臨城下，先定名分號召天下勤王，正所以保全社稷、告慰宗廟之舉。朕擇期再行祭告。」他愈走愈快，最後三步併作兩步踏上御陛，直走到龍椅之前，扮戲做科似地猛一轉身，做作到了極點地撩開後襟坐下。

百姓和太監們匍匐在地，高呼：「吾皇萬歲！萬歲！萬萬歲！」少年哈哈大笑，一拍大腿道：「好，好！眾愛卿、諸臣工、朕的好子民們，都起來！今日在場的，統統有賞！王鐸先生，朕即刻命你為內閣首輔。傳旨刑部放出高夢箕，朕命他為禮部右侍郎兼東閣大學士。」少年看著鄭森和吳應箕道：「卿等救駕有功，卻還不知姓名年籍。這樣吧，你二位就先當個兵部郎中。其他一同擁立有功者，每人都加恩封錦衣衛百戶！大家莫嫌官卑職小，將來有的是機會立功啊，哈哈哈！」

鄭森看到這裡，滿腔怒火忽然消失無形。這少年不僅形似太子，連神態和氣度都與太子一般無二，卻終不免在這一刻現出原形。鄭森只覺殿中一切荒唐得不像是真的，忍不住大笑道：「次尾兄瞧瞧，這就是你立的好皇帝！」轉頭看向吳應箕時，只見他面容扭曲，大袖一甩，跺了跺腳便往殿外疾奔而出。

鄭森一楞，連忙追了出去，猶聽得身後的「皇帝」朗聲道：「王鐸即刻起草登極詔書，並命在京文武官員入宮陛見，朕必不吝拔擢重用……」

鄭森追出武英門，吳應箕正茫然獨立，一部銀鬍在風中亂顫。他忽然東向跪地痛哭：「太祖爺，臣昏瞶愚癡，犯此不可恕之大錯，請天地神靈降罪，無論天打雷劈皆所甘受！」鄭森見他這個樣子，倒起了憐憫之心，上前扶著：「次尾兄別太自責了，你託蘇崑生送出的那封『太子血書』，被我半路攔截，並未送到左良玉手中。」吳應箕滿臉鼻涕眼淚，不解地道：「可左帥檄文中明明寫的『奉太子密詔進京』呀。」鄭森道：「那是左良玉自己偽造的，他覬覦南京這塊地面已久，無論如何都會發兵的，與你的血書並不相干；而且馬士英不顧大局，為防左兵竟把江北各鎮抽調一空，這也非你所能預料。」

吳應箕伏地對著鍾山磕了三個響頭，大聲道：「就算左良玉是自己起兵，臣假造血書給奸人作倀仍是事實，此乃欺君死罪，不可饒恕。臣本該自己撞死在這武英殿外，但虜兵壓境，請太祖爺容臣晚死幾天，招募義兵與虜廝殺，至不濟一命換他一命，以報國恩！」說罷又磕了三個響頭，俐落地自行起身。

鄭森讚道：「君子之過如日月之蝕焉，過也，人皆見之，更也，人皆仰之。次尾兄胸襟磊落，不愧是大丈夫。」吳應箕道：「大木兄別寒磣我了。我如今也只能戰死沙場，稍解自己的罪愆。」說罷就要轉身而去。鄭森叫道：「別忙者走，太沖兄還在鎮撫司獄中呢，王之明既能獲釋，太沖兄自也能救出來。」吳應箕點頭道：「事不宜遲，走！」

兩人出了皇城，匆匆趕到錦衣衛鎮撫司，衙門前一片凌亂，門戶大開。兩人逕直闖了進去，到了「荒字號」監獄，倒有幾個小校六神無主地守著獄門。鄭森叫他們開門，小校仗劍阻攔，吳應箕挺身罵道：「馬士英和阮大鋮都已逃走了，你們還替他當看門狗？這裡面都是忠義之士，快快放人！」小校們被他震懾住，紛紛打開各處牢門，任由囚犯逃出。

兩人入監見著黃宗羲，吳應箕抓著他兩臂大哭道：「老哥哥差點就見不著你了。」黃宗羲心中激動，但他一向講究修身功夫，面上力持鎮定，慎重地問道：「你們光明正大地闖進來，必是國有大變？」鄭森匆匆說明了情況，黃宗羲鐵著臉聽完，默不作聲，良久才道：「早知奸人必敗，可恨國家也壞於其手；可惜白死了周兄。」

三人逐牢喚出被囚之士，一起離開鎮撫司。鄭森道：「此間離錢牧翁府上不遠，我想去一趟，問問牧翁有何守城、退敵的計較。」黃宗羲心想，錢謙益未必能有甚麼主意，但他若未出奔，恐怕便將殉國，是該去和他辭別，於是點了點頭。吳應箕卻道：「牧翁與閹黨朋比，大局糜爛至此他也難辭其咎，我不願見他。」鄭森道：「也罷。待我見過牧翁，還要回媚香樓一趟，次尾兄稍晚不妨過來，商量看下一步怎麼走。」

於是鄭森和黃宗羲前往禮部尚書府，門房認得鄭森，這天下大亂的時候也不多講規矩，擺擺手就讓他們進去。家人說錢謙益與柳如是在花園水榭談話，領二人前往。

走近花園池邊，遠遠就聽到水榭裡傳出爭執之聲，鄭森聽得分明，乃是柳如是和錢謙益吵架。家人面上尷尬，不再前行，鄭森和黃宗羲互看一眼，也停下腳步。鄭森心下奇怪，柳如是機變百出、豪爽不讓鬚眉，但從未如此大發雷霆，不知是為了何事？

就在此時，水榭臨池一側的落地長窗被猛然推開，柳如是一腳跨了出來，回頭痛罵：「尋常村家男兒漢讓人奪了家園都還曉得拚命，你枉為國家重臣、東林領袖，盛名滿天下，卻不能奮死一戰，也不願取義全節！我柳如是沒有這樣毫無志節的夫君，你不肯同死，我自個兒赴義！」說罷奮身就往池中跳去。錢謙益急忙拉住柳如是，但她死意甚堅，不知哪裡生出一股大力，竟掙脫開來，噗通一聲墜入池中。

鄭森大驚，急躍入水，迅捷地游到柳如是身旁，顧不得應該從背後救人，托著柳如是側腰，雙腿一蹬就往水面浮去。柳如是不斷掙扎，反過身來抱住鄭森往池底直沉而下，鄭森一慌，立時喝了兩口池水。但他畢竟自幼在海邊長大，深知水性，知道胡亂掙扎只會越沉越深，遂定住身軀不動，待柳如是勁力稍懈，轉到她身後一抱，直直竄出水面。

眾人七手八腳地將兩人拉進水榭，柳如是已陷入昏迷。柳如是「嗯」地一聲，吐出嗆水，咳嗽了幾聲，微微睜開眼睛道：「老頭子想通了？」她看清楚錢謙益衣衫未濕，而身前滿臉淌水的乃是鄭森，啐道：「我以為老頭子良心發現，隨著我投水呢，沒想到卻是『弟子服其勞』。」

錢謙益聽她伶牙俐齒地譏諷，反倒放下了心，長長吁了口氣。

接過使女遞來的布毯，披在柳如是身上，一面心疼道：「幸虧妳平時有服食微量砒霜的習慣，體內熱，否則妳身子這麼單薄，讓池水一浸還得了。」

「冷死正好！」柳如是揮開他和使女：「咱們把話說清楚，你究竟肯不肯死？」

「妳至少先擦乾身子、換件衣服……」

「待會還須入水，何必費這等閒功夫！」

黃宗羲在一旁大聲讚道：「好個我聞居士！志節清高，愧煞天下多少貪生負義的男子。」

錢謙益喉頭哽了哽，像是有口難言，撫著柳如是濕溽的頭髮道：「取死不難，奈何……奈何這池水太冷，叫人難下。」鄭森忍不住道：「牧翁這是怎麼說的！」心念一轉，又道：「莫非牧翁有甚麼守城退敵的良策？」

「不，我並無退敵之策。我打算開城迎降。」

此言一出，眾人一陣騷然，柳如是更破口大罵。錢謙益嘆道：「國難當前，縱身池中以避之，往後的事情眼不見為淨，實在太容易了。忍辱以任艱難，那並不簡單——揚州的事大家都已聽說了，哪可真是慘苦地獄示現於人間。」柳如是瞪著他道：「揚州的事，和你死活又有何干？」

錢謙益道：「清兵南來，一路並不嗜於屠戮，只因史公堅守頑抗，這才賠上揚州數十萬生靈的性命。倘若南京也來這麼一場……」錢謙益身子一抖，彷彿方才落水的是他，「屆時死難之數，恐怕不下百萬，思之令人股慄；何況太祖高皇帝陵廟亦在此，要是遭到虜兵毀辱，我等大臣莫說一死，就是萬死也難贖其罪。」

鄭森憤然道：「牧翁不死，退隱山林也就罷了。一旦投敵，清人必借您聲望當作招降的榜樣。這等遺臭萬年之事，牧翁切不可為之！」錢謙益道：「數百萬生靈性命與個人毀譽孰重？為免江南更罹慘禍，即便要我親身前往招諭，也只能硬著頭皮去了。」柳如是譏諷道：「原來你如此忍辱負重，倒是我錯怪你了。」黃宗羲則道：「皇帝和首輔遁走，京師和江南各地全無防備，又何勞牧翁為虜效命前驅？」

錢謙益抬頭看著黃宗羲，悲悽地道：「太沖記得我在給令先君尊素公撰寫的墓誌銘上提到的那則故事──尊素公與魏大中議論朝局，勸魏公須將性命用在弘濟艱難之事，而非逞一時之激憤。魏公說『一死可以盡節』，尊素公則說『君子愛國之心，甚於愛全節也』。此中苦心，太沖一點都不能體察嗎？」

黃宗羲聽他提起自己父親，大為激怒，厲聲道：「牧翁以大義粉飾偷生之念尚且不足，還要拿我先人話語當作錦被遮掩，斯為卑劣之極矣！別忘了先君抗擊豎閹，最終就是盡節而死的。你若執迷不悟為虜效力，我兩家世交從此斷絕，日後相見，即為仇寇！」說罷拂袖而去。

鄭森也覺得投降清人，為其收拾江山，乃是絕不可為的失節叛道之舉，於是道：「請牧翁好自為之。」轉身也跟著要走。

錢謙益忙道：「大木且慢。」拿了一件外衣遞給鄭森：「你全身濕漉漉地，怎能這樣出門。」鄭森遲疑半晌，不肯伸手接過。錢謙益道：「你可以生我的氣，但你是為了救師娘而入水的，倘若受涼病著了，叫師娘怎生過意得去？這件衣服就當是為師娘穿的吧。」這理由叫人無法拒絕，鄭森遂取過衣服披上，道：「牧翁一言一行，天下人所觀瞻仿效，萬請牧翁三思。」

●

鄭森獨自回到媚香樓已近傍晚。遠遠望去，便覺有些不對勁，快步上前一看，大門敞開，樓中也無燈火。鄭森渾身血液一凝，忙衝進屋中，卻見櫃子翻空、抽斗拉脫，貴重之物盡皆不見，管家和婢女們也都消失無蹤。鄭森直奔上樓，大聲喚道：「宛兒，宛兒！」幽闃的廳房裡卻毫無回應。

鄭森胸中一片空盪，悔恨無已，心道不該放她一人在此，當初應該堅持送她上棲霞山去的。稍停冷靜觀察一番，屋中雖然遭竊，卻似無拉扯紛亂跡象，也許張宛仙在屋子遭竊之前就已從容而去。鄭森在屋內轉了幾圈，回到寢室，雙手抱著後腦倒在斷紋小漆床上，正推敲著張宛仙可能的去處，忽然看見床頂蓋上似乎夾著一封信，猛然彈起身子取下一看，雖未落款，但筆跡娟秀靈動，乃是張宛仙所留無疑。連忙移步窗邊，湊著暮色餘光讀道：

揚州陷落，京師大震，道路流言紛紛，此間日亂一日。君歸無期，雖欲留戀鵠候而不可。幸與蘇師父偕行，勿憂。安頓罷即遣人傳訊，重逢誠不遠矣。匆此，不具。

鄭森心想，原來蘇崑生回南京來了。他看信上語氣和筆跡並不促迫，似乎已有安穩去處，只是不便落於文字以免不相干的人尋去生事，又有蘇崑生陪伴，料想張宛仙必然無恙，頓時心頭大寬。又想，張宛仙在匆促中仍能慮及將信藏在床頂，只讓自己看見，足見心思細密。路上縱然遭遇些許困難，也當能化險為夷。

鄭森暫卸牽掛，這幾日奔波的積勞霎時湧上，回頭倒在床上便即睡去。

深沉一眠，乍醒時只見屋裡窗外都已然全黑了，一時不知今夕何夕、此身何寄。

鄭森獨坐床緣，慢慢才想起近日發生的一切。他在抽屜裡摸到火摺，點亮桌上油燈。樓下忽有動靜，幾對腳步聲緩步上樓，梯口燈籠火光搖晃。領頭那人小心地喚道：「有人嗎？」鄭森聽出是侯方域的聲音，應道：「朝宗兄，我在這兒。」走出一看，果然是侯方域和黃宗羲、吳應箕三人聯袂而來。

眾人熟門熟路，自行走到昔日宴飲的客廳拉了椅子坐下。樓中蠟燭已被竊取一空，只能點上幾盞油燈。火光在四面牆上映出四人巨大的身影，隨風搖曳顫動不止。

吳應箕叫道：「主人家，客人來了，你只點這幾盞可憐兮兮的油燈，卻無酒菜招呼嗎？」鄭森看著侯方域，失笑道：「這媚香樓的正主兒回來了，讓我都忘了招待。」侯方域黯然道：「待到清兵入城，此樓又豈歸你我所有？」吳應箕道：「朝宗何故作楚囚之嘆，今晚且放懷吃喝，明日出城廝殺，豈不快哉！」鄭森道：「正是如此。待我看看廚房裡有甚麼東西。」

廚房裡並無吃食，灶灰也熄冷已久。侯方域卻從儲物間裡抱出一罈老酒，往桌上一放，眾人頓時歡呼。揭開一看，罈口生著密密的黴絲，竟是上好陳釀。侯方域道：「這罈子被打開過，八成是偷兒不識貨，以為酒壞了，才沒有搬走。」眾人撫掌大笑，都道幸虧偷兒無眼。

吳應箕豪氣地拭去罈口黴汙，將酒篩過，倒了五杯。四人各持一杯，看著桌上的那碗酒，彼此心照地舉杯：「敬周兄！」各自連乾了三杯。

黃宗羲長吟道：

南都防亂急鴟梟，余亦連章禍自邀。可怪江南營帝業，只為阮氏殺周鑣。

鄭森聽了，一時又怒又嘆，猛地卻又一股悲意襲來，幾乎落淚。因道：「太沖此詩說得對，弘光朝廷大張旗鼓地忙乎了老半天，最後一事無成，竟像是專為讓阮鬍子殺害周兄，才弄出這麼大排場。若非親身見聞，真不敢相信世上有這樣的怪事。」

眾人感嘆未已，吳應箕又已倒滿了酒，舉杯道：「國變之際，此夕難得，咱們再飲三杯。」四人紛紛便喝了，有酒無肴，空著肚腹豪飲，酒氣立時渾身亂走、上衝腦門。侯方域愁懷大起，黯然吟道：

戍鼓沉雲黑，城樓倒水青。愁陰低短袂，雨色上空庭。諸將曾無敵，王師舊以寧。陳琳老文士，撽草亦飄零。

眾人聽了都大感淒涼，黃宗羲道：「朝宗心境恁地滄桑了。你一向易感，又親身經歷了高傑中伏、史公就義和周兄遭害等變難，也怪不得你心灰意冷。」他停杯空中，眼望蒼茫：「我繫獄時，有天在睡夢裡竟作了一首詩，醒來後依然記憶分明，並且渾然天成，不能改動一字。」他頓了一頓，緩緩吟道：

梅花獨立正愁絕，冰纏霧死臥天闕。孤香牢落護殘枝，不隨飄墜四更月。新詩句句逼空漾，嫣然一笑隔林樾。有如高士白雲表，牛矢煙消山合雪。一生寒瘦長饞命，伸頭窺天亦半缺。誰寄山瓢落葉中，瀉向梅花同傲兀。

「可惜僅得此六韻，未能作成全篇便即醒來。當時雖已入暑，熹微之際晨風清明，猶然浸人肌膚，我轉身摸尋衣服，隱隱然似乎真聞到一股寒香。」黃宗羲閉目沉吟：「時過端午，卻聞梅香！可知只要心中自有清芬，並不與這炎燥的時局相唐突。」

「一個槁木死灰，一個孤芳自賞，這豈是男兒氣概？」吳應箕笑道：「兩位必是酒不夠，才忘了從前的壯懷激烈。來，咱們再飲三杯。」

鄭森攔阻道：「長夜漫漫，酒卻只一罈，照次尾這樣喝法，往後時間又該怎麼打發？」吳應箕已將酒杯倒滿：「有花堪折直須折；對酒當歌直須歌！」黃宗羲道：「這又是甚麼歪理？頭一輪酒，咱們是敬周兄，也追念從前舊事；第二輪酒，感慨今日相會難得；眼前這三杯，次尾兄總也有個說法？」吳應箕道：「大夥兒儘管喝就是了，我自有說法。」說罷自己連乾三杯，眾人見了，也都隨他而飲。

侯方域量淺，連著九杯黃湯下肚，已開始搖頭晃腦：「次尾究竟有何高論？」

吳應箕道：「清兵薄城，明日大家各奔東西。此酒是為彼此餞別，也權當為我生奠！」三人驚呼：「甚麼生奠？」侯方域道：「次尾開玩笑也要有分寸。」吳應箕將酒杯擲在桌上，大喝一聲道：「讀聖賢書，所學何事？那怕是天崩地裂，吾輩只合鞠躬盡瘁，死而後已，怎可自棄！」

他以指頭叩著桌面，擊節長吟：

萬里飄黑雲，金陵蒙慘霧。誰道漢運終？志士衝冠怒！奮然徒步歸，棄我妻孥屬。張褥成義幟，揭竿為長殳。連合群少年，草草一結束。壯懷取九鼎，重復豎王纛。豈言必非敵，忠貞從所欲！

吳應箕吟罷，慨然道：「明日我就回貴池去，起一支義兵，打回南京城來，這才是大丈夫作為！」

鄭森道：「次尾兄好氣魄！然而兵源、糧餉和器械何來？莫不成真的揭竿為戈矛，張被褥作旗幟？」

吳應箕道：「池州義士甚多，平日談論時政，無不泣血椎心，痛恨報效國家無門。如今朝廷瓦解，卻正是山村野人昭彰忠義之時。我料可聚眾四、五萬，分兵四路：一出東流、一出建德，一攻池州城，一間道窺南京，殺他個措手不及，又叫虜疲於奔命。」

鄭森道：「四萬人一年需銀八十萬兩。就算義師不支餉，總也要吃糧，四十萬兩銀子從何而來？」

吳應箕兩眼放光、銀鬚怒張，滔滔不絕地道：「大木不懂其中奧妙。你不要以為清虜好似天降神兵，其實總數不過寥寥二、三萬，此其一也；虜兵長驅直入南京城，乍看一舉定鼎，其實大江南北數百萬大漢臣民心中不服，根基不穩，此其二也；江北諸將雖多投降，其實泰半首鼠兩端、意存觀望，只要給他們一點因頭，必然紛紛倒戈相向，此其三也。義師根本不需一年糧餉，只需登高一呼，各地志士必然蜂起響應，清人轉眼就成虀粉矣！」

侯方域道：「次尾太天真了，若黎民百姓能夠指望，清兵此番如何能夠這般輕易地攻進南京？」吳應箕道：「那是因為南京城裡君昏臣奸，各地外鎮將怯兵懦！如今弘光和馬、阮已去，百姓們必為不肯降於夷虜而戰。」

鄭森雖未學習兵事，畢竟在父親身邊看得多了，知道帶兵打仗沒有那麼簡單。他也看出吳應箕其實是志在一死，以成就大義，心中實在不捨，遂道：「次尾兄義薄雲天，可感可佩。但效博浪之一擲，徒然身死，於國無益，還應從長計議。」吳應箕睨了鄭森一眼：「大木兄卻有甚麼高論？」

鄭森道：「諸兄以詩言志，不才也有一首。」他起身朗聲高吟：

縞素臨江誓滅胡，雄師十萬氣吞吳。試看天塹投鞭渡，不信中原不姓朱！

黃宗羲道：「以詩論之，大木這首敬陪末座；以氣概言，此詩該排第一！」吳應箕率直地道：「胡吹大氣第一！我說可以糾合四、五萬義兵，你們都不信，大木卻一口氣搬出十萬雄師來。」

「家大人和家叔鴻逵公，加上族兄副總兵鄭彩，三鎮合算豈止十萬！」鄭森懇切地道：「三位社兄無論報國之誠還是運籌之智，都是當世翹楚。然而力分則弱，與其各自散回家鄉舉事，不如隨我一道前往福建，投效家大人軍中以成就復國大業。」

吳應箕正待開口，侯方域卻搶先道：「清兵到鎮江，令叔鄭鴻逵不發一矢便棄城而走，豈有丁點效忠國家之心？」黃宗羲更是義正辭嚴：「鄭芝龍屢違朝命，專斷跋扈，絕非忠貞之士，豈能倚仗。」吳應箕也毫不客氣地質問鄭森：「大木兄在令尊面前說話有多少力量？能叫他起兵北上恢復？」

鄭森比三人更明白自己父親，但眼見朝廷土崩瓦解、江山淪於敵手，而父親手握重兵、糧餉自足，又有水師之利，乃是天下僅存可與清軍抗衡的一支強兵，甚至可說是大明朝復國的最後一線希望，於是慨然道：「我會好言勸他、直言諫他、諷言激他、危言逼他！」他越說越激動，想到父親萬難高舉復國之義旗，忽然體會到古人忠孝不能兩全，乃至於須得大義滅親時天人交戰的煎熬。一咬牙道：「果真不行，咱們就奪他兵權，自行操兵北上！」雙目怒張，眼神鋒銳，叫人無法逼視。

吳應箕遞過酒來：「你有這番心地，老哥很是敬佩。」說著仰頭將杯中之物一飲而盡，續道：「我不去福建，固然因為信不過令尊，其實主要還是因為祖先廬墓和父母宗族都在貴池，不可坐視其淪於虜手。」

「次尾兄要死，也得死得重於泰山！」鄭森殷切地看著三人：「太沖兄、朝宗兄，咱們不要分散，一起做一番事業吧！」

黃宗羲也倒過一杯酒道：「次尾說得不錯，故土不可輕棄。我打算回浙江，儘速安頓好老母後，也起一支『世忠營』，在長江下游給次尾作策應。」侯方域也道：「兄等如此氣概，我自不能落後。左良玉雖死，舊部中尚有感念家大人恩義的，我來和他們聯絡。」

吳應箕看著鄭森，真誠地道：「咱們入了鄭帥軍中，必不為所用，只能當個終日浩嘆的書生罷了；各自回鄉，多少能號召一些志士，那怕只有四五千——就算只有四五百也罷，總要鬧他個烽煙處處，讓這把復國之火燃燒下去。後頭的事，就等大木兄的十萬雄師，來完成我等未竟之志了！」

鄭森知道眾人心意已決，舉杯乾盡：「好！只要蒼天不亡我大明朝、不亡我華夏文明教化，我們必有會師江上，北定中原的一日！」

眾人轟然稱是，黃宗羲待要倒酒，吳應箕叫道：「如此弘誓，用這小氣巴拉的杯子怎能匹配！」說著抱起酒罈便咕嘟、咕嘟地大口灌下，酒水順著銀亮的長鬚流滿襟前。侯方域不待他喝完，搶過罈來也灌了幾口。黃宗羲同樣豪氣地痛飲罷，交給鄭森。鄭森張口嘓啅吞飲，接著傾倒酒罈，將殘酒盡數潑在臉上，然後把酒罈擲地摔個粉碎。

吳應箕哈哈大笑道：「痛快！」眾人也都狂歌長嘯，聲震屋瓦。吳應箕起身拱手，不再多言，竟自大踏步去了。黃宗羲與侯方域也辭別而出，步起風生。鄭森直送下樓，看著三人的背影消失在繁華落盡的舊院夜色之中。

鄭森縱聲大笑，氣發肺腑，只覺豪氣萬丈。不知過了多久，才發現自己早已淚流滿面。

●

鄭森足足等了五天，始終沒有張宛仙的消息。期間他曾上棲霞山找尋，但葆真庵裡走得乾乾淨淨，只剩下一名耳背的老道姑留守，問也問不出所以然來。

這幾日南京城裡流言紛紛，一說京城左近守兵尚有二十三萬五千人，總督京營戎政的忻城伯趙之龍打算據城死守，但很快地又傳出趙之龍和錢謙益等重臣並不承認王之明登基一事。鄭森據此推斷，朝臣們必然已有開城投降的成議。

另一方面，清兵在鎮江稍做休整後，取道陸路向西進發，經丹陽和句容，先鋒在六月十四日抵達南京城外，在天壇紮營。鄭森已是非走不可了。

十五日一早，鄭森裝束已畢，戴上草笠遮住面孔，悄然離開了媚香樓。

街上人們壓低了聲音奔相走告：「文武百官在正陽門列隊，迎接清軍進城。」許多人臉上難掩悽惶，但更多人是鬆了一口氣，說既有百官迎降，清軍就不會屠城。又說，這幾日城裡盜賊橫行的亂象總算要結束了。

家家戶戶都在準備香爐，在門口擺設香案和酒饌，用黃紙貼上門額，大書「順民」和「大清皇帝萬萬歲」等字樣。鄭森見著刺心，幾番想衝上前去踢翻香案、撕毀黃紙，但舉目望去，整條長街上亮黃一片，而百姓們忙進忙出，人人都怕布置不周惹禍上身，實是可憐已極，只好在心中一嘆，作罷而去。

鄭森本想從文德橋上船，循秦淮河自水西門出城，走長江入海。忽然間天邊濃雲湧動、遠雷悶響，似乎將要降下大雨。他心念一動，轉頭往東邊的正陽門走去。

正陽門前果然好一番奇景：上百名文武官員，身穿赤色朝服，直挺挺地立在道路兩旁，等候著清兵入城。官員們準備參謁清軍主帥豫親王多鐸的手本，在門口兩張小桌上擺放不下，堆到桌旁地上，壘成二尺來高的好幾疊。

鄭森看著綿延壯闊的南京城牆，想起前年隨著黃宗羲同來，第一眼看到這南京城時的震撼與悸動，當時只覺這真是國家萬世不移的基業，叫人尊敬仰望無已。誰能料到如今百官們卻是大開城門，恭恭敬敬地迎接敵軍入城。

空氣中忽然飄來一陣濕涼的意味，青石板道上乍然暈染出銅錢般大小的一個雨點。鄭森凝神看時，雨點一個接著一個，愈冒愈快，如滿天煙火齊發。抬頭處，暴雨已然傾落。

官員們不敢稍動，雨水很快地將眾人全身打得濕透。紅色的帽纓吃水脫色，滴落在地後匯聚一處，竟形成一條淡赤色的水流。

鄭森藏身在屋簷下，從排頭找起，很快地在第四位看見一個黝黑而肥胖的身影，他的朝服濡貼在便便然的肚腹上，一頭白髮濕黏地爬了滿臉。鄭森無法想像錢謙益能夠狼狽至此，正欲離去，門外忽然傳來一聲高呼：「豫親王駕到——百官跪迎——！」

官員們「喞」地跪成了一片，濺起無數水花。錢謙益佝僂著身子，危危顫顫地彎下他極不靈便的膝蓋，艱難地跪下。他身旁的王鐸想要伸手攙扶，錢謙益卻擺了擺手，自己跪妥在積水的石板地上。

城門外遠遠地鼓角大響，歡聲雷動，聲音向著城門愈來愈近，和嘩嘩然的雨聲混成一片。

鄭森壓低草笠，轉身穿過滿街香案和跪迎在地的百姓，頭也不回地走進了雨幕之中。

主要人物簡介

鄭明騄，鄭森族兄，泉州南安海商，經常前往臺灣貿易。是鄭氏商業體系重要人物，但名義上自營生理，不受鄭芝龍指揮，藉此獲得和蘭大員商館信賴，和蘭文獻中記為Bendiock（明騄的閩南語對音）。

鄭泰，鄭森族兄，廈門商人，鄭芝龍手下首席船頭。主要往來日本貿易，並管理鄭家在日本的財富，有時也以鄭芝龍代理人的身分赴臺灣交涉。人稱「祚爺」，和蘭文獻中記為Sauja（祚爺的閩南語對音）。

清河太兵衛，日本長崎奉行所的唐通事，負責翻譯業務、出入港管理、貿易洽談和外交事務。曾為鄭森七歲時離開平户前往中國一事奔走接洽。

田川七左衛門，鄭森胞弟，和母親田川松留在日本平户生活。後承襲田川家的家督之位，成為平户藩藩士。

陳子龍，字臥子，南直隸松江（在今上海市）人。師事黃道周，以詩文聞名，被譽為「雲間派盟主」。崇禎時官至南京兵科給事中。曾與柳如是許結終身，但因家族反對而作罷，後與錢謙益、柳如是保持友好關係。

蘇崑生，河南固始人，人稱南曲第一，以吹歌絕技名動公卿。曾指點名妓李香君演唱《玉茗堂四夢》。

張宛仙，南京舊院名妓，擅歌舞，天真水靈、聰明機變。常與侯方域、吳應箕、陳貞慧等名士往來。有詩頌曰：「簟紋凝水涼生榻，帳影籠煙翠隔屏。倦彈柳腰春旖旎，夢回花靨語忪惺。」

方以智，字密之，南直隸桐城（在今安徽）人。與侯方域、陳貞慧、冒襄合稱「四公子」。曾任經筵講官，為太子講學。北京失陷時，大順軍用刑逼降而不從，逃到南京後卻被閹黨誣陷投敵，心灰意冷隱遁山林。

甘煇，漳州海澄人，綽號赤腳甘老三，太湖豪傑「白頭軍」頭領。身材矮小，拳法快捷，擅長水戰。

殷之輅，太湖豪傑「白頭軍」寨主，原為逃避苛政壓迫的綠林好漢，在清軍迫近時受陳子龍號召組成義軍協守長江，但因南京弘光朝廷不肯承認，憤而回到太湖。

北來少年，自稱是崇禎太子朱慈烺，弘光即位後出現在杭州，引起各方騷動。閹黨指控他其實是外戚王之明，貌似太子，且曾在宮中伴讀，因此熟知宮內情事；但反對閹黨的勢力堅信少年就是太子，欲以他取代弘光。

高倬，四川重慶忠州人，崇禎時官至右僉都御史，弘光時歷任光祿寺卿、刑部尚書。是弘光朝少數任職較久的東林領袖，暗中迴護北來少年。

袁繼咸，號臨侯，江西宜春人。崇禎十五年總督江西、湖廣、安慶、應天等處軍務（簡稱江西湖廣總督）。對左良玉有恩，故朝廷派駐九江以羈縻之。

鄭鴻逵，原名芝鳳，泉州南安人，鄭芝龍四弟。早年隨芝龍為海盜，招安後考取武舉，改名鴻逵，積功升至山東登州副總兵，脫離芝龍自立。弘光時以水師總兵駐守鎮江，後改鎮江總兵。

史可法，字憲之，又字道鄰，河南開封人。師事東林大臣左光斗、侯恂，崇禎時官至南京兵部尚書。弘光立都南京，一度出任內閣首輔，旋即因閹黨排擠，自請赴江北督師，節制四鎮。

INK PUBLISHING 印刻文學 426

鄭森 中卷　黨爭，國破方休

作　　者　朱和之
總 編 輯　初安民
責任編輯　陳健瑜
美術編輯　黃昶憲
校　　對　吳美滿　陳健瑜　朱和之

發 行 人　張書銘
出　　版　INK印刻文學生活雜誌出版有限公司
　　　　　新北市中和區建一路249號8樓
電　　話　02-22281626
傳　　真　02-22281598
e-mail　ink.book@msa.hinet.net
網　　址　舒讀網http://www.sudu.cc

法律顧問　巨鼎博發法律事務所
　　　　　施竣中律師
總 經 銷　成陽出版股份有限公司
電　　話　03-3589000（代表號）
傳　　真　03-3556521
郵政劃撥　19000691　成陽出版股份有限公司
印　　刷　海王印刷事業股份有限公司

港澳總經銷　泛華發行代理有限公司
地　　址　香港筲箕灣東旺道3號星島新聞集團大廈3樓
電　　話　852-27982220
傳　　真　852-27965471
網　　址　www.gccd.com.hk

出版日期　2015年 1 月　初版

ISBN　978-986-387-013-5

定　價　350元

國家圖書館出版品預行編目資料

鄭森. 中卷, 黨爭，國破方休 / 朱和之 著
--初版, --新北市中和區：INK印刻文學,
2015.1　面；　公分.（印刻文學；426）
ISBN　978-986-387-013-5　（平裝）
857.7　　103022780